Het verhaal van de Dienstmaagd

Margaret Atwood

HET VERHAAL VAN DE DIENSTMAAGD

Vertaald door Gerrit de Blaauw

2020 Prometheus Amsterdam

Voor Mary Webster en Perry Miller

Eerste druk 1987
Negenentwintigste druk 2020

Oorspronkelijke titel *The Handmaid's Tale*

Omslagontwerp DPS Design & Prepress Studio
Foto omslag Jim Watson/ANP
Foto auteur Jean Malek
Zetwerk Mat-Zet bv, Soest
www.uitgeverijprometheus.nl
ISBN 978 90 446 4400 5

Woord vooraf

In het voorjaar van 1984 ben ik begonnen aan een roman waarvan de titel aanvankelijk heel anders luidde dan *Het verhaal van de Dienstmaagd.* Ik schreef met de hand, meestal op van die gele notitieblokken, waarna ik mijn vrijwel onleesbare aantekeningen uitwerkte op een grote, gehuurde schrijfmachine met toetsen in een Duitse indeling.

Die toetsen hadden een Duitse indeling omdat ik in West-Berlijn woonde, waar destijds nog de Berlijnse Muur omheen liep: de macht van het Sovjetrijk was nog altijd stevig verankerd, en het zou nog vijf jaar duren eer de staat uiteen zou vallen. Elke zondag opnieuw hielp de Oost-Duitse luchtmacht ons er met supersonische knallen aan herinneren hoe dichtbij het Oostblok was. Tijdens mijn bezoek aan verschillende landen achter het IJzeren Gordijn – Tsjecho-Slowakije, Oost-Duitsland – ervoer ik aan den lijve de argwaan, het gevoel voortdurend in de gaten te worden gehouden, maakte ik mee dat gesprekken stilvielen of dat er abrupt op een ander onderwerp werd overgestapt, merkte ik hoe indirect mensen bepaalde dingen vertelden. Dit alles had zijn weerslag op wat ik in die periode schreef. Net als de vele gebouwen die een andere functie hadden gekregen. *Dit gebouw behoorde toe aan... maar die zijn verdwenen.* Dat soort verhalen was aan de orde van de dag.

Voor iemand die is geboren in 1939 en wiens bewustzijn zich heeft gevormd tijdens de Tweede Wereldoorlog, is het niets nieuws dat de gevestigde orde van de ene op de andere dag kan verdwijnen. Veranderingen kunnen zich in een oogwenk voltrekken. *Zulke dingen kunnen hier niet gebeuren* was een gedachte die niet langer opging: onder bepaalde omstandigheden kon echt alles gebeuren, overal.

In 1984 was ik al een jaar of twee bezig mijn roman op de lange baan te schuiven. Dit boek kwam me voor als een riskante onderneming. Al sinds mijn middelbareschooltijd, in de jaren vijftig, had ik sciencefiction, speculatieve fictie, utopische en dystopische romans verslonden, maar zelf had ik me nog nooit aan iets dergelijks gewaagd. Zou ik het aankunnen? Het genre kent vele valkuilen, waaronder een neiging tot moraliseren, een hang naar allegorieën en een gebrek aan geloofwaardigheid. Als ik al een denkbeeldige tuin zou scheppen, dan moesten de padden in die tuin wel echt zijn. Een van de regels die ik mezelf oplegde was dat ik geen gebeurtenissen in het boek zou opnemen die zich niet al hadden voorgedaan in de 'nachtmerrie' van de geschiedenis, om de woorden van James Joyce te gebruiken, noch enige vorm van technologie die niet reeds voorhanden was. Geen denkbeeldige gadgets, geen denkbeeldige wetten, geen denkbeeldige gruweldaden. God schuilt in de details, wordt wel gezegd. Hetzelfde geldt voor de duivel.

Destijds, in 1984, leek het voornaamste uitgangspunt tamelijk vergezocht – zelfs naar mijn idee. Zou ik de lezers ervan weten te overtuigen dat er in de Verenigde Staten van Amerika een coup had plaatsgevonden waardoor de liberale democratie van weleer had plaatsgemaakt voor een rechtlijnige theocratische dictatuur? In het boek behoren grondwet en congres tot het verleden; de republiek Gilead stoelt op de puriteinse beginselen uit de zeventiende eeuw die altijd al ten grondslag hebben gelegen aan het Amerika van heden ten dage, dat wij meenden te kennen.

De roman speelt zich voornamelijk af in Cambridge, in Massachusetts, waar Harvard University is gevestigd – tegenwoordig een toonaangevend, liberaal academisch bolwerk, maar ooit een puriteins theologisch seminarie. De geheime dienst van Gilead heeft zijn hoofdkwartier in de Widener Library, de universiteitsbibliotheek, waar ik zelf vele uren heb doorgebracht met het onderzoek naar mijn voorouders in New England, en naar de heksenprocessen in Salem. Zouden er mensen aanstoot nemen aan het feit dat ik de Harvard Wall gebruik als de muur waaraan de terechtgestelden hangen? (Het antwoord is ja.)

In de roman slinkt de bevolking, als gevolg van een vergiftigd milieu, en het vermogen om gezonde kinderen ter wereld te brengen is dan ook van zeer grote waarde. (In de realiteit van dit moment heeft onderzoek aangetoond dat de vruchtbaarheid van Chinese mannen dramatisch afneemt.) In een totalitaire samenleving – of eigenlijk in elke samenleving met een strikte hiërarchie – heeft de heersende klasse het monopolie op alles van waarde, en zodoende heeft de elite binnen het regime in Gilead verordend dat zij vruchtbare vrouwen krijgen toegewezen als Dienstmaagd. Het Bijbelse precedent is het verhaal van Jakob en zijn twee vrouwen, Rachel en Lea, en hun twee dienstmaagden. Eén man, vier vrouwen, twaalf zoons – maar de dienstmaagden konden geen aanspraak maken op de zoons. Die behoorden toe aan de twee vrouwen van Jakob.

En zo ontrolt zich het verhaal.

Aanvankelijk luidde de titel van *Het verhaal van de Dienstmaagd* nog *Vanfred*, naar het hoofdpersonage. Deze naam is opgebouwd uit de voornaam van een man, Fred, en een voorvoegsel – *van* – dat een bezitsrelatie aanduidt, vergelijkbaar met 'de' in het Frans of 'von' in het Duits, of het achtervoegsel *-son* in Engelse achternamen zoals Williamson. In de Engelse naam, *Offred*, is nog een andere mogelijkheid vervat: *offered* (geofferd), wat kan verwijzen naar een offer dat wordt gebracht aan de goden, of naar iemand die wordt geofferd.

Mij is vaak de vraag gesteld: Waarom komen we niet aan de weet hoe de hoofdpersoon echt heet? Omdat, zeg ik dan, er in de loop van de geschiedenis ontelbaar veel mensen zijn geweest van wie de naam is veranderd, of die domweg uit beeld zijn verdwenen. Er zijn mensen die tot de conclusie zijn gekomen dat Vanfreds echte naam June luidt, aangezien van alle namen die door de dienstmaagden in de sportruimte annex slaapzaal worden gefluisterd, June de enige naam is die we niet nogmaals te horen krijgen. Dat was niet mijn oorspronkelijke gedachte, maar het is zonder meer waar, dus als mensen dat zo willen zien vind ik het prima.

Gaandeweg het schrijven veranderde de titel van de roman in *Het verhaal van de Dienstmaagd*, deels bij wijze van eerbetoon aan Chaucers *Canterbury Tales* en deels als een hommage aan sprookjes en legenden: een verhaal dat wordt verteld door het hoofdpersonage raakt – voor latere luisteraars, of luisteraars die er minder direct bij betrokken zijn – aan het ongelooflijke, het fantastische, precies zoals dat is met ooggetuigenverslagen van mensen die een wereldschokkende gebeurtenis hebben overleefd.

In de loop der jaren heeft *Het verhaal van de Dienstmaagd* vele gedaanten aangenomen. Het is vertaald in meer dan veertig landen. In 1989 is de roman verfilmd. Er is een opera van gemaakt, en een ballet. Het is bewerkt tot graphic novel. En in 2017 is er een televisieserie uitgekomen.

In die serie heb ik een gastrolletje. Het gaat om de scène waarin de onlangs ingelijfde Dienstmaagden worden gebrainwasht in een soort Rode Garde-heropvoedingskamp dat het Rode Centrum wordt genoemd. Daar leren de vrouwen afstand te doen van hun eerdere identiteit, ze leren wat hun plaats is en wat hun plichten zijn, ze leren inzien dat ze feitelijk geen rechten hebben maar dat ze een zekere bescherming genieten als ze zich conformeren, en ze ontwikkelen er een dermate negatief zelfbeeld dat ze zich zullen neerleggen bij het lot dat hun is toebedacht, zonder opstandig te worden of de benen te nemen.

De Dienstmaagden zitten in een kring, terwijl de Tantes, die zijn toegerust met een taser, hen dwingen deel te nemen aan wat nu (maar toen, in 1984 nog niet) slutshaming wordt genoemd. Een van de vrouwen, Janine, wordt gedwongen te vertellen hoe ze als tiener door een groep mannen is verkracht. *Eigen schuld, ze heeft het zelf uitgelokt* – zo luidt het mantra van de andere Dienstmaagden.

Het was natuurlijk 'maar een televisieserie' en dit waren allemaal actrices die in de pauze weer gezellig met elkaar zouden giechelen, en zelf 'deed ik maar alsof', maar toch was ik vreselijk van streek door deze scène. Het kwam te dichtbij, te dicht in de buurt van de werkelijke geschiedenis. Want ja, vrouwen zullen samenspannen tegen andere vrouwen. Ja, ze zullen anderen beschuldigen om zelf de dans te ontspringen: dat zien we maar al te duidelijk in dit tijdperk van social media, waar groepsvorming zo makkelijk is geworden. Ja, ze zullen zonder enige scrupule macht uitoefenen over andere vrouwen, zelfs – of misschien wel met name – binnen een systeem waarin vrouwen als groep vrijwel geen macht hebben: maar alle macht is relatief en in zware tijden lijkt een beetje macht al snel te verkiezen boven helemaal geen macht. Sommige Tantes zijn ware gelovigen, die menen de Dienstmaagden de hand boven het hoofd te houden: ze zullen tenminste niet worden ingezet om giftig afval op te ruimen, en bovendien zullen ze in deze *brave new world* niet worden verkracht, niet in formele zin, niet door onbekenden. Sommige Tantes zijn sadisten. Sommige zijn opportunisten. Ze zijn er zeer bedreven in om bepaalde speerpunten van het feminisme anno 1984 – zoals de campagne tegen porno, en een betere bescherming tegen seksueel geweld – zo te verdraaien dat ze in hun eigen straatje passen. Zoals ik al eerder zei: precies het echte leven.

Dat brengt me op een drietal vragen die me geregeld worden gesteld. Ten eerste: is *Het verhaal van de Dienstmaagd* een feministische roman? Als daarmee wordt bedoeld een ideologisch traktaat waarin alle vrouwen heiligen zijn, en/of zozeer slachtoffer dat ze niet in staat zijn een morele afweging te maken, dan is het antwoord nee. Als er wordt bedoeld een roman waarin vrouwen mensen zijn – met het hele palet aan karaktereigenschappen en gedragingen dat daarmee gepaard gaat – mensen die ook nog eens interessant en belangrijk zijn, een roman waarin de dingen die deze vrouwen overkomen van essentieel belang zijn voor de thematiek, de structuur en de plot van het boek, dan zeg ik ja. Zo beschouwd zijn veel boeken 'feministisch'.

Waarom interessant en belangrijk? Omdat vrouwen in het echte leven interessant en belangrijk zijn. Het is niet zo dat vrouwen een broddellapje van de natuur zijn, het is niet zo dat vrouwen een secundaire rol spelen in het lot van de mensheid, en daar is elke samenleving zich altijd van bewust geweest. Zonder vrouwen die kinderen kunnen baren, zijn menselijke samenlevingen ten dode opgeschreven. Dat is ook de reden dat er sinds jaar en dag sprake is van massaverkrachtingen en moordpartijen op vrouwen, meisjes en kinderen bij genocideoorlogen, of zelfs bij acties die zijn bedoeld om een volk te knechten en uit te buiten. Vermoord hun kinderen en vervang hun baby's door die van jou, zoals katten dat ook doen; laat vrouwen kinderen baren die ze niet kunnen grootbrengen, of kinderen die je vervolgens bij ze weghaalt om er je eigen voordeel mee te doen, roof baby's – het is een aloud, wijdverbreid patroon. Wie heeft de macht over de vrouwen en de kinderen? Het is de vraag die de grondslag vormt van elk onderdrukkend regime op aarde. Napoleon en zijn 'kanonnenvuur', de slavernij met het zich eeuwig vernieuwende menselijke kapitaal – beide passen binnen dit principe. Aan mensen die voorstander zijn van het verplicht voltooien van zwangerschappen, zou de vraag moeten worden gesteld: *Cui bono*? Wie is daarbij gebaat? Soms de ene partij, soms de andere. Maar altijd wel iemand.

De tweede vraag die regelmatig wordt gesteld, luidt: is *Het verhaal van de Dienstmaagd* antireligieus? Ook hier geldt weer dat het er maar van afhangt wat je daaronder verstaat. Zeker, een aantal autoritaire mannen grijpen de macht en proberen een extreme versie van het patriarchaat in ere te herstellen, waarin het vrouwen (net als de slaven in het negentiende-eeuwse Amerika) is verboden om te lezen. Daarnaast mogen vrouwen geen geld beheren of buitenshuis werken, anders dan sommige vrouwen in de Bijbel. Het regime maakt gebruik van Bijbelse symbolen, zoals een autoritair regime dat in Amerika de macht overneemt, ongetwijfeld ook zou doen: het zullen geen communisten of moslims zijn.

De zedige kledij die wordt gedragen door de vrouwen in Gilead is afgeleid van de westerse religieuze iconografie – de Vrouwen dragen het blauw van de zuiverheid, van de maagd Maria, de Dienstmaagden dragen rood, van het bloed van de geboorte, maar ook van Maria Magdalena. Rood valt ook nog eens goed op, mocht iemand proberen te vluchten. De vrouwen van mannen die lager in de rangorde staan worden Econovrouwen genoemd, en zij dragen gestreepte kleding. Ik moet bekennen dat de kappen, die het gezicht aan het oog onttrekken, niet alleen zijn ontleend aan de kleding uit het victoriaanse tijdperk en aan de nonnen, maar ook aan de blikjes Old Dutch Cleanser uit de jaren veertig van de vorige eeuw. Op die blikjes stond een vrouw afgebeeld van wie het gezicht aan het oog was onttrokken, en als kind kreeg ik daar de griezels van. Veel totalitaire heersers gebruiken kleding, die wordt verboden of juist voorgeschreven, om mensen een stempel op te drukken en onder de duim te houden – denk aan de gele ster en het paars van Rome – en veel totalitaire heersers hebben hun bewind uitgevoerd van achter een religieuze façade. Dat maakt het een stuk eenvoudiger om mensen tot afvallige te bestempelen.

In mijn boek werkt de dominante 'religie' hard aan doctrinaire controle, en alle vertrouwde kerkgenootschappen dienen het veld te ruimen. Net zoals de Bolsjewieken afrekenden met de Mensjewieken teneinde de politieke concurrentie onschadelijk te maken, en de verschillende groepen van de Rode Garde elkaar letterlijk naar het leven stonden, worden hier de pijlen gericht op de katholieken en doopsgezinden, die uit de weg geruimd moeten worden. De quakers gaan ondergronds en zetten een vluchtroute op naar Canada, wat ze – denk ik – ook echt zouden doen. Vanfred heeft een geheel eigen versie van het Onzevader en weigert te geloven dat dit regime de instemming heeft van een goede en rechtvaardige God. In de werkelijkheid van vandaag de dag zijn er religieuze groeperingen die zich inzetten voor de bescherming van zwakkeren in de samenleving, onder wie vrouwen.

Het boek is dus niet antireligieus. Het is gekant tegen het gebruik van religie als dekmantel voor tirannie – wat iets heel anders is.

Is *Het verhaal van de Dienstmaagd* een voorspelling? Dat is de derde vraag die me geregeld wordt gesteld – in toenemende mate zelfs, nu bepaalde krachten binnen de Amerikaanse samenleving de macht hebben gegrepen en maatregelen uitvaardigen die handen en voeten geven aan een beleid dat ze al zeiden na te streven in 1984, toen ik dit boek schreef. Nee, het is geen voorspelling, want het is ondoenlijk om de toekomst te voorspellen: er zijn te veel variabelen en onvoorziene mogelijkheden. Laten we het erop houden dat het een antivoorspelling is; als deze toekomst tot in detail beschreven kan worden, zal zij zich wellicht niet aandienen. Maar dat is een vorm van wishful thinking die ook geen stand houdt.

Er komen dus een heleboel lijnen samen in *Het verhaal van de Dienstmaagd* – groepsexecuties, zedelijkheidswetgeving, boekverbrandingen, het Lebensborn-programma van de ss en de kinderroof door de Argentijnse generaals, de geschiedenis van de slavernij, de geschiedenis van polygamie in Amerika... Het is een lange lijst.

Maar er is een literair genre dat ik nog niet heb genoemd: getuigenisliteratuur. Vanfred zet haar verhaal zo goed mogelijk op papier; vervolgens verstopt ze het, in de hoop dat het later gevonden zal worden door iemand die in staat is het te begrijpen en te verspreiden. Dat is een daad waaruit hoop spreekt: elk verhaal dat op papier is gezet veronderstelt een toekomstige lezer. Robinson Crusoe houdt een dagboek bij. Net als Samuel Pepys, die daarin onder meer verslag doet van de grote brand van Londen. Net als veel mensen in de tijd waarin de Zwarte Dood huishoudt, al komt er aan die verslagen vaak abrupt een einde. Net als Roméo Dallaire, die niet alleen verslag doet van de genocide in Rwanda, maar ook van de onverschilligheid waarmee de wereld daarop reageert. Net als Anne Frank, op de zolderkamer van het huis waarin ze is ondergedoken.

Vanfreds verslag kent twee soorten lezers: enerzijds het publiek aan het einde van het boek, op een wetenschappelijke conferentie in de toekomst, mensen die de vrijheid hebben om te lezen maar niet altijd zo invoelend zijn als je zou willen; anderzijds de individuele lezer, op willekeurig welk moment. Die laatste is de 'ware' lezer, de Beste Lezer voor wie elke schrijver schrijft. Zo zijn wij schrijvers allemaal begonnen: met lezen. We hebben de stem van een boek tot ons horen spreken.

In de nasleep van de Amerikaanse verkiezingen nemen angst en vrees een hoge vlucht. Elementaire burgerrechten lijken in het gedrang te komen, net als veel rechten van vrouwen, die in de afgelopen decennia, of zelfs eeuwen, zijn bevochten. In dit klimaat van verdeeldheid, waarin de haat voor verschillende groepen binnen de samenleving lijkt aan te wakkeren en waarin extremisten van diverse pluimage hun minachting uiten voor het democratisch bestel, kan het niet anders of er is ergens iemand – meerdere mensen, zou ik denken – die opschrijft wat hij of zij meemaakt terwijl dit alles gaande is. Of mensen die het opslaan in hun geheugen en het later op schrift zullen stellen, als ze daartoe in staat zijn.

Zullen hun berichten worden gecensureerd en verstopt? Zullen die berichten over enkele eeuwen ergens achter de muur van een oud huis tevoorschijn komen?

Laten we hopen dat het niet zover zal komen. Ik vertrouw erop dat het niet zover zal komen.

Margaret Atwood, 2017

Toen Rachel zag dat zij Jakob geen kinderen baarde, werd Rachel jaloers op haar zuster, en zij zeide tot Jakob: Geef mij kinderen; zo niet, dan sterf ik.
Toen ontbrandde Jakobs toorn tegen Rachel, en hij zeide: Neem ik de plaats van God in, die u de vrucht van den schoot ontzegd heeft?
Maar zij zeide: Hier is mijn slavin Bilha, kom tot haar, en zij bare op mijn knieën, opdat ook ik uit haar gebouwd worde.

– Genesis 30:1-3

Maar wat mijzelf aangaat: nadat ik jarenlang met het ene nutteloze, onuitvoerbare, utopische idee na het andere was gekomen en ten slotte alle hoop op succes had opgegeven, viel mij gelukkig dit plan in…

– Jonathan Swift, *A Modest Proposal*

In de woestijn staat geen bord met het opschrift: Gij zult geen stenen eten.

– Soefi-spreekwoord

I

NACHT

I

We sliepen in wat vroeger de gymzaal was geweest. De vloer was van gevernist hout, met strepen en cirkels erop geschilderd, voor de sporten die er vroeger werden beoefend; de ijzeren ringen voor de basketbalnetten hingen er nog, maar de netten zelf waren verdwenen. De zaal was aan alle kanten omgeven door een balkon, voor de toeschouwers, en ik meende dat ik, vaag als een nabeeld op het netvlies, de doordringende geur van zweet kon ruiken, doortrokken van het zoete bederf van kauwgum en parfum van de toekijkende meisjes, in vilten rokjes zoals ik wist van de foto's, later in minirok, toen in een broek, toen met één oorbel en piekerig, groen gestreept haar. Er werden waarschijnlijk ook dansavonden gehouden; de muziek was nog aanwezig, een palimpsest van niet-gehoord geluid, stijl op stijl, een onderstroom van drums, een wanhopige jammerklacht, papieren bloemslingers, kartonnen duiveltjes, een ronddraaiende spiegelbol die een sneeuw van licht over de dansenden uitstrooide.

Er was seks uit een ver verleden in die zaal, en eenzaamheid, en hoop op iets zonder vorm of naam. Ik herinner me die hunkering naar iets wat altijd op het punt stond te gebeuren en wat nooit hetzelfde was als de handen die daar daadwerkelijk op ons lagen, op onze lendenen, daar of buiten, op het parkeerterrein, of in de televisiekamer met het geluid zachter gedraaid en geen ander licht dan het flakkeren van de beelden over rijzend vlees.

We verlangden hevig naar de toekomst. Hoe kwamen we toch aan dat talent voor onverzadigbaarheid? Begeerte omringde ons; en zij omringde ons nog steeds, een nagedachte, wanneer we probeerden te slapen in de veldbedden die in rijen waren geplaatst, met wat ruimte ertussen zodat we niet met elkaar konden praten. We hadden lakens van katoenflanel, net kinderlakens, en oude legerdekens waar nog US op stond. We vouwden onze kleren netjes op en legden ze op het krukje aan het voeteneind van het bed. Het licht werd laag gedraaid maar niet uitgedaan. Tante Sara en Tante Elizabeth patrouilleerden, uitgerust met elektrische vee-prikkers die met een riempje aan hun leren gordels bevestigd waren.

Maar geen vuurwapens; die waren zelfs bij hen niet in vertrouwde handen. Vuurwapens waren voor de bewakers, speciaal geselecteerd uit de Engelen. De bewakers mochten het gebouw niet betreden, behalve wanneer ze werden geroepen, en wij mochten niet buiten komen, behalve voor de voorgeschreven wandeling, tweemaal per dag, twee aan twee rond het sportveld dat nu was omringd door een hek van metaalgaas met aan de bovenzijde prikkeldraad. De Engelen stonden aan de andere kant van het hek met hun ruggen naar ons toe. Ze boezemden ons angst in, maar ook iets anders. Keken ze maar eens achterom. Konden we maar met ze praten. Dan viel er iets te ruilen, dachten we, dan kwamen we vast wel tot zaken – we hadden altijd ons lichaam nog. Dat was onze droom.

We leerden bijna geluidloos fluisteren. Wanneer de Tantes niet keken, konden we in het halfduister de ruimte tussen de bedden met onze armen overbruggen en zo elkaars handen aanraken. We leerden liplezen, onze hoofden plat op het bed, opzij gedraaid om naar elkaars mond te kijken. Op die manier wisselden we namen uit, van bed tot bed.

Alma. Janine. Dolores. Moira. June.

II

BOODSCHAPPEN DOEN

2

Een stoel, een tafel, een lamp. Boven, op het witte plafond, een reliëfversiering in de vorm van een krans, en in het midden daarvan een lege, dichtgepleisterde ruimte, als de plaats in een gezicht waar een oog is verwijderd. Er moet een kroonluchter hebben gehangen, vroeger. Ze hebben alles weggehaald waar je een touw aan zou kunnen vastmaken.

Een raam, twee witte gordijnen. Onder het raam een stoel met een klein kussen erop. Wanneer het raam gedeeltelijk open is – het kan maar gedeeltelijk open – kan er wat frisse lucht naar binnen, die de gordijnen doet bewegen. Ik kan in de stoel gaan zitten, of op de vensterbank, handen gevouwen, en ernaar kijken. Er komt ook zonlicht door het raam; het valt op de vloer, die gemaakt is van hout, smalle stroken, glimmend gepoetst. Ik kan het poetsmiddel ruiken. Er ligt een kleed op de vloer, ovaal, gemaakt van vodden en oude lappen. Dat is de stijl waar ze dol op zijn: volkskunst, ouderwets, gemaakt door vrouwen, in hun vrije tijd, van dingen die verder geen nut meer hebben. Een terugkeer naar de traditionele waarden. Verteert vandaag niet wat u morgen kan ontbreken. Ik word niet verteerd. Wat ontbreekt mij?

Aan de muur boven de stoel een schilderijtje, ingelijst maar zonder glas ervoor, een reproductie van een aquarel: bloemen, blauwe lissen. Hebben we allemaal dezelfde reproductie, dezelfde stoel, dezelfde witte gordijnen? Staatseigendom?

Denk maar dat je in het leger zit, zei Tante Lydia.

Een bed. Eenpersoons, een middelhard matras, met daarop een witte, met kapok gevulde sprei. In het bed wordt uitsluitend geslapen – of niet geslapen. Ik probeer niet te veel te denken. Net als andere dingen moet ook het denken worden gerantsoeneerd. Er is veel waar je beter niet over kunt nadenken. Denken kan je kansen schaden, en ik wil nog langer leven dan vandaag. Ik weet waarom er geen glasplaat voor de aquarel met de blauwe lissen zit, en waarom het raam maar gedeeltelijk open kan en waarom de ruit van veiligheidsglas is. Ze zijn heus niet bang dat we weglopen. We zouden niet ver komen. Ze zijn bang voor die andere ontsnappingsmogelijkheden, die je in jezelf kunt openen, als je maar iets met een scherpe rand hebt.

Zo ziet de kamer er dus uit. Afgezien van de genoemde details kon het een logeerkamer in een universiteitsgebouw zijn, voor de minder prominente gasten, of een kamer in een ouderwets pension voor dames die in behoeftige omstandigheden zijn geraakt. Dat zijn wij nu ook. De omstandigheden zijn behoeftig geworden – voor diegenen onder ons die nog omstandigheden hebben.

Maar een stoel, zonlicht, bloemen: het is niet niks. Ik leef, ik adem, ik steek mijn geopende hand uit in het zonlicht. Hier wonen is geen gevangenschap maar een voorrecht, zoals Tante Lydia zei, die dol was op of/of.

De bel die de tijd meet rinkelt. De tijd wordt hier gemeten met bellen, zoals vroeger in nonnenkloosters. En net als in een nonnenklooster zijn hier ook weinig spiegels.

Ik sta op uit mijn stoel, schuif mijn voeten naar voren in het zonlicht, in de rode schoenen, met platte hakken om de rug te sparen en niet om op te dansen. De rode handschoenen liggen op het bed. Ik pak ze op, trek ze aan, vinger voor vinger. Alles behalve de vleugels rond mijn gezicht is rood: de kleur van bloed, die ons kenmerkt. De rok reikt tot de enkels en hangt in wijde plooien aan een platte kap die tot onder de borsten doorloopt, de mouwen zijn wijd. Ook de witte vleugels zijn voorgeschreven; ze moeten voorkomen dat we zien, maar ook dat we gezien worden. Rood heeft me nooit goed gestaan, het is mijn kleur niet. Ik pak de boodschappenmand, hang hem aan mijn arm.

De deur van de kamer – niet *mijn* kamer, ik weiger *mijn* te zeggen – is niet op slot. Hij sluit niet goed. Ik betreed de glanzend gepoetste gang; in het midden ligt een loper, grijsachtig roze. Als een bospad, als een rode loper voor koninklijk bezoek wijst hij me de weg.

De loper maakt een bocht en daalt de trap af, en ik daal mee, één hand op de trapleuning, eens een boom, gedraaid in een andere eeuw, warm glanzend gewreven. Het huis is laatvictoriaans, een familiehuis, gebouwd voor een grote rijke familie. In de gang een grote staande klok die de tijd verdeelt, en dan de deur naar de moederlijke zitkamer voor, met zijn vleestinten en bedekte aanwijzingen. Een zitkamer waarin ik nooit zit, maar uitsluitend sta of kniel. Aan het eind van de gang, boven de voordeur, bevindt zich een waaiervenster van gekleurd glas: bloemen, rood en blauw.

Er hangt nog één spiegel, aan de gangmuur. Als ik mijn hoofd draai, zodat de witte vleugels die mijn gezicht omlijsten mijn blik erheen leiden, kan ik hem zien wanneer ik de trap af loop, rond, convex, een penantspiegel, als het oog van een vis, en mijzelf daarin als een vervormde schaduw, een karikatuur, een sprookjesfiguur in een rode mantel, afdalend naar een moment van onvoorzichtigheid, en dus van gevaar. Een in bloed gedompelde Zuster.

Beneden aan de trap staat een kapstok-met-paraplubak van gebogen hout, een standaard met lange, ronde, op stoelsporten lijkende houten uitsteeksels, sierlijk gekruld tot kleerhaken die de vorm hebben van ontluikende varenbladeren. Er staan enkele paraplu's in: een zwarte voor de Bevelvoerder, een blauwe voor de Echtgenote van de Bevelvoerder, en de paraplu die aan mij is toegewezen, een rode. Ik laat de rode paraplu in de bak staan, omdat ik door het raam heb gezien dat het zonnig weer is. Ik vraag me af of de Echtgenote van de Bevelvoerder in de zitkamer is. Ze zit niet altijd. Soms hoor ik haar heen en weer lopen, een zware stap en dan een lichte, en het zachte tikken van haar wandelstok op het grijsroze tapijt.

Ik loop door de gang, langs de deur van de zitkamer en de deur die toegang geeft tot de eetkamer, open de deur aan het eind van de gang en ga de keuken binnen. Hier ruikt het niet langer naar boenwas. Rita is binnen. Ze staat bij de keukentafel, die bedekt is met een schilferend laagje wit email. Ze is gekleed in haar gewone Martha-jurk, die dofgroen is, als de operatiejas van een chirurg in de oude tijd. De jurk is, net als de mijne, lang en verhullend, maar zij draagt er een schort overheen en heeft geen witte vleugels en sluier. Ze sluiert zich wanneer ze de straat op gaat, maar het interesseert geen hond of iemand het gezicht van een Martha ziet. Haar mouwen zijn opgerold tot aan de ellebogen, zodat haar bruine armen zichtbaar zijn. Ze is bezig brood te maken: ze kneedt het deeg voor de laatste maal en boetseert dan de broden.

Rita ziet me en knikt – het is moeilijk uit te maken of dat bedoeld is als groet of alleen om te kennen te geven dat ze me heeft opgemerkt – en veegt haar handen, die onder het meel zitten, af aan haar schort en zoekt in de keukenla naar het bonnenboekje. Met gefronste wenkbrauwen scheurt ze er drie bonnen uit en geeft ze aan mij. Als ze lachte zou ze een vriendelijk gezicht hebben. Maar haar norse blik is niet persoonlijk bedoeld: haar afkeuring geldt mijn rode jurk, en datgene waar die jurk voor staat. Ze denkt dat ik misschien besmettelijk ben, als een ziekte of de een of andere vorm van onheil.

Soms luister ik aan gesloten deuren, iets wat ik in de oude tijd nooit gedaan zou hebben. Ik luister nooit lang, omdat ik niet betrapt wil worden. Maar één keer hoorde ik Rita tegen Cora zeggen dat ze zich niet op zo'n manier wenste te vernederen.

Niemand vraagt dat van je, zei Cora. En stel dat ze het wel vragen, wat kun je er dan tegen doen?

Naar de Koloniën gaan, zei Rita. Ze kunnen kiezen.

Bij de Onvrouwen gaan wonen, en omkomen van de honger en God weet wat nog meer? zei Cora. Je zou wel gek zijn.

Ze waren erwten aan het doppen; zelfs door de bijna dichte deur hoorde ik het lichte tikken van de erwten die in de metalen schaal vielen. Ik hoorde Rita, een grom of een zucht, van protest of van instemming.

Hoe het ook zij, ze doen het in het belang van ons allemaal, zei Cora, dat zeggen ze tenminste. Als ze mijn eileiders niet hadden afgebonden, had ik het kunnen zijn, gesteld dat ik tien jaar jonger was geweest. Zo slecht is het niet. Het is bepaald geen zwaar werk.

Zij liever dan ik, zei Rita, en ik deed de deur open. Ze keken zoals vrouwen kijken wanneer ze het achter je rug over je hebben gehad en denken dat jij het hebt gehoord: gegeneerd, maar ook een beetje uitdagend, alsof ze in hun recht stonden. Die dag was Cora aardiger tegen me dan normaal, Rita kribbiger.

Vandaag zou ik graag hier in de keuken willen blijven, ondanks Rita's gesloten gezicht en samengeknepen lippen. Cora zou binnen kunnen komen, met haar fles citroenolie en haar stofdoek, en Rita zou koffiezetten – in de huizen van de Bevelvoerders is er nog echte koffie – en we zouden aan Rita's keukentafel gaan zitten, die net zomin van Rita is als mijn tafel van mij, en we zouden praten, over pijntjes en kwaaltjes, ziekten, onze voeten, onze ruggen, alle vormen van last die onze lichamen ons, als ongezeglijke kinderen, kunnen bezorgen. We zouden elkaars stemmen met hoofdknikjes begeleiden, om duidelijk te maken dat we er alles van wisten. We zouden tips over allerlei geneesmiddeltjes uitwisselen en elkaar proberen te overtreffen in het opsommen van onze kwalen; we zouden zachtjes klagen, onze stemmen ingehouden en in mineur en somber als duiven in de dakgoot. *Ik weet wat je bedoelt*, zouden we zeggen. Of, een vreemde uitdrukking die je af en toe nog hoort uit de mond van oudere mensen: *Ik hoor waar je vandaan komt*, alsof de stem zelf een reiziger was, afkomstig uit een ver oord. En zo was het ook, zo is het ook.

Wat keek ik neer op dat soort gesprekken. Nu verlang ik ernaar. Het waren tenminste gesprekken. Een soort van gedachtewisseling.

Of we zouden gaan zitten roddelen. De Martha's weten het een en ander, ze hebben contact met elkaar, geven het onofficiële nieuws door van huis tot huis. Net als ik, luisteren ze ongetwijfeld aan deuren en zien ze het nodige, zelfs met afgewende blik. Ik heb ze er wel eens over gehoord, heb wel eens een vlaag van hun persoonlijke gesprekken opgevangen. *Het was doodgeboren.* Of: *Ze heeft haar met een breinaald in de buik gestoken. Ze was natuurlijk straaljaloers.* Of, de spanning er zo lang mogelijk in houdend: *Ze heeft toiletreiniger gebruikt. Het werkte perfect, al zou je toch denken dat-ie het wel geproefd heeft. Hij moet ladderzat zijn geweest, maar ze hebben haar toch gepakt.*

Of ik zou Rita helpen met brood maken en mijn handen in die zachte, weerbarstige, warme substantie steken die zo sterk op vlees lijkt. Ik hunker ernaar iets anders dan textiel of hout aan te raken. Ik hunker naar de handeling van het aanraken.

Maar zelfs als ik het zou vragen, zelfs als ik de gedragscode zo duidelijk zou overtreden, zou Rita het niet goed vinden. Ze zou te bang zijn. De Martha's worden geacht zich niet met ons te verbroederen.

Zich verbroederen, of *fraterniseren*, betekent *zich als een broer gedragen.*

Dat heeft Luke me een keer verteld. Hij zei dat er geen overeenkomstig woord was met de betekenis *zich als een zuster gedragen. Zich verzusteren* zou het moeten zijn, zei hij, of *sororiseren*, uit het Latijn. Hij was dol op dat soort wetenswaardigheden. Woordafleiding, merkwaardige uitdrukkingen. Ik zei altijd plagend tegen hem dat hij een echte schoolmeester was.

Ik pak de bonnen uit Rita's uitgestoken hand. Er staan afbeeldingen op van de dingen waarvoor ze ingewisseld kunnen worden: twaalf eieren, een stuk kaas, een bruine lap die voor een stukje vlees moet doorgaan. Ik stop ze in de van een ritssluiting voorziene zak in mijn mouw, waar ik mijn pasje bewaar.

'Vraag gerust om verse eieren,' zegt ze. 'Niet zoals de vorige keer. En zeg dat ze je een kuiken moeten geven, geen kip. Zeg er maar bij voor wie het is, dan maken ze er tenminste niet weer zo'n potje van.'

'Goed,' zeg ik. Ik glimlach niet. Waarom zou ik haar tot vriendschap proberen te verleiden?

3

Ik ga naar buiten door de achterdeur, de grote tuin in, die er keurig verzorgd bij ligt: een gazon in het midden, een wilgenboom, neerhangende katjes; langs de randen de bloemperken: de narcissen beginnen al te verdorren en de tulpen openen hun kelken, een zee van kleur. De tulpen zijn rood, wat donkerder bij de stengel, alsof ze herstellende zijn van een snijwond.

Deze tuin is het domein van de Echtgenote van de Bevelvoerder. Vanuit mijn raam van veiligheidsglas heb ik haar daar vaak gezien, haar knieën op een kussen, een lichtblauwe sluier over haar brede tuinhoed gedrapeerd, en naast haar een mand met een heggenschaar erin en stukjes touw om de bloemen op te binden. Een ter beschikking van de Bevelvoerder gestelde Wachter doet het zware spitwerk; de Echtgenote van de Bevelvoerder geeft hem instructies, wijzend met haar stok. Veel Echtgenotes hebben zo'n tuin, zodat zij ook iets hebben om te regelen, in stand te houden, voor te zorgen.

Ik had vroeger een tuin. Ik kan me de geur van de omgespitte aarde nog herinneren, de ronde vorm van bloembollen in mijn handen, de volheid, het droge ruisen van zaad tussen mijn vingers. Zo kon de tijd sneller verstrijken. Soms laat de Echtgenote van de Bevelvoerder een stoel naar buiten brengen en zit daar maar, in haar tuin. Van een afstand is het een vredig gezicht.

Ze is er nu niet, en ik begin me af te vragen waar ze wel is: ik loop de Echtgenote van de Bevelvoerder niet graag onverwacht tegen het lijf. Misschien zit ze te naaien in de zitkamer, met haar linkervoet op het bankje, in verband met haar jicht. Of ze breit sjaals voor de Engelen aan het front. Ik kan me nauwelijks voorstellen dat de Engelen er behoefte aan hebben; trouwens, de sjaals die de Echtgenote van de

Bevelvoerder maakt zijn te ingewikkeld. Ze heeft geen belangstelling voor het kruis-en-sterpatroon dat veel andere Echtgenotes gebruiken, het is geen uitdaging. Langs de randen van haar sjaals staan lange rijen sparren, of adelaars, of stijve menselijke figuurtjes, jongen en meisje, jongen en meisje. Het zijn geen sjaals voor volwassen mannen, maar voor kinderen.

Soms vermoed ik dat die sjaals helemaal niet naar de Engelen worden gestuurd, maar uitgehaald en weer tot kluwens gerold worden om opnieuw als breimateriaal dienst te doen. Misschien is het alleen maar de bedoeling om de Echtgenotes bezig te houden, om ze het gevoel te geven dat ze zich nuttig maken. Maar ik benijd de Echtgenote van de Bevelvoerder om haar breiwerk. Het is goed om een klein doel voor ogen te hebben dat gemakkelijk kan worden verwezenlijkt.

Waar benijdt ze mij om?

Ze praat niet tegen me, behalve wanneer het niet anders kan. Mijn aanwezigheid strekt haar tot schande; en ze heeft me nodig.

Toen ik vijf weken geleden op deze post kwam, stonden we voor het eerst oog in oog. De Wachter van het huis waar ik hiervoor gestationeerd was bracht me naar de voordeur. Op de dag van aankomst mogen we door de voordeur, maar daarna dienen we de achterdeur te gebruiken. Alles is nog in rep en roer, het is nog te vroeg, iedereen verkeert in onzekerheid over onze precieze status. Na een poosje wordt het of de voordeur, of de achterdeur.

Tante Lydia zei dat ze gedaan probeerde te krijgen dat het de voordeur zou worden. Jullie bekleden een ereplaats, zei ze.

De Wachter belde voor mij aan, maar voordat iemand het had kunnen horen en toesnellen ging de deur al open, naar binnen. Ze moet erachter hebben staan wachten. Ik had een Martha verwacht, maar in plaats daarvan was zij het, in haar lange kobaltblauwe gewaad, geen twijfel mogelijk.

Dus jij bent de nieuwe, zei ze. Ze ging niet opzij om me binnen te laten, ze bleef gewoon in de deuropening staan en versperde me de toegang. Ze wilde me ervan doordringen dat ik het huis alleen kon betreden als zij dat goed vond. Er is tegenwoordig heel wat geduw en gedrang rond dat soort drempels en opstapjes.

Ja, zei ik.

Laat maar op de veranda staan. Dat zei ze tegen de Wachter, die mijn tas droeg. De tas was van rood vinyl en tamelijk klein. Er was nog een tas, met de wintermantel en de zwaardere kleren, maar die zou later komen.

De Wachter zette de tas neer en groette haar. Toen hoorde ik zijn voetstappen achter me en even later het klikken van het hek, en ik had het gevoel alsof een beschermende arm werd teruggetrokken. De drempel van een nieuw huis is een eenzame plaats.

Ze wachtte tot de auto startte en wegreed. Ik keek niet naar haar gezicht, maar naar dat deel van haar dat ik met gebogen hoofd kon zien: haar blauwe middel, mollig, haar linkerhand op het ivoren handvat van haar stok, de grote diamanten op de ringvinger, die vroeger heel fraai moest zijn geweest en nog steeds goed werd verzorgd, de tot een zachte curve gevijlde nagel aan de top van de knokkelige vinger. Die nagel was als een ironische glimlach, als iets wat de spot met haar dreef.

Je mag wel binnenkomen hoor, zei ze. Ze draaide me de rug toe en liep strompelend de gang in. Doe de deur achter je dicht.

Ik droeg de rode tas naar binnen, zoals ongetwijfeld haar bedoeling was, en sloot de deur. Ik zei niets tegen haar. Tante Lydia had gezegd dat je het beste kon zwijgen, tenzij ze je een rechtstreekse vraag stelden. Probeer het vanuit hun standpunt te bekijken, had ze gezegd, handenwringend en met een nerveuze, smekende glimlach. Ze hebben het niet makkelijk.

Hierheen, zei de Echtgenote van de Bevelvoerder. Toen ik de zitkamer binnenging zat ze al in haar stoel, haar linkervoet op het bankje met het geborduurde kussen, rozen in een korf. Haar breiwerk lag naast haar stoel op de grond, de naalden erdoor gestoken.

Ik stond met gevouwen handen voor haar. Zo, zei ze. Ze klemde een sigaret tussen haar lippen en stak hem aan. In die stand waren haar lippen dun, met de verticale lijntjes eromheen die je vroeger in advertenties voor lippencosmetica zag. De aansteker was ivoorkleurig. De sigaretten moeten op de zwarte markt zijn gekocht, dacht ik, en dat gaf me hoop. Zelfs nu er geen echt geld meer is, bestaat er nog steeds een zwarte markt. Er is altijd een zwarte markt, er is altijd iets wat kan worden geruild. Ze was dus een vrouw die de voorschriften met een korreltje zout nam. Maar wat had ik te ruilen?

Ik keek hunkerend naar de sigaret. Net als sterkedrank en koffie zijn sigaretten voor mij verboden.

Dus bij Dinges is het niet gelukt, zei ze.

Nee mevrouw, zei ik.

Ze leek even te lachen, hoestte. Dan heeft hij pech gehad, zei ze. Dit is je tweede, hè?

Derde, mevrouw, zei ik.

Niet zo goed, voor geen van beiden, zei ze. Nog een hoestlachje. Ga maar zitten. Ik maak er geen gewoonte van, maar deze ene keer kan het wel.

Ik ging zitten, op het randje van een van de stoelen met harde rugleuning. Ik wilde mijn blik niet door de kamer laten dwalen, ik wilde geen onverschillige indruk op haar maken; en dus waren de marmeren schoorsteenmantel aan mijn rechterhand en de spiegel ertegenover en de bossen bloemen niet meer dan schaduwen aan de randen van mijn gezichtsveld.

Nu was haar gezicht op gelijke hoogte met het mijne. Ik meende haar te herkennen; ze had althans iets vertrouwds. Er was onder haar sluier een klein stukje van haar haar te zien. Het was nog steeds blond. Ik dacht op dat moment dat ze het misschien gebleekt had, dat ze via de zwarte markt ook aan een haarkleurmiddel kon komen, maar ik weet nu dat het echt blond is. Haar wenkbrauwen waren geëpileerd tot dunne, gebogen lijntjes, die haar een permanente uitdrukking van verbazing verleenden, of van verontwaardiging, of van nieuwsgierigheid, zoals je bij een geschrokken kind ziet, maar haar oogleden wezen op grote vermoeidheid. Haar ogen niet – die hadden de vijandige, effen blauwe kleur van een stralende zomerhemel, een blauw dat je buitensluit. Haar neus moest vroeger wat men noemde bevallig zijn geweest, maar was nu te klein voor haar gezicht. Haar gezicht was niet dik, maar het was groot. Er liepen twee lijnen omlaag vanaf haar mondhoeken; daartussen zat, als een gebalde vuist, haar kin.

Ik wil je zo weinig mogelijk zien, zei ze. Ik verwacht dat je net zo over mij denkt.

Ik gaf geen antwoord, omdat ja beledigend zou zijn geweest en nee tegenstrijdig.

Ik weet dat je niet dom bent, vervolgde ze. Ze inhaleerde en blies de rook weer uit. Ik heb je dossier gelezen. Wat mij betreft is dit gewoon een zakelijke transactie. Maar als je mij in de problemen brengt, kun je problemen terugverwachten. Begrepen?

Ja mevrouw, zei ik.

Noem me geen mevrouw, zei ze geërgerd. Je bent geen Martha.

Ik vroeg niet hoe ik haar wel moest aanspreken, omdat ik zag dat ze hoopte dat ik nooit de gelegenheid zou krijgen om haar nog eens aan te spreken. Ik was teleurgesteld. Ik wilde, toen, een oudere zuster van haar maken, een moederfiguur, iemand die me begreep en beschermde. De Echtgenote in mijn vorige huis bracht het grootste deel van haar tijd in de slaapkamer door; de Martha's zeiden dat ze dronk. Ik wilde dat deze anders zou zijn. Ik wilde mezelf wijsmaken dat ik haar aardig zou hebben gevonden in een andere tijd, op een andere plaats, in een ander leven. Maar ik zag meteen dat ik haar niet aardig gevonden zou hebben, en zij mij niet.

Ze maakte haar half opgerookte sigaret uit in een kleine, met krullen versierde asbak op het tafeltje naast haar. Ze deed het met één resoluut gebaar, niet met de reeks beschaafde klopbeweginkjes waar veel Echtgenotes de voorkeur aan geven.

Wat mijn man betreft, zei ze, hij is mijn echtgenoot en niets anders. Laat dat duidelijk zijn. Tot de dood ons scheidt. Punt. Uit.

Ja mevrouw, zei ik nog een keer, vergeetachtig. De meisjes hadden vroeger poppen die begonnen te praten wanneer je aan een koordje op de rug trok; zo klonk ik nu ook, dacht ik, het monotone stemgeluid van een pop. Ze had waarschijnlijk zin om me een klap in het gezicht te geven. Ze mogen ons slaan, het komt voor in de Bijbel. Maar niet met een voorwerp. Alleen met hun handen.

Het is een van de dingen waarvoor we hebben gevochten, zei de Echtgenote van de Bevelvoerder, en plotseling keek ze me niet meer aan, ze keek omlaag naar haar knokige, met diamanten versierde handen, en toen wist ik waar ik haar eerder had gezien.

De eerste keer was op de televisie, toen ik acht of negen was. Het was zondagmorgen; mijn moeder sliep uit, maar ik stond altijd vroeg op, liep naar het televisietoestel in mijn moeders studeerkamer en probeerde alle zenders, op zoek naar een tekenfilm. Als er geen tekenfilm te vinden was, keek ik naar *De Blijde Boodschap*, waarin Bijbelverhalen voor kinderen werden verteld en gezangen ten gehore werden gebracht. Een van de vrouwen heette Serena Joy. Ze was de eerste sopraan. Ze was asblond, tenger, had een korte dikke neus en grote blauwe ogen die ze tijdens het zingen ten hemel hief. Ze kon tegelijkertijd lachen en huilen; alsof het afgesproken werk was, gleden een of twee tranen sierlijk over haar wang omlaag terwijl haar stem zich in een moeiteloos tremolo door de hoogste noten werkte. Na die tijd was ze andere dingen gaan doen.

De vrouw die tegenover me zat was Serena Joy. Of was vroeger Serena Joy geweest. Het was dus nog erger dan ik had gedacht.

4

Ik loop over het grindpad dat de achtertuin in twee stukken verdeelt, netjes, als een scheiding in het haar. Het heeft vannacht geregend; het gras aan weerskanten is nat, de lucht vochtig. Hier en daar wormen, een aanwijzing dat de grond vruchtbaar is, getroffen door de zon, half dood; elastisch en roze, als lippen.

Ik doe het witte tuinhek open en loop verder, langs het voorgazon, naar het hek. Op de oprijlaan is een van de aan ons huis toegewezen Wachters de auto aan het wassen. Dat moet betekenen dat de Bevelvoerder thuis is, in zijn privévertrek, ergens achter de eetkamer, waar hij meestal schijnt te zijn.

Het is een peperdure auto, een Whirlwind; beter dan de Chariot, veel beter dan de compacte, praktische Behemoth. Hij is natuurlijk zwart, de kleur van prestige of van een lijkwagen, en lang en glanzend. De bestuurder streelt hem liefdevol met een zeem. Eén ding is tenminste niet veranderd: de manier waarop mannen goede auto's liefkozen.

Hij draagt het uniform van de Wachters, maar zijn pet staat zwierig schuin op zijn hoofd en hij heeft zijn mouwen tot aan de ellebogen opgerold, zodat zijn onderarmen zichtbaar zijn, gebruind maar overdekt met donkere haren. Hij staat daar met een sigaret in zijn mondhoek, wat erop wijst dat ook hij iets heeft om op de zwarte markt te ruilen.

Ik weet hoe deze man heet: *Nick.* Ik weet dat omdat ik Rita en Cora over hem heb horen praten, en eenmaal heb ik de Bevelvoerder tegen hem horen zeggen: Nick, ik heb de auto niet meer nodig.

Hij woont hier, in het huis, boven de garage. Een man van gering aanzien: hij heeft geen vrouw toegewezen gekregen, niet één. Hij telt niet mee: de een of andere tekortkoming, geen invloedrijke relaties.

Maar hij gedraagt zich alsof hij het niet weet of er niets om geeft. Hij is te nonchalant, hij is niet onderdanig genoeg. Het kan domheid zijn, maar ik denk het niet. Er zit een luchtje aan, zeiden ze vroeger, of: ik ruik rottigheid. Onaangepastheid als geur. Ongewild probeer ik me voor te stellen hoe hij ruikt. Niet naar rottigheid, maar naar gebronsde huid, vochtig in de zon, bedekt met een waas van rook. Ik zucht, haal diep adem.

Hij kijkt me aan en ziet me kijken. Hij heeft een Frans gezicht, mager, grillig, allemaal vlakken en hoeken, met plooien rond de mond op de plaats waar hij glimlacht. Hij doet een laatste trek aan de sigaret, laat hem op de oprijlaan vallen en trapt erop. Hij begint te fluiten. Dan geeft hij me een knipoog.

Ik buig het hoofd en draai het zodanig dat de witte vleugels mijn gezicht verbergen, en loop door. Hij heeft daarnet een risico genomen, maar waarvoor? Als ik hem nu eens zou aangeven, wat dan?

Misschien was hij alleen maar vriendelijk. Misschien heeft hij mijn glimlach verkeerd geïnterpreteerd. Het was me eigenlijk alleen om zijn sigaret te doen.

Misschien was het een proef, om te zien wat ik zou doen.

Misschien is hij een Speurder.

Ik doe het hek open en sluit het achter me, waarbij ik omlaag maar niet achterom kijk. Het trottoir is van rode baksteen. Dat is het landschap waarop ik me concentreer, een veld van rechthoeken, zacht golvend op plaatsen waar de grond iets omhooggedrukt is als gevolg van tientallen winters met strenge vorst. De kleur van de stenen is oud, en toch helder en fris. De trottoirs worden beter schoongehouden dan vroeger.

Ik loop naar de hoek en wacht. Ik was nooit goed in wachten. Zij dienen ook, die slechts te wachten staan,* zei Tante Lydia. We moesten het van haar uit ons hoofd leren. Ze zei ook: Jullie zullen het niet allemaal redden. Sommigen van jullie zullen op droge grond of op distels vallen. Sommigen van jullie hebben te korte wortels. Ze had een moedervlek op haar kin die op en neer ging wanneer ze praatte. Ze zei:

* 'They also serve who only stand and wait.' Slotregel van het beroemde sonnet 'On his Blindness' van Milton. (Vert.)

Beschouw jezelf als een zaadkorrel. Ze zei het met een poeslief stemmetje, samenzweerderig, als de stem van de vrouwen die vroeger balletles gaven aan kinderen en zeiden: Armen in de lucht, we doen allemaal alsof we bomen zijn.

Ik sta op de hoek en doe alsof ik een boom ben.

Een gestalte, rood met witte vleugels rond het gezicht, een gestalte als de mijne, een onopvallende vrouw met een mandje, komt over het brede trottoir naar me toe lopen. Ze blijft vlak voor me staan en we turen naar elkaars gezicht, door de witte tunnels van textiel die ons omsluiten. Ze is het.

'Gezegend zij de vrucht,' zegt ze tegen me, onze gewone groet.

'Moge de Here openen,' antwoord ik, de gewone wedergroet. We draaien ons om en lopen samen langs de grote huizen, naar het stadscentrum. We mogen daar uitsluitend met z'n tweeën naartoe. Dat is zogenaamd om ons te beschermen, maar het idee is absurd: we zijn al goed beschermd. In werkelijkheid is zij mijn spionne, en ik de hare. Als een van ons tijdens onze dagelijkse wandeling de benen neemt, is de ander verantwoordelijk.

Deze vrouw is nu twee weken mijn partner. Ik weet niet wat er met de vorige gebeurd is. Op een dag was ze er eenvoudig niet meer, en deze vrouw nam haar plaats in. Het is niet het soort dingen waar je vragen over stelt, want het antwoord wil je meestal maar liever niet horen. Je zou trouwens toch geen antwoord krijgen.

Deze is wat molliger dan ik. Ze heeft bruine ogen. Ze heet Vanglen, en dat is zo'n beetje alles wat ik van haar weet. Ze loopt zedig, met gebogen hoofd, de roodgehandschoende handen gevouwen, met korte stapjes, als een gedresseerd varken dat op zijn achterpoten loopt. Tijdens deze wandelingen heeft ze nooit iets gezegd wat niet voor honderd procent met de officiële leer strookte, maar dat geldt ook voor mij. Misschien is ze een ware gelovige, meer dan alleen in naam een Dienstmaagd. Ik kan het risico niet nemen.

'Ik hoorde dat het goed gaat met de oorlog,' zegt ze.

'God zij geloofd,' antwoord ik.

'We zijn gezegend met mooi weer.'

'Ik aanvaard het met vreugde.'

'Ze hebben sinds gisteren nog meer rebellen verslagen.'

'God zij geloofd,' zeg ik. Ik vraag haar niet hoe ze het weet. 'Wat waren het?'

'Baptisten. Ze hadden zich verschanst in de Blue Hills. Ze hebben ze verdreven.'

'God zij geloofd.'

Soms verlang ik ernaar dat ze haar mond houdt en me onder het lopen met rust laat. Maar ik snak naar nieuws, wat voor nieuws dan ook; zelfs als het vals nieuws is, moet het iets betekenen.

We komen bij de eerste versperring, die lijkt op de afzetting bij wegwerkzaamheden of een opengelegd riool: een houten sint-andrieskruis met gele en zwarte strepen, een rode zeshoek die Stop betekent. Bij de doorgang hangen wat lantaarns; ze branden niet, omdat het geen nacht is. Boven ons, weet ik, bevinden zich schijnwerpers, opgehangen aan de telefoonpalen, voor noodsituaties, en er zitten mannen met machinegeweren in de kleine bunkers aan weerskanten van de weg. Ik zie de schijnwerpers en de bunkers niet door de vleugels rond mijn gezicht. Maar ik weet dat ze er zijn.

Achter de versperring, bij de smalle doorgang, worden we opgewacht door twee mannen in het groene uniform van de Wachters des Geloofs, met de onderscheidingstekens op hun schouders en baretten: twee gekruiste zwaarden boven een witte driehoek. De Wachters zijn geen echte militairen. Ze worden gebruikt voor de gewone bewaking en ander minder interessant werk, het omspitten van de tuin van de Echtgenote van de Bevelvoerder bijvoorbeeld, en ze zijn of oliedom, of op leeftijd, of invalide, of piepjong, afgezien van degenen die geheime Speurders zijn.

Deze twee zijn piepjong: één snor is nog dun, één gezicht zit nog onder de puistjes. Hun jeugdigheid is ontroerend, maar ik weet dat ik me er niet door laat bedriegen. De jongeren zijn vaak het gevaarlijkst, het fanatiekst, het ongedurigst met hun vuurwapens. Ze hebben nog niet veel tijd gehad om over het bestaan na te denken. Je moet geduld met ze hebben.

Vorige week hebben ze hier een vrouw doodgeschoten, een Martha. Ze zocht in haar mantel naar haar pasje, maar zij dachten dat ze een bom tevoorschijn wilde halen. Ze dachten dat het een verklede man was. Er zijn meer van zulke incidenten geweest.

Rita en Cora kenden de vrouw. Ik hoorde ze erover praten, in de keuken.

Ze deden hun werk, zei Cora. Ze waakten voor onze veiligheid.

Niets is zo veilig als de dood, zei Rita boos. Ze viel niemand lastig. Er was geen reden om haar dood te schieten.

Het was een ongeluk, zei Cora.

Helemaal niet, zei Rita. Alles gebeurt met opzet. Ik hoorde haar smijten met de pannen in de gootsteen.

Maar ze zullen het in ieder geval wel uit hun hoofd laten om dit huis in de lucht te laten vliegen, zei Cora.

Doet er niet toe, zei Rita. Ze werkte hard. Het was een akelige dood.

Ik kan het me wel akeliger voorstellen, zei Cora. Het ging in elk geval snel.

Zeg dat wel, zei Rita. Ik zou liever eerst nog wat tijd hebben. Om alles in orde te maken.

De twee jeugdige Wachters groeten ons door drie vingers aan de rand van hun baret te brengen. We hebben recht op dat soort symbolen. Ze moeten ons eerbied betonen in verband met de aard van onze dienstbaarheid.

We halen onze pasjes uit de ritszakken in onze wijde mouwen, en ze worden gecontroleerd en gestempeld. Eén man gaat de rechterbunker binnen om onze nummers in te toetsen op de Compuchek.

Terwijl hij mijn pasje teruggeeft, laat de man met de perzikkleurige snor zijn hoofd zakken om een blik op mijn gezicht te kunnen werpen. Ik hef mijn hoofd een beetje op om hem te helpen, en hij ziet mijn ogen en ik de zijne, en hij bloost. Hij heeft een lang en droevig gezicht, als van een schaap, maar met de grote ronde ogen van een hond, een spaniël, geen terriër. Zijn huid is bleek en ziet er ongezond teer uit, als de huid onder een korst. Toch denk ik erover mijn hand op dit onbeschermde gezicht te leggen. Hij is degene die zich afwendt.

Het is een voorval, een kleine overtreding van de regels, zo onbeduidend dat het niet te achterhalen is, maar deze momenten vormen de beloning die ik voor mezelf opeis, als de snoepjes die ik als kind achter in een la opspaarde. Zulke momenten zijn mogelijkheden, minuscule kijkgaatjes.

Als ik nu eens 's nachts kwam, als hij alleen hier is – al zal die eenzaamheid hem nooit vergund zijn – en hem voorbij mijn witte vleugels zou laten? Als ik nu eens mijn rode gewaad zou uittrekken en me aan hem, aan hen beiden, zou tonen, bij het flakkerende licht van de lantaarns? Daar moeten ze af en toe natuurlijk aan denken, wanneer ze een eeuwigheid naast deze versperring staan waar nooit iemand anders langskomt dan de Bevelvoerders der Gelovigen in hun lange zwarte zacht zoemende auto's, of hun blauwe Echtgenotes of witgesluierde dochters, trouw op weg naar een Reddingsbijeenkomst of een Grote Gebedsshow, of hun zwaarlijvige groene Martha's, of af en toe een Geboortemobiel, of hun rode Dienstmaagden, te voet. Of soms een zwartgeverfd busje, met het gevleugelde witte oog op de zijkant. De ramen van de busjes zijn van donker glas, en de mannen op de voorbank dragen een donkere bril: een dubbele duisternis.

De busjes maken duidelijk minder lawaai dan de andere auto's. Wanneer ze voorbijrijden, wenden we onze blik af. Wanneer er geluid uit de busjes komt, proberen we het niet te horen. Niemands hart is volmaakt.

Wanneer de zwarte busjes bij een controlepost komen, mogen ze zonder oponthoud doorrijden. De Wachters peinzen er niet over om naar binnen te kijken, de busjes te doorzoeken, hun autoriteit in twijfel te trekken. Wat ze ook denken.

Als ze denken; je kunt het niet aan ze zien.

Maar waarschijnlijk denken ze niet aan uitgetrokken kleren op het gazon. Als ze aan een kus denken, moeten ze onmiddellijk daarna denken aan aanfloepende schijnwerpers en geweerschoten. In plaats daarvan denken ze aan het vervullen van hun plicht en aan hun promotie tot Engel, en aan toestemming om te gaan trouwen, om dan later, als ze genoeg macht hebben verworven en oud genoeg zijn, hun eigen Dienstmaagd toegewezen te krijgen.

De man met de snor doet het kleine voetgangershek voor ons open en maakt ruim baan, en wij lopen door. Terwijl we ons verwijderen, weet ik dat ze naar ons kijken, deze twee mannen die geen vrouw mogen aanraken. In plaats daarvan raken ze ons met hun ogen aan en ik wieg een beetje met mijn heupen, zodat ik de wijde rode rok om me heen voel zwaaien. Het is net zoiets als een lange neus maken van achter een hek of het plagen van een hond door een kluif net buiten zijn bereik te houden, en ik schaam me over mijn eigen gedrag, omdat deze mannen er helemaal niets aan kunnen doen, ze zijn nog te jong.

Dan merk ik dat ik me eigenlijk helemaal niet schaam. Ik geniet van deze macht; de macht van een hondenkluif, passief maar aanwezig. Ik hoop dat ze een stijve krijgen als ze ons zien en stiekem tegen het hek moeten gaan staan schuren. Ze zullen het moeilijk hebben, 's nachts, in hun streng gecontroleerde bedden. Ze hebben geen uitlaatklep behalve zichzelf, en dat is een doodzonde. Er zijn geen tijdschriften meer, geen films, geen surrogaten; alleen ik en mijn schaduw, weglopend van de twee mannen, die stram in de houding staan bij een wegversperring en naar onze verdwijnende gestalten kijken.

5

Verdubbeld loop ik door de straat. Hoewel we niet langer op het terrein van de Bevelvoerder zijn, staan ook hier grote huizen. Voor een ervan is een Wachter het gras aan het maaien. De gazons liggen er keurig bij, de gevels zijn elegant en goed onderhouden; ze lijken op de mooie foto's die vroeger werden afgedrukt in tijdschriften over huizen en tuinen en binnenhuisarchitectuur. Hier heerst dezelfde afwezigheid van mensen, dezelfde slaperige sfeer. De straat lijkt wel een museum, of een straat in een modelstad die is aangelegd om te laten zien hoe de mensen vroeger woonden. Net als op die foto's, in die musea, in die modelsteden, zijn er geen kinderen.

Dit is het hart van Gilead, waar de oorlog niet kan doordringen, behalve via de televisie. Waar de grenzen liggen weten we niet precies, ze verschuiven met elke aanval en tegenaanval; maar dit is het centrum, waar niets beweegt. De Republiek Gilead, zei Tante Lydia, kent geen grenzen. Gilead is binnen in je.

Vroeger woonden hier artsen, advocaten, professoren. Er zijn geen advocaten meer, en de universiteit is gesloten.

Luke en ik liepen af en toe samen door deze straten. We zeiden dan tegen elkaar dat we later ook zo'n groot, oud huis zouden kopen en het zelf zouden opknappen. We zouden een tuin hebben, met schommels voor de kinderen. We zouden kinderen hebben. Hoewel we wisten dat we het ons waarschijnlijk nooit zouden kunnen veroorloven, was het iets om over te praten, een spelletje voor de zondag. Die vrijheid lijkt nu bijna gewichtloos.

We komen in een grote straat met meer verkeer. Auto's rijden voorbij, de meeste zwart, sommige grijs en bruin. Er lopen andere vrouwen met mandjes, sommige in het rood, sommige in het gedekte groen van de Martha's, sommige in de gestreepte jurken, rood en blauw en groen en goedkoop en armetierig, waardoor de echtgenotes van de armere mannen zich kenmerken. Econovrouwen worden ze genoemd. Deze vrouwen zijn niet naar functie ingedeeld. Ze moeten alles doen; als ze dat kunnen. Soms komt er een vrouw voorbij die helemaal in het zwart gekleed gaat, een weduwe. Er waren er vroeger meer, maar hun aantal schijnt af te nemen.

Je ziet de Echtgenotes van de Bevelvoerders niet op de trottoirs. Alleen in auto's.

De trottoirs bestaan hier uit cementtegels. Als kind probeerde ik niet op de gleuven tussen de tegels te stappen. Ik denk terug aan mijn voeten op dit trottoir, in de oude tijd, en aan de schoenen die ik toen droeg. Soms waren het sportschoenen, met sterk verende zolen en luchtgaatjes en sterren van fluorescerend materiaal die 's avonds het licht weerkaatsten. Maar ik liep nooit 's avonds, en overdag alleen op drukke wegen.

Vrouwen waren toen niet beschermd.

Ik herinner me nog de regels, ongeschreven regels die iedere vrouw kende: laat nooit een vreemde man binnen, ook al zegt hij dat hij van de politie is. Laat hem zijn legitimatiebewijs onder de deur door schuiven. Stop nooit onderweg om een automobilist te helpen die doet alsof hij motorpech heeft. Hou het portier op slot en rij door. Als iemand fluit, kijk dan niet achterom. Ga nooit in je eentje 's avonds een wasserette binnen.

Ik denk terug aan de wasserettes. Wat ik er droeg: shorts, een spijkerbroek, een trainingspak. Wat ik er in de automaat stopte: mijn eigen kleren, mijn eigen zeeppoeder, mijn eigen geld, geld dat ik zelf had verdiend. Ik denk terug aan de macht die ik toen had.

Nu lopen we door dezelfde straat, in rode paren, en geen man slingert ons obscene opmerkingen naar het hoofd, praat tegen ons, raakt ons aan. Niemand fluit.

Er zijn verschillende soorten vrijheid, zei Tante Lydia. Vrijheid om en vrijheid van. Toen alles nog een bende was, had iedereen de vrijheid om. Nu krijgen jullie vrijheid van. Denk er niet te gering over.

Voor ons, aan onze rechterhand, is de winkel waar we onze kleren laten maken. Er hangt een groot houten bord aan de gevel, in de vorm van een gouden lelie; Leliën des Velds heet de winkel. Je kunt de plaats nog zien, onder de lelie, waar de letters stonden toen ze besloten dat zelfs de namen van winkels een te grote verleiding voor ons vormden. Tegenwoordig zijn openbare gebouwen alleen herkenbaar aan hun borden.

Leliën was vroeger een bioscoop. Er kwamen veel studenten; elk voorjaar hielden ze een Humphrey Bogart-festival, met Lauren Bacall of Katherine Hepburn, zelfstandige, resolute vrouwen. Ze droegen blouses met knoopjes aan de voorkant die de mogelijkheden van het woord *uitkleden* opriepen. Deze vrouwen konden worden uitgekleed; of niet. Ze leken te kunnen kiezen. Wij leken toen te kunnen kiezen. We vormden een samenleving, zei Tante Lydia, die ten onder ging aan te veel keuzemogelijkheden.

Ik weet niet wanneer ze met het festival gestopt zijn. Ik moet toen al volwassen zijn geweest, en heb er dus niets van gemerkt.

We gaan niet naar binnen bij Leliën, maar steken de weg over en lopen een zijstraat in. De eerste winkel die we binnengaan heeft ook een houten bord: drie eieren, een bij, een koe. Melk en Honing. Er staat een rij, en we wachten tot we aan de beurt zijn, twee aan twee. Ik zie dat ze vandaag sinaasappelen hebben. Sinds we Midden-Amerika zijn kwijtgeraakt aan de Libertheo's zijn sinaasappelen moeilijk te krijgen: soms zijn ze er, soms niet. De oorlog houdt de sinaasappelen uit Californië tegen, en zelfs op Florida valt geen staat te maken wanneer er wegversperringen zijn of wanneer de spoorlijn is opgeblazen. Ik kijk naar de sinaasappelen, zou er dolgraag een willen verorberen. Maar ik heb niet genoeg bonnen bij me. Ik denk dat ik het Rita ga vertellen. Ze zal blij zijn. Het is tenminste iets, een klein succesje, wanneer ik met het verhaal over de sinaasappelen kom.

Degenen die de toonbank hebben bereikt overhandigen hun bonnen aan de twee mannen in Wachter-uniform die erachter staan. Niemand zegt veel, ook al heerst er een grote bedrijvigheid, en de hoofden van de vrouwen bewegen schichtig heen en weer: hier, in de winkel, zou je iemand kunnen ontmoeten die je kent, die je in de oude tijd hebt gekend, of in het Rode Centrum. Al vang je alleen maar een glimp van een bekend gezicht op, het geeft je toch weer hoop. Als ik Moira kon zien, alleen maar zien, weten dat ze nog leeft. Het is nu moeilijk voor te stellen dat ik een vriendin zou hebben.

Maar Vanglen, naast me, kijkt niet. Misschien kent ze niemand meer. Misschien zijn ze allemaal verdwenen, de vrouwen die ze heeft gekend. Of misschien wil ze niet gezien worden. Ze staat daar zwijgend, met gebogen hoofd.

Terwijl we in onze dubbele rij staan te wachten, gaat de deur open en komen er nog twee vrouwen binnen, beiden in het rode gewaad met de witte vleugels, het uniform van de Dienstmaagd. Een van hen is hoogzwanger; haar buik, onder haar wijde kleding, zwelt triomfantelijk. Er ontstaat beweging in het vertrek, gemompel, ontsnappende adem; zonder het te willen draaien we onze hoofden, openlijk, om beter te kunnen zien; onze vingers jeuken om haar aan te raken. Ze is voor ons een magische verschijning, een voorwerp van afgunst en verlangen, we hunkeren naar haar. Ze is een vlag op een heuveltop, die ons toont wat er nog bereikt kan worden: ook voor ons is er nog redding mogelijk.

De vrouwen in het vertrek fluisteren, praten bijna, zo groot is hun opwinding.

'Wie is dat?' hoor ik achter me.

'Vanwayne. Nee. Vanwarren.'

'Opschepster,' sist een stem, en dat is waar. Een vrouw die zo duidelijk zwanger is, hoeft de straat niet op te gaan, hoeft geen boodschappen te doen. De dagelijkse wandeling is niet langer voorgeschreven, om haar buikspieren in goede conditie te houden. Ze heeft alleen de grondoefeningen nodig, de ademhalingsgymnastiek. Ze zou best in haar huis kunnen blijven. En het is gevaarlijk voor haar om de straat op te gaan, er moet een Wachter buiten voor de deur staan die op haar let. Nu ze draagster van nieuw leven is, staat ze dichter bij de dood en heeft ze bijzondere bescherming nodig. Ze zou het slachtoffer kunnen worden van jaloezie; zoiets is al vaker gebeurd. Alle kinderen zijn tegenwoordig gewenst, maar niet door iedereen.

Maar de wandeling kan een vreemde gril van haar zijn, en ze knijpen een oogje dicht wanneer een zwangerschap al zo ver is en er zich nooit een miskraam heeft voorgedaan. Of misschien is het er zo een die de hele wereld op haar nek neemt, een martelares. Ik vang een glimp van haar gezicht op als ze haar hoofd opricht om rond te kijken. De stem achter me had gelijk. Ze is hier om zich te laten bekijken. Ze ziet rood van opwinding, ze geniet van elk ogenblik dat ze hier staat.

'Stil,' zegt een van de Wachters achter de toonbank, en we verstommen als schoolmeisjes.

Vanglen en ik hebben de toonbank bereikt. We overhandigen onze bonnen, en een van de Wachters toetst de nummers die erop staan in op de Compubite terwijl de andere ons onze aankopen overhandigt, de melk, de eieren. We stoppen alles in onze manden en gaan weer naar buiten, langs de zwangere vrouw en haar metgezellin, die er spichtig en gekrompen uitziet, zoals wij allemaal. De buik van de zwangere vrouw lijkt op een reusachtige vrucht. *Reuzekolossaal*, woord uit mijn jeugd. Haar handen rusten erop alsof ze hem willen beschermen, of alsof ze er warmte en kracht aan willen ontlenen.

Terwijl ik haar passeer kijkt ze me recht in de ogen, en ik weet wie ze is. Ze zat met mij in het Rode Centrum, een van Tante Lydia's lievelingetjes. Ik heb haar nooit gemogen. Haar naam, in de oude tijd, was Janine.

Janine kijkt me dus aan, en rond haar mondhoeken zie ik de sporen van een zelfgenoegzaam lachje. Ze tuurt omlaag naar de plaats waar mijn eigen buik plat onder mijn rode gewaad ligt, en de vleugels bedekken haar gezicht. Ik kan alleen een stukje van haar voorhoofd zien, en de rozige punt van haar neus.

Dan gaan we naar Alle Vlees, aangeduid door een grote houten varkenskotelet die aan twee kettingen hangt. Er staat hier geen lange rij: vlees is duur, en zelfs Bevelvoerders eten het niet elke dag. Maar Vanglen haalt biefstuk, en dat is de tweede keer deze week. Ik zal het de Martha's vertellen: dat zijn de dingen waar ze graag over horen. Ze zijn bijzonder geïnteresseerd in hoe andere huishoudingen worden gevoerd; dat soort roddeltjes geeft ze een aanleiding tot trots of ontevredenheid.

Ik pak het kuiken, in slagerspapier gewikkeld en met touw ingebonden. Er zijn niet veel dingen meer van plastic. Ik herinner me die onmetelijke aantallen witte plastic boodschappentasjes van de supermarkt; ik vond het zonde om ze weg te gooien en propte ze in het kastje onder de gootsteen, tot de dag kwam dat er te veel in zaten en ze bij het openen van het kastdeurtje naar buiten kwamen en over de vloer gleden. Luke klaagde er vaak over. Af en toe pakte hij alle tasjes en gooide ze eruit.

Ze zou er wel eens een over haar hoofd kunnen doen, zei hij dan. Je weet dat kleine kinderen overal mee willen spelen. Dat zou ze nooit doen, zei ik dan. Daar is ze te groot voor. (Of te verstandig, of te fortuinlijk.) Maar ik huiverde van angst, en omdat ik me schuldig voelde over zo veel onvoorzichtigheid. Ik dacht te weinig na over de dingen, dat was een feit; ik vertrouwde in die tijd op het lot. Ik stop ze in een hogere kast, zei ik. Je moet ze helemaal niet bewaren, zei hij dan. We gebruiken ze nooit ergens voor. Als vuilniszakken, zei ik. En dan zei hij...

Niet hier, niet nu. Niet waar mensen naar me kijken. Ik draai me om, zie mijn silhouet in het raam van plaatglas. We zijn weer buiten, we staan op straat.

Er komt een groep mensen naar ons toe. Het zijn toeristen, uit Japan zo te zien, een handelsdelegatie wellicht, die een rondgang maakt langs historische plaatsen of wat van de plaatselijke sfeer wil opsnuiven. Ze zijn heel klein en keurig gekleed; elk heeft zijn of haar eigen fototoestel, zijn of haar eigen glimlach. Ze kijken om zich heen met stralende ogen, terwijl ze het hoofd schuin houden, als roodborstjes, op een agressieve manier opgewekt. Ik moet naar ze kijken, of ik wil of niet. Het is lang geleden dat ik vrouwen met zulke korte rokken heb gezien. Hun rokken reiken tot net boven de knie en hun benen komen eronder vandaan, bijna naakt in hun dunne kousen, voor iedereen zichtbaar, en de hooggehakte schoenen die met bandjes aan de voeten zijn bevestigd lijken op verfijnde martelwerktuigen. De vrouwen wankelen op hun gepunte voeten alsof ze op stelten lopen, maar uit balans; onder hun gewelfde ruggen steken hun billen ver naar achteren. Hun hoofden zijn onbedekt en ook hun haar is zichtbaar, donker en erotisch. Ze dragen rode lipstick, die de vochtige holte van hun mond accentueert, als krabbels op de muren van wc's, vroeger.

Ik blijf staan. Vanglen blijft naast me staan, en ik weet dat ook zij haar ogen niet van deze vrouwen af kan houden. We kijken geboeid, maar ook met afkeer. Ze lijken ongekleed. Onze opvattingen over dit soort dingen zijn in korte tijd radicaal veranderd.

Dan denk ik: ik kleedde me vroeger ook zo. Dat was vrijheid.

Verwesterst, noemden ze dat vroeger.

De Japanse toeristen komen naar ons toe, kwetterend, en we wenden het hoofd te laat af: ze hebben onze gezichten gezien.

Er is een tolk bij, in het standaard blauwe pak met de rode das en de dasspeld in de vorm van het gevleugelde oog. Hij is degene die uit de groep naar voren stapt en ons de weg verspert. De toeristen drommen achter hem samen; een van hen pakt een fototoestel.

'Neem me niet kwalijk,' zegt hij tegen ons beiden, heel vriendelijk. 'Ze vragen of ze een foto van jullie mogen maken.'

Ik kijk omlaag naar het trottoir, schud van nee. Ze mogen alleen de witte vleugels zien, een stukje van mijn gezicht, mijn kin en een deel van mijn mond. De ogen niet. Ik ben niet zo onverstandig om de tolk aan te kijken. De meeste tolken zijn Speurders; dat wordt althans beweerd.

Ik ben ook niet zo onverstandig om ja te zeggen. Bescheidenheid is onzichtbaarheid, zei Tante Lydia. Vergeet dat nooit. Gezien worden, *gezien* worden, is – haar stem trilde – binnengedrongen worden. Meisjes, jullie moeten ondoordringbaar zijn. Ze noemde ons meisjes.

Vanglen, naast me, zwijgt ook. Ze heeft haar roodgehandschoende handen weggestopt in haar mouwen om ze aan het gezicht te onttrekken.

De tolk wendt zich weer tot de Japanners, babbelt tegen ze, met horten en stoten. Ik weet wat hij zegt, ik ken die tekst. Hij vertelt ze natuurlijk dat de vrouwen hier andere gewoonten hebben, dat ze het als een vorm van aanranding ervaren wanneer iemand door de lens van een fototoestel naar ze kijkt.

Ik kijk naar beneden, naar het trottoir, gefascineerd door de voeten van de vrouwen. Een van hen draagt open sandalen, de teennagels zijn roze gelakt. Ik herinner me de geur van nagellak, de rimpeltjes wanneer je de tweede laag te snel opbracht, het satijnzachte schuren van ragfijne panty's tegen de huid, het gevoel in de tenen, die naar de opening in de schoen werden geduwd door het volle lichaamsgewicht. De vrouw met de gelakte tenen verplaatst haar gewicht van de ene voet naar de andere. Ik voel haar schoenen aan mijn eigen voeten. De geur van nagellak heeft me begerig gemaakt.

'Neem me niet kwalijk,' zegt de tolk nogmaals, om onze aandacht te trekken. Ik knik, ten teken dat ik hem gehoord heb.

'Hij vraagt of jullie gelukkig zijn,' zegt de tolk. Ik kan me hun nieuwsgierigheid goed voorstellen: *Zijn ze gelukkig? Hoe kunnen ze gelukkig zijn?* Ik voel hoe ze hun stralende zwarte ogen op ons gericht houden; ze buigen zich naar voren om onze antwoorden te kunnen opvangen, vooral de vrouwen, maar de mannen ook: wij zijn geheim, verboden, we winden hen op.

Vanglen zegt niets. Er valt een stilte. Maar soms is het juist gevaarlijk om niets te zeggen.

Ik moet iets zeggen. 'Ja, we zijn heel gelukkig,' mompel ik. Wat kan ik anders zeggen?

6

Eén blok voorbij Alle Vlees blijft Vanglen staan, alsof ze aarzelt over de te kiezen weg. We hebben de keus. We kunnen rechtdoor lopen of de lange omweg nemen. We weten al welke weg we zullen nemen, omdat we dat altijd doen.

'Ik wil graag langs de kerk,' zegt Vanglen quasivroom.

'Goed,' zeg ik, al weet ik net zo goed als zijzelf waar het haar eigenlijk om te doen is.

We lopen in kalm tempo verder. De zon schijnt en er hangen witte schapenwolkjes in de lucht. Met onze vleugels, onze oogkleppen, is het moeilijk om naar boven te kijken, om een goed overzicht te krijgen van de lucht, of van wat dan ook. Maar het lukt ons toch, met kleine beetjes tegelijk, een snelle hoofdbeweging, op en neer, heen en weer. We hebben geleerd de wereld in schokken te zien.

Aan de rechterkant ligt een straat die je naar de rivier zou voeren als je er mocht komen. Er is een boothuis waar vroeger de roeiboten lagen, en enkele bruggen; bomen, groene oevers, waar je naar het water kon zitten kijken, en naar de jongemannen met blote armen die in gedachten bezig waren een wedstrijd te winnen, hun riemen hoog oprijzend in het zonlicht. Aan de straat naar de rivier staan de oude studentenhuizen, die nu voor iets anders worden gebruikt, met hun sprookjesachtige torentjes, wit en goud en blauw geverfd. Wanneer we aan het verleden denken, zijn het de mooie dingen die we eruit pikken. We geloven graag dat alles zo was.

Het footballstadion is daar ook in de buurt, waar ze nu de Reddingsbijeenkomsten voor Mannen houden. En de footballwedstrijden. Die zijn er nog.

Ik ga niet meer naar de rivier, of over bruggen. Of met de metro, hoewel er vlakbij een station is. We mogen er niet in, er lopen tegenwoordig Wachters rond, we hebben geen geldige reden om die trappen af te dalen en met de metro onder de rivier door te rijden, naar het centrum van de stad. Waarom zouden we van hier naar daar willen? We zouden daar alleen maar verkeerde dingen doen, en ze zouden erachter komen.

Het is een kleine kerk, een van de eerste die hier werden gebouwd, honderden jaren geleden. Hij wordt niet meer gebruikt, behalve als museum. Binnen kun je schilderijen bezichtigen, van vrouwen in lange, donkere jurken, witte kapjes over hun haar, en van rechtschapen mannen met donkere kleren en strakke gezichten. Onze voorouders. De toegang is gratis.

We gaan echter niet naar binnen, maar blijven op het pad staan en bekijken het kerkhof. De oude grafstenen staan er nog, verweerd, langzaam slijtend, met de doodshoofden en gekruiste beenderen, memento mori, de gemaskerde engelen, de gevleugelde zandlopers om ons te herinneren aan het verstrijken van ons sterfelijk leven, en, uit een latere eeuw, de urnen en wilgen, om bij te treuren.

Ze hebben de grafstenen en ook de kerk met rust gelaten. Alleen de recentere geschiedenis is ze een doorn in het oog.

Vanglen staat met gebogen hoofd, alsof ze bidt. Ze doet dat elke keer. Misschien, denk ik, heeft ook zij iemand verloren; een man, een kind. Maar ik kan het niet echt geloven. Ik beschouw haar als een vrouw voor wie elke handeling vertoon is, meer toneel dan een werkelijke daad. Ze doet zulke dingen om gehoorzaam te lijken, denk ik. Ze wil er het beste van maken.

Maar zij moet dezelfde indruk van mij hebben, dat kan niet anders.

Nu draaien we de kerk de rug toe en daar staat het object waar we in werkelijkheid voor gekomen zijn: de Muur.

De Muur is ook honderden jaren oud; meer dan honderd, in elk geval. Net als de trottoirs is hij van rode baksteen, en hij moet vroeger eenvoudig maar toch indrukwekkend zijn geweest. Nu staan er schildwachten voor de poorten en zijn er ijzeren palen met lelijke nieuwe schijnwerpers op geplaatst; langs de onderkant is prikkeldraad gespannen en de bovenkant wordt gevormd door een rij glasscherven in beton.

Niemand gaat uit vrije wil door die poorten. De voorzorgsmaatregelen zijn getroffen voor degenen die proberen te ontsnappen, maar het is al vrijwel onmogelijk om van binnenuit de Muur te bereiken, omdat je eerst nog langs het elektronische alarmsysteem moet zien te komen.

Naast de hoofdingang hangen zes nieuwe lijken, aan de nek, hun handen voor de buik vastgebonden, hun hoofden in witte zakken, geknakt op hun schouders. Er moet vroeg in de ochtend een Reddingsbijeenkomst voor Mannen zijn geweest. Ik heb de klokken niet gehoord. Misschien ben ik eraan gewend geraakt.

We blijven allebei staan, als op een teken, en kijken naar de lichamen. Het geeft niet als we kijken. Het is de bedoeling dat we kijken: daarvoor hangen ze aan de Muur. Soms hangen ze er dagenlang, tot er een nieuwe lading komt, zodat zo veel mogelijk mensen de kans krijgen om ze te zien.

Ze hangen aan haken. De haken zijn voor dit doel in het metselwerk van de muur verankerd. Ze zijn niet allemaal bezet. De haken lijken op hulpmiddelen voor mensen zonder armen. Of op stalen vraagtekens, die ondersteboven en zijwaarts uit de Muur steken.

De zakken over de hoofden zijn het ergst, erger dan de gezichten zelf zouden zijn. Op deze manier lijken de mannen op poppen waarop nog geen gezicht is geschilderd; op vogelverschrikkers, wat ze in zekere zin ook zijn, omdat het de bedoeling is dat ze schrik aanjagen. Of het lijkt alsof hun hoofden zakken zijn, gevuld met de een of andere gelijkvormige substantie, zoals bloem of deeg. Het is de zichtbare zwaarte van de hoofden, hun leegheid, de manier waarop de zwaartekracht ze omlaag trekt, terwijl er geen leven meer in zit om ze rechtop te houden. De hoofden zijn nullen.

Maar als je blijft kijken, zoals wij doen, zie je de gelaatstrekken onder het witte katoen, als grijze schaduwen. De hoofden zijn de hoofden van sneeuwmannen, waar de kooltjesogen en wortelneuzen uit gevallen zijn. De hoofden smelten.

Maar op één zak zit bloed, dat door de witte stof heen is gedrongen, waar de mond moet hebben gezeten. Het vormt een andere mond, een kleine rode, als de monden die kleuters met dikke penselen op een stuk papier klodderen. Zoals een kind zich een glimlach voorstelt. Deze glimlach van bloed is het die uiteindelijk de aandacht gevangenhoudt. Dit zijn tenslotte geen sneeuwmannen.

De mannen hebben witte jassen aan, zoals artsen en wetenschapsmensen dragen. Artsen en wetenschapsmensen zijn niet de enigen, er hangen ook anderen, maar speciaal op die twee groepen moeten ze het vanmorgen gemunt hebben. Ze hebben allemaal een bord om hun nek hangen met daarop vermeld de reden van hun executie: ze hebben een menselijke vrucht afgedreven. Het zijn dus artsen uit de oude tijd, toen zulke dingen wettelijk waren toegestaan. Engeltjesmakers werden ze genoemd; of was dat iets anders? Ze zijn opgespoord door middel van naspeuringen in de ziekenhuisarchieven, of – wat meer voor de hand ligt, omdat die archieven zijn vernietigd toen duidelijk werd wat er zou gaan gebeuren – door middel van een verklikker: een oud-verpleegster misschien, of twee, omdat een getuigenverklaring van één vrouw geen rechtskracht meer heeft; of een andere arts, die het vege lijf probeert te redden; of iemand die al is aangeklaagd en nu uithaalt naar een vijand, of zomaar in het wilde weg, in een wanhopige poging tot lijfsbehoud. Hoewel verklikkers niet altijd gratie krijgen.

Deze mannen, kregen we te horen, zijn te vergelijken met oorlogsmisdadigers: hun misdaden kunnen met terugwerkende kracht bestraft worden. Ze hebben gruweldaden begaan, en er moet een voorbeeld worden gesteld. Al is dat eigenlijk niet nodig. Geen enkele vrouw zal het tegenwoordig nog in haar hoofd halen om een geboorte te voorkomen wanneer ze het geluk heeft in verwachting te raken.

We dienen haat en verachting te voelen voor deze lijken. Die gevoelens heb ik niet. De lichamen die daar aan de Muur hangen zijn tijdreizigers, anachronismen. Ze komen uit het verleden.

Ze maken geen enkel gevoel bij me los. Ik heb het gevoel dat ik niets moet voelen. Wat ik voel is een gedeeltelijke opluchting, omdat geen van deze mannen Luke is. Luke was geen arts. Is geen arts.

Ik kijk naar die ene rode glimlach. De glimlach is van hetzelfde rood als de tulpen in Serena Joys tuin, aan de onderkant van de bloemen, waar ze beginnen te genezen. Het rood is hetzelfde, maar er is geen verband. De tulpen zijn geen tulpen van bloed, de rode glimlach is geen bloem, geen van beide dingen levert commentaar op het andere. De tulp is geen reden voor ongeloof in de opgehangen man, en omgekeerd. Elk ding bestaat werkelijk. Door een veld van werkelijk bestaande dingen moet ik elke dag mijn weg kiezen. Ik doe veel moeite om de dingen van elkaar te onderscheiden. Ik moet onderscheid maken. Ik moet helder blijven denken.

Ik voel de vrouw naast me trillen. Huilt ze? Hoe kan ze zo een gehoorzame indruk maken? Ik kan het me niet permitteren daar het antwoord op te weten. Het valt me op dat mijn eigen handen het hengsel van mijn mand stevig omklemd houden: Ze zullen niets aan me merken.

Gewoon, zei Tante Lydia, is dat waar je aan gewend bent. Alles lijkt nu misschien niet zo gewoon, maar over een tijdje wordt dat anders. Straks is alles gewoon.

III

NACHT

7

De nacht is van mij, mijn eigen tijd, om mee te doen wat ik wil, zolang ik me rustig houd. Zolang ik me niet verroer. Zolang ik stil op mijn bed blijf liggen. Bed. Naar bed gaan met. Ik wil met haar naar bed, zeiden mannen vroeger onder elkaar. Tenminste, dat denk ik. Ik weet eigenlijk niet wat ze zeiden. Ik kon alleen maar afgaan op wat ze mij vertelden.

Ik lig dus in de kamer, onder het dichtgepleisterde oog in het plafond, achter de witte gordijnen, tussen de lakens, even netjes als de lakens, en stap uit mijn eigen tijd. Toch is dit nog steeds tijd, ik ben er nog steeds aan onderworpen.

Maar de nacht is mijn vrije tijd. Waar moet ik heen?

Naar een prettige plaats.

Moira zit op de rand van mijn bed, benen gekruist, enkel op knie, in haar paarse overall, één lange, bengelende oorbel, de goudkleurige vingernagel om excentriek te lijken, een sigaret tussen haar dikke gele vingertoppen. Laten we een biertje gaan drinken.

Je morst as in mijn bed, zei ik.

Als je het nu schrijft, heb je straks een probleem minder, zei Moira.

In een halfuur zeker, zei ik. Ik moest de volgende dag een werkstuk inleveren. Waar ging het over? Psychologie, Engels, economie. Dat soort dingen bestudeerden we toen. Op de vloer van de kamer lagen boeken, opengeslagen, met de ruggen omhoog, her en der verspreid, een enorme bende.

Nou nou nou, zei Moira, je hoeft je voor mij niet zo op te maken, hoor. Waar gaat je werkstuk over? Ik heb er zelf net een over verkrachting binnen het huwelijk geschreven.

Verkrachting binnen het huwelijk, zei ik. Wat ben je toch altijd modieus bezig.

Pak jij je jas nu maar, zei Moira.

Ze pakte hem zelf en gooide hem naar me toe. Kan ik tot morgen een tientje van je lenen?

Of in een park, met mijn moeder. Hoe oud zal ik geweest zijn? Het was koud, onze adem was zichtbaar, er zaten geen bladeren aan de bomen; grijze lucht, twee eenden in de vijver, troosteloos. Broodkruimels onder mijn vingers, in mijn zak. Dat was het: ze zei dat we de eendjes gingen voeren.

Maar er waren een paar vrouwen bezig boeken te verbranden, daar kwam ze in werkelijkheid voor. Om haar vriendinnen te ontmoeten; ze had tegen me gelogen, de zaterdag was volgens de afspraak mijn dag. Ik liep pruilend bij haar vandaan, naar de eenden toe, maar het vuur trok me zo aan dat ik weer terugliep.

Er liepen ook een paar mannen tussen de vrouwen, en de boeken waren tijdschriften. Ze moeten benzine hebben gesprenkeld, want de vlammen schoten hoog op, en toen begonnen ze de tijdschriften in het vuur te gooien, uit dozen, niet te veel tegelijk. Enkelen van hen zongen; er kwamen steeds meer mensen kijken.

Hun gezichten stonden blij, extatisch bijna. De macht van het vuur. Zelfs het gezicht van mijn moeder, doorgaans bleek en nogal mager, zag er blozend en vrolijk uit, als een kerstkaart; en er was nog een vrouw, groot, met een roetveeg over haar wang en een oranje gebreid mutsje, ik herinner me haar nog.

Wil jij er ook een op gooien, liefje? Hoe oud zal ik geweest zijn?

Opgeruimd staat netjes, zei ze grinnikend. Vindt u het goed? vroeg ze aan mijn moeder.

Als ze het zelf wil, zei mijn moeder; ze had de gewoonte om tegen anderen over mij te praten alsof ik niets kon horen.

De vrouw gaf me een van de tijdschriften. Er stond een knappe vrouw zonder kleren op, die aan een om haar handen gesnoerde ketting aan het plafond hing. Ik keek er met belangstelling naar. Het maakte me niet bang. Ik dacht dat ze heen en weer slingerde, zoals Tarzan op de tv aan een liaan.

Ze mag het niet zien, zei mijn moeder. Hier, zei ze tegen me, gooien, vlug.

Ik smeet het tijdschrift in de vlammen. Het fladderde open in de turbulente lucht; grote papiervlokken maakten zich los en zweefden weg, nog steeds brandend, delen van vrouwenlichamen, overgaand in zwarte as, in de lucht, voor mijn ogen.

Maar wat gebeurt er dan, wat gebeurt er dan?

Ik weet dat ik tijd ben kwijtgeraakt.

Er moeten naalden geweest zijn, pillen, dat soort dingen. Ik kan niet zo veel tijd zijn kwijtgeraakt voordat er hulp kwam. Je hebt een shock gehad, zeiden ze.

Ik kwam af en toe boven te midden van gedreun en chaos, als in een kolkende branding. Ik herinner me dat ik heel kalm was. Ik herinner me dat ik gilde, het voelde als gillen maar misschien was het alleen fluisteren: *Waar is ze? Wat hebben jullie met haar gedaan?*

Er was geen nacht of dag; alleen een flakkerend licht. Na enige tijd waren er weer stoelen, en een bed, en daarna een raam.

Ze is in goede handen, zeiden ze. Bij geschikte mensen. Jij bent ongeschikt, maar je hebt het beste met haar voor. Of niet soms?

Ze lieten me een foto van haar zien: ze stond buiten op een grasveld, haar gezicht een gesloten ovaal. Haar lichte haar was strak naar achteren gekamd. Haar hand werd vastgehouden door een vrouw die ik niet kende. Ze was klein, kwam maar tot de elleboog van de vrouw.

Jullie hebben haar vermoord, zei ik. Ze zag eruit als een engel, ernstig, stevig gebouwd, gemaakt van lucht.

Ze droeg een jurk die ik nog nooit had gezien, wit en tot op de grond.

Ik zou graag willen geloven dat wat ik vertel een verhaal is. Ik moet het geloven. Wie in staat is te geloven dat dit soort verhalen alleen maar verhalen zijn, heeft meer kans.

Als dit een verhaal is, dan heb ik het einde in eigen hand. Dan komt er een eind aan het verhaal, en dan gaat het echte leven weer verder. Ik kan de draad weer oppakken waar ik hem heb laten vallen.

Wat ik vertel is geen verhaal.

Wat ik vertel is ook een verhaal, dat zich in mijn hoofd ontspint.

Vertel, niet *schrijf*, want ik heb niets om mee te schrijven, en schrijven is trouwens verboden. Maar als het een verhaal is, ook al zit het dan in mijn hoofd, dan moet ik het op dit moment aan iemand vertellen. Je vertelt een verhaal niet alleen aan jezelf. Er is altijd iemand anders.

Zelfs als er niemand is.

Een verhaal lijkt op een brief. *Lieve jij*, zal ik zeggen. Alleen *jij*, zonder naam. Door het noemen van een naam zou ik dat *jij* aan de werkelijkheid verbinden, en dat is gevaarlijker, ongewisser: wie weet hoe groot de – jouw – overlevingskansen zijn in die werkelijkheid? Ik *zal jij, jij* zeggen, als in een oud liefdeslied. Jij kan meer dan één betekenen.

Jij kan betekenen: duizenden.

Ik verkeer niet in direct gevaar, zal ik tegen je zeggen.

Ik zal doen alsof je me kunt horen.

Maar dat heeft geen zin, omdat ik weet dat je dat niet kunt.

IV

WACHTKAMER

8

Het mooie weer houdt aan. Het lijkt wel juni, de maand waarin we onze zomerjurken en sandalen uit de kast haalden en een ijsje gingen eten. Er hangen drie nieuwe lijken aan de Muur. Eén is dat van een priester, die de zwarte soutane nog draagt. Die hebben ze hem aangetrokken, voor het proces, ook al dragen priesters dat kledingstuk niet meer sinds het begin van de sekteoorlogen, alweer jaren geleden; ze vielen te sterk op in een soutane. De twee anderen hebben een paars bord om hun nek hangen: Sekseverraad. Hun lijken zijn nog gehuld in het Wachter-uniform. Ze moeten met elkaar betrapt zijn, maar waar? In een kazerne, in een douche? Het is moeilijk te zeggen. De sneeuwman met de rode glimlach is verdwenen.

'We moesten maar eens teruggaan,' zeg ik tegen Vanglen. Ik ben altijd degene die dit zegt. Soms denk ik dat als ik het niet zou zeggen, ze hier eeuwig zou blijven staan. Maar treurt ze nu of staat ze te genieten? Ik weet het nog steeds niet.

Ze draait zich zwijgend om, alsof ze een machine is die op de menselijke stem reageert, alsof ze op geoliede wieltjes loopt, alsof ze boven op een muziekdoos staat. Ik haat haar deugdzaamheid. Ik haat haar deemoedige hoofd, gebogen als in een straffe wind. Maar er staat geen wind.

We verlaten de Muur, lopen dezelfde weg terug, in de warme zon.

'Het is een mooie meidag,' zegt Vanglen. Ik voel – ik zie het niet – hoe ze haar hoofd naar me toe draait, wachtend op een antwoord.

'Ja,' zeg ik. 'God zij geloofd,' voeg ik er na een korte stilte aan toe. *Mayday*, meidag, was lang geleden een noodsignaal, in een van de oorlogen die we op de middelbare school bestudeerden. Ik bleef die oorlogen door elkaar halen, maar als je goed op de vliegtuigen lette kon je ze uit elkaar houden. Maar het was Luke die me over Mayday vertelde. *Mayday, Mayday*, voor piloten wier vliegtuig was geraakt, en voor schepen – ook voor schepen? – op zee. Misschien was het voor schepen SOS. Ik wou dat ik het kon opzoeken. En het was iets van Beethoven, voor het begin van de victorie, in een van die oorlogen.

Weet je waar het vandaan komt? zei Luke. Mayday?

Nee, zei ik. Het is een vreemd woord voor een noodsignaal, vind je ook niet?

Kranten en koffie, op zondagmorgen, voor ze werd geboren. Er waren toen nog kranten. We lazen ze altijd in bed.

Het is Frans, zei hij. Van *M'aidez*.

Help me.

Er nadert een korte stoet, een begrafenis: drie vrouwen, elk met een doorzichtige zwarte sluier over haar hoofdtooi. Een Econovrouw en twee anderen, de rouwdraagsters, ook Econovrouwen, haar vriendinnen misschien. Hun gestreepte jurken zien er versleten uit, net als hun gezichten. Eens, wanneer er betere tijden komen, zei Tante Lydia, hoeft niemand meer een Econovrouw te zijn.

Voorop loopt de getroffene, de moeder; ze draagt een kleine zwarte pot. Uit de grootte van de pot kun je afleiden hoe oud het was toen het mislukte, binnen in haar, en zijn dood tegemoet dreef. Twee of drie maanden, te jong om te kunnen vaststellen of het een Onbaby was of niet. De oudere foetussen en de doodgeboren kinderen liggen in een kistje.

We blijven staan, uit eerbied, terwijl ze passeren. Ik vraag me af of Vanglen voelt wat ik voel, een pijn als van een messteek in de buik. We leggen onze handen op ons hart om deze onbekende vrouwen duidelijk te maken dat we met hen meevoelen. Van onder haar sluier kijkt de eerste vrouw ons kwaad aan. Een van de andere twee wendt het hoofd af en spuugt op het trottoir. De Econovrouwen mogen ons niet.

We passeren de winkels en komen weer bij de versperring, waar we worden doorgelaten. We lopen verder langs de grote, leeg uitziende huizen, de gazons zonder onkruid. Op de straathoek bij het huis waar ik tewerkgesteld ben, blijft Vanglen staan en richt het woord tot me.

'Onder Zijn Oog,' zegt ze. De correcte afscheidsgroet.

'Onder Zijn Oog,' antwoord ik, en ze knikt lichtjes. Ze aarzelt, alsof ze nog wat wil zeggen, maar dan draait ze zich om en loopt de straat uit. Ik kijk haar na. Ze lijkt op mijn spiegelbeeld, in een spiegel waarvan ik me langzaam verwijder.

Op de oprijlaan is Nick de Whirlwind weer aan het poetsen. Hij heeft het chroom aan de achterkant bereikt. Ik leg mijn gehandschoende hand op de grendel van het hek, open het, loop de tuin in. Het hek valt achter me met een klik in het slot. De tulpen zijn roder dan ooit, ze openen zich, geen wijnglazen meer maar kelken; ze stuwen zichzelf omhoog, maar waarvoor? Ze zijn tenslotte leeg. Wanneer ze oud zijn keren ze zich binnenstebuiten en exploderen langzaam, waarbij de bloemblaadjes als scherven in het rond vliegen.

Nick kijkt op en begint te fluiten. Dan zegt hij: 'Prettig gewandeld?'

Ik knik, maar antwoord niet met mijn stem. Hij mag eigenlijk niet met me praten. Sommigen zullen het natuurlijk proberen, zei Tante Lydia. Alle vlees is zwak. Alle vlees is gras, corrigeerde ik haar in gedachten. Ze kunnen het niet helpen, zei ze, God heeft ze zo gemaakt, maar Hij heeft jullie niet zo gemaakt. Hij heeft jullie anders gemaakt. Het is aan jullie om de grenzen te bepalen. Later zullen ze jullie er dankbaar voor zijn.

In de tuin achter het huis zit de Echtgenote van de Bevelvoerder, in de stoel die ze naar buiten heeft laten brengen. Serena Joy, wat een stomme naam. Het klinkt als iets wat je vroeger, in de oude tijd, in je haar deed om het te ontkrullen. *Serena Joy*, had er op het flesje kunnen staan, met een vrouwenkopje in silhouet op een roze, ovale achtergrond met gegolfde gouden randjes. Waarom had ze van alle denkbare namen juist die gekozen? Serena Joy was nooit haar echte naam geweest, ook toen niet. Haar echte naam was Pam. Dat las ik in een artikel over haar in een weekblad, lang nadat ik haar voor het eerst had zien zingen, op zondagmorgen, terwijl mijn moeder uitsliep. Rond die tijd vond men haar belangrijk genoeg voor een artikel: in *Time* of *Newsweek* stond het, moet het gestaan hebben. Ze zong toen niet meer, ze hield toespraken. Ze was er goed in. In haar toespraken betoogde ze dat het gezin heilig was en dat de vrouw thuis moest blijven. Serena Joy hield zich daar zelf niet aan; in plaats van thuis te blijven hield ze toe spraken, maar ze stelde haar tekortschieten voor als een offer ten bate van het algemeen welzijn.

In die periode probeerde iemand haar dood te schieten, maar hij miste; haar secretaresse, die vlak achter haar stond, werd gedood. Iemand anders plaatste een bom in haar auto, die voortijdig ontplofte. Sommige mensen zeiden dat ze die bom zelf in haar auto had gelegd, om de mensen achter zich te krijgen. Zo gespannen werd de toestand.

Luke en ik zagen haar wel eens in het late televisiejournaal. Kamerjas, slaapmutsje. We keken naar haar kapsel vol haarlak en haar hysterie, en naar de tranen die ze nog steeds op elk gewenst moment tevoorschijn kon toveren, en naar de mascara die haar wangen zwart kleurde. In die tijd was ze zwaarder opgemaakt. We dachten dat ze getikt was. Luke dacht dat tenminste. Ik deed alleen maar alsof ik het dacht. Eigenlijk was ze een beetje eng. Ze meende wat ze zei.

Ze houdt geen toespraken meer. Ze is sprakeloos geworden. Ze blijft in haar huis, maar het schijnt haar daar niet te bevallen. Wat zal ze boos zijn nu ze aan haar woord wordt gehouden.

Ze kijkt naar de tulpen. Haar wandelstok ligt naast haar op het gras. Ze zit met de zijkant van haar gezicht naar me toe, zoals ik kan zien door een snelle zijwaartse blik op haar te werpen terwijl ik langs haar loop. Naar haar blijven staan kijken zou ongepast zijn. Het is geen perfect profiel meer, haar gezicht begint in te vallen, en ik moet opeens denken aan steden die op ondergrondse rivieren zijn gebouwd, waar huizen en hele straten zomaar ineens verdwijnen in plotseling ontstane moerassen, of aan dorpen die wegzakken in kolenmijnen. Zoiets moet er met haar gebeurd zijn toen ze zag wat haar toekomst zou zijn.

Ze draait haar hoofd niet naar me toe. Ze erkent mijn aanwezigheid op geen enkele wijze, ook al weet ze dat ik er ben. Ik kan aan haar merken dat ze het weet, haar kennis is als de geur van iets wat bedorven is, zoals zure melk.

Het zijn niet de mannen voor wie jullie moeten oppassen, zei Tante Lydia, maar de Echtgenotes. Jullie moeten altijd proberen je te verplaatsen in hun gevoelens. Natuurlijk hebben ze een hekel aan jullie. Dat is normaal. Probeer met hen mee te voelen. Met anderen meevoelen – Tante Lydia dacht dat ze daar heel goed in was. Probeer wat medelijden voor hen op te brengen. Vergeef het hun, want ze weten niet wat ze doen. Opnieuw de trillende glimlach, van een bedelaar, het knipperen van de zwakke ogen, de blik omhoog, door het ronde stalen brilletje, naar de achterkant van het klaslokaal, alsof het groen geverfde plafond zich opende en God op een wolk van roze gezichtspoeder tussen de elektrische bedrading en de sprinklerinstallatie door omlaag kwam. Jullie moeten goed beseffen dat die vrouwen een nederlaag hebben geleden. Ze zijn niet in staat gebleken...

Toen zweeg ze, en er volgde een korte onderbreking, waarin ik een zucht hoorde, een collectieve zucht uit de mond van degenen die om me heen zaten. Het was niet verstandig om tijdens deze onderbrekingen onrustig heen en weer te schuiven op je stoel: Tante Lydia maakte weliswaar een verstrooide indruk, maar geen beweging ontsnapte aan haar aandacht. En dus weerklonk alleen de zucht.

De toekomst ligt in jullie handen, hernam ze. Ze stak ons haar eigen handen toe, het oude gebaar dat zowel een aanbod inhield als een uitnodiging om naar voren te komen en omhelsd en geaccepteerd te worden. In jullie handen, zei ze, terwijl ze naar haar eigen handen keek alsof die haar op het idee hadden gebracht. Maar er lag niets in. Ze waren leeg. Het waren onze handen die werden geacht vol te zijn, vol van toekomst; een toekomst die je kon vasthouden maar niet kon zien.

Ik loop om naar de achterdeur, doe hem open, ga naar binnen, zet mijn mand op de keukentafel. De tafel is afgeboend, meelvrij gemaakt; het brood voor vandaag, versgebakken, ligt af te koelen op het rek. De keuken ruikt naar gist, een nostalgische geur. Het doet me aan andere keukens denken, keukens die van mij waren. Het ruikt naar moeders; hoewel mijn eigen moeder geen brood bakte. Het ruikt naar mij, in vroeger tijd, toen ik moeder was.

Het is een verraderlijke geur, en ik weet dat ik hem buiten moet sluiten.

Rita is er; ze zit aan de tafel wortelen te schrappen en in plakjes te snijden. Het zijn oude, dikke wortelen, van voor de winter, uitgelopen tijdens de opslag. De nieuwe wortelen, broos en bleek, zijn de eerstkomende weken nog niet geschikt voor consumptie. Het mes dat ze gebruikt is scherp en glanzend, en verlokkelijk. Ik zou ook graag zo'n mes willen hebben.

Rita houdt op met wortelen snijden, staat op, haalt de ingekochte artikelen uit de mand, begerig bijna. Ze wil graag zien wat ik heb meegebracht, hoewel ze altijd een bedenkelijk gezicht zet wanneer ze gaat uitpakken; niets van wat ik meebreng stelt haar volkomen tevreden. Ze denkt dat ze het zelf beter had gekund. Ze zou liever zelf de boodschappen doen en precies halen wat ze nodig heeft; ze benijdt me de wandeling. In dit huis benijden we elkaar allemaal het een of ander.

'Ze hebben sinaasappelen,' zeg ik. 'Bij Melk en Honing. Er liggen er nog een paar.' Ik bied haar deze gedachte aan als een geschenk. Ik wil bij haar in de gunst komen. Ik heb de sinaasappelen gisteren gezien, maar ik heb het Rita toen niet verteld; gisteren was ze te humeurig. 'Ik kan er morgen wel wat halen, als je me de bonnen geeft.' Ik overhandig haar het kuiken. Ze wilde biefstuk vandaag, maar dat hadden ze niet.

Rita brengt een gebrom voort waaruit geen voldoening of instemming valt af te leiden. Ze zal er nog eens over denken, zegt haar gebrom, wanneer het haar uitkomt. Ze maakt het touw rond het kuiken los en haalt het uit het glanzende papier. Ze prikt in het vlees, buigt een vleugel, steekt een vinger in de borstholte, haalt het hartje en de lever eruit. Daar ligt het kuiken, zonder kop en poten, met kippenvel, alsof het huivert.

'De badkamer moet vandaag gedaan worden,' zegt Rita zonder me aan te kijken.

Cora komt de keuken binnen. Ze komt uit het achterkamertje waar de zwabbers en de bezems staan. 'Een kuiken,' zegt ze, opgetogen bijna.

'Vel over been,' zegt Rita, 'maar het is niet anders.'

'Er was weinig keus,' zeg ik. Rita negeert me.

'Hij lijkt me groot zat,' zegt Cora. Neemt ze het voor me op? Ik kijk haar aan, om te zien of ze glimlacht; maar nee, ze denkt alleen aan het eten. Ze is jonger dan Rita; het zonlicht, dat nu schuin door het westelijke raam naar binnen komt, valt op haar haar, dat ze naar achteren heeft gekamd, met een scheiding. Ze moet knap geweest zijn, in het zeer nabije verleden. Er zitten kleine littekens, als kuiltjes, op haar oren, op de plaats waar de oorbelgaatjes zijn dichtgegroeid.

'Groot,' zegt Rita, 'maar mager. Je moet je mond opendoen,' zegt ze, terwijl ze me voor het eerst recht aankijkt. 'Je bent niet de eerste de beste.' Ze doelt op de status van de Bevelvoerder. Mij vindt ze ordinair. Ze is over de zestig, haar mening staat vast.

Ze loopt naar de gootsteen, houdt haar handen even onder de kraan, droogt ze af aan de droogdoek. De droogdoek is wit met blauwe strepen. Droogdoeken zien er nog net zo uit als vroeger. Soms komen deze flitsen van normaalheid van terzijde op me af, als verrassingsaanvallen. Het gewone, het gebruikelijke, een herinnering aan vroeger, als een schop. Ik zie de droogdoek, buiten elk verband, en ik houd mijn adem in. Voor sommige mensen is er in zekere zin niet zoveel veranderd.

'Wie doet de badkamer?' vraagt Rita, aan Cora, niet aan mij. 'Ik moet het kuiken mals maken.'

'Ik doe het straks wel,' zegt Cora, 'na het stoffen.'

'Als het maar gebeurt,' zegt Rita.

Ze praten over me alsof ik het niet kan horen. Voor hen ben ik een huishoudelijk karweitje, een van de vele.

Ze hebben me niet meer nodig. Ik pak de mand, verlaat de keuken en loop door de gang naar de staande klok. De deur van de zitkamer is gesloten. De zon komt binnen door het venster boven de deur en valt in kleuren over de vloer: rood en blauw, paars. Ik stap er even in, steek mijn handen uit; ze vullen zich met bloemen van licht. Ik loop de trap op, mijn gezicht, ver en wit en vertekend, ingelijst in de gangspiegel, die bol staat als een oog onder hoge druk. Ik volg de grijsroze loper door de lange gang op de bovenverdieping, terug naar de kamer.

Er staat iemand in de gang, bij de deur naar de kamer waar ik verblijf. De gang is schemerig, het is een man, hij staat met zijn rug naar me toe; hij kijkt de kamer in, een donkere vlek in het licht. Ik zie nu dat het de Bevelvoerder is, hij mag hier helemaal niet komen. Hij hoort me naderen, draait zich om, aarzelt, loopt voorwaarts. Naar me toe. Hij overtreedt de regels, wat moet ik nu doen?

Ik blijf staan, hij wacht, ik kan zijn gezicht niet zien, hij kijkt naar me, wat wil hij? Maar dan loopt hij weer verder, gaat aan de kant om aanraking te voorkomen, buigt het hoofd, is verdwenen.

Er is me iets getoond, maar wat? Als de vlag van een onbekend land, vluchtig waargenomen boven de ronding van een heuvel, kon het een teken zijn voor de aanval, of voor onderhandelingen, of voor de grens van iets, een grondgebied. De tekens die dieren elkaar geven: halfgesloten blauwe oogleden, oren in de nek, haren recht overeind. Ontblote tanden, wat denkt hij wel? Niemand anders heeft hem gezien. Hoop ik. Was hij bezig binnen te dringen? Is hij in mijn kamer geweest?

Ik zei *mijn* kamer.

9

Mijn kamer, dus. Er moet tenslotte een ruimte zijn die ik voor mezelf opeis, zelfs in deze tijd.

Ik wacht, in mijn kamer, die nu een wachtkamer is. Wanneer ik naar bed ga is het een slaapkamer. De gordijnen wapperen nog in de zachte wind, de zon buiten schijnt nog, hoewel niet direct door het raam naar binnen. Hij is naar het westen gedraaid. Ik probeer geen verhalen te vertellen, of in elk geval niet dit verhaal.

Iemand heeft voor me in deze kamer gewoond. Iemand als ik – daar houd ik het althans maar het liefste op.

Ik ontdekte het drie dagen nadat ik hier was ingetrokken.

Ik had veel tijd over. Ik besloot de kamer te gaan verkennen. Niet haastig, zoals je een hotelkamer bekijkt, waar je geen verrassingen verwacht, waar je snel de laden en de kastdeuren opent en sluit, het stukje zeep uit de verpakking haalt en in de kussens prikt. Zal ik ooit nog een hotelkamer betreden? Wat heb ik intensief gebruikgemaakt van die kamers, van die vrijheid om niet gezien te worden.

Gehuurde vrijheid.

's Middags, wanneer Luke nog op de vlucht was voor zijn vrouw, wanneer ik alleen nog maar in zijn verbeelding bestond. Voor we getrouwd waren en ik vaste grond onder de voeten had. Ik ging er altijd het eerst heen, om me bij de receptie in te schrijven. Zo vaak is het niet gebeurd, maar het lijkt nu wel een heel decennium, een tijdperk; ik kan me herinneren wat ik droeg, elke blouse, elk sjaaltje. In afwachting van zijn komst ijsbeerde ik door de kamer, zette de televisie aan en weer uit, deed wat parfum achter mijn oren, Opium was het. Het zat in een Chinees flesje, rood-en-goudkleurig.

Ik was nerveus. Hoe moest ik erachter komen of hij van me hield? Misschien was het alleen maar een verhouding. Waarom zeiden we in vredesnaam *alleen maar*? Hoewel mannen en vrouwen elkaar in die tijd uitprobeerden, terloops, als kleren: wat niet paste, werd afgekeurd.

Na enige tijd werd er op de deur geklopt; dan deed ik open, opgelucht, hunkerend. Hij was zo vluchtig, zo gecomprimeerd. En toch leek het of hij geen einde had. Na afloop bespraken we op die middagen onze situatie, handen op elkaars lichaam. Mogelijk, onmogelijk. Wat konden we doen? We dachten dat we enorme problemen hadden. Hoe konden we weten dat we gelukkig waren?

Maar nu mis ik ook de kamers zelf, zelfs de vreselijke schilderijen die aan de muur hingen, landschappen met herfstbladeren of smeltende sneeuw in loofbossen, of vrouwen in klederdracht, met porseleinen poppengezichtjes en tournures en parasols, of droevig kijkende clowns, of schalen met fruit, stijf en krijtachtig. De schone handdoeken, klaar om besmeurd te worden, de uitnodigend lege prullenmanden, die de achteloze rommel naar binnen wenkten. Achteloos. Ik was achteloos, in die kamers. Ik kon de hoorn van de telefoon nemen en er verscheen eten op een dienblad, eten dat ik had uitgekozen. Eten dat ongetwijfeld slecht voor me was, en drinken ook. Er lag een Bijbel in de la van de commode, daar neergelegd door een liefdadige instelling, maar er was waarschijnlijk niemand die er veel in las. Er lagen ook ansichtkaarten met foto's van het hotel erop, en je kon erop schrijven en ze sturen aan wie je maar wilde. Het lijkt nu allemaal onmogelijk, een verzinsel.

Goed. Ik verkende dus deze kamer, niet haastig, zoals een hotelkamer die je maar een paar uur gebruikt. Ik wilde hem niet in één keer bekijken, ik wilde dat de kennismaking zo lang mogelijk zou duren. Ik verdeelde de kamer in gedachten in vakken; ik gunde mezelf één vak per dag. Dit ene vak bestudeerde ik met de grootst mogelijke nauwgezetheid: de oneffenheden van het pleisterwerk onder het behang, de krassen in de verf van de plinten en de vensterbank, onder de bovenste verflaag, de vlekken op het matras, want ik ging zelfs zover dat ik de lakens en de dekens van het bed lichtte en terugsloeg, telkens een klein stukje, zodat ze snel weer op hun plaats konden worden gelegd als er iemand binnenkwam.

De vlekken op het matras. Als gedroogde bloemblaadjes. Niet van de laatste tijd. Oude liefde; er is op dit moment geen andere liefde in deze kamer.

Toen ik dat zag, dat spoor dat door twee mensen was achtergelaten, van liefde of iets wat daarop leek, begeerte in elk geval, in elk geval aanraking, tussen twee mensen die nu misschien oud of dood waren, dekte ik het bed weer toe en ging erop liggen. Ik keek omhoog naar het blinde, gepleisterde oog in het plafond. Ik wilde Luke naast me voelen. Af en toe krijg ik zo'n aanval van heimwee naar het verleden, als een flauwte, een golf die over mijn hoofd spoelt. Soms kan ik het bijna niet meer verdragen. Wat moet ik doen, wat moet ik doen, dacht ik. Ik kan niets doen. Zij dienen ook, die slechts te wachten staan. Of te wachten liggen. Ik weet waarom er veiligheidsglas in het raam zit, en waarom ze de kroonluchter hebben weggehaald. Ik wilde Luke naast me voelen, maar er was geen ruimte.

Ik bewaarde de kast voor de derde dag. Ik bekeek eerst zorgvuldig de deur, aan binnen- en buitenkant, toen de wanden met hun koperen haken – hoe konden ze de haken over het hoofd hebben gezien? Waarom hadden ze ze niet weggehaald? Te dicht bij de vloer? Toch heb je alleen maar een kous nodig. En de stang met de plastic kleerhangers met mijn jurken, de roodwollen cape voor koud weer, de hoofddoek. Ik knielde neer om de vloer te onderzoeken, en daar stond het, in de hoek waar de donkerste schaduw viel, in kleine letters, die er zo te zien kortgeleden met een speld of misschien een vingernagel in waren gekrast: *Nolite te in capite sedendum.*

Ik wist niet wat het betekende, zelfs niet welke taal het was. Ik dacht dat het Latijn zou kunnen zijn, maar ik kende geen woord Latijn. Hoe dan ook, het was een boodschap, en het was geschreven en alleen al daarom verboden, en het was nog niet ontdekt. Behalve door mij, voor wie het bestemd was. Het was bestemd voor de volgende bewoonster.

Ik vind het prettig om over die boodschap na te denken. Ik vind het prettig om me voor te stellen dat ik een innige band heb met haar, deze onbekende vrouw. Want ze is onbekend; of, als ze wel bekend is, dan hebben ze in mijn bijzijn altijd over haar gezwegen. Ik vind het prettig te weten dat haar verboden boodschap ten minste één andere persoon heeft bereikt; dat die boodschap op de wand van mijn kast is terechtgekomen en door mij is gelezen. Soms herhaal ik de woorden in mezelf. Ze schenken me een klein beetje vreugde. Wanneer ik denk aan de vrouw die ze geschreven heeft, stel ik me haar voor als ongeveer even oud als ikzelf, misschien iets jonger. Ik verander haar in Moira, Moira zoals ze was toen ze studeerde, in de kamer naast de mijne: nukkig, vlot, atletisch, met een fiets, vroeger, en een rugzak voor trektochten. Sproeten, geloof ik; brutaal, vindingrijk.

Ik vraag me af wie ze was of is, en wat er van haar is geworden. Ik probeerde daarachter te komen door het aan Rita te vragen, op de dag dat ik de boodschap aantrof.

Wie was de vrouw die in die kamer sliep? vroeg ik. Voor ik er was? Als ik het anders had geformuleerd, als ik had gezegd: Zat er voor mij ook een vrouw in die kamer? dan zou ik misschien bot hebben gevangen.

Welke vrouw? vroeg ze; ze klonk onwillig, achterdochtig, maar zo klinkt ze bijna altijd wanneer ze tegen me praat.

Er zijn er dus meer geweest. Sommigen hebben hun termijn, hun twee jaar, niet volgemaakt. Sommigen zijn hier om de een of andere reden weggestuurd. Of misschien niet gestuurd, maar gegaan?

Die levenslustige, raadde ik. Die met al die sproeten.

Kende je haar? vroeg Rita, nog achterdochtiger.

Ik kende haar vroeger, loog ik. Ik hoorde dat ze hier was.

Rita geloofde het. Ze weet dat er een geruchtencircuit moet zijn, een soort ondergrondse.

Ze was geen succes, zei ze.

In welk opzicht? vroeg ik, terwijl ik probeerde zo neutraal mogelijk te klinken.

Maar Rita klemde haar lippen stijf op elkaar. Ik lijk hier op een kind: er zijn dingen die ik niet mag weten. Wat niet weet, wat niet deert, was alles wat ze wilde zeggen.

IO

Soms zing ik in mezelf, in mijn hoofd; iets sombers, klaaglijks, presbyteriaans:

Amazing grace, how sweet the sound
Could save a wretch like me,
Who once was lost, but now am found,
Was bound, but now am free.

Ik weet niet of de woorden kloppen. Ik kan het me niet precies meer herinneren. Dat soort liederen wordt niet meer in het openbaar gezongen, en zeker niet die waarin woorden als *vrij* voorkomen. Men vindt ze te gevaarlijk. Het zijn liederen van verboden sekten.

I feel so lonely, baby,
I feel so lonely, baby,
I feel so lonely I could die.

Dat is ook verboden. Ik ken het van een oud cassettebandje, van mijn moeder; ze had ook een krasserig en onbetrouwbaar apparaatje waarop je zulke dingen nog kon afspelen. Ze draaide het bandje wanneer haar vrienden op bezoek waren en ze wat gedronken hadden.

Ik zing niet vaak op deze manier. Ik krijg er keelpijn van.

Er is niet veel muziek in dit huis, afgezien van wat we op de tv horen. Soms neuriet Rita, onder het kneden of schillen; een woordloos gezoem, onwelluidend, onpeilbaar. En soms komt uit de zitkamer het ijle geluid van Serena's stem, van een plaat die lang geleden is gemaakt en nu wordt gedraaid met het geluid heel zacht, zodat ze niet op heterdaad betrapt zal worden terwijl ze daar zit te breien en terugdenkt aan haar vroegere glorie, waaraan zo ruw een einde werd gemaakt: *Halleluja.*

Het is warm voor de tijd van het jaar. Huizen als dit liggen te broeien in de zon, het is niet voldoende geïsoleerd. Om me heen staat de lucht stil, ondanks de zwakke luchtstroom, de adem die langs de gordijnen naar binnen komt. Ik zou het raam graag zo ver mogelijk open willen kunnen doen. We mogen binnenkort onze zomerjurken dragen.

De zomerjurken zijn uitgepakt en hangen in de kast, twee stuks, zuiver katoen, wat beter is dan die goedkope synthetische jurken, hoewel je bij drukkend weer, in juli en augustus, ook in een katoenen jurk nog zweet. Maar jullie hoeven niet bang te zijn voor zonnebrand, zei Tante Lydia. Wat liepen de vrouwen vroeger te koop met hun lichaam. Ze wreven zich in met olie als vlees aan het spit en liepen met blote rug en schouders, op straat, in het openbaar, en met blote benen, zelfs geen kousen, geen wonder dat er zulke dingen gebeurden. *Dingen*, het woord dat ze gebruikte wanneer datgene waarvoor het stond te weerzinwekkend of te smerig of te afschuwelijk was om uit te spreken. Een geslaagd leven was in haar ogen een leven dat *dingen* meed, *dingen* buitensloot. Een fatsoenlijke vrouw houdt zich verre van zulke *dingen.* En het is ook niet goed voor de gezichtshuid, heel slecht zelfs, je huid verschrompelt als een gedroogde appel. Maar we werden geacht ons niet langer te bekommeren om ons uiterlijk, dat was ze even vergeten.

In het park, zei Tante Lydia, liggen ze op dekens, soms mannen en vrouwen samen, en toen begon ze te huilen, terwijl ze daar voor ons stond, zichtbaar voor iedereen.

Ik doe mijn best, zei ze. Ik probeer jullie een zo goed mogelijke kans te geven. Ze kneep haar ogen toe, het licht was te fel voor haar, haar mond trilde rond haar voortanden, lange, gelige tanden die een beetje vooruitstaken, en ik dacht aan de dode muizen die we op onze stoep vonden, toen we in een huis woonden, met ons drieën, of vieren, als je de kat meetelde, degene die deze offers bracht.

Tante Lydia drukte haar hand tegen haar dode-knaagdierenmond. Na een minuut haalde ze haar hand weg. Ik wou ook huilen, omdat ze me eraan herinnerde. Als hij ze maar niet eerst half opvrat, zei ik tegen Luke.

Ik heb het zelf ook niet makkelijk, zei Tante Lydia.

Moira, die mijn kamer komt binnenwaaien en haar spijkerjack op de grond gooit. Heb je een sigaret voor me, zei ze.

In mijn tasje, zei ik. Maar geen lucifers.

Moira doorzoekt mijn tasje. Je moet er wat van deze rommel uitgooien, zegt ze. Ik geef een lingerieparty.

Een wat? zeg ik. Elke poging tot werken is zinloos, Moira wil het niet hebben, ze is als een kat die zich op je boek nestelt wanneer je probeert te lezen.

Je weet wel, net als Tupperware, maar dan met ondergoed. Van dat hoerige spul. Kanten kruisjes, jarretelles met drukknopen. Bh's die je tieten omhoogduwen. Ze vindt mijn aansteker, steekt de sigaret aan die ze uit mijn tasje heeft gehaald. Wil je er ook een? Gooit me het pakje toe, verschrikkelijk royaal, als je bedenkt dat ze van mij zijn.

Je wordt bedankt, zeg ik kribbig. Je bent gek. Hoe ben je eigenlijk op het idee gekomen?

Op de universiteit, zegt Moira. Ik heb relaties. Een vriendin van mijn moeder. Het is een groot succes in de buitenwijken, zo gauw ze ouderdomsvlekken beginnen te krijgen, denken ze dat ze de concurrentie een stap voor moeten blijven. De seksshops en zo.

Ik moet erom lachen. Ze maakte me altijd aan het lachen.

Maar hou je het hier? Wie komt er dan? Wie heeft zoiets nodig?

Je bent nooit te jong om te leren, zegt ze. Echt, het wordt een groot succes. We doen het in onze broek van het lachen.

Leefden we toen zo? Maar we leefden ons gewone leven. Iedereen doet dat, doorgaans. Dat wat er gebeurt is het gewone leven. Zelfs dit is gewoon, nu.

We leefden ons gewone leven door te negeren. Negeren is niet hetzelfde als niet weten, je moet er moeite voor doen.

Niets verandert ogenblikkelijk: in een badkuip die langzaam verwarmd wordt, zou je levend verbranden voor je er erg in had. Er stonden natuurlijk berichten in de krant, lijken in greppels of in het bos, doodgeknuppeld of verminkt, aangerand noemden ze dat, maar die berichten gingen over andere vrouwen, en de mannen die zulke dingen deden waren andere mannen. Het waren niet de mannen die wij kenden. We beschouwden die berichten als een soort dromen, enge dromen, door anderen gedroomd. Wat vreselijk, zeiden we, en dat waren ze ook, maar ze waren vreselijk zonder geloofwaardig te zijn. Ze waren te melodramatisch, ze hadden niets met ons leven te maken.

Wij waren de mensen die niet in de krant stonden. Wij leefden in de witte marges van de pagina's. Het gaf ons meer vrijheid.

Wij leefden in het wit tussen de berichten.

Van beneden, van de oprijlaan, komt het geluid van de startende auto. Het is rustig in deze buurt, er is niet veel verkeer, je kunt zulke dingen heel duidelijk horen: automotoren, grasmaaiers, het knippen van een heg, het dichtslaan van een deur. Je zou een kreet of een schot duidelijk kunnen horen, als zulke geluiden hier ooit werden gemaakt. Soms klinken er verre sirenes.

Ik loop naar het raam en ga op de stoel zitten, die te smal is om comfortabel te kunnen zijn. Er ligt een hard kussentje op, waarop in vierkante letters het woord GELOOF geborduurd is, omgeven door een krans van lelies. GELOOF is lichtblauw, de blaadjes van de lelies vaalgroen. Het is een kussen dat vroeger elders in gebruik is geweest, versleten, maar niet genoeg om weg te gooien. Het is op de een of andere manier over het hoofd gezien.

Ik kan mijn blik minuten, tientallen minuten, over de letters laten gaan: GELOOF. Het is het enige wat ze me te lezen hebben gegeven. Als ik betrapt zou worden, zouden ze er dan zwaar aan tillen? Ik heb dat kussen hier niet neergelegd.

De motor loopt, en ik buig me naar voren en trek het witte gordijn tegen mijn gezicht, als een sluier. Het is half doorzichtig, ik kan erdoorheen kijken. Als ik mijn voorhoofd tegen het glas druk en naar beneden kijk, kan ik de achterste helft van de Whirlwind zien. Er is niemand, maar even later zie ik Nick naar het achterportier van de auto lopen. Hij opent het portier en gaat stram in de houding staan. Zijn pet staat nu recht en zijn mouwen zijn omlaaggerold en dichtgeknoopt. Ik kan zijn gezicht niet zien omdat ik van boven op hem neerkijk.

Nu komt de Bevelvoerder het huis uit. Ik zie hem maar heel even, in verkort perspectief, terwijl hij naar de auto loopt. Hij heeft zijn hoed niet op, dus hij gaat niet naar een officiële bijeenkomst. Zijn haar is grijs. Zilverkleurig, kun je het noemen als je aardig wilt zijn. Ik heb geen zin om aardig te zijn. Mijn vorige Bevelvoerder was kaal, dus deze zal wel een verbetering zijn.

Als ik uit het raam kon spugen, of iets kon gooien, het kussentje bijvoorbeeld, kon ik hem misschien raken.

Moira en ik, met papieren tassen, gevuld met water. Waterbommen werden ze genoemd. Ik leunde uit het raam van mijn studentenkamer en liet ze op de hoofden van de jongens beneden neerkomen. Het was Moira's idee. Wat probeerden ze te doen? Ze klommen op een ladder naar boven, op jacht naar iets. Naar ons ondergoed.

Dat studentenhuis was vroeger gemengd geweest, er waren nog pisbakken in een van de toiletten op onze verdieping. Maar toen ik er kwam wonen hadden ze de mannen en de vrouwen weer gescheiden.

De Bevelvoerder bukt zich, stapt in de auto, is niet langer zichtbaar, en Nick sluit het portier. Even later rijdt de auto achteruit de oprijlaan af, de straat op, en verdwijnt achter de heg.

Ik zou deze man eigenlijk moeten haten. Ik weet dat ik haat zou moeten voelen, maar dat is niet wat ik voel. Wat ik voel is complexer. Ik weet niet hoe ik het moet noemen. Het is geen liefde.

II

Gistermorgen ben ik naar de dokter geweest. Ik werd gebracht, door een Wachter, een van die jongens met een rode armband die dat soort dingen regelen. We reden erheen in een rode auto, hij voorin, ik achterin. Er ging geen andere Dienstmaagd met me mee; bij dit soort gelegenheden ben ik alleen.

Ik word eenmaal per maand naar de dokter gebracht, voor onderzoek: urine, hormonen, uitstrijkje, bloedtest; hetzelfde als vroeger, behalve dat het nu verplicht is.

De dokter heeft zijn spreekkamer in een modern kantoorgebouw. We staan zwijgend in de lift, de Wachter tegenover me. In de zwarte spiegelwand van de lift kan ik zijn achterhoofd zien. Bij de doktersvertrekken aangekomen, ga ik naar binnen; hij blijft wachten in de gang, met de andere Wachters, op een van de stoelen die daar voor dat doel zijn neergezet.

In de wachtkamer zitten andere vrouwen, drie, in het rood: deze arts is een specialist. Tersluiks bekijken we elkaar, taxeren de omvang van elkaars buiken: is er iemand bij die in gezegende omstandigheden verkeert? De verpleger tikt onze namen en de nummers van onze pasjes in op de Compudoc, om te zien of we zijn wie we geacht worden te zijn. Hij is ruim één meter tachtig, een jaar of veertig, heeft een litteken schuin over zijn wang; hij zit te typen, zijn handen te groot voor het toetsenbord, en draagt zelfs hier zijn pistool in de schouderholster.

Als ik word opgeroepen, loop ik door de deuropening naar de behandelkamer. Hij is, net als de wachtkamer, wit, onopvallend, op een vouwscherm na, rode stof op een metalen raam, een gouden oog erop geschilderd, met een door slangen omkronkeld, opgestoken zwaard daaronder, als een soort van logo. De slangen en het zwaard zijn overblijfselen van een grotendeels onttakelde symboliek.

Nadat ik het flesje heb gevuld dat voor mij was klaargezet in de kleine wc, trek ik mijn kleren uit, achter het scherm, en leg ze opgevouwen op de stoel. Als ik naakt ben ga ik op de onderzoektafel liggen, op het koude, krakende stuk wegwerppapier. Ik trek een laken over mijn lichaam. Ter hoogte van mijn keel bevindt zich nog een laken, opgehangen aan het plafond. Het deelt me in tweeën, zodat de dokter mijn gezicht niet kan zien. Hij heeft alleen met een romp te maken.

Wanneer ik gereed ben steek ik mijn hand uit, zoekend naar de kleine hendel rechts van de tafel, en haal hem over. Ergens anders, voor mij niet te horen, klinkt nu een bel. Na een minuut gaat de deur open, er naderen voetstappen, er wordt geademd. Hij mag alleen iets tegen me zeggen wanneer dat absoluut noodzakelijk is. Maar deze dokter is spraakzaam.

'Hoe maken we het?' zegt hij, een vreemde dokterstic uit het verleden. Het laken wordt van mijn huid gelicht, de tocht bezorgt me kippenvel. Een koude vinger, in rubber gehuld en met gelei bestreken, glijdt in me, ik word gepord en geprikt. De vinger trekt zich terug, gaat naar binnen op een andere manier, verwijdert zich.

'Niks aan de hand,' zegt de dokter, alsof hij in zichzelf praat. 'Heb je nog ergens pijn, schatje?' Hij noemt me *schatje.*

'Nee,' zeg ik.

Dan worden mijn borsten bevoeld, een zoektocht naar rijpheid, verrotting. Het ademen komt dichterbij, ik ruik oude rook, aftershave, tabaksgruis op haar. Dan de stem, heel zacht, dicht bij mijn hoofd: dat is hij, die bobbel in het laken.

'Ik kan je helpen,' zegt hij. Fluistert hij.

'Wat?' zeg ik.

'Sst,' zegt hij. 'Ik kan je helpen. Ik heb anderen ook geholpen.'

'Me helpen?' zeg ik, mijn stem even zacht als de zijne. 'Hoe dan?'

Weet hij iets, heeft hij Luke ontmoet, heeft hij hem gevonden, kan hij hem terugbrengen?

'Hoe denk je?' zegt hij, nog steeds bijna geluidloos. Is dat zijn hand, die langs mijn been omhoogglijdt? Hij heeft de handschoen uitgetrokken. 'De deur is op slot. Er zal niemand binnenkomen. Ze zullen nooit weten dat het niet van hem is.'

Hij tilt het laken op. Het onderste deel van zijn gezicht gaat schuil achter het witgazen masker, voorschrift. Twee bruine ogen, een neus, een hoofd met bruin haar erop. Zijn hand ligt tussen mijn benen. 'De meesten van die ouwe bokken spelen het niet meer klaar,' zegt hij. 'Of ze zijn onvruchtbaar.'

Mijn adem stokt bijna: hij heeft een verboden woord gebruikt. *Onvruchtbaar.* Er bestaan geen onvruchtbare mannen meer, officieel niet. Er zijn alleen vruchtbare en onvruchtbare vrouwen. Zo staat het in de wet.

'Een heleboel vrouwen doen het,' vervolgt hij. 'Jij wilt toch ook een baby?'

'Ja,' zeg ik. Het is waar, en ik vraag niet waarom, want ik weet het. *Geef mij kinderen; zo niet, dan sterf ik.* Het heeft meer dan één betekenis.

'Je bent zacht,' zegt hij. 'Het is tijd. Vandaag of morgen kan het, waarom zou je die kans weggooien? Het duurt maar even, schatje.' Zo noemde hij zijn vrouw vroeger; misschien nog steeds, maar eigenlijk is het een algemene term. We zijn allemaal *schatje.*

Ik aarzel. Hij biedt zichzelf aan, zijn diensten, loopt zelf een zeker risico.

'Ik vind het vreselijk wat ze jullie aandoen,' mompelt hij. Zijn medelijden is echt; en toch geniet hij hiervan, ondanks alle medelijden. Zijn ogen zijn vochtig van deernis, zijn hand dwaalt over mijn lichaam, nerveus en ongeduldig.

'Het is te gevaarlijk,' zeg ik. 'Nee. Ik kan het niet doen.' Er staat de doodstraf op. Maar ze moeten je op heterdaad betrappen, met twee getuigen. Hoe liggen de kansen, is er afluisterapparatuur in de kamer, wie staat er voor de deur te wachten?

Hij houdt zijn hand stil. 'Denk er eens over na,' zegt hij. 'Ik heb je kaart bekeken. Je hebt niet veel tijd meer. Maar het is jouw leven.'

'Dank u wel,' zeg ik. Ik moet de indruk wekken dat ik me niet beledigd voel, dat ik opensta voor suggesties. Hij haalt zijn hand weg, traag bijna, talmend, wat hem betreft is er nog geen definitieve beslissing gevallen. Hij zou de resultaten van het onderzoek kunnen vervalsen, melden dat ik kanker heb of onvruchtbaar ben, me naar de Koloniën laten sturen, naar de Onvrouwen. Niets van dit alles is uitgesproken, maar zijn macht is voelbaar terwijl hij me op de dij klopt en zich terugtrekt achter het hangende laken.

'Volgende maand,' zegt hij.

Ik trek mijn kleren weer aan, achter het scherm. Mijn handen beven. Waarom ben ik bang? Ik heb geen grenzen overschreden, ik heb geen vertrouwen geschonken, geen risico genomen, alles is veilig. Het is de keuzemogelijkheid die me angst aanjaagt. Een uitweg, een redding.

12

De badkamer is naast de slaapkamer. Er hangt blauw bloemetjesbehang, vergeet-me-nietjes, en bijpassende gordijnen. Er ligt een blauwe badmat, en een hoes van namaakbont over de wc-bril; het enige van vroeger wat in deze badkamer ontbreekt is een pop met een extra rol toiletpapier onder haar rok. Natuurlijk even afgezien van het feit dat de spiegel boven de wasbak is weggehaald en vervangen door een rechthoekig stuk blik, dat de deur niet op slot kan, en dat er geen scheermesjes liggen. In het begin deden zich in de badkamers wel eens incidenten voor, doorgesneden polsen, verdrinkingen. Toen ze de kinderziekten van het nieuwe systeem nog niet te boven waren. Cora zit op een stoel bij de deur van de badkamer, om erop toe te zien dat er niemand anders naar binnen gaat. In een badkamer, in een badkuip, ben je kwetsbaar, zei Tante Lydia. Ze zei niet waarom.

Het bad is een vereiste, maar ook een luxe. Alleen al het feit dat ik de zware witte vleugels en de sluier kan afdoen, dat ik mijn eigen haar weer kan voelen, met mijn handen, is een luxe. Mijn haar is nu lang, ongeknipt. Haar moet lang zijn, maar bedekt. Tante Lydia zei: Paulus zei dat een vrouw haar haar moest verbergen of afknippen. Ze lachte, dat ingehouden gehinnik van haar, alsof ze een mop had verteld.

Cora heeft het bad laten vollopen. Het dampt als een kop hete soep. Ik trek de rest van mijn kleren uit, de bovenjurk, het witte hemdje, de witte onderjurk, de rode kousen, de wijde katoenen onderbroek. Van panty's krijg je schimmel in je kruis, zei Moira altijd. Tante Lydia zou nooit een uitdrukking als *schimmel in je kruis* hebben gebezigd. *Onhygiënisch* was het woord dat zij gebruikte. Ze wilde dat alles uiterst hygiënisch was.

Mijn naaktheid begint me al vreemd voor te komen. Mijn lichaam lijkt uit de tijd. Droeg ik werkelijk badpakken, op het strand? Jazeker, zonder erbij na te denken, tussen de mannen, zonder me erom te bekommeren dat mijn benen, mijn armen, mijn dijen en mijn rug gewoon te zien waren, voor iedereen. *Schandalig, onbetamelijk.* Ik vermijd omlaag te kijken, naar mijn lichaam, niet zozeer omdat dat schandalig of onbetamelijk is, maar omdat ik het niet wil zien. Ik wil niet kijken naar iets wat me zo volledig bepaalt.

Ik stap in het water, ga liggen, laat me erdoor vasthouden. Het water is zacht als handen. Ik sluit mijn ogen, en dan is ze opeens bij me, onaangekondigd, het moet de geur van de zeep zijn. Ik druk mijn gezicht tegen het zachte haar in haar nek en adem haar in, babypoeder en gewassen kindervlees en shampoo, met daardoorheen een flauwe urinegeur. Dat is haar leeftijd wanneer ik een bad neem. Ze komt bij me terug op verschillende leeftijden. Zo weet ik dat ze geen geest is. Als ze een geest was, zou ze altijd even oud zijn.

Op een dag, toen ze elf maanden was, vlak voor ze begon te lopen, griste een vrouw haar uit een winkelwagentje. Het was zaterdag, de dag waarop Luke en ik boodschappen deden voor de hele week, omdat we allebei een baan hadden. Ze zat in het kinderstoeltje waarvan de winkelwagentjes toen voorzien waren, met gaten voor de beentjes. Ze was in een opgewekte stemming, en ik ging even met de rug naar haar toe staan, het was geloof ik bij de rekken met kattenvoer; Luke was aan de zijkant van de winkel, uit het zicht, bij de slagerij. Hij zocht altijd graag het vlees uit voor de hele week. Hij zei dat mannen meer vlees nodig hadden dan vrouwen, en dat dat geen fabeltje was, dat hij het niet zei om lullig te doen, er was onderzoek naar gedaan. Er zijn een paar verschillen, zei hij. Hij zei dat te pas en te onpas, alsof ik probeerde aan te tonen dat er geen verschillen bestonden. Maar meestal zei hij het als mijn moeder er was. Hij hield ervan haar op stang te jagen.

Ik hoorde dat ze begon te huilen. Ik draaide me om en ze verdween tussen de rekken, in de armen van een vrouw die ik nooit eerder had gezien. Ik gilde, en de vrouw werd tegengehouden. Ze moet ongeveer vijfendertig geweest zijn. Ze huilde en zei dat het haar kind was, de Here had het haar geschonken, hij had haar een teken gezonden. Ik had met haar te doen. De winkelchef verontschuldigde zich en ze hielden haar vast tot de politie kwam.

Ze is gewoon gek, zei Luke.

Ik dacht toen nog dat het een losstaande gebeurtenis was.

Ze vervaagt, ik kan haar niet bij me houden, ze is verdwenen. Misschien stel ik me haar voor als een geest, de geest van een dood meisje, een klein meisje dat stierf toen ze vijf was. Ik herinner me nog de foto's van ons beiden die ik vroeger bezat, ik met haar in mijn armen, standaard poses, moeder en kind, opgesloten in een lijst, voor alle zekerheid. Achter mijn gesloten ogen zie ik mezelf zoals ik nu ben, zittend naast een opengetrokken la, en ik zie een grote koffer, in de kelder, waarin de babykleertjes zijn opgeborgen, een haarlok, afgeknipt toen ze twee was, in een envelop, witblond. Later werd het donkerder.

Ik heb die dingen niet meer, de kleertjes en het haar. Ik vraag me af wat ermee gebeurd is. Geroofd, opgeruimd, weggehaald. In beslag genomen.

Ik heb geleerd het zonder een heleboel dingen te stellen. Als je een heel hoop dingen hebt, zei Tante Lydia, raak je te gehecht aan deze stoffelijke wereld en vergeet je de geestelijke waarden. Je moet de armoede van de geest cultiveren. Zalig zijn de zachtmoedigen. Ze zei verder niets over het beërven van de aarde.

Ik lig, omgeven door het water, naast een opengetrokken la die niet bestaat, en denk aan een meisje dat niet stierf toen ze vijf was; dat hopelijk nog steeds bestaat, zij het niet voor mij. Besta ik voor haar? Ben ik een foto ergens in de donkere regionen van haar geest?

Ze moeten haar verteld hebben dat ik dood was. Dat is waarschijnlijk hun aanpak geweest. Ze beweerden natuurlijk dat het kind zich daardoor makkelijker kon aanpassen.

Acht jaar moet ze nu zijn. Ik heb al die verloren tijd gevuld, ik weet hoelang het heeft geduurd. Ze hadden gelijk, het is makkelijker om je voor te stellen dat ze dood is. Dan hoef ik niet te hopen en me geen vergeefse inspanning te getroosten. Waarom zou je met je hoofd tegen de muur lopen? zei Tante Lydia. Soms kon ze zich zo plastisch uitdrukken.

'Ik heb niet de hele dag de tijd,' klinkt Cora's stem op de gang. Dat heeft ze inderdaad niet. Er is niets waar ze veel van heeft. Ik mag haar niet van haar tijd beroven. Ik zeep mezelf in, gebruik de borstel en het stuk puimsteen om dode huid af te schuren. Dat soort puriteinse hulpmiddelen worden ons ter beschikking gesteld. Ik wil helemaal schoon zijn, zonder bacillen en bacteriën, als het maanoppervlak. Ik kan mezelf vanavond niet wassen, en ook daarna niet, een heel etmaal niet. Het komt niet gelegen, zeggen ze, en waarom zouden ze het risico nemen.

Het is nu onmogelijk om de kleine tatoeage op mijn enkel niet te zien. Vier cijfers en een oog, het tegenovergestelde van een paspoort. Het dient om te voorkomen dat ik ooit nog eens naar een andere omgeving uitwijk. Daar ben ik te belangrijk, te zeldzaam voor. Ik ben een natuurlijke hulpbron.

Ik trek de stop eruit, droog me af, trek mijn rode badstoffen mantel aan: Ik laat de jurk die ik vandaag gedragen heb hier achter; Cora haalt hem op en stopt hem in de was. Terug in de kamer kleed ik me weer aan. Ik heb de witte hoofdkap vanavond niet nodig, want ik ga het huis niet meer uit. Iedereen in dit huis weet hoe mijn gezicht eruitziet. Maar de rode sluier gaat wel om; hij bedekt mijn vochtige haar, mijn hoofd dat niet is kaalgeknipt. Waar heb ik ook alweer die film gezien, over vrouwen die neerknielden op het stadsplein, door handen in bedwang gehouden, terwijl hun haar in grote vlokken omlaagviel? Wat hadden ze gedaan? Het moet heel lang geleden zijn, want ik kan het me niet herinneren.

Cora brengt me mijn avondeten, afgedekt, op een dienblad. Ze klopt op de deur alvorens binnen te komen. Dat neemt me voor haar in. Het betekent dat ze denkt dat ik nog een beetje privacy – zoals we dat vroeger noemden – over heb.

'Dankjewel,' zeg ik, terwijl ik het dienblad aanneem, en ze lacht me zowaar toe, maar ze draait zich om zonder te antwoorden. Wanneer we met elkaar alleen zijn, mijdt ze elk contact.

Ik zet het dienblad op het kleine, witgeverfde tafeltje en schuif de stoel aan. Ik licht het deksel van het dienblad. Een kuikenpoot, overgaar. Maar dat is altijd nog beter dan de andere manier waarop ze het klaarmaakt: bloederig. Rita heeft zo haar methoden om haar verontwaardiging te luchten. Een gebakken aardappel, sperziebonen, sla. Als toetje peren uit blik. Het is goed eten, al zit er weinig smaak aan. Gezond eten. Je hebt je vitaminen en mineralen hard nodig, zei Tante Lydia ingetogen. Je moet een waardig lichaam hebben. Maar geen koffie of thee, geen alcohol. Er is onderzoek naar gedaan. Er ligt een papieren servetje bij, zoals in cafetaria's.

Ik denk aan de anderen, degenen die het zonder moeten doen. Dit is het centrum van ons rijk, ik leid hier een verwend leven, moge de Here ons waarlijk dankbaar maken, zei Tante Lydia – of zei ze erkentelijk? en ik begin te eten. Ik heb vanavond geen trek. Ik ben misselijk. Maar ik kan het eten nergens wegstoppen, er staan hier geen potplanten, en door de wc spoelen is te riskant. Ik ben te nerveus, dat is het. Kan ik het op het bord laten liggen en Cora vragen om me niet te verraden? Ik kauw en slik, kauw en slik, het zweet breekt me uit. In mijn maag balt het eten zich samen, een handvol vochtig, samengeperst karton.

Beneden, in de eetkamer, branden er waarschijnlijk kaarsen op de grote mahoniehouten tafel, met daarop een wit tafellaken, zilveren bestek, bloemen, wijnglazen met wijn erin. Er klinkt gerinkel van messen tegen porselein, een droge tik wanneer ze met een nauwelijks hoorbare zucht haar vork neerlegt en de helft van het eten op haar bord onaangeroerd laat. Misschien zegt ze dat ze geen trek heeft. Misschien zegt ze helemaal niets. Als ze iets zegt, reageert hij er dan op? Als ze niets zegt, merkt hij het dan? Ik vraag me af hoe ze erin slaagt te laten merken dat ze er ook nog is. Het lijkt me moeilijk.

Er ligt een klontje boter op de rand van het bord. Ik scheur een hoek van het papieren servetje af, doe de boter erin, loop ermee naar de kast en duw het in de punt van mijn rechterschoen, van het extra paar, zoals ik al eerder heb gedaan. Ik verfrommel het restant van het servetje: niemand zal de moeite nemen om het glad te strijken, om te zien of er een stuk af is. Ik ga de boter vannacht gebruiken. Ik kan vanavond maar beter niet naar boter ruiken.

Ik wacht. Ik kalmeer mezelf. Ik zet mijn gevoelens in het gelid als een peloton soldaten. Ik moet mezelf presenteren als iets wat is gemaakt, niet als iets wat is geboren.

V

DUTJE

13

Er is tijd over. Dat is een van de dingen waarop ik niet was voorbereid – de hoeveelheid ongevulde tijd, de lange, lege intermezzo's. Tijd als wit geluid. Kon ik maar borduren. Weven, breien, iets waarbij ik mijn handen kan gebruiken. Ik wil een sigaret. Ik herinner me dat ik door kunstgalerijen liep, door de negentiende eeuw: hoe bezeten ze toen waren van harems. Tientallen schilderijen van harems, dikke vrouwen die lui op divans lagen, een tulband of een fluwelen kap op het hoofd, en die koelte kregen toegewuifd met pauwenveren, met op de achtergrond een eunuch die de wacht hield. Studies van sedentair vlees, geschilderd door mannen die het nooit hadden gezien. Die schilderijen gingen door voor erotisch, en ik vond toen dat ze dat ook waren; maar ik begrijp nu wat ze werkelijk uitbeeldden. Het waren schilderijen over opgeschort leven; over wachten, over voorwerpen die niet werden gebruikt. Het waren schilderijen over verveling.

Maar misschien vinden mannen het wel erotisch wanneer vrouwen zich vervelen.

Ik wacht, gewassen, geboend, gevoederd, als een varken op een tentoonstelling. In de jaren tachtig vonden ze de varkensbal uit, voor varkens die in hokken werden vetgemest. Varkensballen waren grote gekleurde ballen; de varkens rolden ze in het rond met hun snuit. De varkenshandel beweerde dat het hun spierspanning verbeterde; de varkens waren nieuwsgierig, ze hadden graag iets om over na te denken. Ik heb dat gelezen in de *Inleiding tot de psychologie*; dat, en het hoofdstuk over ratten in kooien die zichzelf elektrische schokken toedienden om maar iets te doen te hebben. En het hoofdstuk over de duiven, die leerden om met hun snavel op een knopje te drukken om zo een graankorrel tevoorschijn te brengen. Er waren drie groepen: de eerste kreeg telkens een korrel, de tweede kreeg een graankorrel bij elke tweede druk op de knop, en bij de derde groep was het verschijnen van de korrels onvoorspelbaar. Toen de toevoer van graankorrels werd afgebroken, gaf de eerste groep het algauw op, de tweede groep iets later. De derde groep bleef het proberen. Ze pikten zich liever dood dan ermee op te houden. Je kon nooit weten.

Ik wou dat ik een varkensbal had.

Ik ga op het vloerkleed liggen. Je kunt altijd oefeningen doen, zei Tante Lydia. Een paar keer per dag, op vaste tijden. Armen langs het lichaam, knieën gebogen, bekken omhoog, langzaam weer omlaag. Nog een keer. Vijf tellen inademen, adem inhouden, uitademen. We deden dat in wat vroeger het huishoudkundelokaal was geweest; alle naaimachines en wasautomaten waren weggehaald. We lagen op kleine Japanse matten in en uit te ademen, allemaal tegelijk, terwijl er een bandje werd gedraaid, *Les Sylphides.* Dat hoor ik nu, in mijn hoofd, terwijl ik mijn oefeningen doe. Achter mijn gesloten ogen flitsen witte dansers sierlijk heen en weer tussen de bomen; hun benen fladderen als de vleugels van gekooide vogels.

's Middags liggen we een uur op ons bed in de gymzaal, tussen drie en vier. Ze zeiden dat het een periode van rust en meditatie was. Ik dacht toen dat ze het deden omdat ze zelf wat vrije tijd wilden hebben, de lessen even wilden onderbreken, en ik weet dat de Tantes die geen dienst hadden naar de leraarskamer gingen om koffie te drinken, of iets wat voor koffie moest doorgaan. Maar tegenwoordig denk ik dat die rustpauze ook een oefening was. Ze gaven ons de gelegenheid om aan het nietsdoen te wennen.

Een hazenslaapje, noemde Tante Lydia het, op haar ingetogen manier.

Het rare is dat we rust nodig hadden. Velen van ons gingen slapen. We waren daar vaak moe. Ik denk dat ze een pilletje of een drug in ons eten deden, om ons rustig te houden. Misschien ook niet. Misschien kwam het door de plaats zelf. Na de eerste schok, als je het hoofd in de schoot had gelegd, was het beter om alles gelaten te ondergaan. Je kon jezelf voorhouden dat je je krachten spaarde.

Ik moet er drie weken zijn geweest toen Moira kwam. Ze werd door twee Tantes naar de gymzaal gebracht, op de gebruikelijke manier, terwijl wij ons dutje deden. Ze had haar oude kleren nog aan, een spijkerbroek en een blauw sweatshirt – haar haar was kort, ze had zich zoals gewoonlijk niets van de mode aangetrokken – en ik herkende haar dus meteen. Ze zag mij ook, maar ze wendde zich af, ze wist al wat het veiligste was. Ze had een paarse bloeduitstorting op haar linkerwang. De Tantes brachten haar naar een onbezet bed, waarop het rode gewaad al klaarlag. Ze kleedde zich uit en trok haar nieuwe kleren aan, zwijgend, terwijl de Tantes aan het voeteneind van het bed stonden en wij door onze oogharen toekeken. Toen ze zich bukte, kon ik de knobbels in haar ruggengraat zien.

Ik kon dagenlang niet met haar praten; we keken alleen, korte blikken, als teugjes. Vriendschappen waren verdacht, we wisten het, we ontweken elkaar wanneer we in de kantine in de rij stonden om eten te halen of wanneer we tussen de lessen over de gang liepen. Maar op de vierde dag liep ze naast me tijdens de wandeling, twee aan twee rond het sportveld. We kregen de witte vleugels pas aan het eind van de opleiding, we hadden alleen de sluier; we konden dus met elkaar praten, zolang we ons rustig hielden en ons niet omdraaiden om elkaar aan te kijken. De Tantes liepen aan de kop van de rij en aan het eind, dus het enige gevaar kwam van de anderen. Sommigen van hen waren gelovig en zouden ons kunnen verraden.

Het is hier een gekkenhuis, zei Moira.

Ik ben blij je te zien, zei ik.

Waar kunnen we praten? vroeg Moira.

In de wc, zei ik. Hou de klok in de gaten. Laatste hokje, halfdrie.

Dat was alles wat we zeiden.

Het geeft me een veilig gevoel dat Moira hier is. We mogen naar de wc als we een hand opsteken, hoewel er een maximum is aan het aantal keren per dag, ze houden het bij op een lijst. Ik kijk naar de klok, elektrisch en rond, boven het groene schoolbord. Halfdrie valt tijdens het Getuigenis. Tante Helena is er, evenals Tante Lydia, omdat het Getuigenis iets bijzonders is. Tante Helena is dik, ze stond vroeger aan het hoofd van een vermageringsinstituut in Iowa. Ze is goed in het leiden van het Getuigenis.

Het is Janine, die vertelt hoe ze op haar veertiende door een groepje mannen werd verkracht en een abortus onderging. Ze heeft de vorige week hetzelfde verhaal verteld. Ze leek er bijna trots op terwijl ze het vertelde. Misschien is het niet eens waar. Bij het Getuigenis is het veiliger om dingen te verzinnen dan om te zeggen dat je niets te onthullen hebt. Maar omdat het Janine is, zal het waarschijnlijk min of meer waar zijn.

Maar wie is de schuldige? zegt Tante Helena, één mollige vinger opstekend.

Zij, zij, zij, roepen we in koor.

Wie heeft de mannen aangemoedigd? vervolgt Tante Helena stralend, tevreden over ons.

Zíj, zíj, zíj.

Waarom stond God toe dat er zoiets gruwelijks gebeurde?

Om haar een lésje te geven. Om haar een lésje te geven. Om haar een lésje te geven.

De vorige week barstte Janine in huilen uit. Tante Helena liet haar met de handen op de rug voor de klas neerknielen, zodat we haar allemaal konden zien met haar rode gezicht en druipende neus. Haar haar dof blond, haar wimpers zo licht dat ze er niet leken te zijn, de verloren wimpers van iemand die midden in een brand heeft gestaan. Verbrande ogen. Ze zag er weerzinwekkend uit: week, kronkelend, vlekkerig, roze, als een pasgeboren muis. Niemand van ons wilde er zo uitzien. Hoewel we wisten wat haar werd aangedaan, verachtten we haar een ogenblik.

Huilebalk. Huilebalk. Huilebalk.

Het kwalijke is dat we het meenden.

Ik had altijd een hoge dunk van mezelf. Op dat moment niet.

Dat was vorige week. Deze week wacht Janine niet tot we haar beginnen uit te jouwen. Het was mijn schuld, zegt ze. Het was mijn eigen schuld. Ik heb ze aangemoedigd. Het was mijn verdiende loon.

Heel goed, Janine, zegt Tante Lydia. Je bent een voorbeeld.

Ik moet wachten tot dit voorbij is alvorens mijn hand te kunnen opsteken. Soms, als je het op het verkeerde moment vraagt, zeggen ze nee. Als je echt moet kan dat heel belangrijk zijn. Gisteren heeft Dolores het in haar broek gedaan. Twee Tantes sleepten haar weg, een hand onder elke oksel. Ze was niet aanwezig bij de middagwandeling, maar 's nachts lag ze weer in haar gewone bed. We hoorden haar de hele nacht kreunen, met tussenpozen.

Wat hebben ze met haar gedaan? fluisterden we van bed tot bed.

Ik weet het niet.

Dat maakt het nog erger.

Ik steek mijn hand op, Tante Lydia knikt. Ik sta op en verlaat zo onopvallend mogelijk het lokaal. Voor de wc's houdt Tante Elizabeth de wacht. Ze knikt om aan te geven dat ik naar binnen mag.

Deze toiletten waren vroeger voor jongens. De spiegels zijn ook hier door rechthoekige stukken dofgrijs metaal vervangen, maar de pisbakken zijn er nog, tegen een van de muren, wit email met gele vlekken. Ze zien er vreemd genoeg uit als babydoodkistjes. Ik verwonder me weer over de naaktheid van het mannenleven: de douches open en bloot, lichamen die zomaar bekeken en vergeleken kunnen worden, het openlijk tonen van de geslachtsdelen. Waar is dat goed voor? Welk geruststellend doel dient het? Het terloops tonen van een kenteken, kijk, alles is in orde, ik hoor hier. Waarom hoeven vrouwen elkaar niet te bewijzen dat ze vrouw zijn? Opening van zaken, even het spleetje laten zien, net zo terloops. Als het gesnuffel van een hond.

Het is een oude school, de wc-hokjes zijn van hout, een soort spaanplaat. Ik ga het voorlaatste hokje binnen, trek de deur dicht. Er zit uiteraard geen slot meer op. In het hout zit een klein gat, achteraan, vlak bij de muur, ongeveer op taillehoogte, een herinnering aan vroeger vandalisme of het werk van een voyeur. Iedereen in het Centrum weet van dat gat in het houtwerk; iedereen behalve de Tantes.

Ik ben bang dat ik te laat ben, opgehouden door Janines Getuigenis: misschien is Moira hier al geweest, misschien moest ze weer weg. Ze geven je niet veel tijd. Ik kijk aandachtig omlaag, schuin onder de wand van het hokje door, en daar staan twee rode schoenen. Maar hoe kan ik zien wie het is?

Ik breng mijn mond voor het gat. Moira? fluister ik.

Ben jij het? zegt ze.

Ja, zeg ik. Een hele opluchting.

Ik snak naar een sigaret, zegt Moira.
Ik ook, zeg ik.
Ik voel me belachelijk gelukkig.

Ik zak weg in mijn lichaam als in een moeras waar alleen ik de weg ken. Verraderlijke grond, mijn eigen gebied. Ik word de aarde waar ik mijn oor tegen leg om iets over de toekomst aan de weet te komen. Elke steek, elke murmeling van lichte pijn, korsten en vervellingen, het opzwellen en slinken van weefsel, de slijmerige afscheidingen van het vlees – het zijn tekenen, het zijn de dingen die ik weten moet. Elke maand kijk ik of er bloed komt, angstig, want als het komt, heb ik gefaald, ben ik er weer niet in geslaagd om te voldoen aan de verwachtingen van anderen, die mijn eigen verwachtingen zijn geworden.

Vroeger zag ik mijn lichaam als een instrument van genot, of als een vervoermiddel, of als een werktuig voor het uitvoeren van mijn wil. Ik kon het gebruiken om me voort te bewegen, om op allerlei knoppen te drukken, om dingen te laten gebeuren. Er waren grenzen, maar mijn lichaam was soepel, zelfstandig, solide, één met mijzelf.

Nu ordent het vlees zichzelf anders. Ik ben een wolk, gestold rond een peervormig voorwerp in het midden, dat hard is en werkelijker dan ikzelf en dat rood gloeit binnen zijn doorschijnende omhulsel. Daarbinnen is een ruimte, uitgestrekt en donker en gekromd als de hemel bij nacht, maar eerder zwart-rood dan zwart. In die ruimte, talloos als sterren, lichtpuntjes, die uitdijen, fonkelen, uit elkaar spatten en ineenschrompelen. Elke maand is er een maan, reusachtig, rond, zwaar, een voorteken. Zij trekt voorbij, blijft staan, gaat weer verder en verdwijnt uit het zicht, en ik zie de wanhoop op me afkomen als een hongersnood. Je zo leeg te voelen, telkens opnieuw. Ik luister naar mijn hart, golf na golf, zout en rood, mijn hart dat maar doorgaat, maar doorgaat.

Ik ben in onze eerste flat, in de slaapkamer. Ik sta voor de kast, die houten schuifdeuren heeft. Ik weet dat het leeg is om me heen, alle meubels zijn weg, de vloeren zijn kaal, er ligt zelfs geen vloerbedekking; maar desondanks zit de kast vol kleren. Ik denk dat het mijn kleren zijn, maar ze lijken er niet op, ik heb ze nog nooit gezien. Misschien zijn ze van Lukes vrouw, die ik ook nog nooit heb gezien; alleen foto's en een stem door de telefoon, 's avonds laat, toen ze ons huilend opbelde en ons onder beschuldigingen bedolf, voor de scheiding. Maar nee, het zijn beslist mijn kleren. Ik heb een jurk nodig, iets om aan te trekken. Ik haal er jurken uit, zwarte, blauwe, paarse, jasjes, rokken; ze bevallen me geen van alle, ze passen me zelfs geen van alle, ze zijn me te groot of te klein.

Luke is er, achter me, ik draai me om om hem te zien. Hij wil me niet aankijken, hij kijkt omlaag naar de vloer, waar de kat zich tegen zijn benen schurkt en onafgebroken klaaglijk miauwt. Hij wil eten, maar hoe kan er iets te eten zijn nu de flat zo leeg is?

Luke, zeg ik. Hij reageert niet. Misschien hoort hij me niet. De gedachte komt bij me op dat hij misschien niet meer leeft.

Ik ren, met haar aan mijn hand, en trek haar, sleep haar door de varens, ze slaapt half door de pil die ik haar gegeven heb om te voorkomen dat ze gaat huilen of iets zegt dat ons kan verraden, ze weet niet waar ze is. De grond is oneffen, stenen, dode takken, de geur van vochtige aarde, oude bladeren, ze kan niet snel genoeg lopen, in mijn eentje zou ik sneller vooruitkomen, ik ben een goede hardloopster. Nu huilt ze, ze is bang, ik wil haar dragen maar ze zou te zwaar zijn. Ik heb mijn wandelschoenen aan en denk: als we bij het water zijn moet ik ze uitschoppen, zal het te koud zijn, zal ze zo ver kunnen zwemmen, hoe zit het met de stroming, we hadden dit niet verwacht. *Rustig*, zeg ik op boze toon tegen haar. Ik bedenk dat ze zou kunnen verdrinken en deze gedachte vertraagt mijn tempo. Dan klinken de schoten achter ons, niet hard, niet als voetzoekers, maar scherp en krakend, als een droge tak die knapt. Het klinkt verkeerd, niets klinkt ooit zoals je verwacht, en ik hoor de stem – *Ga liggen* –, is het een echte stem of een stem in mijn hoofd of mijn eigen stem, hardop?

Ik trek haar naar de grond en wentel me boven op haar om haar te bedekken, te beschermen. *Rustig*, zeg ik nogmaals, mijn gezicht is nat, zweet of tranen, ik voel me kalm en zwevend, alsof ik niet langer in mijn lichaam zit; vlak voor mijn ogen is een blad, rood, vroeg van kleur veranderd, ik kan elke heldere ader zien. Het is het mooiste wat ik ooit gezien heb. Ik ga voorzichtig van haar af, ik wil haar niet verstikken, ik krul me nu om haar heen en houd mijn hand voor haar mond. Er is adem en het kloppen van mijn hart, als gebons, midden in de nacht, op de deur van een huis waar je veilig meende te zijn. *Alles is goed, ik ben hier*, zeg ik, fluister ik, *blijf alsjeblieft rustig*, maar hoe kan ze rustig blijven? Ze is te jong, het is te laat, we raken los van elkaar, mijn armen worden vastgehouden, en de randen worden donker en er blijft niets anders over dan een klein raam, een heel klein raam, als het verkeerde eind van een telescoop, als een raam op een oude kerstkaart, nacht en ijs buiten, en binnen een kaars, een fonkelende boom, een gezin, ik hoor zelfs de bellen, arrenbellen, uit de radio, oude muziek, maar door dat raam kan ik haar zien, klein maar heel duidelijk, terwijl ze zich van me verwijdert, tussen de bomen die al rood en geel beginnen te worden, ze strekt haar armen naar me uit terwijl ze wordt weggedragen.

De bel wekt me; en dan Cora, die op mijn deur klopt. Ik ga rechtop zitten, op het vloerkleed, wrijf mijn natte gezicht droog met mijn mouw. Van alle dromen is dit de ergste.

VI

HUISHOUDING

14

Wanneer de bel is uitgeluid daal ik de trap af en werp een korte blik op de verweesde vrouw in het oog van glas dat beneden aan de muur hangt. De klok tikt met zijn slinger, in de maat; mijn voeten in hun keurige rode schoenen tellen de weg omlaag.

De deur van de zitkamer staat wijd open. Ik ga naar binnen: er is verder nog niemand. Ik ga niet zitten, maar neem knielend plaats naast de stoel met het voetbankje waarop Serena Joy zich zo dadelijk zal installeren, leunend op haar wandelstok terwijl ze heel voorzichtig gaat zitten. Misschien legt ze een hand op mijn schouder om haar evenwicht te bewaren, alsof ik een meubelstuk ben. Dat heeft ze al eens eerder gedaan.

De zitkamer werd vroeger misschien ontvangkamer genoemd; daarna woonkamer. Of misschien is het een salon, zo een met een spin en vliegen.* Maar tegenwoordig is het officieel een zitkamer, want er wordt in gezeten – door sommigen. Voor anderen zijn er alleen staanplaatsen. De houding van het lichaam is nu belangrijk: kleine ongemakken kunnen veel vertellen.

De zitkamer is stemmig, symmetrisch; het is een van de vormen die geld aanneemt wanneer het stolt. Er is jarenlang geld door deze kamer gesijpeld, als door een ondergrondse spelonk, als stalactieten aankoekend en verhardend tot deze vormen. De verschillende oppervlakken presenteren zich zwijgend: het donkerroze fluweel van de gesloten gordijnen, de glans van de bijpassende stoelen, achttiende-eeuws, de koeientongachtige geruisloosheid van het Chinese kwastjestapijt op de

* Toespeling op het gedicht 'The Spider and the Fly' van Mary Howitt (1799-1888), dat begint met de regel '"Will you walk into my parlour?" said a spider to a fly.' (Vert.)

vloer, met zijn perzik-roze pioenen, het zachte leer van de stoel van de Bevelvoerder, de koperglans van het doosje ernaast.

Het tapijt is authentiek. Sommige dingen in het vertrek zijn authentiek, sommige niet. De twee schilderijen aan weerskanten van de open haard, bijvoorbeeld, allebei van een vrouw. Beiden dragen een donkere jurk, zoals de vrouwen vroeger in de kerk droegen, maar deze zijn van later datum. De schilderijen zijn misschien authentiek. Ik vermoed dat toen Serena Joy ze kocht, nadat haar duidelijk was geworden dat ze haar krachten voortaan zou moeten wijden aan iets uitgesproken huishoudelijks, ze de bedoeling had hen als voorouders af te schilderen. Of misschien hingen ze al in het huis toen de Bevelvoerder het kocht. Het is onmogelijk om dat soort dingen te weten te komen. Hoe het ook zij, daar hangen ze, met stijve ruggen en monden, hun borsten ingesnoerd, hun gezichten uitgemergeld, hun kapjes gesteven, hun huid grijsachtig wit, de kamer bewakend met hun toegeknepen ogen.

Tussen hen in, boven de schoorsteenmantel, hangt een ovale spiegel, geflankeerd door twee paar zilveren kandelaars, met een wit porseleinen Cupido in het midden, zijn arm om de hals van een lam. Serena Joy heeft een vreemde smaak: verlangen naar kwaliteit naast een hang naar het sentimentele. Er staat een arrangement van droogbloemen op beide hoeken van de schoorsteenmantel, en een vaas met echte narcissen op het met glanzend inlegwerk versierde bijzettafeltje naast de sofa.

De kamer ruikt naar citroenolie, zwaar textiel, verwelkende narcissen, etensluchtjes die uit de keuken of de eetkamer zijn komen aanwaaien, en naar Serena Joys parfum: Lelietje-van-dalen. Parfum is een luxe, ze moet bepaalde contacten hebben. Ik adem het in en denk dat ik het aangenaam moet vinden. Het is de geur van meisjes in de prepuberteit, van de cadeautjes die kleine kinderen hun moeder vroeger voor Moederdag gaven; de lucht van wit katoenen sokken en wit katoenen onderjurken, van huidpoeder, van de onschuld van vrouwelijk vlees dat nog niet is overgeleverd aan beharing en bloed. Het geeft me een ietwat ziek gevoel, alsof ik bij heet, benauwd weer in een gesloten auto zit met een oudere vrouw die zich te zwaar gepoederd heeft. Daar doet de zitkamer aan denken, ondanks haar elegantie.

Ik zou graag iets uit deze kamer willen stelen. Ik zou iets kleins willen wegnemen, de gekrulde asbak, het kleine zilveren pillendoosje van de schoorsteenmantel misschien, of een gedroogde bloem: het verstoppen in de plooien van mijn jurk of in het vakje in mijn mouw, het daar houden tot deze avond voorbij is, het verbergen in mijn kamer, onder het bed, of in een schoen, of in een scheur in het harde kussen met GELOOF erop. Af en toe zou ik het eruit halen en ernaar kijken. Het zou me het gevoel geven dat ik macht heb.

Maar zo'n gevoel zou een illusie zijn, en te riskant. Mijn handen blijven waar ze zijn, gevouwen in mijn schoot. Dijen tegen elkaar, hakken onder me, tegen mijn lichaam gedrukt. Hoofd gebogen. In mijn mond de smaak van tandpasta: namaakpepermunt en kalk.

Ik wacht tot de huishouding bijeen is. Dat is wat we zijn: een *huishouding*. De Bevelvoerder is het hoofd van de huishouding. Hij houdt het huis. Hebben en houden, tot de dood ons scheidt.

Cora komt het eerst binnen, en dan Rita, die haar handen aan haar schort afveegt. Ook zij zijn door de bel opgeroepen, ze maken zich er boos over, ze hebben genoeg andere dingen te doen, de afwas bijvoorbeeld. Maar ze moeten erbij zijn, ze moeten er allemaal bij zijn, de Ceremonie eist het. We zijn allemaal verplicht om de bijeenkomst op de een of andere manier uit te zitten.

Rita kijkt me kwaad aan voordat ze naar binnen glipt en achter me gaat staan. Het is mijn schuld dat ze hier haar tijd verknoeit. Niet mijn schuld, maar de schuld van mijn lichaam, als dat enig verschil maakt. Zelfs de Bevelvoerder is onderworpen aan de grillen van mijn lichaam.

Nick komt binnen, knikt ons alle drie toe, kijkt de kamer rond. Ook hij gaat achter me staan. Hij staat zo dichtbij dat de punt van zijn laars mijn voet raakt. Doet hij dat met opzet? Hoe het ook zij, we raken elkaar aan, twee leren vormen. Ik voel mijn schoen zachter worden, er stroomt bloed in, hij wordt warm, verandert in een huid. Ik verplaats mijn voet een eindje, weg van hem.

'Ik wou dat hij een beetje opschoot,' zegt Cora.

'We hebben geen haast,' zegt Nick. Hij lacht, verplaatst zijn voet zodat hij de mijne weer raakt. Niemand kan het zien, onder de plooien van mijn wijde rok. Ik verander van plaats, het is hier te warm, de geur van oude parfum maakt me een beetje ziek. Ik trek mijn voet weg.

We horen Serena de trap af komen, de gang door, het gedempte tikken van haar wandelstok op het kleed, het bonzen van de goede voet. Ze strompelt door de deuropening, werpt een vluchtige blik op ons, telt zonder te zien. Ze knikt naar Nick, maar zegt niets. Ze draagt een van haar beste jurken, hemelsblauw met wit borduursel langs de randen van de sluier: bloemen en traliewerk. Zelfs op haar leeftijd voelt ze nog de behoefte zich met bloemen te omringen. Het is zinloos, zeg ik in gedachten tegen haar zonder mijn gezicht te bewegen, je kunt ze niet meer gebruiken, je bent verdord. Het zijn de geslachtsorganen van planten. Dat heb ik vroeger ergens gelezen. Ze loopt naar haar stoel en voetbankje, draait zich om, laat zich zakken, komt onsierlijk neer. Ze heft haar linkervoet op het bankje, rommelt in haar mouwzak. Ik hoor het ruisen, de klik van haar aansteker, ik ruik de hete schroeilucht van de rook, adem die in.

'Te laat, zoals gewoonlijk,' zegt ze. We reageren niet. Er klinkt wat gerammel als ze rondtast op het lampentafeltje, dan een klik, en het televisietoestel begint aan zijn opwarming.

Een mannenkoor met groengele gezichten, de kleur moet worden bijgesteld, zingt *Come to the Church in the Wildwood. Kom, kom, kom, kom*, zingen de bassen. Serena schakelt naar een ander kanaal. Golven, gekleurde zigzagpatronen, een chaos van geluid: het is het satellietstation van Montreal, dat wordt tegengehouden. Dan is er een evangelist, plechtig, met donkere, glanzende ogen, die zich over een lessenaar naar ons toe buigt. Ze lijken tegenwoordig sprekend op zakenlui. Serena gunt hem een paar seconden, schakelt dan verder.

Een paar lege kanalen, dan het nieuws. Dat is wat ze zocht. Ze leunt achterover, inhaleert diep. Ik daarentegen buig me voorover, een kind dat mag opblijven. Dit is het enige goede van deze avonden, de avonden van de Ceremonie: ik mag naar het nieuws kijken. Het schijnt een ongeschreven regel te zijn in dit huis: wij komen hier altijd op tijd, hij is altijd te laat, Serena laat ons altijd naar het nieuws kijken.

Als je het tenminste nieuws kunt noemen: wie weet of het waar is? Het kunnen oude opnamen zijn, het kan bedrog zijn. Maar ik kijk er toch naar, in de hoop er een verborgen waarheid uit te kunnen halen. Nieuws, hoe onbetrouwbaar ook, is in deze tijd beter dan geen nieuws.

Eerst de frontlinies. Het zijn eigenlijk geen linies: de oorlog schijnt op veel plaatsen tegelijk te woeden.

Beboste heuvels, uit de lucht gezien, de bomen lichtgeel. Ik wou dat ze de kleuren nu eens bijstelde. De Appalachen, zegt de commentaarstem, waar de Engelen des Oordeels, vierde divisie, bezig zijn een haard van baptistische guerrillastrijders te verdrijven met luchtsteun van het eenentwintigste bataljon van de Engelen des Lichts. We zien twee zwarte helikopters met zilveren vleugels op de zijkanten geschilderd. Beneden explodeert een groepje bomen.

Dan een dichtbij-opname van een krijgsgevangene met een smerig gezicht en een stoppelbaard, geflankeerd door twee Engelen in hun keurige zwarte uniformen. De gevangene neemt een sigaret aan van een van de Engelen en drukt hem met zijn gebonden handen stuntelig tegen zijn lippen. Een kortstondige scheve grijns op zijn gezicht. De omroeper zegt iets, maar ik hoor het niet: ik kijk in de ogen van deze man en probeer erachter te komen wat hij denkt. Hij weet dat de camera op hem gericht is: is die grijns een teken van verzet of van onderwerping? Schaamt hij zich omdat hij gevangengenomen is?

Ze laten ons alleen maar overwinningen zien, nooit nederlagen. Wie zit er verlegen om slecht nieuws?

Misschien is het een acteur.

Dan komt de nieuwslezer in beeld. Zijn houding is vriendelijk, vaderlijk; hij kijkt ons aan vanaf het scherm, met zijn gebronsde huid en zijn witte haar en zijn openhartige ogen, wijze rimpeltjes eromheen, als een ideale grootvader. Wat hij ons vertelt, suggereert zijn bedaarde glimlach, is voor ons eigen bestwil. Alles komt binnenkort goed. Ik beloof het. Er komt vrede. Jullie moeten vertrouwen hebben. Jullie moeten gaan slapen, als zoete kindertjes.

Hij vertelt ons wat we graag willen geloven. Hij is heel overtuigend.

Ik verzet me tegen hem. Hij lijkt op een oude filmster, houd ik mezelf voor, met een kunstgebit en een facelift. Tegelijkertijd word ik door hem aangetrokken, als iemand onder hypnose. Was het nieuws maar waar. Kon ik het maar geloven.

Dan vertelt hij ons dat er een ondergronds spionagenet is opgerold, door een groep Speurders die met een verklikker werkten. De spionnen hadden kostbare nationale hulpbronnen over de grens naar Canada gesmokkeld.

'Vijf leden van de ketterse quakersekte zijn gearresteerd,' zegt hij, vriendelijk glimlachend, 'en er worden nog meer arrestaties verwacht.'

Twee van de quakers verschijnen op het scherm, een man en een vrouw. Ze zien er doodsbang uit, maar proberen voor de camera een zekere waardigheid te bewaren. De man heeft een grote donkere plek op zijn voorhoofd; de sluier van de vrouw is afgerukt, en haar haar valt in strengen over haar gezicht. Beiden zijn een jaar of vijftig.

Nu zien we een stad, ook vanuit de lucht. Dit was vroeger Detroit. Achter de stem van de nieuwslezer klinkt het doffe gedreun van artillerievuur. Aan de horizon stijgen rookwolken op.

'De Hervestiging van de Kinderen van Cham verloopt volgens plan,' zegt het geruststellende roze gezicht, terug op het scherm. 'Er zijn er deze week drieduizend aangekomen in Nationaal Thuisland Eén, en er zijn er nog tweeduizend onderweg.' Hoe transporteren ze zo veel mensen ineens? Met treinen, bussen? Hier krijgen we geen beelden van te zien. Nationaal Thuisland Eén ligt in Noord-Dakota. God mag weten wat ze moeten doen wanneer ze daar eenmaal zijn. Het land bewerken, heet het officieel.

Serena Joy heeft genoeg van het nieuws. Ongeduldig schakelt ze naar een andere zender, en daar verschijnt een al wat oudere bas-bariton met wangen als leeggemolken uiers. Hij zingt 'Whispering Hope'. Serena zet hem af.

We wachten, de klok in de gang tikt, Serena steekt nog een sigaret op, ik stap in de auto. Het is zaterdagmorgen, het is september, we hebben nog een auto. Anderen hebben hun auto al moeten verkopen. Mijn naam is niet Vanfred, ik heb een andere naam, die niemand tegenwoordig nog gebruikt, omdat dat verboden is. Ik houd mezelf voor dat het er niet toe doet, je naam is net zoiets als je telefoonnummer, alleen nuttig voor anderen; maar wat ik mezelf voorhoud klopt niet, het doet er wel toe. Ik bewaar de kennis van die naam als iets verborgens, een schat die ik later nog eens kom opgraven. Ik stel me die naam als begraven voor. Hij heeft een aura om zich heen, als een amulet, een betovering uit een onvoorstelbaar ver verleden die tot op de huidige dag voortduurt. Ik lig 's nachts met gesloten ogen in mijn eenpersoonsbed, en de naam zweeft daar achter mijn ogen, stralend in het donker, net buiten mijn bereik.

Het is zaterdagmorgen in september, ik draag mijn glanzende naam. Het kleine meisje dat nu dood is zit op de achterbank met haar twee liefste poppen en haar speelgoedkonijn, kaal van ouderdom en liefde. Ik ken alle details. Het zijn sentimentele details, maar dat kan ik niet helpen. Maar ik mag niet te veel aan het konijn denken, ik mag niet gaan huilen, hier op het Chinese tapijt, waar ik de rook inadem die in Serena's lichaam heeft gezeten. Niet hier, niet nu, ik kan dat later doen.

Ze dacht dat we gingen picknicken, en er staat inderdaad een picknickmand op de achterbank, naast haar, met echt eten en drinken erin, hardgekookte eieren, een thermosfles, en meer van die dingen. We wilden niet dat ze wist waar we werkelijk heen gingen, we wilden niet dat ze het per ongeluk zou vertellen, iets zou onthullen, wanneer we zouden worden aangehouden. We wilden haar niet belasten met onze waarheid.

Ik droeg mijn wandelschoenen, zij had haar gymschoenen aan. Op de veters van de gymschoenen stond een patroon van hartjes, rood, paars, roze en geel. Het was warm voor de tijd van het jaar, de bladeren begonnen al van kleur te veranderen, sommige; Luke reed, ik zat naast hem, de zon scheen, de lucht was blauw, de huizen die we passeerden maakten een troostende en alledaagse indruk, elk huis dat we achter ons lieten verdween in het verleden, verviel tot puin in een enkel ogenblik, alsof het nooit had bestaan, omdat ik het nooit meer terug wilde zien – dat dacht ik toen tenminste.

We hebben bijna niets bij ons, we willen niet de indruk wekken dat we naar een verre of permanente bestemming op weg zijn. We hebben de vervalste paspoorten, gegarandeerd goed, hun prijs waard. We konden uiteraard niet met geld betalen of het via de Compucount afhandelen: we betaalden met andere dingen, wat juwelen van mijn grootmoeder, een postzegelverzameling die Luke van zijn oom heeft geërfd. Zulke dingen kunnen in andere landen tegen geld worden geruild. Bij de grens zullen we doen alsof we een dagtochtje maken; de valse visa zijn één dag geldig. Daarvoor geef ik haar een slaaptablet, zodat ze slaapt wanneer we de grens overgaan. Dan zal ze ons niet verraden. Je kunt van een kind niet verwachten dat het overtuigend liegt.

En ik wil niet dat ze bang is, dat ze de angst voelt die nu mijn spieren en mijn ruggengraat spant, die me zo straktrekt dat ik zeker weet dat ik zou breken als iemand me aanraakte. Elk rood verkeerslicht is een kwelling. We slapen vannacht in een motel, of liever nog in de auto, langs een zijweggetje, zodat er geen argwanende vragen zullen worden gesteld. We passeren morgenochtend de grens, rijden over de brug, probleemloos, alsof we naar de supermarkt gaan.

We rijden de snelweg op, in noordelijke richting. Het is niet druk. Sinds het begin van de oorlog is benzine duur en schaars. Buiten de stad passeren we de eerste controlepost. Ze willen alleen een rijbewijs zien, Luke doet het goed. Het rijbewijs komt overeen met het paspoort: daar hebben we aan gedacht.

Terug op de weg knijpt hij in mijn hand en kijkt naar me. Je ziet lijkbleek, zegt hij.

Zo voel ik me: bleek, plat, dun. Ik voel me doorzichtig. Ze kunnen vast en zeker door me heen kijken. En wat erger is, hoe zal ik Luke, hoe zal ik haar kunnen vasthouden als ik zo plat, zo bleek ben? Ik heb het gevoel alsof er niet veel meer van me over is; ze zullen me door de armen glippen, alsof ik van rook ben, alsof ik een luchtspiegeling ben, die voor hun ogen in het niets oplost. *Je mag zo niet denken*, zei Moira altijd. *Als je zo denkt, dan gebeurt het juist.*

Kop op, zegt Luke. Hij rijdt nu een beetje te snel. De adrenaline is hem naar het hoofd gestegen. Nu zingt hij. *Oh what a beautiful morning*, zingt hij.

Zelfs zijn zingen maakt me angstig. Ze hebben ons gewaarschuwd dat we er niet te opgewekt uit mogen zien.

15

De Bevelvoerder klopt op de deur. Kloppen is voorgeschreven: de zitkamer is Serena Joys gebied, en hij moet toestemming vragen om binnen te mogen komen. Ze laat hem graag wachten. Het is een kleinigheid, maar in dit huis zijn kleinigheden heel belangrijk. Maar vanavond blijft haar zelfs dat kleine genoegen ontzegd, omdat hij de kamer binnenloopt voordat Serena Joy iets kan zeggen. Misschien is het alleen vergeetachtigheid, maar hij kan het ook met opzet doen. Wie weet wat ze tegen hem gezegd heeft, aan de met zilver gedekte eettafel. Of niet gezegd heeft.

De Bevelvoerder heeft zijn zwarte uniform aan, waarin hij op een suppoost lijkt. Een half gepensioneerd man, joviaal maar voorzichtig, die zijn tijd probeert te vullen. Maar alleen op het eerste gezicht. Daarna lijkt hij op een bankdirecteur uit het Middenwesten, met zijn sluike, netjes geborstelde zilverkleurige haar, zijn rustige houding, zijn enigszins afhangende schouders. En daarna is er zijn snor, ook zilverkleurig, en daarna zijn kin, die je onmogelijk over het hoofd kunt zien. Wanneer je hem van kruin tot kin bekijkt, lijkt hij op een man uit een advertentie voor wodka in een chic tijdschrift uit de oude tijd.

Zijn houding is welwillend, zijn handen groot, met dikke vingers en grijpgrage duimen, zijn blauwe ogen gereserveerd, schijnbaar onschuldig. Hij bekijkt ons alsof hij de inventaris opmaakt. Eén geknielde vrouw in het rood, één zittende vrouw in het blauw, twee in het groen, staande, een eenzame man met een mager gezicht op de achtergrond. Hij slaagt erin een verbaasde indruk te maken, alsof hij zich volstrekt niet kan herinneren hoe we hier allemaal zijn gekomen. Alsof we een voorwerp zijn dat hij geërfd heeft, een negentiende-eeuws harmonium bijvoorbeeld, en hij nog niet weet wat hij met ons moet beginnen. Wat we waard zijn.

Hij knikt, min of meer in de richting van Serena Joy, die zwijgt. Hij loopt naar de grote leren stoel die voor hem gereserveerd is, haalt de sleutel uit zijn zak, morrelt aan het sierlijke, met koper beslagen, met leer bedekte kistje dat op de tafel naast de stoel staat. Hij steekt de sleutel in het slot, maakt het kistje open, haalt er de Bijbel uit, een gewoon exemplaar met een zwart omslag en goud op snee. De Bijbel wordt veilig weggeborgen, zoals de mensen dat vroeger met thee deden, om te voorkomen dat de bedienden het zouden stelen. Het is een bijzonder gevaarlijk boek: wie weet hoe we het zouden interpreteren als we het in handen kregen? Hij mag er ons uit voorlezen, maar we mogen er zelf niet in lezen. We draaien het hoofd vol verwachting naar hem toe: nu komt ons verhaaltje voor het slapengaan.

De Bevelvoerder gaat zitten en slaat zijn benen over elkaar, gadegeslagen door ons. De boekenleggers liggen op hun plaats. Hij slaat het boek open. Hij schraapt zachtjes zijn keel, alsof hij zich niet op zijn gemak voelt.

'Ik wil graag een glaasje water,' zegt hij tegen het plafond. 'Alsjeblieft,' voegt hij eraan toe.

Achter mij verlaat Rita of Cora haar plaats in het tableau en trippelt naar de keuken. De Bevelvoerder zit met neergeslagen ogen in zijn stoel. Hij zucht, haalt een leesbril uit zijn binnenzak, gouden montuur, zet hem op. Nu lijkt hij op een schoenmaker uit een oud sprookjesboek. Komt er dan geen eind aan zijn vermommingen van welwillendheid?

We slaan hem gade: elke vierkante centimeter, elke beweging.

Als man door vrouwen te worden gadegeslagen – dat moet uitermate vreemd zijn. Voortdurend door hen te worden bekeken, terwijl ze zich afvragen: Wat gaat hij nu doen? Ze te zien terugdeinzen wanneer hij zich beweegt, al is het een volmaakt onschuldige beweging, het pakken van een asbak bijvoorbeeld. Te zien hoe ze hem met een taxerende blik opnemen. Ze te zien denken: hij kan het niet, hij voldoet niet, hij moet voldoen – dat laatste: alsof hij een ouderwets of haveloos kledingstuk is dat toch gedragen zal moeten worden omdat er niets anders voorhanden is.

Te zien hoe ze hem als een jas aanpassen, uitproberen, terwijl hij hen aanpast, als een sok aan een voet, over zijn eigen uitsteeksel, zijn derde, gevoelige duim, zijn voelarm, zijn tere slakkenoog op een steeltje, dat uitschuift, opzwelt, zich terugtrekt en weer inkrimpt en in hem verdwijnt wanneer het verkeerd wordt aangeraakt, dat weer groter wordt, een beetje uitpuilend aan de punt, voorwaarts schuivend als over een blad, bij hen naar binnen, begerig om iets te zien. Om iets te kunnen zien op deze manier, op deze reis naar een duisternis die bestaat uit vrouwen, een vrouw, die kan zien in het donker terwijl hij zelf blindelings voorwaarts strompelt.

Ze slaat hem van binnenuit gade. We slaan hem allemaal gade. Het is een van de dingen die we werkelijk kunnen doen, en we doen het niet voor niets: als hij zou haperen, falen of sterven, wat zou er dan van ons worden? Geen wonder dat hij op een laars lijkt, hard vanbuiten, maar met een weke voet erin. Dat is niet meer dan een wens. Ik heb hem een poosje gadegeslagen en niets duidt op zachtheid.

Maar pas op, Bevelvoerder, zeg ik in gedachten tegen hem. Ik hou je in de gaten. Eén verkeerde beweging en ik ben dood.

Toch moet het een verschrikking zijn om op die manier man te zijn.

Het moet gewoon heel prettig zijn.

Het moet een verschrikking zijn.

Het moet heel stil zijn.

Het water wordt gebracht, de Bevelvoerder drinkt het. 'Dankjewel,' zegt hij. Cora rent terug naar haar plaats.

De Bevelvoerder zwijgt, kijkt omlaag, leest de bladzij door. Hij neemt er de tijd voor, alsof hij niet weet dat wij hier zijn. Hij lijkt op een man die vlak achter het raam van een restaurant met een biefstuk in de weer is en doet alsof hij de ogen niet ziet die hem vanuit de hongerige duisternis gadeslaan, op nog geen meter van zijn elleboog. We buigen een stukje naar hem toe, ijzervijlsel voor zijn magneet. Hij heeft iets wat wij niet hebben, hij heeft het woord. Wat hebben we dat vroeger verspild en vermorst.

De Bevelvoerder begint voor te lezen. Het lijkt of hij aarzelt. Hij kan het niet erg goed. Misschien verveelt het hem alleen.

Het is het bekende verhaal, de bekende verhalen. God tot Adam, God tot Noach. *Weest vruchtbaar en wordt talrijk, en vervult de aarde.*

Dan komt dat uitgemolken verhaal over Rachel en Lea dat ze er in het Centrum bij ons hebben ingehamerd. *Geef mij kinderen; zo niet, sterf ik. Neem ik de plaats van God in, die u de vrucht van den schoot ontzegd heeft? Hier is mijn slavin Bilha. Zij bare op mijn knieën, opdat ook ik uit haar gebouwd worde.* Enzovoort, enzovoort. Het werd ons altijd onder het ontbijt voorgelezen, als we in de schoolkantine pap met room en bruine suiker zaten te eten. Jullie krijgen het allerbeste, zei Tante Lydia. Er is oorlog, alles is op de bon. Jullie zijn verwende meisjes, zei ze glunderend, alsof ze een jong poesje bestraffend toesprak. Stoute poes.

Onder het middageten: de zaligsprekingen. Zalig dit, zalig dat. Ze draaiden een plaat met een mannenstem. *Zalig zijn de armen van geest, want hunner is het koninkrijk der hemelen. Zalig zijn de barmhartigen. Zalig zijn de zachtmoedigen. Zalig zijn zij die zwijgen.* Ik wist dat ze dat laatste hadden verzonnen, ik wist dat het niet klopte, en ze lieten ook dingen weg, maar je kon het niet nakijken. *Zalig zijn zij die treuren, want zij zullen vertroost worden.*

Niemand zei erbij wanneer.

Ik kijk op de klok tijdens het dessert, peren uit blik met kaneel, het standaarddessert bij de lunch, en ik kijk of Moira nog op haar plaats zit, twee tafels verder. Ze is al weg. Ik steek mijn hand op, krijg toestemming. We doen dit niet te vaak, en altijd op verschillende uren van de dag.

In de toiletten ga ik zoals gewoonlijk naar het voorlaatste hokje.

Ben je daar? fluister ik.

In hoogsteigen persoon, fluistert Moira terug.

Wat heb je gehoord? vraag ik.

Niet veel. Ik moet weg, ik word hier knettergek.

Ik schrik hevig. Nee, nee, Moira, zeg ik, probeer het niet. Niet in je eentje.

Ik doe of ik ziek ben. Dan sturen ze een ambulance, ik heb het gezien.

Je komt niet verder dan het ziekenhuis.

Dat is tenminste weer eens wat anders. Daar hoef ik niet naar dat ouwe wijf te luisteren.

Ze komen erachter dat je niet echt ziek bent.

Maak je geen zorgen, ik kan het heel goed. Toen ik op de middelbare school zat, gebruikte ik zo weinig mogelijk vitamine C, en ik kreeg scheurbuik. In de eerste stadia kunnen ze geen diagnose stellen. Dan ga je weer vitamine C gebruiken, en je voelt je weer prima. Ik ga mijn vitaminepillen verstoppen.

Doe dat alsjeblieft niet, Moira.

Ik kon de gedachte niet verdragen dat ze niet hier zou zijn, bij mij. Voor mij.

Ze sturen twee kerels met je mee in de ambulance. Stel het je eens voor. Ze moeten ernaar snakken, jezus, ze mogen hun handen niet eens in hun zakken steken, de kans bestaat...

Hé, jullie daar. Jullie tijd is om, klonk de stem van Tante Elizabeth uit de deuropening. Ik stond op, trok de wc door. Twee vingers van Moira verschenen door het gat in de wand. Er konden maar twee vingers door. Ik raakte ze aan met mijn eigen vingers, vlug, hield ze vast. Liet ze los.

'Toen zeide Lea: God heeft mij mijn loon gegeven, omdat ik mijn slavin aan mijn man gegeven heb,' zegt de Bevelvoerder. Hij laat het boek gesloten vallen. Het maakt een uitgeput geluid, als een gecapitonneerde deur op enige afstand, die vanzelf dichtvalt: een zuchtje wind. Het geluid roept de zachtheid op van de dunne, uiachtige bladzijden, hoe ze onder je vingers zouden aanvoelen. Zacht en droog, als *papier poudre*, roze en poederachtig, uit de oude tijd, je kocht het in boekjes om je neus wat minder te laten glimmen, in die winkeltjes waar je ook kaarsen en zeep kon kopen in allerlei vormen: schelpen, paddenstoelen. Ze leken op vloeitjes. Ze leken op bloemblaadjes.

De Bevelvoerder blijft een ogenblik met gesloten ogen zitten, alsof hij moe is. Hij maakt lange dagen. Hij is voor zo veel dingen verantwoordelijk.

Serena is gaan huilen. Ik hoor haar achter mijn rug. Het is niet de eerste keer. Ze doet het altijd op de avond van de Ceremonie. Ze probeert geen geluid te maken. Ze probeert tegenover ons haar waardigheid te bewaren. De stoelbekleding en de vloerbedekking dempen haar geluid, maar desondanks kunnen we haar duidelijk horen. De spanning tussen haar gebrek aan zelfbeheersing en haar poging om zich in te houden is vreselijk. Het is als een scheet in de kerk. Ik krijg, zoals altijd, de neiging om te gaan lachen, maar niet omdat ik het grappig vind. De geur van haar gehuil verbreidt zich over ons, en wij doen alsof we het niet merken.

De Bevelvoerder opent zijn ogen, ziet, fronst, houdt op te zien. 'En dan nu een ogenblik van stil gebed,' zegt de Bevelvoerder. 'We zullen bidden om Gods zegen en om voorspoed in alles wat we ondernemen.'

Ik buig mijn hoofd en sluit mijn ogen. Ik luister naar de ingehouden adem, naar het bijna onhoorbare happen naar adem. Wat moet ze me haten, denk ik.

Ik bid zwijgend: Nolite te in capite sedendum. Ik weet niet wat het betekent, maar het klinkt goed, en dat moet ook, want ik weet niet wat ik anders tegen God moet zeggen. Op dit ogenblik. Onder de huidige omstandigheden, zoals ze vroeger zeiden. De tekst die in mijn kast gekrast is, zweeft voor me in de lucht, achtergelaten door een onbekende vrouw met het gezicht van Moira. Ik heb haar naar buiten zien gaan, naar de ambulance, op een brancard, gedragen door twee Engelen.

Wat heeft ze? vroeg ik geluidloos aan de vrouw naast me; je moest wel een fanaticus zijn om dat een gevaarlijke vraag te vinden.

Ze heeft koorts, vormde ze met haar lippen. Longontsteking, zeggen ze.

Ik was aan het eten, die avond, gehaktballetjes en gebakken aardappelen. Ik zat bij het raam, ik kon naar buiten kijken, tot aan het hek. Ik zag de ambulance terugkomen, geen sirene ditmaal. Een van de Engelen sprong eruit, praatte met de wacht. De wacht ging het gebouw binnen; de ambulance bleef geparkeerd staan; de Engel stond met de rug naar ons toe, zoals hij dat geleerd had. Twee Tantes kwamen uit het gebouw, samen met de wacht. Ze liepen naar de achterkant van de auto. Ze haalden Moira eruit, sleepten haar door het hek naar binnen en het stoepje op. Ze hielden haar vast onder de oksels, één man aan elke kant. Ze liep erg moeilijk. Ik hield op met eten, ik kon niet eten; inmiddels keken alle vrouwen die aan mijn kant van de tafel zaten uit het raam. Het raam was groenig, met van dat kippengaas dat ze vroeger in glas stopten. Tante Lydia zei: Dooreten. Ze liep naar het raam en trok het rolgordijn omlaag.

Ze brachten haar naar een vertrek dat vroeger als practicumlokaal dienst had gedaan. Het was een vertrek waar we geen van allen gewillig naar binnen gingen. Daarna kon ze een week niet lopen, haar voeten pasten niet meer in haar schoenen, ze waren te sterk opgezwollen. Bij een eerste overtreding namen ze de voeten. Ze gebruikten stalen kabels met gerafelde uiteinden. Daarna de handen. Het interesseerde ze niet hoe ze je voeten en handen toetakelden, zelfs al was het letsel blijvend. Denk eraan, zei Tante Lydia, voor onze doeleinden zijn jullie voeten en jullie handen niet van belang.

Moira lag op haar bed, ons ten voorbeeld. Ze had het niet moeten proberen, niet bij de Engelen, zei Alma vanuit het bed schuin ertegenover. We moesten haar naar de les dragen. We pikten rond etenstijd extra zakjes suiker voor haar uit de kantine en smokkelden ze 's nachts naar haar toe, van bed tot bed. Waarschijnlijk had ze de suiker niet nodig, maar het was het enige wat we konden vinden om te stelen. Om te geven.

Ik zit nog steeds te bidden, maar wat ik voor me zie, dat zijn Moira's voeten, zoals ze eruitzagen nadat ze was teruggebracht. Haar voeten leken helemaal niet meer op voeten. Ze leken op verdronken voeten, opgezwollen en zonder botten, alleen de kleur was anders. Ze leken op longen.

O God, bid ik. Nolite te in capite sedendum.

Was dit uw bedoeling?

De Bevelvoerder schraapt zijn keel. Dat is zijn manier om ons duidelijk te maken dat het naar zijn mening tijd is om op te houden met bidden. 'Want des Heren ogen gaan over de gehele aarde, om krachtig bij te staan hen, wier hart volkomen naar Hem uitgaat,' zegt hij.

Met die woorden is de bijeenkomst ten einde. Hij staat op. We mogen gaan.

16

De Ceremonie verloopt normaal.

Ik lig op mijn rug, geheel gekleed, op de gezonde wit katoenen onderbroek na. Als ik mijn ogen opende, zou ik de grote witte overkapping zien van Serena Joys reusachtige *colonial-style* hemelbed, die als een bolle wolk boven ons hangt, een wolk die is bezaaid met kleine zilveren regendruppeltjes, die, als je ze van dichtbij zou bekijken, vierbladige bloemetjes zouden blijken te zijn. Ik zou het tapijt, dat wit is, niet zien, of de bloemetjesgordijnen en de beklede toilettafel met de zilverkleurige borstel en de spiegels; alleen de overkapping, die er, door de gaasachtigheid van het textiel en de sterke neerwaartse bolling, in slaagt een tegelijkertijd etherische en aardse sfeer op te roepen.

Of het doet denken aan het zeil van een schip. Dikbuikige zeilen, schreven ze vroeger in gedichten. Opbollend. Aangedreven door een bolle buik.

Een nevel van Lelietje-van-dalen omringt ons, koud, knisperend bijna. Het is niet warm in dit vertrek.

Boven me, aan het hoofdeinde van het bed, ligt Serena Joy klaar. Ze heeft haar benen gespreid, ik lig ertussen, mijn hoofd op haar buik, haar schaambeen onder mijn schedelbasis, haar dijen aan weerskanten van mijn hoofd. Ook zij is geheel gekleed.

Mijn armen steken omhoog; ze houdt mijn handen vast, mijn linker in haar linker, mijn rechter in haar rechter. Dit betekent zogenaamd dat we één vlees zijn, één wezen. In werkelijkheid betekent het dat zij de zeggenschap heeft over het gebeuren en daarmee over het resultaat. Als er een resultaat komt. De ringen aan haar linkerhand snijden in mijn vingers. Misschien is het haar wraak, misschien ook niet.

Mijn rode rok is opgeschort tot aan mijn middel, niet hoger. Daaronder is de Bevelvoerder aan het neuken. Wat hij neukt is mijn onderlichaam. Ik zeg niet vrijen, want dat doet hij niet. Ook paren zou onjuist zijn, want dat impliceert deelname van twee mensen, en er is er maar één bezig. Ook verkrachten dekt de lading niet: er gebeurt hier niets waarvoor ik geen toestemming heb gegeven. Er was niet veel, maar wel enige keus, en ik heb dit gekozen.

Daarom blijf ik stil liggen, met gesloten ogen, en denk aan de overkapping boven mijn hoofd. Ik herinner me het advies dat koningin Victoria haar dochter gaf: *Ogen dicht en aan Engeland denken.* Maar dit is Engeland niet. Ik wou dat hij opschoot.

Misschien ben ik krankzinnig en is dit een nieuw soort therapie.

Ik wou dat het waar was; dan kon ik beter worden en zou dit ophouden.

Serena Joy grijpt mijn handen alsof zij het is, niet ik, die geneukt wordt, alsof ze het aangenaam of pijnlijk vindt, en de Bevelvoerder neukt, in een regelmatig marstempo, het tempo van een druppelende kraan. Hij is in gedachten verzonken, als een man die onder de douche in zichzelf neuriet zonder te weten dat hij neuriet; als een man die wel wat anders aan zijn hoofd heeft. Het lijkt alsof hij ergens anders is en wacht tot hij klaarkomt, met zijn vingers op de tafel trommelend terwijl hij wacht. Zijn ritme wordt nu ongeduldig. Maar is dit niet de natte droom van alle mannen, twee vrouwen tegelijk? Dat zeiden ze vroeger altijd. Opwindend, zeiden ze.

Wat er in dit vertrek gebeurt, in Serena Joys zilverkleurige hemelbed, is niet opwindend. Het heeft niets te maken met hartstocht of liefde of romantiek of een van die andere begrippen waarmee we onszelf prikkelden. Het heeft niets met seksuele begeerte te maken, voor mij niet tenminste, en voor Serena zeker niet. Opwinding en orgasme worden niet langer noodzakelijk geacht; het zijn symptomen van pure lichtzinnigheid, net als jarretelles of schoonheidsvlekjes: overbodig vermaak voor frivole mensen. Uit de tijd. Het lijkt nu vreemd dat vrouwen vroeger zo veel tijd en energie besteedden aan het lezen, denken en schrijven over zulke dingen, dat ze zich er zorgen over maakten, terwijl het duidelijk om een pretje gaat.

Dit is geen pretje, zelfs niet voor de Bevelvoerder. Dit is een ernstige zaak. Ook de Bevelvoerder doet zijn plicht.

Als ik door mijn ooghaartjes zou turen, zou ik hem kunnen zien, zijn niet onaardige gezicht boven mijn romp zwevend, met misschien wat zilveren haren die over zijn voorhoofd vallen, geconcentreerd op zijn innerlijke reis, die plaats waar hij zich naartoe haast, die als in een droom terugwijkt met dezelfde snelheid als waarmee hij haar nadert. Ik zou zijn open ogen zien.

Als hij knapper was, zou ik hier dan meer van genieten?

Hij is in ieder geval een verbetering vergeleken met de vorige, die rook als een kerkgarderobe in de regen; als je mond, wanneer de tandarts in je gebit begint te peuteren; als een neusgat. De Bevelvoerder daarentegen ruikt naar mottenballen, of is deze geur een ascetische vorm van aftershave? Waarom moet hij eigenlijk dat stomme uniform dragen? Maar zou ik liever zijn witte, harige, naakte lijf hebben?

We mogen elkaar niet kussen. Dat maakt het draaglijk.

Je maakt je los. Je beschrijft.

Hij komt ten slotte klaar, met een gesmoord gekreun, als van verlichting. Serena Joy, die haar adem heeft ingehouden, blaast uit. De Bevelvoerder, die al die tijd op zijn ellebogen heeft gesteund, afstand houdend van onze samengevoegde lichamen, staat zichzelf niet toe zich op ons beiden neer te laten zakken. Hij rust even uit, trekt zich terug, richt zich op, ritst zijn gulp dicht. Hij knikt, draait zich om en verlaat het vertrek, waarbij hij de deur overdreven voorzichtig achter zich sluit, alsof wij tweeën zijn ziekelijke moeder zijn. Het heeft iets lachwekkends, maar ik durf niet te lachen.

Serena Joy laat mijn handen los. 'Je mag opstaan,' zegt ze. 'Sta op en ga weg.' Ze moet me eigenlijk tien minuten laten rusten, met mijn voeten op een kussen om de kansen te verhogen. Ondertussen dient zij zwijgend te mediteren, maar ze is er niet voor in de stemming. Er klinkt walging door in haar stem, alsof de aanraking van mijn vlees haar ziek maakt en bezoedelt. Ik maak me los van haar lichaam, sta op; het zaad van de Bevelvoerder loopt langs mijn benen. Voor ik me omdraai, zie ik dat ze haar blauwe rok gladstrijkt en haar benen samenklemt; ze blijft op het bed liggen en staart naar de overkapping boven haar, stijf en stram als een beeld.

Voor wie van ons is het het ergste, voor haar of voor mij?

17

Wanneer ik terug ben in mijn kamer doe ik het volgende:

Ik trek mijn kleren uit en doe mijn nachtjapon aan.

Ik wil het klontje boter tevoorschijn halen dat ik na het eten in de punt van mijn rechterschoen heb verborgen. Het was te warm in de kast, de boter is half vloeibaar. Een groot deel ervan is in het papieren servetje getrokken waarin ik het had verpakt. Nu heb ik boter in mijn schoen. Het is niet de eerste keer, want telkens wanneer er boter of zelfs margarine is, bewaar ik daar iets van. Ik kan morgen het grootste deel van de boter uit de voering van de schoen verwijderen, met een washandje of wat toiletpapier.

Ik wrijf de boter over mijn gezicht, wrijf het in de huid van mijn handen. Wij mogen geen handlotion of gezichtscrème meer gebruiken. Zulke dingen worden beschouwd als ijdel vertoon. Wij zijn vaten, houders, alleen de binnenkant van ons lichaam is belangrijk. De buitenkant mag wat hen betreft hard en rimpelig worden, als de dop van een noot. Dat we geen handlotion meer mogen gebruiken is een besluit van de Echtgenotes. Ze willen niet dat wij er aantrekkelijk uitzien. Voor hen is het zo al erg genoeg.

Dat met die boter is een truc die ik in het Rachel en Lea Centrum heb geleerd. We noemden het het Rode Centrum, omdat er zoveel rood was. Mijn voorgangster in deze kamer, mijn vriendin met de sproeten en de vriendelijke lach, moet dit ook hebben gedaan, dit insmeren met boter. We doen het allemaal.

Zolang we dit doen, zolang we onze huid met boter insmeren om haar zacht te houden, kunnen we blijven geloven dat we er eens uit zullen komen, dat we weer zullen worden aangeraakt, in liefde of begeerte. We hebben onze eigen ceremonies, privéceremonies.

De boter is vet en zal ranzig worden en ik zal naar oude kaas gaan ruiken; maar het is tenminste organisch, zoals ze vroeger zeiden.

Tot dat soort middelen hebben we ons al verlaagd.

Beboterd lig ik op mijn eenpersoonsbed, plat als een boterham. Ik kan niet slapen. In het halfduister staar ik omhoog naar het blinde, dichtgepleisterde oog in het midden van het plafond, dat op zijn beurt naar mij staart, al kan het niet zien. Er staat geen wind, mijn witte gordijnen lijken op stukken verbandgaas; ze hangen slap en vertonen een glimmende kring die wordt veroorzaakt door de schijnwerper die 's nachts dit huis verlicht, of is het de maan?

Ik sla het laken terug, sta voorzichtig op, op stille blote voeten, in mijn nachtjapon, loop naar het raam, als een kind, ik wil het zien. De maan op de borst van de pas gevallen sneeuw. De lucht is helder maar moeilijk te zien vanwege de schijnwerper; ja, nu zie ik het: in de verduisterde lucht drijft een jonge maan, een wensmaan, een oeroude rotssplinter, een godin, een knipoog. De maan is een steen en de lucht is vol dodelijke wapens, maar o God, wat mooi toch evengoed.

Ik heb Luke hier zo hard nodig. Ik wil worden vastgehouden en mijn naam horen. Ik wil om andere dingen gewaardeerd worden; ik wil meer zijn dan waardevol. Ik herhaal mijn vroegere naam, herinner mezelf aan wat ik vroeger kon, aan hoe anderen me zagen.

Ik wil iets stelen.

In de gang brandt het nachtlicht, in de lange ruimte hangt een zachtroze schijnsel; ik loop, zet één voet voorzichtig neer, dan de andere, zonder te kraken, over de loper, als door een bos, sluipend, met woest kloppend hart, door het nachtelijke huis. Ik hoor hier niet te zijn. Dit is volstrekt verboden.

Omlaag langs het vissenoog aan de muur van de hal, ik zie mijn witte gestalte, mijn tentvormige lichaam, haar over mijn rug als manen, glanzende ogen. Ik vind dit prettig. Ik doe iets, in mijn eentje. De bedrijvende vorm. Lijdend, desondanks. Ik zou een mes willen stelen, uit de keuken, maar ik ben er nog niet aan toe.

Ik kom bij de zitkamer, de deur staat op een kier, ik glip naar binnen, laat de deur een stukje open. Krakend hout, maar wie is zo dichtbij dat hij het kan horen? Ik sta in de kamer, geef de pupillen van mijn ogen de gelegenheid zich te verwijden, zoals je dat bij katten en uilen ziet. Oude parfum en stof vullen mijn neusgaten. Er dringt wat nevelig licht naar binnen door de kieren rond de gesloten gordijnen, van de schijnwerper buiten, waar ongetwijfeld twee mannen patrouilleren, ik heb ze gezien, van boven, van achter mijn gordijnen, donkere gestalten, uitgeknipte kartonnen figuren. Nu zie ik contouren, zwak schijnsel: van de spiegel, het onderstel van de lampen, de vazen, de sofa, opdoemend als een wolk in het schemerduister.

Wat zal ik meenemen? Iets wat ze niet zullen missen. Te middernacht in het bos, een toverbloem. Een verwelkte narcis, niet een uit het arrangement van droogbloemen. De narcissen zullen er binnenkort uitgegooid worden, ze beginnen te stinken. Samen met Serena's verschaalde parfums, de stank van haar breiwerk.

Ik zoek op de tast, vind een bijzettafeltje, voel. Er klinkt gerinkel, ik moet ergens tegenaan gestoten hebben. Ik vind de narcissen, hard aan de randen, waar ze zijn uitgedroogd, slap in de buurt van de stengel, ik gebruik mijn vingers om er een uit te lichten. Ik zal hem ergens wegstoppen. Onder het matras. Daar laat ik hem achter, zodat de volgende vrouw, degene die na mij komt, hem zal vinden.

Maar er is nog iemand in de kamer, achter me.

Ik hoor de stap, rustig als de mijne, het kraken van dezelfde vloer. De deur gaat achter me dicht, met een zachte klik, en snijdt het licht af. Ik verstijf: wit was een vergissing. Ik ben sneeuw in maanlicht, zelfs in het donker.

Dan klinkt gefluister: 'Niet gaan schreeuwen. Niks aan de hand.'

Alsof ik zou gaan schreeuwen, alsof er niets aan de hand is. Ik draai me om: een gedaante, dat is alles, een dof glanzend jukbeen, zonder kleur.

Hij loopt naar me toe. Nick.

'Wat doe jij hier?'

Ik geef geen antwoord. Ook hij mag hier niet komen, hij kan me dus niet verraden. Ik hem ook niet; we zijn hier elkaars spiegel. Hij legt zijn hand op mijn arm, trekt me tegen zich aan, zijn mond op de mijne, een logisch gevolg van gedwongen onthouding. Zwijgend. We beven allebei, wat zou ik het graag willen. In Serena's salon, met de droogbloemen, op het Chinese tapijt, zijn magere lichaam. Een man die ik totaal niet ken. Het zou op schreeuwen lijken, het zou lijken op het neerschieten van iemand. Mijn hand gaat omlaag, allemachtig, ik zou kleren kunnen losknopen, en dan… Maar het is te gevaarlijk, hij weet het, we drukken elkaar weg, niet ver. Te veel vertrouwen, te veel risico, te veel al.

'Ik zocht je,' zegt hij, ademt hij, bijna in mijn oor. Ik wil mijn armen naar hem uitsteken, zijn huid proeven, hij maakt een hevig verlangen in me los. Zijn vingers bewegen, betasten mijn arm onder de mouw van mijn nachtjapon, alsof zijn hand niet naar rede wil luisteren. Het is zo heerlijk om door iemand aangeraakt te worden, zo gulzig betast te worden, zo gulzig te betasten. Luke, je zou het weten, je zou het begrijpen. Jij bent het, in een ander lichaam.

Gelul.

'Waarom?' vraag ik. Heeft hij het er zo moeilijk mee dat hij het risico neemt om 's nachts naar mijn kamer te komen? Ik denk aan de mannen die aan haken aan de Muur hingen. Ik kan nauwelijks opstaan. Ik moet weg, terug naar de trap, voordat het me echt te machtig wordt. Zijn hand ligt nu op mijn schouder, stil, zwaar, drukkend als warm lood. Zou ik hiervoor willen sterven? Ik ben een lafaard, ik haat de gedachte aan pijn.

'Hij heeft me opdracht gegeven,' zegt Nick. 'Hij wil je ontmoeten. In zijn kamer.'

'Wat bedoel je?' vraag ik. Hij moet het over de Bevelvoerder hebben. Mij ontmoeten? Wat bedoelt hij met *ontmoeten*? Heeft hij nog niet genoeg van mij?

'Morgen,' zegt hij amper hoorbaar. In de donkere salon nemen we afstand van elkaar, langzaam, alsof we door een kracht, een stroom, naar elkaar toe, en door even sterke handen uit elkaar worden getrokken.

Ik vind de deur, draai aan de knop, vingers op koel porselein, maak hem open. Het is alles wat ik kan doen.

VII

NACHT

18

Ik lig in bed en ik beef nog steeds. Als je de rand van een glas nat maakt en er met je vinger over gaat, hoor je een geluid. Zo voel ik me: als dat glasgeluid. Ik voel me als het woord *verbrijzelen*. Ik wil bij iemand zijn.

In bed met Luke, zijn hand op mijn ronde buik. Met ons drieën in bed, zij trapt, draait zich in me om. Buiten onweert het, daarom is ze wakker, ze kunnen horen, ze slapen, ze kunnen schrikken, zelfs daar, bij de kalmerende hartslag, als golven op het strand om hen heen. Een bliksemflits, tamelijk dichtbij, Lukes ogen worden heel even wit.

Ik ben niet bang. We zijn klaarwakker, het begint hard te regenen, we zullen het langzaam en voorzichtig doen.

Als ik het idee had dat dit nooit meer zou gebeuren, zou ik doodgaan.

Maar dat klopt niet, niemand gaat dood door een tekort aan seks. Het is gebrek aan liefde waaraan we doodgaan. Er is hier niemand die ik kan liefhebben, alle mensen die ik zou kunnen liefhebben zijn dood of elders. Wie weet waar ze zijn en hoe ze nu heten? Ze kunnen evengoed nergens zijn, zoals ik voor hen. Ook ik ben vermist.

Van tijd tot tijd zie ik hun gezichten, tegen het donker, stralend als heiligenbeelden in oude buitenlandse kathedralen, in het licht van de flakkerende kaarsen; kaarsen die je aanstak om geknield bij te bidden, je voorhoofd tegen het houten hekje, hopend op een antwoord. Ik kan ze voor de geest roepen, maar het zijn maar droombeelden, ze verdwijnen weer. Kan ik het helpen dat ik een echt lichaam nodig heb om mijn armen omheen te slaan? Zonder dat heb ik zelf ook geen lichaam meer. Ik kan luisteren naar mijn eigen hartslag tegen het springmatras, ik kan mezelf strelen, onder de droge witte lakens, in het donker, maar ik ben zelf ook droog en wit, hard, korrelig; het is alsof ik met mijn hand over een bord met gedroogde rijst strijk; het lijkt op sneeuw. Het heeft iets doods, iets verlatens. Ik ben als een kamer waar vroeger van alles gebeurde en nu niets meer, afgezien van het stuifmeel van het onkruid buiten dat als stof over de vloer naar binnen waait.

Ik geloof het volgende.

Ik geloof dat Luke met zijn gezicht omlaag in het struikgewas ligt, tussen de wilde varens, de bruine bladeren van vorig jaar onder de groene, pas ontrolde nieuwe bladeren, of misschien tussen de Canadese taxus, al is het nog te vroeg voor de rode bessen. Wat er van hem over is: zijn haar, de beenderen, het groen-zwart geruite wollen shirt, de leren riem, de werkschoenen. Ik weet precies wat hij droeg. Ik zie zijn kleren voor me, helder als een litho of een kleurenadvertentie uit een van die oude tijdschriften – maar niet zijn gezicht, niet zo goed. Zijn gezicht begint te vervagen, misschien omdat het niet altijd hetzelfde was: zijn gezicht had verschillende uitdrukkingen, zijn kleren niet.

Ik bid dat het schot, of de twee of drie, het waren er meer dan één, ze vielen snel na elkaar, ik bid dat ten minste één schot snel en feilloos door zijn schedel is gegaan, door de plaats waar alle beelden zaten, zodat er alleen maar die ene flits is geweest, van duisternis of pijn, dof, hoop ik, als het woord *plof*, alleen die ene flits en daarna stilte.

Dat geloof ik.

Ik geloof ook dat Luke rechtop zit, ergens in een rechthoek, grijs cement, op een richel of de rand van iets, een bed of een stoel. God weet wat hij aan heeft. God weet waar ze hem in gestopt hebben. God is niet de enige die het weet, dus misschien is er een manier om erachter te komen. Hij heeft zich een jaar niet geschoren, maar ze knippen zijn haar kort wanneer ze daar zin in hebben, vanwege de luizen, zeggen ze. Dat moet ik veranderen: als ze het haar kort knippen tegen de luizen, dan knippen ze de baard ook af, zou je denken.

Hoe het ook zij, ze doen het niet goed, het haar is onregelmatig geknipt, gekarteld in de nek, maar dat is niet het ergste, hij lijkt tien, twintig jaar ouder, hij loopt gebogen als een oude man, hij heeft wallen onder de ogen, kleine paarse adertjes zijn opengebarsten in zijn wangen, er zit een litteken, nee, een wond, nog niet genezen, met de kleur van een tulp bij het eind van de stengel, op het linkerdeel van zijn gezicht, waar het vlees kortgeleden overlangs is gespleten. Het lichaam wordt zo licht beschadigd, zo licht weggegooid, het bestaat uitsluitend uit water en chemische verbindingen, het is ternauwernood meer dan een kwal die ligt uit te drogen op het zand.

Hij heeft pijn wanneer hij zijn handen beweegt, wanneer hij loopt. Hij weet niet waarvan hij beschuldigd wordt. Een probleem. Er moet iets zijn, een aanklacht. Waarom houden ze hem anders vast, waarom is hij nog niet dood? Hij moet iets weten wat zij willen weten. Ik kan het me niet voorstellen. Ik kan me niet voorstellen dat hij het nog niet heeft verteld. Ik zou het hebben verteld.

Hij wordt omgeven door een geur, zijn eigen geur, de geur van een dier dat in een smerige kooi is opgesloten. Ik stel me hem slapend voor, omdat ik de gedachte aan hem in andere omstandigheden niet kan verdragen, zoals ik me ook niets beneden zijn boord en boven zijn manchetten kan voorstellen. Ik wil niet denken aan wat ze met zijn lichaam hebben gedaan. Heeft hij schoenen? Nee, en de vloer is koud en nat. Weet hij dat ik hier ben, nog in leven, en dat ik aan hem denk? Ik moet dat geloven. In benarde omstandigheden moet je van alles en nog wat geloven. Ik geloof nu in gedachteoverdracht, trillingen in de ether, dat soort onzin. Vroeger geloofde ik daar niet in.

Ik geloof ook dat ze hem toch niet gepakt hebben, dat hij is ontkomen, dat hij de oever heeft bereikt, de rivier is overgezwommen, de grens is overgestoken en zich klappertandend op de andere oever heeft gehesen, een eiland; dat hij bij een boerderij heeft aangeklopt en is binnengelaten, aanvankelijk met argwaan, maar toen ze begrepen wie hij was waren ze aardig voor hem, niet het soort mensen dat hem zou aangeven, misschien waren het quakers, ze zullen hem naar het binnenland smokkelen, van huis tot huis, de vrouw heeft koffie voor hem gezet en hem kleren van haar man gegeven. Ik stel me die kleren voor. Het troost me dat ik hem warm kan aankleden.

Hij heeft contact gelegd met de anderen, er moet een verzetsbeweging zijn, een regering in ballingschap. Er moet aan de andere kant van de grens iemand zijn die overal voor zorgt. Ik geloof in het verzet zoals ik geloof dat er geen licht kan zijn zonder schaduw; beter gezegd: dat er geen schaduw kan zijn als er niet ook licht is. Er moet een verzetsbeweging zijn: waar komen anders die misdadigers op de televisie vandaan?

Er kan nu elke dag een boodschap van hem komen. Zij zal komen op de meest onverwachte wijze, van de minst waarschijnlijke persoon, iemand aan wie ik nooit gedacht zou hebben. Onder mijn bord, op het dienblad? Me in de hand gedrukt terwijl ik de distributiebonnen overhandig in Alle Vlees?

De boodschap zal inhouden dat ik geduld moet hebben: vroeg of laat zal hij me bevrijden, we zullen haar vinden, waar ze haar ook hebben ondergebracht. Ze zal zich ons nog herinneren en we zullen weer met z'n drietjes bij elkaar zijn. In de tussentijd moet ik me zien te handhaven, mezelf gezond houden voor later. Wat er met me gebeurd is, wat er nu met me gebeurt zal voor hem niets uitmaken, hij houdt hoe dan ook van me, hij weet dat het niet mijn schuld is. Dat zal ook in de boodschap staan. Het is die boodschap, die misschien wel nooit zal komen, die me op de been houdt. Ik geloof in die boodschap.

De dingen die ik geloof kunnen niet allemaal waar zijn, maar één ervan moet waar zijn. Maar ik geloof tegelijkertijd in al die dingen, in alle drie de versies van Luke. Deze tegenstrijdige manier van geloven lijkt me op dit moment de enige manier waarop ik iets kan geloven. Wat de waarheid ook is, ik ben erop voorbereid.

Ook dat is een geloof. Ook dat kan onwaar zijn.

Op een van de grafstenen op de begraafplaats bij de oudste kerk staan een anker en een zandloper, en de woorden IN HOOPVOLLE VERWACHTING.

In hoopvolle verwachting. Waarom hebben ze dat boven een dode gezet? Was het het lijk dat hoopte, of de nabestaanden?

Heeft Luke nog hoop?

VIII

BEVALLING

19

Ik droom dat ik wakker ben.

Ik droom dat ik uit bed stap en door de kamer loop, niet deze kamer, en de deur uit ga, niet deze deur. Ik ben thuis, in een van mijn huizen, en ze rent me tegemoet, in haar kleine groene nachtjapon met de zonnebloem op de borst, blootsvoets, en ik pak haar op en voel hoe ze haar armpjes en beentjes om me heen slaat en ik begin te huilen, omdat ik dan weet dat ik niet wakker ben. Ik lig weer in dit bed en probeer wakker te worden, en ik word wakker en ga op de rand van het bed zitten, en mijn moeder komt binnen met een dienblad en vraagt of ik me wat beter voel. Wanneer ik als kind ziek was, kon zij niet naar haar werk. Maar ook nu ben ik nog niet wakker.

Na deze dromen word ik echt wakker, en ik weet dat ik echt wakker ben omdat ik de krans aan het plafond zie, en mijn gordijnen, die daar hangen als verdronken wit haar. Ik heb het gevoel alsof ik een hallucinerend middel heb gebruikt. Het zet me aan het denken: misschien geven ze me een hallucinerend middel. Misschien is het leven dat ik meen te leiden één grote waanvoorstelling.

Weinig kans. Ik weet waar ik ben, en wie, en welke dag het is. Als je dat weet, ben je geestelijk in orde. Geestelijke gezondheid is een kostbaar bezit; ik pot het op, zoals mensen vroeger geld oppotten. Ik spaar het, zodat ik er genoeg van bezit wanneer de tijd daar is.

Er komt grijs door de gordijnen, nevelig daglicht, niet veel zon vandaag. Ik stap uit bed, loop naar het raam, ga op mijn knieën op de stoel bij het raam zitten, op het harde kussentje, GELOOF, en kijk naar buiten. Er is niets te zien.

Ik vraag me af wat er met de andere twee kussentjes is gebeurd. Er moeten er vroeger drie zijn geweest. HOOP en LIEFDE, waar zijn ze opgeborgen? Serena Joy houdt er keurige gewoonten op na. Ze gooit niets weg wat niet tot op de draad versleten is. Een voor Rita, een voor Cora?

De bel gaat, ik was al op, de tijd vooruit. Ik kleed me aan zonder omlaag te kijken.

Ik zit in de stoel en denk na over het woord *chair*, stoel. Het kan ook betekenen: voorzitter van een vergadering. Het kan ook betekenen: een vorm van terechtstelling, de elektrische stoel. Het is de eerste lettergreep van *charity*, liefde in Bijbelse zin. Het is het Franse woord voor vlees. Deze feiten hebben absoluut niets met elkaar te maken.

Dit is het soort van litanieën dat ik gebruik om mezelf te kalmeren.

Voor me staat een dienblad, en op het dienblad bevinden zich een glas appelsap, een vitaminepil, een lepel, een bord met drie sneetjes bruin geroosterd brood, een klein schaaltje met honing, en nog een bord met een eierdopje erop van het soort dat op een vrouwentorso lijkt, met een rokje. Onder het rokje zit het tweede ei, dat goed warm blijft. Het eierdopje is van wit porselein met een blauwe streep.

Het eerste ei is wit. Ik verplaats het eierdopje een stukje, zodat het in het waterige zonlicht staat dat door het raam naar binnen schijnt en op het dienblad valt, oplichtend, afnemend, weer oplichtend. De eierdop is glad maar ook korrelig; kleine steentjes van calcium tekenen zich scherp af in het zonlicht, als maankraters. Het is een woest, maar toch volmaakt landschap; het is het soort woestijn waar de heiligen naartoe gingen opdat hun aandacht niet door overdaad zou worden afgeleid. Ik denk dat God er zo uit moet zien: als een ei. Het leven op de maan bevindt zich misschien niet aan de oppervlakte, maar binnenin.

Het ei glanst nu, alsof het zelf energie voortbrengt. Het doet me intens plezier om naar het ei te kijken.

De zon verdwijnt, en het ei wordt dof.

Ik pak het ei uit het eierdopje en voel er even aan. Het is warm. Vroeger droegen vrouwen zulke eieren tussen hun borsten, om ze uit te broeden. Dat moet een prettig gevoel geweest zijn.

Het minimalistische leven. Plezier is een ei. Zegeningen die te tellen zijn op de vingers van één hand. Maar misschien verwachten ze van mij dat ik zo reageer. Als ik een ei heb, wat wil ik dan nog meer?

In benarde omstandigheden hecht het levensverlangen zich aan vreemde zaken. Ik wil graag een huisdier: een vogel bijvoorbeeld, of een kat. Een vertrouweling. Alles waarmee ik maar enigszins vertrouwd ben. Een rat zou desnoods al goed zijn, maar dat kan ik rustig vergeten. Dit huis is te schoon.

Met het lepeltje sla ik het topje van het ei af en ik eet de inhoud op.

Terwijl ik het tweede ei opeet, hoor ik de sirene, eerst op grote afstand, zich een weg zoekend tussen de grote huizen en gemaaide gazons, een dun geluid, als het gezoem van een insect; dan komt het dichterbij en gaat open als een bloem van geluid, een trompet. Een proclamatie, deze sirene. Ik leg mijn lepeltje neer, mijn hart gaat sneller kloppen, ik loop weer naar het raam. Zal hij blauw zijn en niet voor mij? Maar ik zie hem de hoek omslaan, de straat in rijden en voor het huis stoppen, nog steeds loeiend, en hij is rood. Grote vreugde – een zeldzaamheid tegenwoordig. Ik laat het tweede ei half opgegeten staan en ren naar de kast om mijn mantel te pakken. Ik hoor al voeten op de trap en roepende stemmen.

'Schiet op,' zegt Cora, 'ik heb niet de hele dag de tijd,' en ze helpt me in mijn mantel, glimlachend.

Ik ren bijna door de gang en neem de trap als een skibaan, de voordeur staat wijd open, vandaag mag ik erdoor, en de Wachter salueert. Het is gaan regenen, een fijne motregen, en de lucht is doortrokken van de zware geur van aarde en gras.

De rode Geboortemobiel staat geparkeerd op de oprijlaan. De achterdeur staat open, en ik klauter naar binnen. Het tapijt op de vloer is rood en er hangen rode gordijntjes voor de ramen. Er zijn hier al drie vrouwen; ze zitten op de banken die langs de beide zijkanten van het busje geplaatst zijn. De Wachter doet de dubbele deuren op slot en klimt in het voorste deel, naast de bestuurder; door het gewapende glas zien we de achterkant van hun hoofden. We rijden weg met een schok, terwijl de sirene boven ons hoofd gilt: Aan de kant, aan de kant!

'Wie is het?' vraag ik aan de vrouw naast me; in haar oor, of waar haar oor zich moet bevinden onder de witte hoofdbedekking. Ik moet bijna schreeuwen, de motor maakt zo veel lawaai.

'Vanwarren,' schreeuwt ze terug. In een opwelling pakt ze mijn hand stevig vast, terwijl we door de bocht scheuren; ze kijkt me aan en ik zie haar gezicht, de tranen lopen haar over de wangen, maar tranen waarvan? Van afgunst, van teleurstelling? Maar nee, ze lacht, ze slingert haar armen om me heen, ik heb haar nooit eerder ontmoet, ze omhelst me, ze heeft grote borsten onder haar rode habijt, ze veegt met haar mouw over haar gezicht. Vandaag kunnen we doen wat we willen.

Herstel: binnen bepaalde grenzen.

Tegenover ons, op de andere bank, zit één vrouw te bidden, ogen gesloten, vingertoppen op mondhoogte. Misschien bidt ze ook niet. Misschien bijt ze op haar duimnagels. Misschien probeert ze rustig te blijven. De derde vrouw is al rustig. Ze zit met de armen over elkaar en glimlacht een beetje. De sirene loeit maar door. Dat was vroeger het geluid van de dood, van ambulances of brandweerauto's. Misschien is het ook vandaag het geluid van de dood. We zullen het spoedig weten. Waaraan zal Vanwarren het leven schenken? Aan een baby, zoals we allemaal hopen? Of aan iets anders, een Onbaby, met een waterhoofd of een hondensnuit, of met twee lichamen, of met een gat in het hart of zonder armen, of met zwemvliezen tussen de vingers en de tenen? Het valt niet te voorspellen. Vroeger konden ze dat wel, met apparaten, maar dat is nu verboden. Wat heeft het trouwens voor zin om het van tevoren te weten? Je kunt het niet laten weghalen; wat het ook is, het moet tot het einde toe gedragen worden.

De kans is één op vier, dat hebben we in het Centrum geleerd. De lucht raakte op een gegeven moment te vol met chemische stoffen en straling, in het water wemelde het van de giftige moleculen, het duurt jaren voordat alles weer schoon is, en ondertussen dringen ze je lichaam binnen en nestelen zich in je vetcellen. Wie weet raakt zelfs je vlees verontreinigd, vervuild als een strand vol olieresten, een gewisse dood voor strandvogels en ongeboren kinderen. Als een gier jou opeet, gaat hij misschien wel dood. En misschien ben je lichtgevend in het donker, als een ouderwets horloge. Een doodskloppertje. Dat is een soort kever, die rottend vlees begraaft.

Soms kan ik niet aan mezelf, aan mijn lichaam denken zonder het geraamte te zien: hoe ik er voor een elektron uit moet zien. Een draagconstructie voor het leven, gemaakt van beenderen; en binnenin: risico's, vervormde proteïnen, kwaadaardige kristallen, gekarteld als glas.

Vrouwen gebruikten medicijnen, pillen, mannen bespoten bomen, koeien aten gras, en al die opgepepte pis stroomde in de rivieren. Om nog maar te zwijgen van de ontploffende kerncentrales langs de San Andreasbreuk in Californië, tijdens de aardbevingen, niemands schuld, en de gemuteerde syfilisbacterie waartegen geen kruid gewassen was. Sommigen deden het zelf, lieten zich dichtbinden met kattendarm of zich littekens toebrengen met chemicaliën. Hoe konden ze dat doen, zei Tante Lydia, hoe konden ze zoiets in 's hemelsnaam doen? Schaamteloze vrouwen! Om Gods gaven zo te versmaden! Ze wrong haar handen.

Jullie lopen risico, zei Tante Lydia, maar jullie vormen de voorhoede, jullie marcheren als eersten het gevaarlijke gebied binnen. Hoe groter het gevaar, hoe groter de eer. Ze sloeg haar handen ineen, dolblij met onze voorgewende moed. We keken omlaag naar het houten blad van onze schoolbankjes. Die hele zwangerschap doormaken en dan het leven schenken aan een monstertje: het was geen aangenaam idee. We wisten niet precies wat er gebeurde met de baby's die niet aan de eisen voldeden, die tot Onbaby's werden verklaard. Maar we wisten wel dat ze snel ergens werden opgeborgen.

Er was niet één oorzaak, zegt Tante Lydia. Ze staat voor in het vertrek, in haar kaki jurk, aanwijsstok in de hand. Voor het schoolbord, waar vroeger waarschijnlijk een landkaart heeft gehangen, hangt nu een grafiek waarop het geboortecijfer per duizend inwoners over een lange reeks van jaren in beeld is gebracht: een regelmatige helling, omlaag tot onder de nullijn waar geboorte en sterfte elkaar in evenwicht houden, en aldoor verder omlaag.

Natuurlijk, sommige vrouwen geloofden dat er geen toekomst meer zou zijn, ze dachten dat de wereld zou vergaan. Dat was het excuus dat ze gebruikten, zegt Tante Lydia. Ze zeiden dat het geen zin meer had om je voort te planten. Tante Lydia's neusgaten versmallen zich: wat een verdorvenheid. Het waren luie vrouwen, zegt ze. Het waren sletten.

In het hout van mijn bankje zijn initialen gekerfd, en jaartallen. Soms zijn twee paar initialen met elkaar verbonden door de woorden *houdt van. J.H. houdt van B.P., 1954. O.R. houdt van L.T.* Het lijkt op de inscripties waar ik vroeger wel eens over las, in de stenen wanden van grotten gekrast, of getekend met een mengsel van roet en dierlijk vet. De letters lijken ongelooflijk oud. Het blad van het bankje is van lichtbruin hout gemaakt; het loopt schuin af, en aan de rechterkant zit een armleuning, om op te steunen wanneer je schreef, op papier, met een pen. Onder het houten blad kon je dingen bewaren: boeken, schriften. Deze gewoonten uit vroeger tijd lijken me nu overdadig, decadent bijna; immoreel, als de orgieën van barbaarse regimes. *M. houdt van G., 1972.* Dit graveerwerk, verricht met een potlood dat vele malen door het glansloos geworden vernis van het bankje is gedreven, heeft de aandoenlijkheid van alle verdwenen beschavingen. Het is als een handafdruk op steen. Wie dat heeft gemaakt, heeft eens geleefd.

Er staan geen jaartallen op na het midden van de jaren tachtig. Dit moet een van de scholen zijn geweest die toen wegens gebrek aan kinderen zijn gesloten.

Ze hebben fouten gemaakt, zegt Tante Lydia. Wij willen die fouten niet nog eens maken. Haar stem klinkt vroom, neerbuigend, de stem van degenen wier taak het is ons onaangename dingen te vertellen voor ons eigen bestwil. Ik zou haar graag willen wurgen. Ik verdring deze gedachte praktisch op hetzelfde moment dat zij in me opkomt.

Iets wordt alleen gewaardeerd, zegt ze, als het zeldzaam en moeilijk verkrijgbaar is. We willen dat jullie gewaardeerd worden, meisjes. Ze doorspekt haar betoog met pauzes, die ze proeft in haar mond. Beschouw jezelf als een parel. Wij, die met neergeslagen ogen in onze bankjes zitten, wij maken haar moreel aan het kwijlen. We staan bloot aan haar beschrijvingen, we moeten haar adjectieven verdragen.

Ik denk na over parels. Parels bestaan uit gestold oesterspeeksel. Dat zal ik Moira later nog eens vertellen; als dat mogelijk is.

We zullen hier met z'n allen goede vrouwen van jullie maken, zegt Tante Lydia, vrolijk en voldaan.

Het busje stopt, de achterdeuren worden geopend, de Wachter leidt ons naar buiten. Bij de voordeur staat nog een Wachter, met zo'n kort machinegeweer aan een draagriem over zijn schouder. We lopen in een rij naar de voordeur, door de motregen, terwijl de Wachters salueren. De grote bus voor noodgevallen, met de apparaten en de ambulante artsen, staat een eindje verderop langs de cirkelvormige oprijlaan geparkeerd. Ik zie een van de artsen door het raam van de bus naar buiten kijken. Ik vraag me af hoe ze daar al wachtend de tijd doden. Waarschijnlijk spelen ze kaart of zitten ze te lezen; een of andere mannelijke bezigheid. Meestal zijn ze helemaal niet nodig; ze mogen alleen binnenkomen als het niet anders kan.

Vroeger was het anders, vroeger hadden ze het voor het zeggen. Het was schandalig, zei Tante Lydia. Een grof schandaal. Ze had ons zojuist een film laten zien die was gemaakt in een ziekenhuis uit de oude tijd: een zwangere vrouw, met draden vastgemaakt aan een apparaat, overal staken elektroden naar buiten, zodat ze eruitzag als een kapotte robot, en haar arm was op een infuus aangesloten. Een man met een schijnwerper keek tussen haar benen, waar ze was kaalgeschoren, een klein meisje zonder beharing, een plateau met glimmende, gesteriliseerde messen, iedereen een masker voor. Een bereidwillige patiënte. Vroeger bracht men vrouwen onder verdoving, wekte weeën op, sneed ze open, naaide ze dicht. Nu niet meer. Zelfs geen verdoving. Tante Elizabeth zei dat dat beter was voor de baby, maar ook: *Ik zal zeer vermeerderen de moeite uwer zwangerschap; met smart zult gij kinderen baren.* Behalve dat kregen we tijdens de lunch bruinbrood en sandwiches met sla.

Terwijl ik de trap op loop, een brede trap met aan weerskanten een stenen urn – Vanwarrens Bevelvoerder moet een hogere positie hebben dan de onze –, hoor ik een andere sirene. Het is de blauwe Geboortemobiel, voor Echtgenotes. Dat zal Serena Joy zijn, die in volle luister arriveert. Voor hen geen houten banken; zij krijgen echte, beklede stoelen. Ze kijken vooruit en de raampjes zijn niet met gordijnen afgesloten. Zij weten waar ze heen gaan.

Waarschijnlijk is Serena Joy hier al eerder geweest, in dit huis, op de thee. Waarschijnlijk lag Vanwarren, vroeger dat chagrijnige kreng Janine, als op een praalbed vlak voor haar en de andere Echtgenotes, zodat ze haar buik konden zien, voelen misschien, en de Echtgenote konden gelukwensen. Een sterk vrouwtje, goede spieren. Geen Agent Orange in de familie, we hebben het nagekeken, je kunt niet voorzichtig genoeg zijn. En misschien wel een van de aardigsten: Neem een koekje, meid!

Nee, nee, je mag haar niet zo verwennen, te veel suiker is slecht voor ze.

Eén koekje kan geen kwaad voor deze ene keer, Mildred.

Waarna een flikflooierige Janine: Ja, ja, mag ik er alstublieft eentje, mevrouw?

Ze is zo welgemanierd, niet zo'n gemelijk type dat haar werk doet en daarmee uit. Meer een dochter, zou je kunnen zeggen. Een gezinslid. Tevreden, bezadigd gegrinnik. Dat is alles, liefje, je mag terug naar je kamer.

En als ze weg is: Sletten zijn het, allemaal, maar ja, je kunt niet al te kieskeurig zijn. Je neemt genoegen met wat er is, zo is het toch, dames? Dat laatste wordt gezegd door de Echtgenote van de Bevelvoerder.

O, maar jij hebt echt geboft. Sommigen zijn niet eens schoon. Neem die van mij. Er kan geen lachje af, ze zit altijd te kniezen op haar kamer, ze wast haar haar niet, ze stinkt. Ik moet haar door de Martha's in bad laten stoppen, ze moeten haar bijna onder water duwen, je moet haar praktisch omkopen voor ze in bad wil, alleen dreigementen helpen.

Ik heb strenge maatregelen moeten nemen tegen die van mij, en nu laat ze een deel van haar eten staan; en wat dat andere betreft, geen enkel resultaat, en we hebben er toch alles aan gedaan. Maar die van jou, dat is een sieraad. En het kan nu elke dag gebeuren, o wat zul je in spanning zitten, ze is zo rond als een tonnetje, je zult wel popelen van ongeduld.

Nog een kopje thee? Een onopvallende verandering van onderwerp.

Ik weet wat er zich afspeelt.

En Janine, boven, in haar kamer, wat doet die? Die zit, met de smaak van suiker nog in haar mond, haar lippen af te likken. Kijkt uit het raam. Ademt in en uit. Streelt haar opgezwollen borsten. Denkt nergens aan.

20

De centrale trap is breder dan de onze, en aan weerskanten loopt een gebogen trapleuning. Van de bovenverdieping hoor ik het gezang komen van de vrouwen die daar al zijn. We lopen de trap op, achter elkaar, zorgvuldig oppassend niet op de zoom van elkaars jurken te trappen. Aan mijn linkerhand zijn de dubbele deuren van de eetkamer opengeklapt, en binnen zie ik de lange tafel, bedekt met een wit laken, waarop allerlei etenswaren staan: ham, kaas, sinaasappelen – ze hebben sinaasappelen! – en versgebakken brood en cake. Wat ons betreft, wij krijgen melk en sandwiches, op een dienblad, later. Maar zij hebben een koffiekan en flessen wijn, want waarom zouden de Echtgenotes niet een beetje dronken worden op zo'n feestelijke dag? Eerst wachten ze op de resultaten, en dan maken ze er een vreetfestijn van. Ze zijn nu verzameld in de zitkamer aan de andere kant van de trap en juichen deze Bevelvoerdersechtgenote toe, de Echtgenote van Warren. Een kleine magere vrouw, ze ligt op de grond in een wit katoenen nachtjapon, haar grijzende haar als dauw over het vloerkleed gespreid; ze masseren haar kleine buik, alsof ze echt zelf op het punt staat een kind te baren.

De Bevelvoerder is uiteraard in geen velden of wegen te zien. Hij is op een plaats waar mannen bij dit soort gelegenheden naartoe gaan, de een of andere schuilplaats. Waarschijnlijk is hij aan het uitzoeken wanneer zijn promotie zal worden bekendgemaakt als alles goed gaat. Hij is nu zeker van promotie.

Vanwarren is in de hoofdslaapkamer, een goed gekozen naam; het is het vertrek waar deze Bevelvoerder en zijn Echtgenote de nacht doorbrengen. Ze zit op hun reusachtige bed, ondersteund door kussens: Janine, opgezwollen en toch gereduceerd, ontdaan van haar oude naam.

Ze draagt een wit katoenen hemdjurk, die tot boven haar dijen is opgeschort; haar lange, bezemkleurige haar is achter haar hoofd samengebonden, zodat het niet in de weg zit. Ze houdt haar ogen stijf dichtgeknepen; zo vind ik haar bijna sympathiek. Ze is tenslotte een van ons; wat heeft ze ooit anders gewild dan een zo aangenaam mogelijk leven leiden? Wat wilden wij anders? Dat woordje *mogelijk* doet het 'm. Het gaat goed met haar, de omstandigheden in aanmerking genomen.

Twee vrouwen die ik niet ken staan aan weerskanten van haar en houden haar handen vast, of zij de hunne. Een derde licht de nachtjapon op, giet babyolie op haar bolronde buik, wrijft het omlaag. Aan haar voeten staat Tante Elizabeth, in haar kaki jurk met de militaire borstzakken; zij is degene die zwangerschapsinstructie geeft. Het enige wat ik van haar kan zien is de zijkant van haar hoofd, haar profiel, maar ik weet dat zij het is, die uitstekende neus en mooie kin, streng. Naast haar staat de Baarstoel, met plaats voor twee; de achterste zitplaats verheft zich als een troon achter de andere plaats. Ze zullen Janine er niet in zetten voor het zover is. De dekens liggen klaar, de kleine bak om het kind in te wassen, de schaal met ijsblokjes waar Janine op moet zuigen.

De overige vrouwen zitten met gekruiste benen op het vloerkleed; er zijn er een heleboel, iedereen uit dit district wordt geacht aanwezig te zijn. Er zitten wel vijfentwintig of dertig vrouwen. Niet iedere Bevelvoerder heeft een Dienstmaagd: sommigen van hun Echtgenotes hebben zelf kinderen. *Van elk,* luidt de leuze, *naar haar vermogen; voor elk naar zijn behoefte.* We zeiden dat op, drie keer, na het dessert. Het kwam uit de Bijbel, dat zeiden ze tenminste. Nogmaals Paulus, in de Handelingen.

Jullie vormen een overgangsgeneratie, zei Tante Lydia. Het is voor jullie het moeilijkst. Wij weten welke offers men van jullie verwacht. Het is moeilijk te verdragen wanneer mannen jullie beschimpen. Voor degenen die na jullie komen zal het gemakkelijker zijn. Zij zullen hun taak bereidwillig op zich nemen.

Ze zei niet: Omdat ze geen herinneringen meer zullen hebben aan de tijd dat alles anders was.

Ze zei: Omdat ze geen dingen zullen willen die ze niet kunnen krijgen.

Eenmaal per week gingen we naar de film, na het middageten en voor ons dutje. We zaten op de vloer van het huishoudkundelokaal, op onze kleine grijze matten, te wachten terwijl Tante Helena en Tante Lydia met de projectieapparatuur worstelden. Als we geluk hadden, legden ze de film er niet ondersteboven in. Het deed me denken aan de aardrijkskundelessen op mijn eigen middelbare school, een eeuwigheid geleden, waarin films over de rest van de wereld werden vertoond; vrouwen in lange rokken of goedkope bedrukte katoenen jurken, die bossen hout droegen, of manden, of plastic emmers met water uit de een of andere rivier, en die hun baby's op hun lichaam droegen, in een hoofddoek of een netje, en ons kwaadaardig of bang aankeken vanaf het projectiescherm; ze wisten wel dat dat apparaat met een glazen oog iets met ze deed, maar ze wisten niet wat. Die films waren verkwikkend en lichtelijk saai. Ze maakten me slaperig, zelfs wanneer er mannen op het scherm verschenen, met naakte spieren, mannen die met primitieve spaden en schoffels in harde grond hakten en stenen verwijderden. Ik hield het meest van films met zang en dans, met ceremoniële maskers en bewerkte voorwerpen om muziek mee te maken: veren, koperen knopen, spiraalschelpen, trommels. Ik keek graag naar deze mensen wanneer ze gelukkig waren, niet wanneer ze in ellende leefden, verhongerend, uitgemergeld, zich doodwerkend om iets heel simpels voor elkaar te krijgen, om een waterput te graven of akkers te bevloeien, problemen die de ontwikkelde landen al lang hadden opgelost. Ik vond dat iemand ze gewoon de technologie zou moeten geven en ze daar zelf mee laten werken.

Dat soort films vertoonde Tante Lydia nooit.

Soms liet ze ons een oude pornofilm uit de jaren zeventig of tachtig zien. Knielende vrouwen die aan penissen en revolvers zogen, vrouwen die met touwen of kettingen waren vastgebonden of aan een halsband zaten, vrouwen die aan bomen hingen, of ondersteboven, naakt, hun benen ver uit elkaar geduwd, vrouwen die werden verkracht, in elkaar geslagen, vermoord. Eenmaal moesten we naar een vrouw kijken die langzaam in stukjes werd gesneden; haar vingers en haar borsten werden met een tuinschaar afgeknipt, haar buik werd opengesneden en de ingewanden eruit getrokken.

Dat is nu het alternatief, zei Tante Lydia. Zien jullie nu hoe het vroeger was? Zo dachten ze toen over vrouwen. Haar stem trilde van verontwaardiging.

Moira zei naderhand dat het niet echt was, dat het trucopnamen waren; maar dat was moeilijk vast te stellen.

Soms vertoonde Tante Lydia een documentaire over Onvrouwen, zoals ze dat noemde. Kijk nu toch eens, zei Tante Lydia, hoe ze hun tijd verknoeiden, terwijl ze echt wel iets beters te doen hadden. In die periode deden de Onvrouwen niets anders dan tijd verknoeien. Ze werden daartoe aangespoord. De regering gaf ze geld om dat te doen. Let wel, sommige van hun ideeën waren heel goed, vervolgde ze op de zelfgenoegzame, gebiedende toon van iemand die in de positie is om te oordelen. Bepaalde opvattingen mochten we hun niet aanrekenen, zelfs tegenwoordig niet. Let wel, alleen bepaalde opvattingen, zei ze koket, terwijl ze haar wijsvinger ophief en waarschuwend heen en weer zwaaide. Maar ze geloofden niet in God, en dat maakt heel veel uit, dat zijn jullie toch met me eens?

Ik zit op mijn mat, handen gevouwen, en Tante Lydia stapt opzij, weg van het projectiescherm, en het licht gaat uit, en ik vraag me af of ik in het donker ver naar rechts kan leunen zonder gezien te worden, om iets tegen de vrouw naast me te fluisteren. Wat zal ik fluisteren? Ik zal zeggen: Heb je Moira ook gezien? Want niemand heeft haar gezien, ze was er niet bij het ontbijt. Maar het is niet donker genoeg, en daarom neem ik die geestelijke wachthouding aan die voor aandacht doorgaat. Ze draaien dit soort films zonder geluid. Bij de pornofilms laten ze wel het geluid horen. Ze willen dat we het geschreeuw en gekreun en gegil horen dat geacht wordt de uitdrukking te zijn van hevige pijn of hevig genot of allebei tegelijk, maar ze willen niet dat we horen wat de Onvrouwen zeggen.

Eerst komen de titel en een paar namen, doorgekrast op de film zodat we ze niet kunnen lezen, en dan zie ik mijn moeder. Mijn jonge moeder, jonger dan ik me haar herinner, zo jong als ze geweest moet zijn voor ik werd geboren. Ze draagt kleren die volgens Tante Lydia in die tijd kenmerkend waren voor Onvrouwen, een tuinbroek met daaronder een groen-paars geruit shirt en sportschoenen aan haar voeten; het soort kleding dat Moira vroeger droeg, het soort kleding dat ik zelf lang geleden droeg. Haar haar is weggestopt in een paarse hoofddoek die achter haar hoofd is vastgebonden. Haar gezicht is heel jeugdig, heel ernstig, knap zelfs. Ik was vergeten dat mijn moeder eens zo knap en ernstig was. Ze maakt deel uit van een groepje vrouwen die allemaal op dezelfde manier gekleed gaan; ze houdt een stok vast, nee, het is de steel van een spandoek. De camera zwenkt omhoog en we zien het opschrift, een geschilderde tekst op wat eens een laken moest zijn geweest: WEG MET DE DUISTERNIS. Dat is niet onleesbaar gemaakt, al worden we geacht nooit een woord te lezen. De vrouwen om me heen halen diep adem, er gaat een golf van onrust door het vertrek, als een windvlaag over het gras. Is dit een geval van onoplettendheid, hebben we iets gezien wat we niet mochten zien? Of is het juist de bedoeling dat we dit zien, om ons nog eens te herinneren aan de oude tijd toen geen vrouw veilig was?

Achter dit spandoek zijn andere spandoeken te zien, en de camera brengt ze kort in beeld: BAAS IN EIGEN BUIK. ELK KIND EEN GEWENST KIND. HEROVER JE LICHAAM. HOORT EEN VROUW OP DE KEUKENTAFEL? Onder deze laatste tekst staat een tekening van een vrouwenlichaam dat op een tafel ligt en waar bloed uit druppelt.

Nu loopt mijn moeder een stukje verder, ze glimlacht, ze lacht, ze lopen allemaal verder, en nu steken ze hun vuisten in de lucht. De camera brengt de lucht in beeld, waar honderden ballonnetjes opstijgen, touwtjes erachteraan; rode ballonnetjes, met een cirkel erop geschilderd, een cirkel met een steel, als de steel van een appel, maar deze steel is een kruis. Als we weer terug op aarde zijn, is mijn moeder in de menigte opgegaan, ik zie haar nergens meer.

Ik kreeg je toen ik zevenendertig was, zei mijn moeder. Het was een risico, je had misvormd kunnen zijn of zoiets. Je was een gewenst kind, maar wat heb ik evengoed een kritiek gekregen uit sommige kringen! Mijn oudste vriendin Tricia Foreman beschuldigde me van pro-*natalisme*, het kreng. Ik schreef het toe aan jaloezie. Maar er waren er ook die heel prettig reageerden. Maar toen ik zes maanden zwanger was, begonnen een heleboel vriendinnen me van die artikelen toe te sturen over de sterk toenemende kans op een kind met een afwijking na je vijfendertigste. Net wat ik nodig had. En stukjes over hoe moeilijk het was om een alleenstaande ouder te zijn. Daar veeg ik mijn reet aan af, heb ik tegen ze gezegd, ik ben hiermee begonnen en ik maak het af. In het ziekenhuis schreven ze 'Oude primipara' op mijn kaart, ik betrapte ze op heterdaad. Zo noemen ze je wanneer je je eerste baby na je dertigste krijgt, na je *dertigste*, godbetert. Flauwekul, heb ik tegen ze gezegd, biologisch ben ik tweeëntwintig, met mijn conditie steek ik jullie allemaal de loef af. Ik zou een drieling kunnen krijgen en rustig naar buiten wandelen, terwijl jullie nog bezig zouden zijn moeizaam uit bed te klauteren.

Wanneer ze dat zei, stak ze haar kin naar voren. Zo herinner ik me haar, met vooruitgestoken kin, een drankje voor haar op de keukentafel; niet jong en ernstig en knap zoals in die film, maar pezig en kordaat, het soort oude vrouw dat niemand laat voordringen bij de kassa van de supermarkt. Ze kwam graag naar mijn huis om wat te drinken terwijl Luke en ik het avondeten klaarmaakten, en dan vertelde ze ons wat er aan haar leven schortte, maar al snel ging het over wat er aan ons leven schortte. Haar haar was toen natuurlijk grijs. Ze wilde het niet verven. Waarom zou ik de schijn ophouden, zei ze. Waar is het trouwens goed voor, ik hoef geen man om me heen, ze hebben alleen hun nut voor de voortplanting, verder deugen ze nergens voor. Een man is niets anders dan de strategie van een vrouw om nieuwe vrouwen te maken. Niet dat je vader geen aardige kerel was, maar tegen het vaderschap was hij niet opgewassen. Niet dat ik dat van hem verwachtte. Gewoon je karwei opknappen en daarna opsodemieteren, zei ik, ik verdien genoeg om de crèche te kunnen betalen. En dus ging hij naar de kust en stuurde me met Kerstmis een kaart. Maar hij had wel mooie blauwe ogen. Maar mannen missen iets, zelfs de aardige. Het lijkt of ze voortdurend ergens anders zijn met hun gedachten, of ze zich met geen mogelijkheid kunnen herinneren wie ze zijn. Ze staren te veel omhoog. Ze staan niet meer met beide benen op de grond. Ze kunnen niet tippen aan de vrouw, alleen zijn ze beter in voetbal en het repareren van auto's, uiterst belangrijk voor de verbetering van de mensheid, nietwaar?

Dat was haar manier van praten, zelfs waar Luke bij was. Het kon hem niks schelen, hij plaagde haar door zich als een macho voor te doen, hij zei tegen haar dat vrouwen niet abstract konden denken, en zij dronk nog een glas en keek hem met een vertrokken gezicht aan.

Seksist, zei ze dan.

Is ze niet apart, zei Luke tegen me, en mijn moeder keek sluw, stiekem bijna.

Ik heb het recht om dat te zeggen, zei ze dan. Ik ben oud genoeg, ik heb leergeld betaald, laat mij dus maar rustig apart zijn. Jij bent nog niet eens droog achter je oren. Seksistje, had ik moeten zeggen.

En wat jou betreft, zei ze tegen mij, jouw manier van leven is gewoon een tijdelijke reactie. Lang zal het niet duren. De toekomst zal me in het gelijk stellen.

Maar ze zei zulke dingen pas na haar derde glas.

Jullie jonge mensen hebben geen waardering voor wat er is bereikt, zei ze vaak. Jullie weten niet wat wij allemaal hebben moeten doorstaan om dit voor jullie mogelijk te maken. Kijk hem daar nou eens worteltjes snijden. Weet je niet hoeveel vrouwenlevens, hoeveel vrouwen*lijven* door tanks verpletterd moesten worden voor we zover waren?

Koken is mijn hobby, zei Luke. Ik vind het een leuke bezigheid.

Schei toch uit, zei mijn moeder dan. Je hoeft je voor mij niet te verontschuldigen, hoor. Vroeger had je zo'n hobby helemaal niet mogen hebben, ze zouden je voor mietje hebben uitgemaakt.

Toe, moeder, zei ik dan. Laten we geen ruziemaken over niks.

Noem dat maar niks, zei ze bitter. Jij noemt dat niks. Je begrijpt het niet. Je begrijpt absoluut niet waar ik het over heb.

Soms huilde ze. Ik was zo eenzaam, zei ze dan. Je hebt er geen idee van hoe eenzaam ik was. En ik had vriendinnen, ik bofte, en toch was ik eenzaam.

In sommige opzichten bewonderde ik mijn moeder, hoewel onze verhouding nooit zonder problemen was. Ze verwachtte te veel van me, naar mijn idee. Ze verwachtte van me dat ik haar leven voor haar zou rechtvaardigen, en de keuzes die ze gemaakt had. Ik wilde niet leven op haar voorwaarden. Ik had geen zin om een modelkind te worden, de belichaming van haar ideeën. Daar maakten we vaak ruzie over. Ik ben niet de rechtvaardiging van jouw bestaan, heb ik een keer tegen haar gezegd.

Ik wil haar terug. Ik wil alles terug zoals het was. Maar het is zinloos om dat te willen.

21

Het is hier heet, en te lawaaiig. De stemmen van de vrouwen stijgen rond me omhoog, een zacht gezang dat me toch nog te luidruchtig is na de lange dagen van stilte. In de hoek van het vertrek is een opgevouwen, met bloed bevlekt laken neergesmeten, van toen het water brak. Ik had het nog niet zien liggen.

Er hangt een zware geur in het vertrek, het is er benauwd, ze zouden een raam open moeten zetten. De geur is afkomstig van ons eigen vlees, een organische geur, zweet en een vleugje ijzer, van het bloed op het laken, en een andere geur, dierlijker, die van Janine moet komen: de geur van een hol, van een bewoonde grot, de geur van de geruite deken op het bed toen de kat daarop jongen kreeg, lang geleden, voor ze werd gesteriliseerd. Geur van baarmoeder.

'Adem in, adem in,' zingen we, zoals ons geleerd is. 'Inhouden, inhouden. Adem uit, adem uit, adem uit.' We zingen telkens gedurende vijf tellen. Vijf tellen inademen, vijf tellen inhouden, vijf tellen uitademen. Janine, ogen gesloten, probeert haar ademhaling te vertragen. Tante Elizabeth voelt of er weeën op komst zijn.

Janine is nu onrustig, ze wil lopen. De twee vrouwen helpen haar van het bed af en ondersteunen haar terwijl ze een paar stappen doet. Ze krijgt last van weeën en krimpt ineen. Een van de vrouwen knielt neer en wrijft haar rug. We zijn daar allemaal goed in, we hebben er les in gehad. Ik herken Vanglen, mijn boodschappenpartner, die twee plaatsen van me vandaan zit. Het zachte zingen omhult ons als een vlies.

Er verschijnt een Martha met een presenteerblad: een kannetje vruchtensap, het soort dat je van poeder maakt, druivensap zo te zien, en een stapel papieren bekertjes. Ze zet het blad neer op het vloerkleed, voor de zingende vrouwen. Vanglen, die geen maat mist, schenkt in, en de bekertjes worden doorgegeven.

Ik krijg een bekertje, buig me opzij om het door te geven, en de vrouw naast me fluistert in mijn oor: 'Zoek je iemand?'

'Moira,' zeg ik, ook fluisterend. 'Donker haar, sproeten.'

'Nee,' zegt de vrouw. Ik ken haar ergens van, ze zat niet op het Centrum, en toch heb ik haar gezien, bij het boodschappen doen. 'Maar ik zal naar haar uitkijken.'

'Wie ben je?' vraag ik.

'Alma,' zegt ze. 'Wat is je echte naam?'

Ik wil haar vertellen dat er ook een Alma bij mij in het Centrum zat. Ik wil haar vertellen hoe ik heet, maar Tante Elizabeth richt haar hoofd op en kijkt het vertrek rond, ze moet een hapering in het zingen hebben gehoord, en mijn kans is dus nu verkeken. Soms kun je op zo'n Bevallingsdag wel eens iets aan de weet komen. Maar het is zinloos om naar Luke te informeren. Hij is immers toch niet op een plaats waar deze vrouwen hem zouden kunnen tegenkomen.

Het zingen gaat door, het begint me aan te grijpen. Het is een heel gezwoeg, je moet je concentreren. Voel je één met je lichaam, zei Tante Elizabeth. Ik voel al een lichte pijn in mijn buik, en mijn borsten zijn zwaar. Janine gilt, een zwakke gil, iets tussen gillen en kreunen in.

'Het is zover,' zegt Tante Elizabeth.

Een van de helpsters veegt Janines voorhoofd af met een vochtige doek. Janine zweet nu, haar haar ontsnapt in plukjes aan de elastieken band en blijft voor een deel aan haar voorhoofd en hals plakken. Haar vlees is vochtig, verzadigd, glimmend.

'Persen! Persen! Persen!' zingen we.

'Ik wil de kamer uit,' zegt Janine. 'Ik wil een stukje lopen. Ik voel me uitstekend. Ik moet naar de wc.'

We weten allemaal dat het zover is, ze weet niet meer wat ze doet. Welke van deze beweringen is waar? Waarschijnlijk de laatste. Tante Elizabeth wenkt, twee vrouwen gaan naast het draagbare toilet staan en laten Janine er voorzichtig op plaatsnemen. Er wordt nog een geur toegevoegd aan de geuren in het vertrek. Janine begint weer te kreunen, het hoofd gebogen, zodat we alleen haar haar zien. Als ze zo ineengedoken zit, lijkt ze op een pop, een oude, geplunderde, afgedankte pop die ergens in een hoek ligt, geknakt.

Janine is weer opgestaan en loopt rond. 'Ik wil zitten,' zegt ze. Hoelang zijn we hier nu? Minuten of uren. Ik zweet nu, mijn jurk onder mijn armen is doorweekt, ik proef zout op mijn bovenlip, de ingebeelde pijn krijgt me in haar greep, de anderen voelen het ook, ik zie het aan de manier waarop ze zitten te wiebelen. Janine zuigt op een ijsblokje. Dan, centimeters of mijlen ver weg, schreeuwt ze: 'Nee, nee nee nee.' Het is haar tweede baby, ze heeft vroeger al eens een kind gekregen, ik weet dat van het Centrum, toen ze er 's nachts om huilde, net als wij, alleen luider. Ze zou het zich dus moeten kunnen herinneren, hoe het is, wat er komt. Maar wie kan zich pijn herinneren? Alles wat er overblijft is een schim, niet eens in de geest, maar in het vlees. Pijn tekent je, maar te diep om het te kunnen zien. Uit het oog, uit het hart.

Iemand heeft een alcoholhoudende drank aan het druivensap toegevoegd. Iemand heeft boven een fles gepikt. Het is niet de eerste keer op een bijeenkomst als deze; maar ze knijpen wel een oogje toe. Ook wij hebben behoefte aan onze orgieën.

'Verduister de kamer,' zegt Tante Elizabeth. 'Zeg tegen haar dat het zover is.'

Iemand staat op, loopt naar de muur, het licht in de kamer vervaagt tot schemer, ons stemgeluid neemt af tot een koor van kraakgeluidjes, van schor gefluister, als van krekels op een nachtelijke akker. Twee vrouwen verlaten het vertrek, twee anderen brengen Janine naar de Baarstoel; ze gaat op de laagste van de twee plaatsen zitten. Ze is wat gekalmeerd, de lucht wordt gelijkmatig in haar longen gezogen, we buigen ons voorover, gespannen, onze buik- en rugspieren doen pijn van de spanning. Het komt, het komt eraan, als een bugel, een wapenroep, als een omvallende muur, we voelen het als een zware steen die naar beneden komt, binnen in ons omlaag wordt getrokken, we denken dat we uit elkaar zullen barsten. We grijpen elkaars handen, we zijn niet langer afzonderlijke individuen.

De Echtgenote van de Bevelvoerder komt binnenstormen in haar belachelijke wit katoenen nachtjapon, waar haar spillebeentjes onderuit steken. Twee Echtgenotes, gekleed in hun blauwe jurken en sluiers houden haar bij de arm, alsof ze daar behoefte aan heeft; ze heeft een stijf glimlachje op haar gezicht, als een gastvrouw op een feestje dat ze liever niet zou hebben gegeven. Ze moet weten wat we van haar denken. Ze klautert op de Baarstoel en gaat op de plaats achter en boven Janine zitten, zodat Janine als het ware door haar wordt omlijst: haar magere beentjes aan weerskanten van Janines lichaam, als de leuningen van een buitenissige stoel. Merkwaardig genoeg draagt ze wit katoenen sokken en pantoffels, blauwe, gemaakt van donzig materiaal, als wc-hoezen. Maar we letten niet op de Echtgenote, we zien haar nauwelijks, onze ogen zijn op Janine gericht. In het halfduister, in haar witte nachthemd, geeft ze licht als een maan achter de wolken.

Ze gromt nu van inspanning. 'Persen, persen, persen,' fluisteren we. 'Ontspannen. Zuchten. Persen, persen, persen.' We zijn bij haar, we zijn net als zij, we zijn dronken. Tante Elizabeth knielt neer met een uitgespreide handdoek om de baby op te vangen, dit is het hoogtepunt, het glorieuze moment, het hoofd, paars en volgesmeerd met yoghurt, nog een keer persen en de baby glijdt eruit, glibberig van vocht en bloed, voor de ogen van ons, wachtenden. God zij geloofd.

We houden de adem in als Tante Elizabeth het kind nauwkeurig bekijkt: een meisje, arm schaap, maar er mankeert tenminste niets aan, dat is te zien, handen, voeten, ogen, we tellen zwijgend, alles zit op z'n plaats. Tante Elizabeth, die de baby vasthoudt, kijkt naar ons op en glimlacht. Wij glimlachen ook, we zijn een en al glimlach, de tranen lopen ons over de wangen, zo blij zijn we.

Onze blijdschap is voor een deel herinnering. Ik herinner me Luke, bij me in het ziekenhuis, Luke die naast mijn hoofd stond en mijn hand vasthield, met het groene operatieschort en het witte masker voor die ze hem hadden gegeven. O, zei hij, o jezus, terwijl de adem in verwondering naar buiten stroomde. Die nacht kon hij niet slapen, zei hij, zo opgetogen was hij.

Tante Elizabeth wast de baby voorzichtig schoon, ze heeft niet veel gehuild en houdt nu helemaal op met huilen. Zo rustig mogelijk, om haar niet aan het schrikken te maken, staan we op en verdringen ons rond Janine, omhelzen haar, strelen haar. Zij huilt ook. De twee Echtgenotes in het blauw helpen de derde Echtgenote, die van dit huis, van de Baarstoel af en brengen haar naar het bed; ze leggen haar erop en stoppen haar warmpjes in. De baby, gewassen nu en rustig, wordt plechtig in haar armen gelegd. De Echtgenotes van beneden komen nu massaal binnen, wringen zich tussen ons door, duwen ons opzij. Ze praten te hard, sommigen hebben nog een bord of een koffiekopje of een wijnglas in de hand, sommigen kauwen nog, ze scharen zich rond het bed met moeder en kind en kirren en koeren en feliciteren Janine. De afgunst straalt ervan af, ik ruik het, een zurige lucht, vermengd met hun parfum. De Echtgenote van de Bevelvoerder kijkt naar het kind alsof het een boeket bloemen is: iets wat ze heeft gewonnen, een huldeblijk.

De Echtgenotes zijn gekomen om getuige te zijn van de naamgeving. Het is hier gebruik dat de Echtgenote de jonggeborene een naam geeft.

'Angela,' zegt de Echtgenote van de Bevelvoerder.

'Angela, Angela,' herhalen de Echtgenotes kwetterend. 'Wat een mooie naam! O, wat een prachtig kind! Wat een schatje!'

We gaan tussen Janine en het bed staan, zodat ze dit niet hoeft te zien. Iemand geeft haar een glas druivensap, ik hoop dat er wijn in zit, ze heeft nog steeds pijn, de nageboorte moet nog komen, ze huilt hulpeloos, tranen van diepe ellende. Toch zijn we in een jubelstemming, het is een overwinning voor ons allemaal. We hebben het 'm gelapt.

Ze zal de baby een paar maanden aan de borst mogen hebben, ze zweren bij moedermelk. Daarna wordt ze overgeplaatst, om te zien of het nog een keer lukt, bij iemand die ook zit te springen om een kind. Maar ze zal nooit naar de Koloniën worden gestuurd, ze zal nooit tot Onvrouw worden verklaard. Dat is haar beloning.

De Geboortemobiel staat buiten te wachten om ons weer naar onze eigen huizen te brengen. De artsen zitten nog steeds in hun bus; hun gezichten verschijnen voor het raam, witte vlekken, als de gezichten van zieke kinderen die binnenshuis moeten blijven. Een van hen doet de deur open en komt naar ons toe.

'Alles in orde?' vraagt hij ongerust.

'Ja,' zeg ik. Ik ben totaal uitgeput. Mijn borsten doen pijn, ze lekken een beetje. Nepmelk – bij sommigen van ons komt het voor. We zitten op onze banken, tegenover elkaar, terwijl we worden vervoerd; alle emoties zijn verdwenen, we zijn bijna gevoelloos nu, we zouden voor bundeltjes rode textiel kunnen doorgaan. We lijden pijn. We hebben allemaal een geest op schoot, de schim van een baby. Wat ons aangrijnst, nu de opwinding voorbij is, is ons eigen falen. Moeder, denk ik. Waar je ook bent. Kun je me horen? Je wilde een vrouwencultuur. Nou, je hebt er een gekregen. Het is niet wat jij bedoelde, maar het bestaat. Wees dankbaar voor kleine gunsten.

22

Wanneer de Geboortemobiel voor het huis arriveert is het al laat in de middag. De zon schijnt flauwtjes door de wolken, de geur van nat, warm gras doordringt de lucht. Ik ben de hele dag bij de Bevalling geweest; na een poosje weet je niet meer hoe laat het is. Cora heeft vandaag de boodschappen gedaan, ik was van alle werk vrijgesteld. Ik loop de trap op met loodzware voeten en moet me aan de trapleuning vasthouden. Ik heb het gevoel alsof ik dagen achtereen wakker ben geweest en keihard ren, mijn borst doet pijn; mijn spieren verkrampen alsof alle suiker is opgebruikt. Voor deze ene keer ben ik blij met mijn eenzaamheid.

Ik lig op het bed. Ik zou willen uitrusten, gaan slapen, maar ik ben te moe en tegelijk te opgewonden, mijn ogen willen niet dicht. Ik kijk omhoog naar het plafond en bestudeer het loofwerk van de krans. Vandaag doet het me aan een hoed denken, aan die breedgerande hoeden die de vrouwen vroeger droegen: hoeden als reusachtige stralenkransen, versierd met vruchten en bloemen en de veren van exotische vogels; hoeden als een voorstelling van het paradijs, vlak boven het hoofd zwevend, een gestolde gedachte.

Zo dadelijk neemt de krans allerlei kleuren aan, en ga ik dingen zien die er niet zijn. Zo moe ben ik: alsof je om de een of andere reden de hele nacht in een auto zit, tot aan het ochtendgloren, en elkaar wakker houdt door verhalen te vertellen en om beurten te sturen, en wanneer de zon opkomt ga je van alles zien aan de randen van je gezichtsveld: paarse beesten in de bosjes langs de weg, de vage omtrekken van mannen, beelden die verdwijnen als je er rechtstreeks naar kijkt.

Ik ben te moe om met dit verhaal door te gaan. Ik ben te moe om na te denken over de plaats waar ik ben. Hier is een ander, een beter verhaal. Dit is het verhaal van wat er met Moira is gebeurd.

Een deel ervan kan ik zelf invullen, een ander deel heb ik van Alma gehoord, die het van Dolores heeft gehoord, die het van Janine heeft gehoord. Janine heeft het van Tante Lydia gehoord. Zelfs op dit soort plaatsen en onder deze omstandigheden bestaan er banden tussen mensen. Dat is een vaststaand feit: er zullen altijd banden zijn, van welke aard dan ook.

Tante Lydia ontbood Janine in haar kamer.

Gezegend zij de vrucht, Janine, zei Tante Lydia waarschijnlijk, zonder op te kijken van haar bureau, waaraan ze zat te schrijven. Elke regel kent een uitzondering: ook dat is een vaststaand feit. De Tantes mogen wel lezen en schrijven.

Moge de Here openen, antwoordde Janine vermoedelijk, toonloos, met haar doorzichtige stem, haar stem van rauw eiwit.

Ik denk dat ik je kan vertrouwen, Janine, zei Tante Lydia, terwijl ze haar ogen eindelijk opsloeg en Janine strak aankeek, door haar bril, een blik die dreigend en smekend tegelijk was. Help me, zei die blik, we zitten allemaal in hetzelfde schuitje. Je bent een betrouwbaar meisje, vervolgde ze, je bent anders dan de anderen.

Ze dacht dat Janines gejammer en haar uitingen van berouw iets betekenden, ze dacht dat Janine was getemd, ze dacht dat Janine werkelijk geloofde. Maar op dat moment was Janine als een jong hondje dat te vaak geschopt is, door te veel mensen, zonder reden: ze onderwierp zich aan iedereen, ze vertelde wat men maar horen wilde, snakkend naar een goedkeurend woord.

Janine zal dus wel gezegd hebben: Dat hoop ik, Tante Lydia. Ik hoop dat ik uw vertrouwen waard ben geworden. Of iets dergelijks.

Janine, zei Tante Lydia, er is iets vreselijks gebeurd.

Janine keek naar de grond. Wat het ook was, ze wist dat zij de schuld niet zou krijgen, zij was onschuldig. Maar wat had het haar in het verleden gebaat dat ze onschuldig was? En dus voelde ze zich tegelijkertijd schuldig, ze had het gevoel dat ze straf zou krijgen.

Weet jij er iets van, Janine? zei Tante Lydia zacht.

Nee, Tante Lydia, zei Janine. Ze wist dat ze haar ogen op dit moment moest opslaan om Tante Lydia recht aan te kijken. Na een kort moment lukte haar dat.

Want als je er wel iets van weet, stel je me vreselijk teleur, zei Tante Lydia.

De Here is mijn getuige, zei Janine met vertoon van vurigheid.

Tante Lydia stond zichzelf naar gewoonte een pauze toe. Ze frutselde aan haar pen. Moira is niet langer bij ons, zei ze ten slotte.

O, zei Janine. Ze reageerde neutraal. Moira was geen vriendin van haar. Is ze dood? vroeg ze even later.

Toen vertelde Tante Lydia haar het verhaal. Moira had tijdens de Oefeningen haar hand opgestoken om naar de wc te gaan. Ze was gegaan. Tante Elizabeth had wc-dienst. Tante Elizabeth bleef, zoals gewoonlijk, voor de wc-deur zitten; Moira ging naar binnen. Na enkele ogenblikken riep Moira Tante Elizabeth: de closetpot stroomde over, wilde Tante Elizabeth het even komen verhelpen? De toiletten stroomden af en toe inderdaad over. Onbekenden propten er wc-papier in om dat effect te bereiken. De Tantes hadden geprobeerd een waterdichte methode te ontwikkelen om dit te voorkomen, maar door geldgebrek was dat er nog niet van gekomen, en ze hadden nog geen manier bedacht om het toiletpapier veilig op te bergen. Misschien moesten ze het buiten de wc-hokjes op een tafeltje leggen en iedereen bij het naar binnen gaan één of meer velletjes overhandigen. Maar dat was nog toekomstmuziek. Wanneer je met iets nieuws begint, duurt het altijd even voordat je de kinderziekten onder de knie hebt.

Tante Elizabeth ging nietsvermoedend de wc binnen. Tante Lydia moest later toegeven dat dat wel een beetje dom van haar was geweest. Aan de andere kant was ze diverse malen naar binnen gegaan om de wc te repareren zonder dat er iets misgegaan was.

Moira had niet gelogen, het water liep over de vloer, met daarin wat stukjes uit elkaar vallende ontlasting. Het was geen smakelijk gezicht en Tante Elizabeth begon te mopperen. Moira ging beleefd opzij en Tante Elizabeth stormde het hokje binnen dat Moira had aangewezen en boog zich over het achterste deel van het toilet. Ze was van plan het porseleinen deksel eraf te lichten en de positie van de vlotter te veranderen. Net toen ze het deksel met beide handen had vastgepakt, voelde ze hoe een hard, scherp en vermoedelijk metalen voorwerp van achteren tussen haar ribben werd gestoken. Niet bewegen, zei Moira, of ik steek hem er helemaal in, ik weet hoe ik je longen moet doorboren.

Naderhand kwamen ze erachter dat ze het spoelmechanisme had gesloopt en het lange, dunne, puntige stuk metaal had verwijderd dat tussen de trekker en de ketting was bevestigd. Het is niet zo moeilijk als je weet hoe het moet, en Moira had technisch inzicht, ze repareerde vroeger haar eigen auto, de kleine mankementen. Kort hierna werden de wc's voorzien van kettingen om het deksel op zijn plaats te houden, en wanneer er een overstroomde, duurde het een hele tijd voor het deksel eraf was. Daardoor ontstonden er verschillende overstromingen.

Tante Elizabeth kon niet zien wat er in haar rug prikte, zei Tante Lydia. Ze was een dappere vrouw...

O zeker, zei Janine.

...maar niet onbezonnen, zei Tante Lydia met een lichte frons. Janine was te geestdriftig geweest, wat soms dezelfde kracht heeft als een afwijzing. Ze deed wat Moira zei, vervolgde Tante Lydia. Moira pakte haar vee-prikker en haar fluitje en gaf Tante Elizabeth opdracht ze van haar gordel te gespen. Daarna dreef ze Tante Elizabeth voor zich uit, de trap af, de kelder in. Ze waren op de eerste verdieping, niet op de tweede, zodat er maar twee trappen genomen hoefden te worden. Er werd lesgegeven, dus de gangen waren verlaten. Ze zagen een andere Tante, maar die stond aan het eind van de gang en keek niet in hun richting. Tante Elizabeth had op dat moment een gil kunnen slaken, maar ze wist dat Moira meende wat ze zei; Moira had een slechte naam.

O zeker, zei Janine.

Moira duwde Tante Elizabeth door de gang vol lege kleerkastjes, langs de deur van de gymzaal, naar de kamer waar de verwarmingsketel stond. Ze beval Tante Elizabeth al haar kleren uit te trekken... O, zei Janine zwakjes, alsof ze tegen deze ontheiliging protesteerde.

...en Moira deed ook haar kleren uit en trok die van Tante Elizabeth aan, die haar niet precies, maar toch vrij goed pasten. Ze behandelde Tante Elizabeth niet nodeloos wreed, ze stond haar toe haar eigen rode jurk aan te trekken. De sluier scheurde ze in repen, waarmee ze Tante Elizabeth vastbond, achter de verwarmingsketel. Ze propte ook een reep stof in haar mond en bond er een andere strook stof voor. Ze bond Tante Elizabeth een reep stof om de hals en maakte het andere eind vast aan haar voeten, achterlangs. Het is een doortrapte, gevaarlijke vrouw, zei Tante Lydia.

Janine zei: Mag ik gaan zitten? Alsof het haar allemaal te veel werd. Ze had eindelijk iets om te verhandelen, symbolisch althans.

Ja, Janine, zei Tante Lydia verrast, maar beseffend dat ze het haar op dit moment niet kon weigeren. Ze vroeg Janines aandacht, haar medewerking. Ze wees naar de stoel in de hoek. Janine trok hem naar voren.

Ik zou je kunnen vermoorden, weet je, zei Moira toen ze Tante Elizabeth veilig achter de verwarmingsketel had gestouwd, uit het zicht. Ik zou je zo vreselijk kunnen toetakelen dat je je nooit meer prettig voelt. Ik zou je hiermee kunnen doodslaan, of dit ding in je oog steken. Onthoud goed dat ik dat niet heb gedaan, als het ooit nog eens van belang mocht zijn.

Tante Lydia vertelde niets van dit laatste aan Janine, maar ik vermoed dat Moira iets dergelijks gezegd heeft. In ieder geval heeft ze Tante Elizabeth niet vermoord of verminkt; enkele dagen later, toen ze hersteld was van de zeven uren achter de verwarmingsketel en vermoedelijk van de ondervraging – want de mogelijkheid van een complot, van de Tantes of van anderen, werd waarschijnlijk niet uitgesloten –, vatte ze haar bezigheden in het Centrum weer op.

Moira stond kaarsrecht en keek vastberaden voor zich uit. Ze trok haar schouders naar achteren en haar ruggengraat omhoog en perste haar lippen op elkaar. Dat was niet onze gewone houding. We liepen doorgaans met gebogen hoofd, de blik op onze handen of op de grond gericht. Moira leek niet erg op Tante Elizabeth, zelfs niet met de bruine nonnenkap op, maar haar stramme houding was kennelijk overtuigend genoeg voor de op wacht staande Engelen, die ons nooit erg nauwkeurig bekeken, zelfs (of misschien vooral) de Tantes niet; want Moira marcheerde rechtstreeks door de voordeur naar buiten, zich gedragend als iemand die wist waar ze naartoe ging, werd gegroet, toonde Tante Elizabeths pasje, dat ze niet controleerden, want wie zou een Tante op die manier voor het hoofd willen stoten? En verdween.

O, zei Janine. Wie weet wat ze dacht? Misschien wilde ze juichen. Als dat zo was, dan hield ze dat goed verborgen.

Dus, Janine, zei Tante Lydia. Ik wil dat je iets voor me doet.

Janine deed haar ogen wijd open en probeerde onschuldig en aandachtig te lijken.

Ik wil dat je je oren openhoudt. Misschien was een van de anderen er ook bij betrokken.

Ja, Tante Lydia, zei Janine.

Kom het me maar rustig vertellen, schatje, als je wat hoort.

Ja, Tante Lydia, zei Janine. Ze wist dat ze voortaan niet meer voor de klas hoefde te knielen, dat ze niet meer hoefde te horen hoe wij haar toebrulden dat het haar schuld was. Nu zou iemand anders een tijdje het mikpunt zijn. Ze was tijdelijk uit de problemen.

Het feit dat ze Dolores alles over deze ontmoeting in Tante Lydia's kamer vertelde had niets te betekenen. Het betekende niet dat ze niet tegen ons wilde getuigen als ze daartoe in de gelegenheid was. Dat wisten we. Vanaf dat moment behandelden we haar zoals de mensen vroeger iemand zonder benen behandelden, die op de hoek van de straat potloden verkocht. We meden haar zoveel mogelijk, gedroegen ons welwillend jegens haar wanneer het niet anders kon. Ze vormde een gevaar voor ons, dat wisten we.

Dolores gaf haar waarschijnlijk een schouderklopje en zei dat het heel aardig van haar was om ons in te lichten. Waar vond dat gesprek plaats? In de gymzaal, toen we ons gereed maakten om naar bed te gaan. Het bed van Dolores stond naast dat van Janine.

Die nacht, in het halfdonker, ging het verhaal van bed tot bed, op fluisterende toon.

Moira was buiten. Ze liep vrij rond, of ze was dood. Wat zou ze gaan doen? De gedachte aan wat ze zou gaan doen dijde uit tot zij de hele zaal vulde. Er kon zich ieder moment een vernietigende explosie voordoen, het glas van de ramen zou naar binnen vallen, de deuren zouden openklappen... Moira had nu macht, ze was vrijgelaten, ze had zichzelf vrijgelaten. Ze was nu een vrije vrouw.

Ik denk dat we dat een angstaanjagend idee vonden.

Moira leek op een lift met open wanden. Ze maakte ons duizelig. We waren al bezig ons verlangen naar vrijheid te verliezen, de muren gaven ons al een gevoel van veiligheid. In de bovenste lagen van de atmosfeer zou je uit elkaar vallen, verdampen, er zou geen luchtdruk zijn die je bijeenhield.

Toch fantaseerden we over Moira. We omhelsden haar, ze was stiekem bij ons, gegiechel; ze was lava onder de korst van het dagelijks leven. Door het optreden van Moira waren de Tantes minder angstaanjagend en veel dwazer geworden. Hun macht vertoonde zwakke plekken. Je kon ze te grazen nemen in de wc. We hadden waardering voor Moira's moed.

We verwachtten dat ze ieder moment de zaal in gesleept kon worden, zoals al eerder was gebeurd. We konden ons niet voorstellen wat ze nu met haar zouden doen. Wat het ook was, het zou vreselijk zijn.

Maar er gebeurde niets. Moira kwam niet terug. Ze is nog steeds niet terug.

23

Dit is een reconstructie. Alles is een reconstructie. Het is een reconstructie op dit moment, in mijn hoofd, terwijl ik plat op mijn eenpersoonsbed lig en overdenk wat ik wel of niet had moeten zeggen, wat ik wel of niet had moeten doen, hoe ik het had moeten spelen. Als ik hier ooit uit kom...

Laten we hier maar stoppen. Ik ben van plan hier uit te komen. Het kan niet eeuwig duren. Anderen hebben ook zulke dingen gedacht, in slechte tijden, en ze hadden het altijd bij het rechte eind, ze kwamen er op de een of andere manier uit, en het duurde niet eeuwig. Al heeft het misschien wel hun hele aandeel in de eeuwigheid geduurd.

Wanneer ik hier uit kom, als ik ooit in staat zal zijn dit in enigerlei vorm vast te leggen, al is het maar in de vorm van een stem die tegen een andere stem praat, zal het ook een reconstructie zijn, nog een stap verder van de bron. Het is onmogelijk om iets precies zo uit te drukken als het was, want wat je zegt kan nooit exact zijn, je moet altijd iets weglaten, er zijn te veel onderdelen, aspecten, tegenstromen, nuances; te veel gebaren, die dit of dat kunnen betekenen, te veel vormen die nooit volledig beschreven kunnen worden, te veel aroma's, in de lucht of op de tong, schakeringen, te veel. Maar als je toevallig een man bent, ergens in de toekomst, en je hebt het tot dan toe gered, bedenk dan het volgende: je zult nooit aan de verleiding blootstaan om, als vrouw, een man zijn gedrag te vergeven. Die verleiding is moeilijk te weerstaan, dat geef ik je op een briefje. Maar onthoud goed dat vergeving ook een kracht is. Erom smeken is een kracht, haar aan iemand onthouden of schenken is ook een kracht, misschien wel de grootste.

Misschien gaat dit verhaal helemaal niet over macht. Misschien gaat het niet over de vraag wie wie kan bezitten, wie wie wat kan aandoen zonder zich te hoeven verantwoorden, zelfs tot de dood erop volgt. Misschien gaat het niet over de vraag wie mag zitten en wie moet knielen of staan of liggen, benen wijd. Misschien gaat het over de vraag wie wie wat kan aandoen en daarvoor vergiffenis krijgt. En vertel me nu niet dat dat op hetzelfde neerkomt.

Ik wil dat je me kust, zei de Bevelvoerder.

Nou ja, daar ging natuurlijk wel iets aan vooraf. Zulke verzoeken komen nooit uit de lucht vallen.

Ik viel ten slotte toch in slaap en droomde dat ik oorbellen droeg, waarvan er een kapot was; de bestofte archieven van het brein werden nog eens doorlopen, verder niets, en ik werd gewekt door Cora met het dienblad en was weer in het heden.

'Is het een gezonde baby?' vraagt Cora, terwijl ze het dienblad neerzet. Ze moet het al weten, ze hebben een soort geruchtenmachine, het nieuws gaat van huishouding tot huishouding; maar ze wil er graag iets over horen, alsof mijn woorden het allemaal nog echter maken.

'Het is een goed kind,' zeg ik. 'Een blijvertje. Een meisje.'

Cora glimlacht naar me, een glimlach die ook mij omvat. Dit zijn de ogenblikken die haar de indruk moeten geven dat het de moeite waard is wat ze doet.

'Mooi zo,' zegt ze. Haar stem klinkt bijna verlangend, en ik denk: natuurlijk. Ze was er graag bij geweest. Het is net zoiets als een feestje waar ze niet naartoe kon.

'Misschien krijgen wij er binnenkort ook een,' zegt ze schuchter. Met *wij* bedoelt ze mij. Het is mijn taak om het hele team te belonen, om mijn kost en inwoning waar te maken, als een mierenkoningin met eitjes. Rita mag dan een hekel aan me hebben, Cora heeft dat niet. Ze is op mij aangewezen. Ze hoopt, en ik ben het voertuig van haar hoop.

Haar hoop is van de eenvoudigste soort. Ze wil een Bevalling, hier, met gasten en lekkere hapjes en cadeautjes, ze wil een kleuter om in de keuken te verwennen, om kleren voor te strijken, om een koekje in de hand te stoppen wanneer niemand kijkt. Ik moet haar deze genoegens verschaffen. Ik zou liever zien dat zij ook een hekel aan me had, ik denk dat ik dat eerder verdien.

De avondmaaltijd bestaat uit een stoofschotel met rundvlees. Ik eet met moeite mijn bord leeg, want halverwege herinner ik me opeens wat de dag in één klap uit mijn geest heeft gewist. Het is waar wat ze zeggen, je verkeert in een trancetoestand wanneer je een kind baart of daarbij aanwezig bent, je verliest de rest van je bestaan uit het oog, je concentreert je op dat ene ogenblik. Maar nu komt het terug, en ik weet dat ik er niet op voorbereid ben.

De klok in de hal beneden slaat negen. Ik druk mijn handen tegen de zijkant van mijn dijen, houd mijn adem in, loop de gang door en zachtjes de trap af. Serena Joy is misschien nog steeds in het huis waar de Bevalling heeft plaatsgevonden; dat is een meevaller, hij kan dat niet hebben voorzien. Op dit soort dagen blijven de Echtgenotes urenlang hangen; ze helpen met het openmaken van de cadeautjes, roddelen, drinken zich dronken. Er moet iets gebeuren om hun afgunst te verdrijven. Ik volg de gang op de begane grond, langs de deur die toegang geeft tot de keuken, naar de volgende deur, de zijne. Ik sta ervoor en voel me als een leerling die door het schoolhoofd op het matje geroepen is. Wat heb ik misdaan?

Mijn aanwezigheid hier is ongeoorloofd. Het is ons verboden alleen te zijn met onze Bevelvoerder. Wij dienen de voortplanting; we zijn geen concubines, geisha's, courtisanes. Integendeel: men heeft al het mogelijke gedaan om ons buiten die categorie te houden. Wij worden geacht geen enkele amusementswaarde te bezitten, er dient geen ruimte te zijn voor het botvieren van geheime lusten; er mogen geen bijzondere gunsten worden afgevleid, door hen of door ons, de liefde mag geen kans krijgen. Wij zijn wandelende baarmoeders, dat is alles: heilige vaten, verplaatsbare kelken.

Waarom wil hij me dan ontmoeten, 's nachts, alleen?

Als ik word gesnapt, ben ik aan Serena's genade overgeleverd. Hij dient zich buiten dat soort huiselijke aangelegenheden te houden, dat zijn vrouwenzaken. Daarna: indeling in een andere categorie. Ik zou een Onvrouw kunnen worden.

Maar het kan nog slechter aflopen als ik weiger hem te ontmoeten. Iedereen weet bij wie de werkelijke macht berust.

Maar er moet iets zijn wat hij van me wil. Iets willen duidt op zwakte. Het is die zwakte, van welke aard dan ook, die me aanlokt. Het is als een scheur in een tot dusver ondoordringbare muur. Als ik mijn oog ertegenaan druk, tegen die zwakte van hem, kan ik misschien mijn mogelijkheden zien.

Ik wil weten wat hij wil.

Ik klop op de deur van deze verboden kamer waar ik nooit ben geweest, waar vrouwen niet naar binnen gaan. Zelfs Serena Joy komt hier nooit, en het schoonmaken wordt door Wachters gedaan. Welke geheimen, welke mannelijke totems worden hier bewaard?

'Binnen.' Ik doe de deur open, ga naar binnen.

Aan de andere kant is alles normaal. Ik moet eigenlijk zeggen: aan de andere kant lijkt alles normaal. Er staat natuurlijk een bureau, met een Computalk erop, en een zwartleren stoel erachter. Op het bureau bevinden zich een potplant, pennen, paperassen. Er ligt een oosters tapijt op de vloer, en er is een open haard die nu niet brandt. Er staat een kleine sofa, bekleed met bruin pluche, een televisietoestel, een bijzettafeltje, een paar stoelen.

Maar tegen alle muren staan boekenkasten vol boeken. Boeken, boeken, en nog eens boeken, open en bloot, niet achter slot en grendel, niet in kisten. Geen wonder dat we hier niet mogen komen. Het is een oase van het verbodene. Ik probeer er niet naar te kijken.

De Bevelvoerder staat voor de vuurloze haard, met zijn rug ernaartoe, één elleboog op de kunstig bewerkte houten etagère boven de schoorsteenmantel, andere hand in zijn zak. Het is zo'n bestudeerde pose, iets van de landjonker, iemand uit een oude whiskyadvertentie. Hij heeft waarschijnlijk al van tevoren besloten om zo te staan als ik binnenkwam. Toen ik klopte is hij waarschijnlijk naar de open haard gesneld en heeft zich daar geposteerd. Hij zou eigenlijk een zwart ooglapje moeten dragen, en een halsdoek met hoefijzers erop.

Dat alles denk ik, in een snel, hortend tempo, onwillekeurige hersenactiviteit. Onuitgesproken schimpscheuten. Ja, dat alles denk ik – maar het is paniek. De waarheid is dat ik doodsbang ben.

Ik zeg niets.

'Doe de deur achter je dicht,' zegt hij uiterst vriendelijk. Ik doe het en draai me om.

'Hallo,' zegt hij.

De oude manier om iemand te begroeten. Ik heb het al jarenlang niet meer gehoord. Onder de gegeven omstandigheden lijkt het niet op zijn plaats, komisch zelfs, een sprong terug in de tijd, een stunt. Ik kan niets passends bedenken om terug te zeggen.

Ik denk dat ik ga huilen.

Hij moet het hebben gemerkt, want hij kijkt me verbaasd aan en trekt een rimpel in zijn voorhoofd die ik als teken van bezorgdheid interpreteer, hoewel het ook ergernis kan zijn. 'Hier,' zegt hij. 'Ga maar zitten.' Hij pakt een stoel en zet hem voor zijn bureau. Dan loopt hij om het bureau heen en gaat zitten, traag en naar mijn indruk met veel omhaal. Uit zijn optreden blijkt dat hij me niet heeft laten komen om me op wat voor manier dan ook tegen mijn zin aan te raken. Hij glimlacht. Zijn glimlach is niet boosaardig of roofdierachtig. Het is gewoon een glimlach, een formeel soort glimlach, vriendelijk maar ietwat afstandelijk, alsof ik een jong poesje in een etalage ben. Eentje waar hij wel naar kijkt, maar dat hij niet wil kopen.

Ik zit kaarsrecht op de stoel, mijn handen gevouwen in mijn schoot. Ik heb het gevoel alsof mijn voeten in de platte rode schoenen de grond net niet raken. Maar natuurlijk staan ze gewoon op de vloer.

'Je zult dit wel vreemd vinden,' zegt hij.

Ik kijk hem alleen maar aan. Het understatement van het jaar – een uitdrukking die mijn moeder gebruikt. Gebruikte.

Ik voel me als een suikerspin: suiker en lucht. Knijp me samen en ik verander in een kleine, wee ruikende, zwetende, rozerode prop.

'Ik geloof wel dat het een beetje vreemd is,' zegt hij, alsof ik antwoord heb gegeven.

Ik denk dat ik een hoed zou moeten dragen, onder mijn kin vastgestrikt.

'Ik wil...' zegt hij.

Ik probeer me niet voorover te buigen. Ja? Ja, ja? Wat? Wat wil hij? Maar ik laat niet merken hoe nieuwsgierig ik ben. Hier wordt ruilhandel bedreven. Zij die niet aarzelt is verloren. Ik ben niet van plan iets weg te geven: er moet voor betaald worden.

'Ik zou het prettig vinden...' zegt hij. 'Het klinkt natuurlijk heel stom.' Hij maakt een verlegen indruk, *bedremmeld* is het woord; zo zagen mannen er vroeger vaak uit. Hij is oud genoeg om zich te kunnen herinneren wat hij moet doen om er zo uit te zien, en ook om zich te kunnen herinneren hoe aantrekkelijk vrouwen dat vroeger vonden. De jongere mannen kennen die trucs niet. Ze hebben ze nooit hoeven gebruiken.

'Ik zou het prettig vinden als je een spelletje scrabble met me zou willen spelen,' zegt hij.

Ik blijf doodstil zitten en vertrek geen spier. Dus dat is er in de geheime kamer te vinden! Scrabble! Ik wil lachen, gillen van het lachen, van mijn stoel vallen. Scrabble, dat was vroeger een spelletje dat oude mannen en vrouwen 's zomers of in bejaardenhuizen speelden wanneer er niets aardigs op de tv was. Of een spelletje voor tieners, vroeger, heel lang geleden. Mijn moeder had een scrabblespel, dat ze achter in de gangkast bewaarde, bij de kartonnen dozen met kerstboomversiering. Ze heeft één keer geprobeerd me ervoor te interesseren, toen ik dertien was en me ellendig voelde en niets omhanden had.

Nu ligt het natuurlijk anders. Nu is het verboden, voor ons. Nu is het gevaarlijk. Nu is het ongepast. Nu is het iets wat hij niet met zijn Echtgenote kan doen. Nu is het aanlokkelijk. Nu heeft hij zich gecompromitteerd. Het is net alsof hij me drugs heeft aangeboden.

'Goed,' zeg ik, onverschilligheid voorwendend. In werkelijkheid ben ik nauwelijks in staat iets te zeggen.

Hij vertelt me niet waarom hij met me wil scrabbelen. Ik vraag het hem niet. Hij haalt een doos uit een van de bureauladen en tilt het deksel op. Daar liggen de geplastificeerde houten tegeltjes die ik me van vroeger herinner, en het in hokjes verdeelde speelbord, en de plankjes waarop je je letters kon plaatsen. Hij gooit de letters op zijn bureau en begint ze om te draaien. Even later doe ik mee.

'Ken je de spelregels?' vraagt hij.

Ik knik.

We spelen twee spelletjes. *Larynx*, leg ik. *Valentie. Quorum. Zygote.* Ik pak de glanzende tegeltjes vast bij de gladde rand, betast de letters. Het geeft een wellustig gevoel. Dit is vrijheid, een glimp van de vrijheid. *Mank*, spel ik. *Kloof.* Wat een luxe. De letters zijn net snoepjes, gemaakt van pepermunt, koel als pepermunt. Ik zou ze in mijn mond willen stoppen. Ze zouden ook naar citroen smaken. De letter K. Knapperig, ietwat zuur op de tong, heerlijk.

Ik win het eerste spelletje en laat hem het tweede winnen: ik ben er nog steeds niet achter wat de voorwaarden zijn, welke tegenprestatie ik kan vragen.

Ten slotte zegt hij tegen me dat het tijd is om naar huis te gaan. Die woorden gebruikt hij: *naar huis*. Hij bedoelt: naar mijn kamer. Hij vraagt me of ik me alleen kan redden, alsof de trap een donkere straat is. Ik zeg ja. We doen de deur van zijn kamer open, een licht gekraak, en luisteren of er iemand in de gang is.

Dit lijkt op een afspraakje. Dit lijkt op het binnensluipen van de slaapzaal wanneer de andere kostschoolmeisjes al uren liggen te ronken.

Dit is een samenzwering.

'Bedankt,' zegt hij. 'Voor het scrabbelen.' Dan zegt hij: 'Ik wil dat je me kust.'

Ik bedenk dat ik het spoelmechanisme van de wc kan slopen, de wc in mijn eigen badkamer, op een avond dat ik een bad mag nemen, dat ik de zaak snel en geluidloos kan demonteren, zodat Cora, op de stoel voor de badkamer, me niet hoort. Ik kan het scherpe stuk metaal losmaken en in mijn mouw verstoppen, en het de volgende keer de kamer van de Bevelvoerder binnensmokkelen, want na zo'n verzoek is er altijd een volgende keer, of je nu ja of nee zegt. Ik bedenk dat ik naar de Bevelvoerder toe kan lopen om hem te kussen, dat ik zijn jasje kan uittrekken als om verdere ontwikkelingen toe te staan of uit te lokken, een aanloop tot ware liefde, dat ik mijn armen om hem heen kan slaan, het stuk metaal uit mijn mouw kan halen en hem het scherpe uiteinde onverhoeds tussen de ribben kan steken. Ik denk aan het bloed dat uit hem zal stromen, heet als soep, erotisch, over mijn handen.

In werkelijkheid denk ik er helemaal niet over om zoiets te doen. Ik heb het er later pas ingevoegd. Misschien had ik het toen moeten overwegen, maar dat is niet gebeurd. Zoals ik al zei, dit is een reconstructie.

'Goed,' zeg ik. Ik loop naar hem toe en druk mijn gesloten lippen tegen de zijne. Ik ruik de aftershave, het soort dat hij altijd gebruikt, de vage geur van mottenballen die ik onmiddellijk herken. Toch lijkt het of ik hem zojuist voor het eerst heb ontmoet.

Hij doet een stap achteruit, kijkt op me neer. Daar is die bedremmelde glimlach weer. Wat een eerlijkheid. 'Niet op die manier,' zegt hij, 'maar alsof je het meent.'

Hij was zo bedroefd.

Ook dat is een reconstructie.

IX

NACHT

24

Ik loop terug door de halfdonkere gang, de trap met geluiddempende loper op, en sluip naar mijn kamer. Daar ga ik in de stoel zitten, met het licht uit, in mijn rode jurk, alle haakjes en knopen gesloten. Je kunt alleen helder denken met je kleren aan.

Wat ik nodig heb is perspectief. De illusie van diepte, teweeggebracht door een omlijsting, de ordening van vormen op een plat vlak. Perspectief is noodzakelijk. Anders zijn er maar twee dimensies. Anders leef je met je gezicht tegen een muur gedrukt, alles één reusachtige voorgrond van details, close-ups, haren, het weefpatroon van het beddenlaken, de moleculen van het gezicht. Je eigen huid als een landkaart, een plattegrond van nietigheid, met een wirwar van weggetjes die nergens heen leiden. Anders leef je in het huidige ogenblik. En daar wil ik niet zijn.

Maar ik bén er, en er is geen uitweg. De tijd is een val waarin ik gevangenzit. Ik moet mijn geheime naam en alle terugwegen vergeten. Ik heet nu Vanfred, en ik leef hier.

Leef in het heden, maak er het beste van, het is het enige wat je hebt.

Tijd om de balans op te maken.

Ik ben drieëndertig jaar oud. Ik heb bruin haar. Ik ben één meter zeventig lang, zonder schoenen. Ik kan me niet goed meer herinneren hoe ik er vroeger uitzag. Ik heb vruchtbare eierstokken. Ik heb nog één kans.

Maar er is iets veranderd, nu, vanavond. De omstandigheden zijn gewijzigd.

Ik kan om iets vragen. Misschien niet om veel; maar toch om iets.

Mannen zijn niet veel meer dan seksmachines, zei Tante Lydia. Ze willen maar één ding. Je moet leren ze naar je hand te zetten, in je eigen belang. Je moet ze naar je pijpen laten dansen; dat is beeldspraak. Zo zit de natuur in elkaar. Zo heeft God het beschikt. Zo werkt het.

Tante Lydia zei dit niet echt, maar het lag besloten in alles wat ze wel zei. Het zweefde boven haar hoofd, als de gouden lijfspreuken boven de heiligen uit donkerder tijden. En net als die heiligen was ze hoekig en vel over been.

Maar hoe moet ik de Bevelvoerder in dit geheel inpassen, zoals hij is in zijn kamer, met zijn woordspelletjes en zijn verlangen, waarnaar? Om met zich te laten spelen, om teder te worden gekust, alsof ik het meen.

Ik weet dat ik het ernstig moet nemen, dat verlangen van hem. Het kan belangrijk zijn, het kan een paspoort voor me zijn, het kan mijn ondergang betekenen. Ik moet het serieus nemen, ik moet erover nadenken. Maar wat ik ook doe, terwijl ik hier in het donker zit en de schijnwerpers mijn rechthoekige raam verlichten, van buiten, door de gordijnen die gaasachtig zijn als een bruidsjurk, als ectoplasma, terwijl mijn ene hand de andere vasthoudt, lichtjes heen en weer wiegend – wat ik ook doe, het heeft iets lachwekkends.

Hij wou dat ik met hem ging scrabbelen, en dat ik hem kuste alsof ik het meende.

Dit is een van de meest bizarre dingen die ik ooit heb meegemaakt.

Context is alles.

Ik herinner me een televisieprogramma dat ik vroeger eens heb gezien; een herhaling van een programma dat jaren daarvoor gemaakt was. Ik moet zeven of acht geweest zijn, te jong om het te kunnen begrijpen. Het was het soort programma waar mijn moeder graag naar keek: historisch, educatief. Naderhand deed ze een poging het me uit te leggen, me te vertellen dat het allemaal echt gebeurd was, maar voor mij was het niet meer dan een verhaaltje. Ik dacht dat het door iemand was verzonnen. Ik vermoed dat alle kinderen zo denken over elk stuk geschiedenis van voor hun eigen tijd. Als het alleen maar een verhaaltje is, wordt het minder angstaanjagend.

Het programma was een documentaire over een van die oorlogen. Ze interviewden mensen en lieten stukjes film uit die tijd zien, zwartwit, en roerloze foto's. Ik herinner me er niet veel meer van, maar nog wel de kwaliteit van de opnamen, hoe alles wat erop stond leek te zijn bedekt met een mengsel van zonlicht en stof, en hoe donker de schaduwen waren onder de wenkbrauwen van de mensen en langs hun jukbeenderen.

De interviews met de mensen die toen nog leefden waren in kleur. Het gesprek dat ik me het best kan herinneren was met een vrouw die de maîtresse was geweest van een man die de leiding had gehad in een van die kampen waar ze de joden in stopten voordat ze ze doodmaakten. In ovens, zei mijn moeder; maar ze toonden geen foto's van die ovens, zodat ik me vagelijk voorstelde dat de sterfgevallen in keukens hadden plaatsgevonden. Voor een kind zit er iets buitengewoon angstwekkends in dat idee. Een oven betekent dat er gekookt wordt, en het koken komt voor het eten. Ik dacht dat deze mensen waren opgegeten. En in zekere zin waren ze dat ook, denk ik.

Uit hun woorden bleek dat die man zich wreed en onmenselijk had gedragen. De maîtresse – mijn moeder legde me uit wat dat betekende, ze geloofde niet in het verhullen van de waarheid, op mijn vierde had ik al een boek met uitklapbare platen van geslachtsdelen – de maîtresse was vroeger heel mooi geweest. Er werd een zwart-witfoto getoond van haar en een andere vrouw, in de tweedelige badpakken en met de plateauschoenen en breedgerande hoeden die toen in de mode waren; ze droegen reflecterende zonnebrillen en zaten in ligstoelen aan de rand van een zwembad. Het zwembad bevond zich naast hun huis, dat vlak bij het kamp met de ovens stond. De vrouw zei dat ze weinig dingen had gezien die ze vreemd had gevonden. Ze ontkende dat ze van de ovens had geweten.

Ten tijde van het interview, veertig of vijftig jaar later, was ze bezig dood te gaan aan longemfyseem. Ze hoestte veel en was broodmager, bijna uitgemergeld; maar ze was nog steeds trots op haar uiterlijk. (Kijk nou toch eens, zei mijn moeder, half verontwaardigd, half bewonderend. Ze is nog steeds trots op haar uiterlijk.) Ze was zorgvuldig opgemaakt, dikke mascara op haar wimpers, rouge op haar jukbeenderen, waarover de huid zich spande als een strak getrokken rubberhandschoen. Ze droeg een parelsnoer.

Hij was geen monster, zei ze. Er wordt beweerd dat hij een monster was, maar dat was hij niet.

Waar dacht die vrouw over na? Niet over veel dingen, denk ik; niet in die periode. Ze dacht erover na hoe ze kon bereiken dat ze niet hoefde te denken. Het waren vreemde tijden. Ze was trots op haar uiterlijk. Ze geloofde niet dat hij een monster was. Waarschijnlijk had hij een of ander ontwapenend trekje: hij floot – vals – onder de douche, hij was verzot op truffels, hij noemde zijn hond Liebchen en liet hem opzitten en gaf hem dan kleine stukjes rauw vlees. Wat is het gemakkelijk om iemand, wie dan ook, een menselijk gezicht te geven. Een verleiding waar je maar al te licht aan toegeeft. Het is een groot kind, heeft ze waarschijnlijk gedacht. Haar hart is gesmolten, ze heeft het haar dat over zijn voorhoofd hing naar achteren gladgestreken en hem op zijn oor gekust, en niet alleen om er iets voor terug te krijgen. De instinctieve behoefte om te kalmeren, het leed te verzachten. Rustig maar, zei ze wanneer hij ontwaakte uit een nachtmerrie. Je hebt het ook zo moeilijk. En ze geloofde natuurlijk ook dat hij geen monster was en het moeilijk had – hoe had ze anders door kunnen leven? Ze was heel gewoon, onder die schoonheid. Ze geloofde in menselijk fatsoen, ze was aardig tegen het joodse dienstmeisje, of tamelijk aardig, aardiger dan strikt nodig was.

Een paar dagen na de opnamen pleegde ze zelfmoord. Dat werd zomaar openlijk gezegd, op de televisie.

Niemand vroeg haar of ze van hem gehouden had of niet.

Wat ik me nu vooral nog herinner is de make-up.

Ik sta op, in het donker, begin mijn jurk los te knopen. Dan hoor ik iets, binnen in mijn lichaam. Ik ben stuk, er is iets gebroken, dat moet het zijn. Er komt lawaai naar boven, uit het kapotte deel, in mijn gezicht. Onaangekondigd: ik dacht niet aan mijn lichaam. Als ik het lawaai naar buiten laat, zal het gelach zijn, te luid, te veel, iemand zal het horen, en dan zullen er haastige voetstappen klinken, en bevelen, en wie weet wat nog meer. Oordeel: misplaatste emotie. De wandelende baarmoeder, dachten ze tot dusver. Hysterie. En dan een naald, een pil. Het zou fataal kunnen zijn.

Ik sla mijn handen voor mijn mond, alsof ik moet braken, en val op mijn knieën, terwijl het gelach als kokende lava in mijn keel borrelt. Ik kruip in de kast en trek mijn benen op, ik stik bijna. Mijn ribben doen pijn van het adem inhouden, ik schud, ik rijs en daal, seismisch, vulkanisch, dadelijk barst ik uit elkaar. De hele kast onder de rode smurrie, Bevallingsdag rijmt op schaterlach, o, te sterven van het lachen.

Ik onderdruk mijn lach in de plooien van de hangende mantel en knijp mijn ogen dicht, waaruit zich tranen naar buiten persen. Ik probeer mezelf tot bedaren te brengen.

Na enige tijd gaat het over, als een epileptische aanval. Hier zit ik dan, in de kast. Nolite te in capite sedendum. Ik kan het niet zien in het donker, maar ik vind de kleine, in het hout gekraste tekst met mijn vingertoppen, alsof het braille is. Het klinkt me nu minder als een gebed in de oren, meer als een bevel; maar om wat te doen? Ik heb er in ieder geval niets aan, voor mij zijn het oude hiërogliefen waarvan de sleutel verloren is gegaan. Waarom heeft ze het geschreven, waarom heeft ze zich zo veel moeite getroost? Er is toch geen uitweg.

Ik lig op de grond en adem te snel, dan langzamer, gelijkmatiger, als bij de bevallingsoefeningen. Het enige wat ik nu nog hoor is het geluid van mijn eigen hart, open en dicht, open en dicht, open.

X

GEBEDSROLLEN

25

Het eerste wat ik de volgende ochtend hoorde was een gil en een klap: Cora, die het dienblad met het ontbijt liet vallen. Ik werd er wakker van. Ik lag nog half in de kast, mijn hoofd op de opgevouwen mantel. Ik moet hem van de kleerhanger hebben getrokken en in de kast in slaap zijn gevallen; heel even wist ik niet meer waar ik was. Cora knielde naast me neer, ik voelde hoe haar hand mijn rug aanraakte. Ze gilde nog een keer toen ik me bewoog.

Wat is er? vroeg ik. Ik draaide me om, richtte me op.

O, zei ze. Ik dacht...

Wat dacht ze?

Dat eh... zei ze.

De eieren waren kapotgevallen en lagen in een plas sinaasappelsap, tussen glasscherven.

Ik zal je een nieuw ontbijt moeten brengen, zei ze. Wat zonde. Wat deed je daar eigenlijk op de vloer? Ze trok aan me, om me overeind te krijgen, in een fatsoenlijke, staande houding.

Ik wilde haar niet vertellen dat ik helemaal niet in bed had gelegen. Ik had het haar onmogelijk kunnen uitleggen. Ik zei dat ik waarschijnlijk was flauwgevallen. Dat was ook niet zo'n gelukkige uitspraak, want ze ging er gretig op in.

Dat is een van de eerste tekenen, zei ze blij. Dat, en overgeven. Ze had moeten weten dat er nog niet genoeg tijd verstreken was; maar ze was vol verwachting.

Nee, dat is het niet, zei ik. Ik zat in de stoel. Ik weet zeker dat dat het niet is. Ik was alleen maar duizelig. Ik stond daar gewoon en toen werd alles donker.

Het moet de spanning geweest zijn, zei ze, van gisteren en zo. Na zo'n dag ben je bekaf.

Ze bedoelde de Bevalling, en ik gaf haar gelijk. Ik zat nu in de stoel, en zij knielde op de grond en pakte de stukjes glas en ei op en legde ze op het dienblad. Ze nam een deel van het sinaasappelsap op met het papieren servetje.

Ik moet een dweil halen, zei ze. En ze willen natuurlijk weten waar ik die extra eieren voor nodig heb. Tenzij je zonder kunt. Ze keek me met een schuin oog aan, en ik begreep dat het het beste zou zijn als we allebei de schijn zouden ophouden dat ik mijn ontbijt gewoon had opgegeten. Als ze zou vertellen dat ze me liggend op de vloer had aangetroffen, zouden er te veel vragen worden gesteld. Ze zou het gebroken glas in ieder geval moeten verantwoorden; maar Rita zou kribbig worden als ze een tweede ontbijt moest klaarmaken.

Ik kan wel zonder, zei ik. Ik heb niet zo veel honger. Dat was slim, het paste goed bij die duizeligheid. Maar het geroosterde brood krijg ik wel naar binnen, zei ik. Ik wilde het ontbijt niet helemaal mislopen.

Het heeft op de grond gelegen, zei ze.

Geeft niet, zei ik. Ik at het sneetje bruin geroosterd brood op terwijl zij de badkamer binnenging en de stukjes ei, niet meer te redden, door de wc spoelde. Even later kwam ze terug.

Ik zal zeggen dat ik het blad bij het verlaten van de kamer heb laten vallen, zei ze.

Het deed me plezier dat ze bereid was in mijn belang te liegen, al ging het maar om een kleinigheid en was het ook in haar eigen belang. Maar het schiep een band.

Ik lachte naar haar. Ik hoop dat niemand je gehoord heeft, zei ik.

Ik schrok me dood, zei ze, terwijl ze met het dienblad in de deuropening stond. Eerst dacht ik dat het alleen maar je kleren waren. Toen zei ik bij mezelf: wat doen die kleren daar op de grond? Ik dacht dat je misschien…

Was weggelopen, zei ik.

Zoiets, zei ze. Maar je was het zelf.

Ja, zei ik. Ik was het zelf.

En zo was het ook, en ze liep weg met het dienblad en kwam terug met een dweil om de rest van het sinaasappelsap op te dweilen, en Rita maakte die middag een knorrige opmerking over de verregaande onhandigheid van sommige mensen. Ze zijn er niet bij met hun gedachten, ze kijken niet waar ze lopen, zei ze, en het leven hernam zijn gang alsof er niets gebeurd was.

Dat was in mei. De lente is nu achter de rug. De tulpen zijn uitgebloeid, hun blaadjes vallen één voor één uit, als tanden. Op een dag trof ik Serena Joy in de tuin aan, geknield op een kussentje, haar wandelstok naast haar in het gras. Ze was bezig de zaadpeulen met een tuinschaar af te knippen. Ik sloeg haar van opzij gade terwijl ik voorbijliep, met mijn mand met sinaasappelen en lamskoteletten. Ze bracht de snijbladen van de schaar in positie en knipte dan met een verkrampte, schokkerige handbeweging. Kwam het door de jicht, die nu ook haar handen had bereikt? Of was het een soort Blitzkrieg, een kamikazeactie tegen de zwellende genitaliën van de bloemen? Het vruchtdragende lichaam. De zaadpeulen worden afgeknipt om ervoor te zorgen dat er energie in de bol wordt opgeslagen.

De heilige Serena, die op haar knieën boete doet.

Ik amuseerde me vaak op die manier, met kleine, gemene, bittere grapjes over haar; maar niet erg lang. Het is niet netjes om te blijven staan en Serena van achteren te bespieden.

Die tuinschaar, die had ik dolgraag willen hebben.

Goed. Toen kregen we de irissen, mooi en koel oprijzend op hun lange stengels, als geblazen glas, als pastelwater, tijdelijk bevroren in een vlek, lichtblauw, lichtmauve, en de donkerder bloemen, fluwelig en paars, zwarte madelieven in de zon, indigoblauwe schaduw, en de gebroken hartjes, zo vrouwelijk van vorm dat het verbazingwekkend was dat ze niet al lang waren uitgeroeid. Serena's tuin heeft iets gezagsondermijnends, je krijgt het gevoel dat er dingen begraven liggen die zich zwijgend omhoogwerken, naar het licht, alsof ze willen zeggen: Al wat tot zwijgen is gebracht zal schreeuwen om gehoord te worden, al is het ook zwijgend. Een tennysoniaanse tuin, zwaar geurend, loom; de terugkeer van het woord *bedwelming*. De tuin wordt weliswaar overstroomd door zonlicht, maar er stijgt ook hitte op uit de bloemen zelf, je kunt het voelen: net of je je hand een paar centimeter boven een arm of een schouder houdt. De tuin ademt in de warmte, ademt zichzelf in. Hier te lopen, in deze tijd van pioenen en tuinanjers – het doet me duizelen.

De wilg staat in volle pracht en doet me geen goed, met zijn suggestieve gefluister. *Rendez-vous*, zegt hij, *terrassen*; de sisklanken gaan me door merg en been, ik huiver alsof ik koorts heb. De zomerjurk glijdt ruisend langs het vlees van mijn dijen, er groeit gras onder mijn voeten, aan de randen van mijn ogen is beweging, in de takken; veren, gefladder, trillers, boom wordt vogel, op hol geslagen metamorfose. Godinnen zijn nu mogelijk en de lucht is vol van verlangen. Zelfs de stenen van het huis worden zacht, tastbaar; als ik ertegenaan zou leunen zouden ze warm blijken te zijn en meegeven. Het is verbazingwekkend wat onthouding teweeg kan brengen. Kreeg hij een duizelig en leeg gevoel bij het zien van mijn enkel, gisteren, bij de controlepost, toen ik mijn pasje liet vallen en het hem liet oprapen? Geen zakdoekje, geen waaier, ik gebruik wat direct bij de hand is.

De winter is minder gevaarlijk. Ik heb behoefte aan hardheid, kou, verstarring; niet aan deze zwaarte, alsof ik een meloen aan een stengel ben, deze vloeibare rijpheid.

De Bevelvoerder en ik zijn een overeenkomst aangegaan. Het is niet de eerste in zijn soort in de geschiedenis, maar onze overeenkomst heeft een minder gebruikelijke vorm aangenomen.

Ik ga twee of drie keer per week bij de Bevelvoerder op bezoek, altijd na het eten, maar alleen wanneer ik het teken krijg. Het teken is Nick. Als hij de auto aan het poetsen is wanneer ik boodschappen ga doen, of wanneer ik terugkom, of als zijn pet schuin staat, of als hij helemaal geen pet draagt, dan ga ik. Als hij er niet is of als zijn pet recht staat, dan blijf ik gewoon in mijn kamer. Op Ceremonie-avonden is dit alles natuurlijk niet van toepassing.

Het probleem is, zoals altijd, de Echtgenote. Na het eten gaat ze naar de echtelijke slaapkamer, vanwaar ze me misschien door de gang kan horen sluipen, al probeer ik dat zo stil mogelijk te doen. Of ze blijft in de zitkamer, breiend aan haar eindeloze sjaals voor de Engelen, een gestadig groeiende productie van ingewikkelde, nutteloze wollen mensjes: dat is natuurlijk haar vorm van voortplanting. De deur van de zitkamer staat meestal op een kier wanneer zij binnen is, en dan durf ik er niet langs. Wanneer ik het teken heb gekregen maar geen kans zie om ongemerkt de trap af te dalen of door de gang langs de zitkamer te lopen, dan heeft de Bevelvoerder daar begrip voor. Niemand kent mijn situatie beter dan hij. Hij kent alle regels.

Maar af en toe is Serena Joy op bezoek bij een andere Bevelvoerdersvrouw, die ziek is; dat is vermoedelijk het enige uitstapje dat ze 's avonds in haar eentje kan maken. Ze neemt wat eetbaars mee, een door Rita gebakken cake of taart of brood, of een pot gelei, gemaakt van de muntbladeren die in haar tuin groeien. Ze zijn vaak ziek, de Echtgenotes van de Bevelvoerders. Het maakt hun leven interessanter. Wat ons, de Dienstmaagden en zelfs de Martha's, betreft, wij proberen niet ziek te worden. De Martha's willen niet gedwongen worden ontslag te nemen, want wie weet waar ze dan heen gaan? Je ziet tegenwoordig niet meer zo veel oude vrouwen. En wat ons aangaat: elke werkelijke ziekte, elke langdurige kwaal of verzwakking, elke afname van gewicht of eetlust, haaruitval, slecht functionerende klieren – het zou ons einde betekenen. Ik herinner me nog hoe Cora, eerder dit voorjaar, door de gang wankelde, al had ze alleen maar griep, zich vasthoudend aan deurkozijnen als ze dacht dat niemand keek, bang om te hoesten. Een lichte verkoudheid, zei ze toen Serena ernaar vroeg.

Serena neemt zelf af en toe een paar dagen vrij, die ze warmpjes ingestopt in bed doorbrengt. Dan is zij degene die gezelschap krijgt van de Echtgenotes, die opgewekt kakelend de trap bestijgen; dan krijgt zij de cakes en de taarten, de gelei, de bossen bloemen uit hun tuinen.

Ze zijn om de beurt ziek. Er is een soort onzichtbare, ongeschreven lijst. Ieder zorgt ervoor dat ze niet meer aandacht voor zich opeist dan haar toekomt.

Op avonden dat Serena de deur uitgaat, word ik steevast ontboden.

De eerste keer was ik in verwarring. Ik kende zijn behoeften niet, en wat ik ervan zag vond ik lachwekkend, als een bezeten voorkeur voor rijgschoenen.

Die eerste keer was ook een beetje een teleurstelling. Wat had ik achter die gesloten deur verwacht? Iets onbeschrijflijks, op handen en voeten misschien, perversiteiten, zwepen, verminkingen? Op z'n minst toch de een of andere onbeduidende seksuele handeling, een pekelzonde uit het verleden die hem nu ontzegd werd, verboden bij de wet op straffe van amputatie. Dat hij me in plaats daarvan vroeg met hem te scrabbelen, alsof we een bejaard echtpaar waren of een stel kinderen, dat maakte een totaal verknipte indruk op me; het leek een buitenissig soort schending van de eerbaarheid. Als verzoek was het moeilijk te plaatsen.

Toen ik de kamer weer verliet, was het me nog steeds niet duidelijk wat hij wilde, en waarom, en of ik aan zijn verlangens zou kunnen voldoen. Wil er een ruilhandel plaatsvinden, dan zullen de voorwaarden moeten worden bekendgemaakt. En dat had hij beslist niet gedaan. Ik dacht toen dat hij misschien een kat-en-muisspelletje speelde, maar nu denk ik dat zelfs hij zich niet bewust was van zijn motieven en verlangens. Ze hadden het woordstadium nog niet bereikt.

De tweede avond begon zoals de eerste. Ik liep naar de deur, die gesloten was, klopte aan, mocht binnenkomen. Toen volgden er weer twee spelletjes met de gladde beige tegeltjes. *Perplex, quagga, quasar, sylfe, bangst*, alle trucs met medeklinkers die ik kon bedenken of me nog kon herinneren. Mijn tong voelde dik aan door de inspanning van het lettertjes leggen. Het was alsof ik een taal gebruikte die ik vroeger had gekend maar nu bijna was vergeten, een taal die te maken had met gewoonten die lang geleden van de aardbodem waren verdwenen: café au lait aan een tafeltje buiten, met een brioche, absint in een hoog glas, of garnalen in een hoorn van krantenpapier; dingen waar ik vroeger over had gelezen maar die ik nooit had gezien. Het was alsof ik kreupel was en zonder krukken probeerde te lopen, zoals in die opgeklopte scènes in oude tv-films. *Je kunt het. Ik weet dat je het kunt.* Op die manier strompelde ik tussen de scherpe r's en t's door en glibberde ik over de eivormige klinkers alsof het kiezelstenen waren.

De Bevelvoerder was geduldig wanneer ik aarzelde of naar de juiste spelling vroeg. We kunnen het altijd in het woordenboek opzoeken, zei hij. Hij zei *we*. De eerste keer, besefte ik nu, had hij me laten winnen.

Die avond verwachtte ik dat alles weer net zo zou gaan, inclusief de nachtkus. Maar toen we klaar waren met het tweede spelletje, leunde hij achterover in zijn stoel. Hij plaatste zijn ellebogen op de leuningen, de vingertoppen tegen elkaar, en keek me aan.

Ik heb een klein cadeautje voor je, zei hij.

Hij glimlachte fijntjes. Toen trok hij de bovenste la van zijn bureau open en pakte er iets uit. Hij hield het een ogenblik losjes tussen duim en wijsvinger, alsof hij twijfelde of hij het me zou geven. Hoewel ik het vanaf mijn plaats ondersteboven zag, herkende ik het meteen. Vroeger was het heel gewoon geweest. Het was een tijdschrift, een vrouwentijdschrift naar het omslag te oordelen: een fotomodel op glanzend papier, met wapperende haren, een sjaaltje om de hals, lipstick op de mond; de herfstmode. Ik dacht dat dat soort tijdschriften allemaal vernietigd waren, maar hier was een exemplaar dat het had overleefd, in de kamer van een Bevelvoerder, waar je zoiets het laatst zou verwachten. Hij keek naar het fotomodel, waarop hij een beter zicht had dan ik; hij glimlachte nog steeds, die weemoedige glimlach van hem. Het was een gelaatsuitdrukking waarmee je in de dierentuin naar een bijna uitgestorven dier zou kijken.

Toen ik naar het tijdschrift keek dat voor mijn neus bungelde als een worm aan een vishaakje, wilde ik het hebben. Ik wilde het zo graag hebben dat mijn vingers jeukten. Tegelijkertijd beschouwde ik dit als een oppervlakkig en dwaas verlangen, omdat ik dat soort tijdschriften vroeger nooit erg belangrijk had gevonden. Ik las ze in de wachtkamer van de tandarts, en soms in het vliegtuig; ik kocht ze om mee te nemen naar hotelkamers, een middel om de tijd te doden terwijl ik op Luke wachtte. Als ik ze had doorgebladerd, gooide ik ze weg, want het waren echte wegwerpartikelen, en een dag of twee daarna kon ik me niet meer herinneren wat erin stond.

Maar nu herinnerde ik het me wel. Wat erin stond was een belofte. Ze handelden in gedaanteverwisselingen; ze suggereerden een eindeloze reeks mogelijkheden, zich uitbreidend als de beelden in twee tegenover elkaar geplaatste spiegels, het ene beeld roept het andere op, tot aan het verdwijnpunt. Ze suggereerden het ene avontuur na het andere, de ene garderobe na de andere, de ene verbetering na de andere, de ene man na de andere. Ze suggereerden verjonging, overwonnen en getranscendeerde pijn, eindeloze liefde. De werkelijke belofte in die tijdschriften was de onsterfelijkheid.

Dat hield hij in zijn hand, zonder het te weten. Hij sloeg de bladzijden om. Ik voelde hoe ik me vooroverboog.

Het is een oud nummer, zei hij, een soort curiositeit. Uit de jaren zeventig, denk ik. Een *Vogue.* Dit zei hij op de toon van een wijnkenner die achteloos een naam liet vallen. Ik dacht: misschien wil je het graag bekijken.

Ik toonde geen belangstelling. Misschien was dit een test, om te zien hoe diepgaand ik geïndoctrineerd was. Het is niet toegestaan, zei ik.

Hier wel, zei hij kalm. Ik begreep wat hij bedoelde. Waarom zou ik, nu ik het voornaamste taboe doorbroken had, aarzelen om een tweede taboe te doorbreken, iets van ondergeschikt belang? Of een derde, of een vierde; waar zou het einde zijn? Achter deze deur verdwenen alle taboes.

Ik nam het tijdschrift van hem aan en draaide het om zodat het goed voor me lag. Daar waren ze weer, de beelden uit mijn jeugd: onverschrokken vrouwen, lopend met grote stappen, zelfbewust, hun armen uitslaand als om ruimte op te eisen, hun benen gespreid, de voeten in een rechte hoek op de aarde geplant. Die pose had iets renaissancistisch, maar ik dacht daarbij aan prinsen, niet aan maagden met kapjes en lange krullen. Die openhartige ogen met schaduwen van make-up, ja, maar als kattenogen, gespitst op de aanval. Geen bang gebibber, geen afhankelijkheid op die foto's, in die capes en die ruige tweedkleding, in die laarzen die tot de knie kwamen. Piraten, die vrouwen, met hun elegante tasjes voor de buit en hun paardachtige, grage tanden.

Ik voelde dat de Bevelvoerder naar me keek terwijl ik de bladzijden omsloeg. Ik wist dat ik iets deed wat niet mocht, en dat hij dat prettig vond om te zien. Ik had mezelf slecht moeten vinden; volgens Tante Lydia's maatstaven was ik slecht. Maar ik vond mezelf niet slecht. Ik vond dat op mij dezelfde kwalificatie van toepassing was als op die ansichtkaarten die je in het begin van de eeuw in badplaatsen kon kopen: *ondeugend.* Wat zou hij me dit keer geven? Een jarretelgordeltje?

Waarom hebt u dit hier liggen? vroeg ik.

Sommigen van ons, zei hij, hebben nog steeds waardering voor de dingen van vroeger.

Maar die tijdschriften hadden verbrand moeten worden, zei ik. Er zijn overal huiszoekingen geweest, boekverbrandingen...

Wat gevaarlijk is in de handen van de massa, zei hij al dan niet ironisch, is veilig genoeg voor diegenen wier motieven...

...zuiver zijn, zei ik.

Hij knikte ernstig. Het viel niet uit te maken of hij het meende of niet.

Maar waarom laat u het aan mij zien? vroeg ik, en meteen daarna vond ik het een domme vraag. Wat moest hij antwoorden? Dat hij zich ten koste van mij wilde amuseren? Want hij moet geweten hebben hoe pijnlijk het voor me was om aan vroeger herinnerd te worden.

Ik was niet voorbereid op wat hij werkelijk zei. Aan wie kan ik het anders laten zien? zei hij, en daar was die droefheid weer.

Moet ik nog verdergaan? dacht ik. Ik wilde hem niet te ver drijven, niet te snel. Ik wist dat ik allerminst onmisbaar was. Toch zei ik, te zacht: Misschien aan uw vrouw?

Hij leek daar even over na te denken. Nee, zei hij toen. Ze zou het niet begrijpen. En ze heeft toch al niet veel zin meer om met me te praten. We zijn kennelijk uit elkaar gegroeid.

Het hoge woord was eruit: zijn vrouw begreep hem niet.

Daarom was ik dus hier. Het oude liedje. Het was te banaal om waar te zijn.

Op de derde avond vroeg ik hem om wat handlotion. Ik wilde geen schooierige indruk maken, maar ik wilde eruit halen wat erin zat.

Wát wil je? vroeg hij, hoffelijk als altijd. Hij zat tegenover me aan het bureau. Hij raakte me niet vaak aan, afgezien van die ene verplichte kus. Geen handtastelijkheden, geen gehijg, niets van dat alles; het zou op de een of andere manier misplaatst zijn geweest, zowel voor hem als voor mij.

Handlotion, zei ik. Of gezichtslotion. Onze huid wordt erg droog. Om de een of andere reden zei ik *onze* in plaats van *mijn.* Ik had ook graag om wat badolie willen vragen, in die kleine gekleurde capsules die je vroeger overal kon krijgen, en die zo'n betoverende indruk op me maakten toen ze in de ronde glazen schaal zaten, bij ons thuis, in de badkamer van mijn moeder. Maar ik vermoedde dat hij niet wist waar ze voor dienden. Trouwens, ze werden waarschijnlijk niet meer gemaakt.

Droog? zei de Bevelvoerder, alsof hij daar nooit eerder aan had gedacht. Wat doen jullie daar dan aan?

We gebruiken boter, zei ik. Als we daar aan kunnen komen. Of margarine. Vaak gebruiken we margarine.

Boter, zei hij peinzend. Heel slim. Boter. Hij lachte.

Ik kon hem wel een klap in zijn gezicht geven.

Ik denk dat daar wel aan te komen is, zei hij, alsof hij een kind dat om kauwgum had gevraagd zijn zin gaf. Maar misschien ruikt ze het aan je.

Ik vroeg me af of zijn vrees voortkwam uit vroegere ervaring. Lang geleden: lipstick op de boord, parfum op de manchetten, een scène, 's avonds laat, in een keuken of een slaapkamer. Een man die zoiets nooit had meegemaakt zou niet op dat idee komen. Tenzij hij slimmer was dan hij eruitzag.

Ik zal heel voorzichtig zijn, zei ik. Bovendien komt ze nooit zo dicht bij me in de buurt.

Soms wel, zei hij.

Ik sloeg mijn ogen neer. Daar had ik niet aan gedacht. Ik voelde me rood worden. Op die avonden zal ik het niet gebruiken, zei ik.

Op de vierde avond gaf hij me de handlotion, in een plastic flesje zonder etiket. Het was niet de allerbeste kwaliteit; het rook vaag naar plantenolie. Voor mij geen Lelietje-van-dalen. Misschien was het gemaakt voor de behandeling van ziekenhuispatiënten met doorgelegen plekken. Maar ik bedankte hem toch.

Het probleem is, zei ik, dat ik het nergens kan verstoppen.

In je kamer, zei hij, alsof dat vanzelfsprekend was.

Daar vinden ze het, zei ik. Vroeg of laat vindt iemand het daar.

Hoe kom je daar nu bij? zei hij, alsof hij het echt niet wist. En misschien was dat ook wel zo. Het zou niet de eerste keer zijn dat hij blijk gaf van onwetendheid omtrent onze levensomstandigheden.

Ze zoeken, zei ik. Ze zoeken in alle kamers.

Waarnaar? vroeg hij.

Ik geloof dat ik toen mijn zelfbeheersing begon te verliezen. Naar scheermesjes, zei ik. Naar boeken, aantekeningen, spullen van de zwarte markt. Naar alles wat we niet in ons bezit mogen hebben. Jezus christus, dat weet jij toch ook wel? Mijn stem klonk bozer dan de bedoeling was, maar hij vertrok geen spier.

Dan zul je het hier moeten bewaren, zei hij.

En dat deed ik dus.

Hij keek hoe ik het op mijn handen en mijn gezicht smeerde, nog steeds met die houding van iemand die door de tralies naar binnen gluurt. Ik wilde me omdraaien – het was alsof hij samen met me in de badkamer was – maar ik durfde niet.

Ik moet niet vergeten dat ik voor hem niet meer dan een bevlieging ben.

26

Toen de avond van de Ceremonie weer was gekomen, twee of drie weken later, had ik het gevoel dat er iets was veranderd. Ik werd me bewust van een onbehaaglijkheid die er tevoren niet was geweest. Tot dan toe had ik het als een karwei beschouwd, een onaangenaam karwei dat zo snel mogelijk moest worden geklaard, zodat het achter de rug was. Pantser jezelf, zei mijn moeder altijd als ik een vervelend tentamen moest doen of wanneer het zwemwater aan de koude kant was. Ik heb toen nooit over de betekenis van die uitdrukking nagedacht, maar het had iets te maken met metaal, met een harnas, en dat was dan ook wat ik me hier voornam: ik zou me pantseren. Ik zou doen alsof ik niet aanwezig was, niet in mijn lichaam.

Deze afwezigheid, dit afgezonderd zijn van het lichaam, gold ook voor de Bevelvoerder, wist ik nu. Waarschijnlijk dacht hij voortdurend aan andere dingen als hij met me samen was; met ons samen, want Serena Joy was er op die avonden uiteraard ook bij. Misschien dacht hij aan wat hij die dag gedaan had, of aan een partijtje golf, of aan wat hij had gegeten. Hij verrichtte de geslachtsdaad op mechanische wijze, vermoedelijk even gedachteloos als wanneer hij zich krabde.

Maar die avond, de eerste sinds hij zijn raadselachtige, onbenoembare overeenkomst met mij was aangegaan, voelde ik me bij hem niet op mijn gemak. Ik voelde dat hij naar me keek, en ik vond het niet prettig. Het licht bleef aan, omdat Serena Joy altijd alles vermeed wat ook maar een begin van een romantische of erotische sfeer kon oproepen: plafondlampen die een oogverblindend licht verspreidden, de overkapping van het bed ten spijt. Het was alsof ik op een operatietafel lag, in het volle licht; alsof ik op het toneel stond. Ik was me ervan bewust dat mijn benen bedekt waren met de ruwe beharing die optreedt wanneer je na jaren ophoudt je benen kaal te scheren; ik was me ook bewust van mijn oksels, al kon hij die natuurlijk niet zien. Ik voelde me onbeschaafd. Deze paring, bevruchting misschien, die voor mij niet meer had mogen betekenen dan wat een bij voor een bloem betekent, was in mijn ogen iets onbetamelijks geworden, een beschamende overtreding van de fatsoensnormen, wat het tot dan toe nooit geweest was.

Hij was niet langer een ding voor mij, dat was het probleem. Ik besefte het die avond, en dat besef heeft me sindsdien niet meer verlaten. Het maakt alles ingewikkeld.

Serena Joy was in mijn ogen ook veranderd. Tot dat moment had ik haar alleen maar gehaat, vanwege haar rol in wat mij werd aangedaan, en omdat ze mij ook haatte en aanstoot nam aan mijn aanwezigheid, en omdat zij degene was die mijn kind zou opvoeden als mocht blijken dat ik toch nog in verwachting kon raken. Maar hoewel ik haar nog steeds haatte, vooral wanneer ze mijn handen zo stevig vastgreep dat haar ringen in mijn vlees sneden en ze vervolgens naar achteren trok, wat ze natuurlijk deed om het me zo onaangenaam mogelijk te maken, was mijn haat niet langer eenvoudig en zuiver. Ik was gedeeltelijk jaloers op haar; maar hoe kon ik jaloers zijn op een vrouw die zo uitgedroogd en ongelukkig was? Je kunt alleen jaloers zijn op iemand die iets heeft waarvan je vindt dat je het zelf had moeten hebben. En toch was ik jaloers.

Maar ik voelde me ook schuldig tegenover haar. Ik voelde me een indringster in een gebied dat alleen van haar had moeten zijn. Nu ik de Bevelvoerder heimelijk ontmoette, al was het dan alleen maar om spelletjes met hem te spelen en hem te horen praten, waren onze functies niet meer zo duidelijk gescheiden als ze in theorie hadden moeten zijn. Ik nam haar iets af, ook al wist ze het niet. Ik drukte iets achterover. Het deed er niet toe dat het iets was wat ze kennelijk niet wilde of kon gebruiken en zelfs van de hand had gewezen; het was nog altijd van haar, en als ik het wegnam, dat mysterieuze 'het' dat ik niet kon omschrijven – want de Bevelvoerder was niet verliefd op me, ik weigerde te geloven dat hij zulke diepe gevoelens voor me koesterde –, wat bleef er dan voor haar over?

Waarom zou ik me daar druk over maken? hield ik mezelf voor. Ze betekent niets voor me, ze heeft een hekel aan me, ze zou me onmiddellijk het huis uit schoppen, of erger, als ze daar een reden voor kon verzinnen. Als ze erachter zou komen, bijvoorbeeld. Hij zou niet kunnen ingrijpen om me te redden; de overtredingen die door een vrouw – Martha of Dienstmaagd – worden begaan vallen uitsluitend onder de jurisdictie van de Echtgenotes. Het was een boosaardige en wraakzuchtige vrouw, dat wist ik. Toch kon ik die lichte wroeging tegenover haar niet van me afzetten.

Ik had nu in zekere zin ook macht over haar, al wist ze dat niet. En daar genoot ik van. Waarom zou ik het ontkennen? Ik genoot er met volle teugen van.

Maar de Bevelvoerder kon me zo gemakkelijk verraden, door een blik, door een gebaar, een kleine vergissing waardoor iedereen die het zag meteen zou weten dat we iets met elkaar hadden. Hij maakte die vergissing bijna op de avond van de Ceremonie. Hij stak zijn hand uit alsof hij mijn gezicht wilde aanraken; ik draaide mijn hoofd opzij om hem te waarschuwen, en hoopte dat Serena Joy het niet had gezien, en hij trok zijn hand weer terug, trok zich terug in zichzelf en zijn doelgerichte reis.

Dat mag u niet weer doen, zei ik tegen hem bij de eerstvolgende gelegenheid dat we met elkaar alleen waren.

Wat? vroeg hij.

Proberen om me op die manier aan te raken, toen we... toen zij erbij was.

Heb ik dat dan gedaan? vroeg hij.

Door uw schuld zou ik overgeplaatst kunnen worden, zei ik. Naar de Koloniën. Dat weet u. Of erger. Ik had verwacht dat hij me in het bijzijn van anderen zou blijven behandelen alsof ik een grote vaas of een raam was: een deel van de achtergrond, onbezield of doorzichtig.

Het spijt me, zei hij. Het was niet de bedoeling. Maar ik vind het...

Wat? vroeg ik, toen hij zweeg.

Zo onpersoonlijk, zei hij.

Hoelang hebt u erover gedaan om daar achter te komen? zei ik. Uit de manier waarop ik tegen hem sprak valt af te leiden dat onze persoonlijke verhouding toen al anders was geworden.

De generaties die na ons komen, zei Tante Lydia, zullen het veel beter hebben. De vrouwen zullen met elkaar in harmonie leven, als één grote familie; jullie zullen als dochters voor hen zijn, en als de bevolkingsgrootte weer op het oude peil terug is, hoeven we jullie niet langer van het ene huis naar het andere over te plaatsen, omdat er genoeg zal zijn om van rond te komen. Onder zulke omstandigheden kunnen er echte gevoelsbanden ontstaan, zei ze, terwijl ze haar ogen vriendelijk toekneep. Vrouwen die eendrachtig voor een gemeenschappelijk doel strijden! Die hun leven lang samen hun dagelijks werk verrichten, waarbij elk de haar toegewezen taak vervult. Waarom zouden we van één vrouw verwachten dat ze alle taken uitoefent die noodzakelijk zijn om een huishouding draaiende te houden? Dat is niet redelijk en niet menselijk. Jullie dochters zullen een grotere vrijheid kennen. We zullen ernaar streven dat ieder een klein tuintje voor zichzelf krijgt – weer die ineengeslagen handen, die ruisende stem –, en dat is dan nog maar één voorbeeld. Het vermanende vingertje. Maar we mogen niet, als gulzige varkens, te veel verlangen nu de tijd nog niet rijp is.

In feite ben ik zijn maîtresse. Mannen aan de top hebben altijd maîtresses gehad, dus waarom zou dat nu opeens anders zijn? Akkoord, er gelden wel wat andere afspraken. De maîtresse werd vroeger in een eigen huisje of flat geïnstalleerd, terwijl ze nu in de huishouding is opgenomen. Maar het idee is hetzelfde. Min of meer. *Buitenvrouwen* werden ze in sommige landen genoemd. Ik ben de buitenvrouw. Ik heb tot taak om datgene te verschaffen wat anders zou ontbreken. Zelfs het scrabbelen. Het is een belachelijke en ook beschamende positie.

Soms denk ik dat ze het weet. Soms denk ik dat ze met hem samenspant. Soms denk ik dat ze hem ertoe heeft aangezet en me uitlacht; zoals ik van tijd tot tijd spottend om mezelf lach. Laat zij het maar opknappen, denkt ze misschien. Misschien heeft ze zich bijna volledig uit zijn leven teruggetrokken; misschien is dat haar opvatting van vrijheid.

Toch ben ik, idioot genoeg, gelukkiger dan ik hiervoor was. Ik heb nu tenminste 's avonds wat te doen. Ik hoef niet meer alleen in mijn kamer te zitten. Ik kan nu ook eens ergens anders aan denken. Ik houd niet van de Bevelvoerder en voel geen enkele genegenheid voor hem, maar ik heb belang bij hem, hij neemt plaats in, hij is meer dan een schim.

En hij heeft belang bij mij. Voor hem ben ik niet langer alleen maar een bruikbaar lichaam, een boot zonder lading, een avondmaalkelk zonder wijn, een oven zonder brood. Voor hem ben ik niet domweg leeg.

27

Ik loop met Vanglen door de zomerse straat. Het is warm, vochtig; vroeger was dit zomerjurk-en-sandalenweer. In onze mandjes hebben we aardbeien – het is nu aardbeientijd, en dus eten we ze tot we er misselijk van worden – en wat ingepakte vis. De vis hebben we bij Brood en Vis gekocht, een winkel met een houten bord waarop een glimlachende vis met oogharen is afgebeeld. Maar ze verkopen er geen brood. De meeste huishoudingen bakken hun eigen brood, maar als je een keer zonder zit kun je bij Dagelijks Brood uitgedroogde bolletjes en verschrompelde *dougnuts* halen. Brood en Vis is bijna nooit open. Waarom zou je je winkel openen als er niets te verkopen valt? De zeevisserij is al jaren geleden gestaakt; de weinige vis die ze nu nog hebben komt uit viskwekerijen en smaakt gronderig. Volgens het nieuws is er voor de visgronden langs de kust een 'rustperiode' van kracht. Tong, herinner ik me nog, en schelvis, zwaardvis, mosselen, tonijn; kreeft, gevuld en gebakken, zalm, roze en vet, gegrild in moten. Zouden ze allemaal uitgestorven zijn, net als de walvis? Ik heb dat gerucht gehoord, mij meegedeeld in geluidloze woorden, met nauwelijks bewegende lippen, toen we buiten in de rij stonden te wachten tot de winkel zijn deuren zou openen, aangelokt door een foto van sappige, witte stukken gefileerde vis. Ze zetten die foto in de etalage wanneer ze iets hebben, en halen hem weer weg als er niets meer is. Symbolentaal.

Vanglen en ik lopen vandaag langzaam; we hebben het warm in onze lange jurken, zijn nat onder de armen, moe. Met deze hitte dragen we tenminste geen handschoenen. Er was vroeger een ijssalon, ergens in deze straat. Ik weet niet meer hoe die heette. De dingen kunnen zo snel veranderen, gebouwen kunnen worden afgebroken of een andere bestemming krijgen, het valt niet mee om je precies te blijven herinneren hoe ze eruitzagen. Je kon daar dubbele bolletjes ijs krijgen, en als je erom vroeg deden ze er wat chocoladeschilfers op, die werden aangeduid met een mannennaam. Johnnies? Jackies? Ik weet het niet meer.

We gingen erheen toen ze klein was, en ik tilde haar op zodat ze door de glasplaat van de toonbank kon kijken, waarachter de bakken met ijs waren uitgestald, ijs in van die zachte kleuren, lichtoranje, lichtgroen, lichtroze, en ik las haar de namen voor zodat ze kon kiezen. Maar ze wilde niet kiezen op grond van de naam, maar van de kleur. Haar jurkjes en overalls hadden ook zulke kleuren. IJspastelkleuren.

Jimmies, dat was de naam.

Vanglen en ik voelen ons nu beter op ons gemak in elkaars gezelschap, we zijn aan elkaar gewend. Een Siamese tweeling. We bekommeren ons niet meer zo om de officiële plichtplegingen wanneer we elkaar begroeten; we glimlachen en gaan getweeën op weg om in alle rust ons dagelijkse traject af te leggen. Zo nu en dan wijken we van de route af; daar is niets op tegen, zolang we maar binnen het ons aangewezen district blijven. Een rat in een doolhof is vrij om te gaan en te staan waar hij wil, zolang hij maar binnen de doolhof blijft.

We zijn al naar de winkels en naar de kerk geweest; nu staan we voor de Muur. Er hangt vandaag niemand, ze laten de lijken 's zomers niet zo lang hangen als 's winters, vanwege de vliegen en de stank. Dit was vroeger het land van de spuitbussen met lekkere geurtjes, Dennen en Bloemen, en de mensen verlangen er nog steeds naar; vooral de Bevelvoerders, die zuiverheid in alle dingen preken.

'Heb je alles op je lijstje?' vraagt Vanglen, hoewel ze weet dat dat het geval is. Onze boodschappenlijstjes zijn nooit erg lang. Ze is de laatste tijd wat minder passief en melancholiek. Vaak is zij degene die het gesprek opent.

'Ja,' zeg ik.

'Laten we een omweg nemen,' zegt ze. Ze doelt op de weg omlaag, naar de rivier. We zijn daar al een tijdje niet meer geweest.

'Goed,' zeg ik. Ik maak echter niet meteen rechtsomkeert, maar blijf staan om een laatste blik op de Muur te werpen. Daar zijn de rode bakstenen, daar zijn de schijnwerpers, daar is het prikkeldraad, daar zijn de haken. Op de een of andere manier is de Muur nog onheilspellender wanneer er niemand hangt. Wanneer er iemand hangt weet je tenminste dat het ergste zich heeft voltrokken. Maar een lege Muur houdt een dreiging in, zoals een naderend onweer. Wanneer ik de lijken met eigen ogen kan zien, wanneer ik uit de afmetingen en vormen met vrij grote zekerheid kan afleiden dat Luke er niet bij is, dan kan ik ook geloven dat hij nog leeft.

Ik weet niet waarom ik verwacht dat hij aan deze muur zal komen te hangen. Er zijn honderden andere plaatsen waar ze hem vermoord kunnen hebben. Maar ik kan de gedachte niet van me afzetten dat hij daar op dit moment zit, achter die blinde muur van rode baksteen.

Ik probeer te bedenken in welk gebouw hij zit. Ik kan me nog herinneren op welke plaats achter de Muur de verschillende gebouwen staan; we mochten daar vrij rondlopen toen het nog een universiteit was. We komen er af en toe nog steeds, voor de Reddingsbijeenkomsten voor Vrouwen. De meeste gebouwen zijn ook van rode baksteen; sommige hebben een negentiende-eeuwse portaalingang met een boog, wat een Romaans effect geeft. We mogen de gebouwen niet meer betreden; maar wie zou dat willen? Die gebouwen zijn van de Speurders.

Misschien is hij in de Bibliotheek. Ergens in de gewelven. In de magazijnen.

De Bibliotheek lijkt op een tempel. Er is een lange witte trap die naar de rij deuren leidt. Dan, binnen, nog een witte trap naar boven. Aan weerskanten zweven er engelen op de muur. En ook mannen die vechten of op het punt staan te gaan vechten, mannen die er schoon en edel uitzien, en niet, zoals in werkelijkheid het geval moet zijn geweest, vuil en met bloed besmeurd. De Overwinning bevindt zich aan de ene kant van het binnenportaal, zij voert de ene partij aan, en de Dood staat aan de andere kant. Het is een muurschildering ter ere van de een of andere oorlog. De mannen aan de kant van de Dood leven nog. Ze gaan naar de hemel. De Dood is een mooie vrouw met vleugels en één borst bijna bloot; of is dat de Overwinning? Ik weet het niet meer.

Dat zullen ze wel niet vernietigd hebben.

We keren de Muur de rug toe, het hoofd naar links gedraaid. Hier staan enkele lege winkels; de etalageramen zijn volgesmeerd met zeep. Ik probeer me te herinneren wat hier vroeger verkocht werd. Cosmetica? Juwelen? De meeste winkels die artikelen voor mannen verkopen zijn nog steeds geopend; alleen die zaken die wat ze noemen 'ijdelheden' verkochten, zijn gesloten.

Op de hoek bevindt zich de winkel die bekendstaat als De Gebedsrol. De zaak maakt deel uit van een keten: er zijn Gebedsrollen in elk stadscentrum en in elke voorstad – dat zeggen ze tenminste. Ze moeten veel winst maken.

Het etalageraam van De Gebedsrol is van veiligheidsglas. Daarachter staan vele rijen drukpersen, die bekendstaan als Blikken Dominees, maar alleen bij ons, het is een oneerbiedige bijnaam. Er worden gebeden op gedrukt, rol na rol, een eindeloze stroom gebeden. Ze worden per Compuphone besteld, ik heb het de Echtgenote van de Bevelvoerder een keer horen doen. Het bestellen van gebeden bij De Gebedsrol gaat door voor een blijk van vroomheid en trouw aan het regime, en dus doen de vrouwen van de Bevelvoerders het heel vaak. Het is gunstig voor de carrière van hun man.

Er zijn vijf verschillende gebeden: een gebed om gezondheid, een om voorspoed, een voor sterfgevallen, een voor geboorten, en een bij zonden. Je maakt je keus, toetst het nummer van het gebed in en daarna je eigen nummer, zodat de kosten van je rekening worden afgeschreven, en ten slotte geef je aan hoe vaak je het gebed wilt laten herhalen.

De machines praten terwijl ze de gebeden afdrukken; als je wilt, kun je naar binnen gaan om te luisteren naar de toonloze, metaalachtige stemmen die aldoor hetzelfde zeggen. Wanneer de gebeden zijn gedrukt en uitgesproken, rolt het papier terug door een andere gleuf en wordt weer tot blanco papier verwerkt. Er zijn geen mensen in het gebouw: de machines werken volautomatisch. Buiten kun je de stemmen niet horen; alleen een gemompel, een geprevel, als van een godvruchtig neerknielende menigte. Op alle machines is een goudkleurig oog geschilderd, geflankeerd door twee gouden vleugeltjes.

Ik probeer me te herinneren wat hier verkocht werd toen het nog een gewone winkel was, voor het De Gebedsrol werd. Ik denk dat er een lingeriezaak in heeft gezeten. Roze en zilverkleurige dozen, panty's in alle kleuren, kanten bh's, zijden sjaaltjes? Allemaal verdwenen.

Vanglen en ik staan voor De Gebedsrol en kijken door het veiligheidsglas hoe de gebeden uit de machines rollen en weer verdwijnen door de gleuf, terug naar het rijk van het onuitgesprokene. Ik verander de instelling van mijn ogen. In plaats van de machines zie ik nu Vanglen, weerspiegeld in het glas. Ze kijkt me recht aan.

We kijken elkaar in de ogen. Dit is de eerste keer dat ik Vanglens ogen zie, rechtstreeks, in rust, niet van opzij. Ze heeft een ovaal, roze gezicht, vol maar niet dik, en tamelijk ronde ogen.

Ze houdt mijn blik in het raam vast, bedaard, zonder aarzeling. Nu is het moeilijk om het hoofd af te wenden. Deze ervaring brengt een schok teweeg; het is alsof ik iemand voor de eerste keer naakt zie. Er is plotseling gevaar in de lucht tussen ons, gevaar dat er nooit is geweest. Zelfs deze ontmoeting van ogen brengt gevaar met zich mee, ook al is er niemand in de buurt.

Ten slotte begint Vanglen te praten. 'Denk je dat God naar die machines luistert?' vraagt ze. Ze fluistert: onze gewoonte in het Centrum.

Vroeger zou dit een doodgewone vraag zijn geweest, een soort academische kwestie. Maar nu is het verraad.

Ik kan gaan gillen. Ik kan weghollen. Ik kan me zwijgend van haar afwenden, om haar duidelijk te maken dat ik dit soort praatjes niet duld. Gezagsondermijning, opruiing, godslastering en ketterij tegelijk.

Ik pantser me. 'Nee,' zeg ik.

Ze ademt uit, een lange zucht van verlichting. We hebben de onzichtbare grens samen overschreden. 'Ik ook niet,' zegt ze.

'Al denk ik wel dat het een vorm van geloof is,' zeg ik. 'Net zoiets als Tibetaanse gebedsmolens.'

'Wat zijn dat?' vraagt ze.

'Ik heb er alleen maar wat over gelezen,' zeg ik. 'Ze werden in beweging gebracht door de wind. Ze zijn nu allemaal verdwenen.'

'Zoals alles,' zegt ze. Maar nu kijken we elkaar niet langer aan.

'Is het hier veilig?' fluister ik.

'Ik denk dat dit de allerveiligste plaats is,' zegt ze. 'Het lijkt net of we staan te bidden.'

'En zij dan?'

'Zij?' vraagt ze, nog steeds fluisterend. 'Op straat is het altijd het veiligst, ze hebben hier geen microfoons verborgen, en waarom zouden ze ook? Ze denken dat niemand het durft. Maar we hebben hier nu lang genoeg gestaan. We kunnen beter niet te laat thuiskomen.' We lopen samen weg. 'Je moet onder het lopen naar de grond kijken,' zegt ze, 'en je hoofd een beetje naar me toe buigen, dan kan ik je beter verstaan. En niet praten wanneer er iemand aankomt.'

We lopen zoals gewoonlijk met gebogen hoofd. Ik ben zo opgewonden dat ik nauwelijks adem kan halen, maar ik houd een regelmatig tempo aan. Ik moet nu meer dan ooit oppassen dat ik niet de aandacht op mezelf vestig.

'Ik dacht dat je echt geloofde,' zegt Vanglen.

'Ik dacht van jou hetzelfde,' zeg ik.

'Je deed altijd zo akelig vroom.'

'Jij anders ook,' antwoord ik. Ik wil lachen, schreeuwen, haar omhelzen.

'Je mag met ons meedoen,' zegt ze.

'Met ons?' vraag ik. Er is dus een *ons*, een *wij*. Ik wist het wel. 'Je dacht toch niet dat ik de enige was?' zegt ze.

Nee, dat dacht ik niet. De gedachte komt bij me op dat ze een spionne kan zijn, een verklikster, op me af gestuurd om me in de val te lokken; zo zijn hun manieren. Maar ik kan het niet geloven; binnen in me rijst hoop, als sap in een boom. Als bloed in een wond. We hebben een opening gemaakt.

Ik wil haar vragen of ze Moira heeft gezien, of iemand erachter kan komen wat er is gebeurd, met Luke, met mijn kind, zelfs met mijn moeder, maar ik heb niet veel tijd; te snel naderen we de hoek van de hoofdstraat, de hoek voor de eerste slagboom. Er zullen te veel mensen zijn.

'Je mag er met niemand over praten,' waarschuwt Vanglen, hoewel dat niet nodig is. 'In geen geval.'

'Natuurlijk niet,' zeg ik. Aan wie zou ik het kunnen vertellen?

We lopen zwijgend door de hoofdstraat, langs Leliën, langs Alle Vlees. Er lopen vanmiddag meer mensen op de trottoirs dan normaal: dat komt natuurlijk door het warme weer. Vrouwen, in het groen, in het blauw, in het rood, gestreepte; ook mannen, sommige in uniform, sommige gewoon in burger. De zon is gratis en voor iedereen, je kunt er nog steeds van genieten, al wordt er door niemand meer in het openbaar gezonnebaad.

Er rijden ook meer auto's, Whirlwinds met hun chauffeurs en hun inzittenden op zachte kussens, en mindere auto's, bestuurd door de mindere man.

Er gebeurt iets, er ontstaat onrust in de verkeersstroom. Sommige auto's rijden naar de kant van de weg en stoppen, alsof ze een ander de ruimte willen geven. Ik kijk snel even op: het is een zwart busje, met het witgevleugde oog op de zijkant. De sirene zwijgt, maar de andere auto's gaan toch aan de kant. Het busje rijdt langzaam door de straat, alsof het iets zoekt: een loerende haai.

Ik verstijf, kou trekt door mijn lichaam, tot aan mijn voeten. Er moeten microfoons zijn geweest, ze hebben ons dus toch gehoord.

Vanglen pakt me onder dekking van haar mouw bij de elleboog. 'Doorlopen,' fluistert ze. 'Doe of je niks gezien hebt.'

Maar ik moet het wel zien. Het busje stopt vlak voor ons. De dubbele achterdeur gaat open en er springen twee in grijze pakken geklede Speurders naar buiten. Ze grijpen een man die daar loopt, een man met een aktentas, een gewoon uitziende man, en kwakken hem met zijn rug tegen de zwarte zijwand van het busje. Daar blijft hij een ogenblik staan, uitgespreid tegen de blikken wand, alsof hij eraan vastgeplakt zit; dan loopt een van de Speurders op hem toe en doet iets hards en wreeds dat de man ineen doet krimpen tot een slap bundeltje textiel. Ze rapen hem op en smijten hem als een postzak in het busje. Dan springen ze er zelf ook in, de deuren worden gesloten en het busje rijdt weg.

Na een paar seconden is het allemaal voorbij, en het verkeer komt weer op gang alsof er niets is gebeurd.

Ik voel me opgelucht. Ze hadden het niet op mij gemunt.

28

Ik ben vanmiddag niet in de stemming voor een dutje, er zit nog te veel adrenaline in mijn hoofd. Ik zit op de stoel bij het raam en kijk naar buiten door de half doorzichtige gordijnen. Witte nachtjapon. Het raam staat zo ver mogelijk open, er staat wat wind, heet in het zonlicht, en de witte stof wordt tegen mijn gezicht geblazen. Vanuit de tuin gezien moet ik op een cocon lijken, op een spook: mijn gezicht is helemaal bedekt, alleen de omtrekken zijn nog zichtbaar, een neus, een omzwachtelde mond, blinde ogen. Maar ik vind het een prettig gevoel, die zachte stof die langs mijn huid strijkt. Het is alsof ik in een wolk zit.

Ze hebben me een kleine elektrische ventilator gegeven, die goed van pas komt bij deze vochtigheid. Hij staat te draaien op de vloer, in de hoek; de wieken zijn omgeven door een rooster. Als ik Moira was, wist ik hoe ik hem moest demonteren, hoe ik hem kon terugbrengen tot een paar snijvlakken. Ik heb geen schroevendraaier, maar als ik Moira was kon ik het ook zonder schroevendraaier. Maar ik ben Moira niet.

Wat zou ze me over de Bevelvoerder vertellen als ze hier was? Waarschijnlijk zou ze kritiek op hem hebben. Ze had vroeger ook kritiek op Luke. Niet op Luke, maar op het feit dat hij getrouwd was. Ze zei dat ik me op het terrein van een andere vrouw begaf. Ik zei dat Luke geen vis was die je alleen maar aan de haak hoefde te slaan, hij was een mens die zijn eigen beslissingen kon nemen. Dat is een rationalisatie achteraf, zei ze. Ik zei dat ik verliefd was. Dat is geen excuus, zei ze. Moira was altijd logischer dan ik.

Ik zei dat ze zelf niet meer met dat probleem zat, omdat ze had besloten voor vrouwen te kiezen, en voor zover ik kon nagaan had ze er geen enkele moeite mee om ze te stelen of te lenen wanneer ze daar zin in had. Ze zei dat dat wat anders was, omdat er tussen vrouwen een machtsevenwicht bestond; seks tussen vrouwen was een transactie tussen gelijkwaardige partners, omdat alle vrouwen elkaar gevoelens van broederschap toedroegen. O, gaan we op die toer? zei ik. Laat ik je dan vertellen dat broederschap een seksistisch woord is, en die hele redenering van je is al lang achterhaald. Ze zei dat ik het probleem bagatelliseerde, en als ik dacht dat het allemaal achterhaald was, dan stak ik mijn kop in het zand.

We zeiden dit alles terwijl we aan mijn keukentafel koffie zaten te drinken, met dat zachte, intense stemgeluid dat we bij dit soort twistgesprekken in stelling brachten toen we voor in de twintig waren; zo discussieerden we ook op de universiteit. De keuken maakte deel uit van een vervallen etage in een houten huis aan de rivier, zo'n huis met drie woonlagen en een gammele buitentrap aan de achterkant. Ik had de eerste verdieping, wat lawaai van boven én beneden betekende, twee ongewenste stereo-installaties die tot diep in de nacht doordreunden. Studenten, ik wist het. Ik had toen nog mijn eerste baan, die slecht betaalde: ik zat achter een computer bij een verzekeringsmaatschappij. En dus betekende het samenzijn met Luke in hotels niet alleen liefde of seks voor mij. Het betekende ook dat ik heel even verlost was van de kakkerlakken, de lekkende gootsteen, het afbladderende linoleum op de vloer, en zelfs van mijn eigen pogingen om de boel een beetje op te fleuren door posters aan de muur en prisma's voor de ramen te hangen. Ik had ook planten, maar die zaten altijd onder de luis of gingen dood omdat ze geen water kregen. Ik ging naar Luke en verwaarloosde de planten.

Ik zei dat je op meer dan één manier met je kop in het zand kon leven en dat Moira het bij het verkeerde eind had als ze dacht dat ze haar Utopia kon bereiken door zich op een vrouweneilandje van de rest van de wereld af te sluiten. De mannen bleven gewoon bestaan, zei ik. Je kon niet doen of ze er niet waren.

Dat is hetzelfde als zeggen dat je maar syfilis moet oplopen omdat het nu eenmaal bestaat, zei Moira.

Zie jij Luke als een maatschappelijk kwaad? vroeg ik.

Moira lachte. Hoor ons nou toch eens praten, zei ze. Jezusmina, we lijken je moeder wel.

Toen begonnen we allebei te lachen, en toen ze wegging omhelsden we elkaar als gewoonlijk. Er was een periode geweest dat we elkaar niet meer omhelsden, nadat ze me verteld had dat ze lesbisch was; maar na een tijdje stelde ze me gerust met de mededeling dat ik haar niet seksueel opwond, en we omhelsden elkaar weer als tevoren. Af en toe maakten we ruzie en scholden we elkaar uit, maar dat veranderde niets aan onze goede verstandhouding. Ze was nog steeds mijn oudste vriendin.

Is.

Daarna kreeg ik een betere etage, waar ik bleef wonen gedurende de twee jaar die het Luke kostte om zich los te wrikken. Ik betaalde zelf de huur, uit het inkomen dat ik met mijn nieuwe baan verdiende. Ik werkte nu in een bibliotheek, niet in de grote bibliotheek met de Dood en de Overwinning, maar in een kleinere.

Ik bracht de inhoud van de boeken over op computerdiskettes, naar het heette om de opslag- en vervangingskosten te drukken. We noemden onszelf diskers. En de bibliotheek noemden we discotheek, een grapje. Nadat de boeken op diskette waren gezet, gingen ze officieel naar de papiervernietiger, maar soms nam ik boeken mee naar huis. Ik vond dat ze prettig aanvoelden en er mooi uitzagen. Luke zei dat ik de mentaliteit van een oudheidkundige had. Hij vond dat leuk, hij hield zelf ook van oude dingen.

Het is nu een vreemd idee dat ik toen een job had. *Job.* Een raar woord. Het is een mannenjob. Doe je jobbie, zeiden ze vroeger tegen kinderen die zindelijk werden gemaakt. Of van honden: hij heeft een job op het vloerkleed gedaan. Dan moest je hem met een opgerolde krant een dreun verkopen, zei mijn moeder. Ik kan me de tijd dat er kranten waren nog herinneren, al heb ik nooit een hond gehad, alleen katten.

Het boek Job.

Het is nu moeilijk voor te stellen dat er toen duizenden, miljoenen vrouwen met een baan waren. Het werd normaal gevonden. De herinnering eraan lijkt op de herinnering aan bankbiljetten. Mijn moeder heeft er een paar bewaard en in haar plakboek geplakt, samen met de vroege foto's. Ze waren toen al in onbruik geraakt, je kon er niets meer mee kopen. Dikke, vettig aanvoelende stukjes papier, groen van kleur, met plaatjes aan beide kanten, een oude man met een pruik en aan de keerzijde een piramide met een oog erboven, IN GOD IS ONS VERTROUWEN, stond erop gedrukt. Mijn moeder zei dat winkeliers vroeger vaak bij wijze van grap een bordje naast de kassa hadden staan: IN GOD IS ONS VERTROUWEN, ALLE ANDEREN CONTANT BETALEN A.U.B. Dat zou nu godslastering zijn.

Je moest die stukjes papier meenemen wanneer je ging winkelen, maar toen ik een jaar of tien was gebruikten de meeste mensen al plastic kaartjes. Nog niet bij de kruidenier overigens; dat kwam later pas. Dat papiergeld lijkt nu zo primitief, totemistisch zelfs, net zoiets als schelpen. Ik moet die biljetten zelf af en toe gebruikt hebben, voordat alles via de Compubank ging.

Ik denk dat ze het daardoor hebben kunnen doen zoals ze het deden, plotseling, zonder dat iemand het van tevoren wist. Als er nog ouderwets geld was geweest, zou het ze meer moeite hebben gekost.

Het was na de grote ramp, toen ze de president doodschoten en de congresleden met machinegeweren neermaaiden en het leger de noodtoestand afkondigde. Ze gaven de islamitische fanatici overal de schuld van.

Rustig blijven, werd er op de televisie gezegd. Alles is onder controle.

Ik was verbijsterd. Iedereen was verbijsterd, dat weet ik nog heel goed. De hele regering, in één keer weggevaagd. Hoe konden ze binnenkomen, hoe is het gebeurd?

Direct daarna werd de grondwet buiten werking gesteld. Ze zeiden dat het tijdelijk zou zijn. Er braken helemaal geen onlusten uit. De bevolking bleef 's avonds thuis en keek naar de televisie in een poging greep op de gebeurtenissen te krijgen. Er was helemaal geen aanwijsbare vijand.

Let maar op, zei Moira tegen me over de telefoon.

Nu gebeurt het.

Nu gebeurt wat? vroeg ik.

Wacht maar af, zei ze. Hier hebben ze naartoe gewerkt. We staan met de rug tegen de muur, schatje. Ze gebruikte een uitdrukking van mijn moeder, maar het was niet grappig bedoeld.

Deze toestand van schijndood duurde wekenlang voort, al gebeurde er wel het een en ander. De kranten werden onder censuur geplaatst en sommige zelfs verboden, naar men zei uit veiligheidsoverwegingen. Er kwamen wegversperringen en identiteitsbewijzen. Iedereen keurde dat goed, omdat het duidelijk was dat je niet voorzichtig genoeg kon zijn. Ze zeiden dat er nieuwe verkiezingen zouden worden gehouden, maar dat het enige tijd zou kosten om die voor te bereiden. Iedereen moest gewoon doorgaan met zijn bezigheden, zeiden ze.

Maar de seksshops werden gesloten, en er reden geen busjes met peepshows en prostituees meer door de binnenstad. Daar was ik overigens niet rouwig om. We wisten allemaal hoeveel overlast ze veroorzaakten.

Het was hoog tijd om er iets tegen te doen, zei de vrouw achter de toonbank in de winkel waar ik meestal mijn sigaretten kocht. Het was een kiosk op de hoek van de straat, waar je kranten, snoepgoed en sigaretten kon kopen. De vrouw was al wat ouder en had grijs haar; ze was van mijn moeders generatie.

Hebben ze die winkels gewoon gesloten? vroeg ik.

Ze haalde haar schouders op. Ik weet het niet, en het kan me niet schelen ook, zei ze. Misschien hebben ze ze alleen maar verplaatst. Het zijn net muizen.je krijgt ze nooit helemaal weg. Ze toetste mijn Compunummer in, bijna zonder ernaar te kijken: ik was een vaste klant. De mensen klaagden, zei ze.

De volgende ochtend, op weg naar mijn werk in de bibliotheek, ging ik dezelfde winkel binnen om nog een pakje sigaretten te halen, omdat ik zonder zat. Ik rookte toen meer, het was de spanning, je kon het voelen, als een onderaards gezoem, hoewel alles op het oog heel rustig was. Ik dronk ook meer koffie, en ik sliep slecht. Iedereen was een beetje nerveus. Er was veel meer muziek op de radio dan normaal, en minder gesproken woord.

Het gebeurde toen we getrouwd waren, voor mijn gevoel al jarenlang; zij was drie of vier en zat overdag in een crèche.

We waren allemaal normaal opgestaan en hadden ontbeten – muesli, herinner ik me – en Luke had haar naar school gebracht, in de kleertjes die ik een paar weken eerder voor haar had gekocht: een gestreepte overall en een blauw T-shirt. Welke maand was het? Het moet september geweest zijn. De ouders brachten om beurten elkaars kinderen naar school, maar om de een of andere reden wilde ik dat Luke het zelf deed, ik vond zelfs die regeling nog te riskant. Geen enkel kind ging nog lopend naar school, er waren te veel verdwijningen geweest.

Toen ik bij de winkel op de hoek kwam, bleek de oude vrouw er niet te zijn. In haar plaats stond er een man, een jonge man, hij zal niet ouder dan twintig zijn geweest.

Is ze ziek? vroeg ik, terwijl ik hem mijn kaart overhandigde.

Wie? vroeg hij, nogal agressief naar mijn indruk.

De vrouw die hier normaal staat, zei ik.

Hoe moet ik dat weten, zei hij. Hij toetste mijn nummer in, met één vinger, elk cijfer nauwkeurig opnemend. Hij deed het duidelijk voor het eerst. Ik trommelde met mijn vingers op de toonbank, verlangend naar een sigaret, en vroeg me af of iemand hem wel eens verteld had dat er iets aan die puistjes in zijn hals gedaan kon worden. Ik weet nog heel goed hoe hij eruitzag: lang, licht gebogen, donker, kortgeknipt haar, bruine ogen die gefixeerd leken op een punt dat vijf centimeter achter mijn neusrug lag, en die puistjes. Ik denk dat ik me hem zo goed herinner door de woorden die hij daarna sprak.

Het spijt me, zei hij. Dit nummer is ongeldig.

Maar dat is belachelijk, zei ik. Het moet geldig zijn, ik heb duizenden op mijn rekening staan. Ik heb eergisteren nog een bankafschrift gekregen. Probeer het nog maar eens.

Het is ongeldig, herhaalde hij koppig. Ziet u dat rode lampje? Dat betekent: ongeldig.

Je moet een fout hebben gemaakt, zei ik. Probeer het nog eens een keer.

Hij haalde zijn schouders op en glimlachte verveeld, maar hij probeerde het nummer nog een keer. Ditmaal lette ik op zijn vingers, bij elk cijfer, en ik controleerde het nummer dat op het scherm verscheen. Het was inderdaad mijn nummer, maar het rode lampje ging opnieuw branden.

Ziet u wel? zei hij nogmaals, nog steeds met die glimlach, alsof hij iets grappigs wist dat hij mij niet wilde vertellen.

Ik bel ze wel op vanaf mijn werk, zei ik. Het systeem was al vaker in de war geraakt, maar een paar telefoontjes waren doorgaans voldoende geweest om de fout te herstellen. Toch was ik boos, alsof ik ten onrechte was beschuldigd van iets waar ik part noch deel aan had. Alsof ik de vergissing zelf had begaan.

Doet u dat, zei hij onverschillig. Ik liet de sigaretten op de toonbank liggen, omdat ik er niet voor had betaald. Ik zou er op mijn werk wel een paar kunnen lenen.

Ik belde de bank vanuit de bibliotheek, maar ik kreeg slechts een bandje te horen. De lijnen waren overbezet, en of ik het nog eens wilde proberen.

De lijnen bleven die hele ochtend overbezet, voor zover ik kon nagaan. Ik belde diverse keren, maar zonder resultaat. Zelfs dat was niet erg ongewoon.

Rond twee uur, na de lunch, kwam de directeur de diskettekamer binnen.

Ik moet jullie iets vertellen, zei hij. Hij zag er vreselijk uit; zijn haar was in de war en zijn ogen waren lichtrood en onvast, alsof hij gedronken had.

We keken allemaal op en schakelden onze apparaten uit. We zullen ongeveer met zijn tienen zijn geweest.

Het spijt me, zei hij, maar het is een overheidsmaatregel. Het spijt me werkelijk.

Wat spijt u? vroeg iemand.

Ik moet jullie laten gaan. Het is een bevel van hogerhand, ik kan niet anders. Hij zei het bijna vriendelijk, alsof we wilde dieren waren, kikkers die hij gevangenhield in een stopfles, alsof hij zich heel menslievend gedroeg.

We worden dus ontslagen, zei ik. Ik stond op. Maar waarom dan?

Jullie worden niet ontslagen, zei hij. Ik laat jullie gaan. Jullie mogen hier niet meer werken, bevel van hogerhand. Hij streek met zijn handen door zijn haar, en ik dacht: hij is gek geworden. Hij kan niet meer tegen de spanning.

Dat gaat toch zomaar niet, zei de vrouw die naast me zat. Het klonk vals, onwezenlijk, als iets wat je op de televisie zou zeggen.

Het is niet mijn schuld, zei hij. Jullie begrijpen het niet. Ga nu, alsjeblieft. Hij verhief zijn stem niet. Ik wil geen moeilijkheden. Als er moeilijkheden komen, gaan de boeken er misschien aan en worden er dingen vernield... Hij keek over zijn schouder. Ze staan voor de deur, zei hij, in mijn kamer. Als jullie nu niet weggaan, komen ze zelf binnen. Ze hebben me tien minuten de tijd gegeven. Hij leek volkomen krankzinnig.

Hij is getikt, zei iemand hardop, en vermoedelijk dachten we dat allemaal.

Maar ik kon in de gang kijken, en daar stonden twee geüniformeerde mannen met machinegeweren. Het was te theatraal om waar te zijn, en toch stonden ze daar, zomaar opeens uit de hemel gevallen, als marsmannetjes. Ze hadden iets droomachtigs; ze waren te scherp afgetekend, te afwijkend van hun directe omgeving.

Laat de apparaten maar staan, zei hij terwijl we onze spullen pakten en het vertrek één voor één verlieten. Alsof we ze hadden kunnen meenemen.

We stonden op een kluitje op de trap voor de bibliotheek. We wisten niet wat we tegen elkaar moesten zeggen. Omdat niemand van ons begreep wat er gebeurd was, was er ook niet veel te zeggen. We keken elkaar aan en zagen verslagenheid en sporen van schaamte, alsof we iets gedaan hadden wat niet hoorde.

Het is een schandaal, zei een vrouw, maar zonder overtuiging. Waarom hadden we het gevoel dat dit ons verdiende loon was?

Toen ik weer thuiskwam was er niemand. Luke was nog op zijn werk, en mijn dochtertje zat op school. Ik voelde me moe, doodmoe, maar even· nadat ik was gaan zitten stond ik weer op, ik had rust noch duur. Ik dwaalde door het huis, kamer in kamer uit. Ik herinner me dat ik dingen aanraakte, niet eens erg bewust, ik legde alleen mijn vingers erop; dingen als de broodrooster, de suikerpot, de asbak in de huiskamer. Na een poosje pakte ik de poes op en begon met haar rond te lopen. Ik wachtte met smart op Luke. Ik vond dat ik iets moest ondernemen, dat ik stappen moest doen; maar ik had geen idee wat voor stappen.

Ik probeerde nogmaals de bank te bellen, maar ik kreeg weer hetzelfde bandje te horen. Ik schonk een glas melk in – ik hield mezelf voor dat ik te bibberig was voor een tweede kop koffie – en liep naar de huiskamer en ging op de sofa zitten en zette het glas melk op de salontafel, voorzichtig, zonder ervan te drinken. Ik hield de poes hoog tegen mijn borst, zodat ik haar tegen mijn keel voelde spinnen.

Na een poosje belde ik mijn moeder op in haar flat, maar er werd niet opgenomen. Ze was inmiddels wat honkvaster geworden, ze verhuisde niet meer om de paar jaar; ze woonde aan de overkant van de rivier, in Boston. Ik wachtte even en belde toen Moira. Die was er ook niet, maar toen ik het een halfuur later weer probeerde, was ze wel thuis. Tussen die telefoontjes door zat ik op de sofa. Ik dacht aan het lunchpakket van mijn dochter. Misschien, dacht ik, heb ik haar de laatste tijd te veel boterhammen met pindakaas gegeven.

Ik ben ontslagen, zei ik tegen Moira toen ik haar aan de lijn kreeg. Ze zei dat ze naar me toe zou komen. In die periode werkte ze voor de uitgeverijafdeling van een vrouwencollectief. Ze gaven boeken uit over geboortebeperking en verkrachting en dat soort dingen, hoewel er niet zo veel vraag meer naar was als enkele jaren daarvoor.

Ik kom naar je toe, zei ze. Ze moet aan mijn stem hebben kunnen horen dat ik dat graag wilde.

Na enige tijd stond ze voor de deur. Zo, zei ze. Ze trok haar jasje uit en liet zich breeduit in de reusachtige stoel vallen. Vertel op. Maar eerst drinken we wat.

Ze stond op, liep naar de keuken, schonk twee whisky's in, kwam terug en ging zitten, en ik probeerde haar te vertellen wat me was overkomen. Toen ik klaar was, zei ze: Heb je vandaag al geprobeerd iets met je Compukaart te kopen?

Ja, zei ik, en ik vertelde haar dat verhaal ook.

Ze hebben bankrekeningen bevroren, zei ze. De mijne ook. Die van het collectief ook. Alle rekeningen met een V in plaats van een M. Ze hoefden alleen maar een paar knoppen in te drukken. Onze rekeningen zijn geblokkeerd.

Maar ik heb meer dan tweeduizend dollar op de bank staan, zei ik, alsof mijn eigen rekening het enige was wat ertoe deed.

Vrouwen mogen niets meer bezitten, zei ze. Dat is een nieuwe wet. Heb je vandaag tv-gekeken?

Nee, zei ik.

Het is overal aan de gang, zei ze. Ze was niet verbijsterd, zoals ik. Ze was op een vreemde manier vrolijk, alsof ze dit al heel lang had zien aankomen en nu gelijk had gekregen. Ze maakte zelfs een energiekere, vastberadener indruk. Luke kan jouw Compurekening in jouw plaats gebruiken, zei ze. Ze dragen jouw nummer aan hem over – dat zeggen ze tenminste. Aan echtgenoot, broer, vader of zoon.

Maar hoe moet het dan met jou? zei ik. Ze had helemaal niemand.

Ik ga ondergronds, zei ze. Bepaalde groepen flikkers kunnen onze nummers overnemen en voor ons kopen wat we nodig hebben.

Maar waarom hebben ze dit allemaal gedaan? vroeg ik.

Het is niet aan ons om dat uit te maken, zei Moira. Ze moesten het zo doen, de Compurekeningen en de banen tegelijk. Weet je trouwens hoe de toestand op de vliegvelden is? Denk maar niet dat we nog mogen vertrekken.

Ik haalde mijn dochtertje van school. Ik reed overdreven voorzichtig. Toen Luke thuiskwam zat ik aan de keukentafel. Zij zat met haar viltstiften te tekenen aan haar eigen kleine tafeltje in de hoek, waar haar tekeningen naast de koelkast hingen.

Luke knielde naast me neer en sloeg zijn armen om me heen. Ik heb het gehoord, zei hij, op de autoradio, op weg naar huis. Maak je geen zorgen, ik weet zeker dat het tijdelijk is.

Hebben ze er een verklaring voor gegeven? vroeg ik.

Hij gaf geen antwoord. We slaan ons er wel doorheen, zei hij, terwijl hij me omhelsde.

Jij begrijpt niet hoe erg het is, zei ik. Ik heb het gevoel alsof iemand mijn voeten heeft afgehakt. Ik huilde niet. Ik kon mijn armen ook niet om hem heen slaan.

Het is maar een baan, zei hij in een poging me te kalmeren.

Ik denk dat jij al mijn geld krijgt, zei ik. En dat terwijl ik nog springlevend ben. Het was als grapje bedoeld, maar het klonk macaber.

Rustig maar, zei hij. Hij zat nog steeds op zijn knieën. Je weet dat ik altijd voor je zal blijven zorgen.

Ik dacht: hij neemt nu al een paternalistische houding aan. Daarna dacht ik: je begint nu al paranoïde te worden.

Dat weet ik, zei ik. Ik hou van je.

Wat later, toen zij in bed lag en we aan het eten waren en ik me niet meer zo trillerig voelde, vertelde ik hem over die middag. Ik beschreef hoe de directeur binnenkwam en zijn mededeling er uitflapte. Het zou komisch geweest zijn als het niet zo verschrikkelijk was, zei ik. Ik dacht dat hij dronken was. En misschien was hij dat ook. Ze hadden zelfs het leger ingeschakeld.

Toen herinnerde ik me iets wat ik wel had gezien, maar waar ik toen geen aandacht aan had geschonken. Niet het leger, maar een ander leger.

Er werden natuurlijk demonstraties gehouden: veel vrouwen en een paar mannen. Maar er waren minder deelnemers dan je zou hebben verwacht. Ik denk dat de mensen bang waren. En toen bekend werd dat de politie, of het leger, of wie het ook was, het vuur opende zodra zich een stoet formeerde, hielden de demonstraties op. Er werd hier en daar wat opgeblazen, een postkantoor, een metrostation. Maar het was onduidelijk wie daarachter zat. Misschien was het het werk van het leger, dat zich op die manier een rechtvaardiging wilde verschaffen voor het doorzoeken van huizen en computerbestanden.

Ik liep in geen enkele demonstratie mee. Luke zei dat dat zinloos was en dat ik aan mijn gezin moest denken, aan hem, aan haar. En ik dacht aan mijn gezin. Ik begon meer huishoudelijk werk te doen, meer te bakken. Ik probeerde niet te huilen onder het eten. In die periode begon ik soms onaangekondigd te huilen, en vaak zat ik voor het raam van de slaapkamer naar buiten te staren. Ik kende weinig buren, en wanneer we elkaar op straat tegenkwamen, beperkten we ons tot het uitwisselen van een alledaagse groet. Niemand wilde het risico lopen aangegeven te worden wegens gebrek aan loyaliteit.

Terwijl ik aan dit alles terugdenk, herinner ik me ook mijn moeder, jaren daarvoor. Ik moet een jaar of veertien geweest zijn, de leeftijd waarop een dochter zich het diepst voor haar moeder schaamt. Ik herinner me hoe ze thuiskwam in een van onze vele flats, in gezelschap van een groep vrouwen, een deel van haar altijd wisselende vriendinnenkring. Ze hadden die dag meegelopen in een demonstratie; het was in de tijd van de pornorellen of de abortusrellen – die kwamen vlak na elkaar. Er werden toen veel bomaanslagen gepleegd, op klinieken en videotheken; het was allemaal moeilijk bij te houden.

Mijn moeder had een blauwe plek op haar gezicht, en wat bloed. Je kunt je hand niet door een glasruit steken zonder je te snijden, zei ze. Smerige seksisten.

Smerige bloedhonden, zei een van haar vriendinnen. Ze noemden de tegenpartij *bloedhonden*, omdat die borden meedroegen met de tekst: LAAT ZE MAAR BLOEDEN. Het moeten dus de abortusrellen geweest zijn.

Ik ging naar mijn slaapkamer om ze niet tot last te zijn. Ze praatten te veel en te hard. Ze negeerden me, en ik had een hekel aan ze. Mijn moeder en haar luidruchtige vriendinnen. Ik begreep niet waarom ze zo nodig een overall moest dragen, alsof ze nog jong was, en waarom ze zo vaak vloekte.

Wat ben je toch een tutje, zei ze vaak tegen me, op een toon waar een zekere tevredenheid uit sprak. Ze vond het prettig om extravaganter en opstandiger te zijn dan ik. Pubermeisjes zijn altijd van die tutjes.

Ik ben er zeker van dat mijn afkeurende houding voor een deel uit mijn leeftijd voortkwam. Maar daarnaast verlangde ik van haar een wat geregelder leven, een leven waarin wat minder van hot naar haar werd gezwalkt.

God weet dat ik je gewild heb, zei ze op andere momenten, mijmerend boven de fotoalbums waar ze me in had geplakt; die albums wemelden van de babyfoto's, maar mijn beeltenis werd minder talrijk naarmate ik ouder werd, alsof het volk van mijn evenbeelden door een vreselijke ziekte was getroffen. Ze zei het met lichte spijt in haar stem, alsof ik niet helemaal was geworden wat ze zich ervan had voorgesteld. Geen enkele moeder voldoet helemaal aan het ideaalbeeld dat een kind van een moeder heeft, en ik denk dat het andersom ook geldt. Maar ondanks alles konden we goed met elkaar opschieten, niet slechter dan de meeste anderen.

Ik wou dat ze hier was, zodat ik haar kon vertellen dat ik dat eindelijk ben gaan beseffen.

Er is iemand uit het huis gekomen. Ik hoor in de verte het sluiten van een deur, aan de zijkant van het huis, geluid van stappen op het voetpad. Het is Nick, ik kan hem nu zien; hij is van het pad op het gazon gestapt om de vochtige lucht in te ademen die stinkt naar bloemen, naar weke, brijachtige groeisels, naar stuifmeel dat met handenvol tegelijk de lucht in wordt geslingerd, als oestereitjes in de zee. Overvloedige voortplanting alom. Hij rekt zich uit in de zon, ik voel hoe zijn spieren zich in een golfbeweging over zijn lichaam verplaatsen, als bij een kat die een hoge rug opzet. Hij is in hemdsmouwen, zijn blote armen steken schaamteloos onder het opgerolde katoen uit. Waar houdt het bruin van zijn huid op? Ik heb hem niet meer gesproken sinds die avond, dat onwerkelijke tafereel in de met maanlicht overgoten zitkamer. Hij is niets anders dan mijn seinvlag. Lichaamstaal.

Zijn pet staat schuin. Ik moet dus komen.

Wat krijgt hij voor zijn rol als loopjongen? Hoe vindt hij het om door middel van geheimtaal de Bevelvoerder van een vrouw te voorzien? Vervult het hem met afkeer, of wil hij daardoor juist meer van mij, verlangt hij meer naar mij? Want hij heeft er geen idee van wat er werkelijk gebeurt, daar tussen de boeken. Hij weet niet beter of er worden perverse handelingen gepleegd. Hij denkt dat de Bevelvoerder en ik elkaar met inkt insmeren en dan aflikken, of dat we met elkaar liggen te vrijen op stapels verboden kranten. Als hij dat denkt, zit hij er niet zo erg ver naast.

Reken maar dat hij er wat voor krijgt. Iedereen laat zich op de een of andere manier omkopen. Extra sigaretten? Bepaalde voorrechten? Maar hij kan niets bewijzen. Het is zijn woord tegen dat van de Bevelvoerder, tenzij hij met een stel kameraden tot actie overgaat. Ze trappen de deur in, en wat heb ik je gezegd? Op heterdaad betrapt op het zondige scrabblespel. Vlug, doorslikken die letters!

Misschien gaat het hem alleen om de voldoening die het kennen van een geheim met zich meebrengt. De voldoening om bepaalde dingen van mij te weten. Het is een vorm van macht die je maar één keer kunt gebruiken.

Ik zou graag wat gunstiger over hem willen denken.

Die avond, nadat ik mijn baan was kwijtgeraakt, wilde Luke met me vrijen. Waarom wilde ik dat niet? Mijn wanhoop had al voldoende moeten zijn om het graag te willen. Maar ik was nog steeds verdoofd. Zelfs zijn handen voelde ik nauwelijks.

Wat is er? vroeg hij.

Ik weet het niet, zei ik.

We hebben nog steeds... zei hij. Maar hij vertelde me niet wat we nog steeds hadden. Ik vond dat *we* misplaatst, omdat ze hem voor zover ik wist helemaal niets hadden afgenomen.

We hebben elkaar nog, zei ik. En dat was waar. Hoe kwam het dan dat mijn eigen woorden me zo onverschillig in de oren klonken?

Toen kuste hij me, alsof alles weer normaal kon worden nu ik dat gezegd had. Maar er was iets veranderd, het evenwicht was verstoord. Ik had het gevoel alsof ik gekrompen was: toen hij me in zijn armen sloot, was ik klein als een pop. Ik had het gevoel dat de liefde voortging zonder mij.

Het kan hem niets schelen, dacht ik. Het kan hem helemaal niets schelen. Misschien vindt hij het zelfs prettig. We zijn niet meer van elkaar. Nee, ik ben van hem.

Onwaardig, onrechtvaardig, niet loyaal. Maar zo ging het.

Dus, Luke: wat ik je nu wil vragen, wat ik beslist moet weten, is dit: Had ik gelijk? Want we hebben er nooit over gepraat. Toen ik in de gelegenheid was om erover te beginnen, schrok ik ervoor terug. Ik kon niet riskeren dat je bij me weg zou gaan.

29

Ik zit in de kamer van de Bevelvoerder, tegenover hem aan zijn bureau, op de plaats van de cliënt, alsof ik tegenover een bankdirecteur zit om een grote lening af te sluiten. Maar afgezien van mijn plaats in het vertrek heeft onze relatie nog maar weinig vormelijke aspecten. Ik zit daar niet meer met een stijve nek, een kaarsrechte rug, de voeten netjes naast elkaar, de blik recht vooruit. Ik zit er nu ontspannen bij, behaaglijk zelfs. Ik heb mijn rode schoenen uitgedaan en mijn benen onder me ingetrokken op de stoel, omringd weliswaar door het bastion van mijn rode jurk, maar toch ingetrokken, als bij een kampvuur, vroeger, toen er nog picknicks waren. Als er nu een vuur brandde in de haard, zou het licht fonkelen op de gladde vlakken en warm glanzen op ons vlees. Ik denk de gloed van het haardvuur erbij.

Wat de Bevelvoerder betreft, hij doet vanavond overdreven ongedwongen. Jasje uit, ellebogen op tafel. Nu alleen nog een tandenstoker in een van zijn mondhoeken en hij is een stukje levende reclame voor plattelandsdemocratie, zoals op een ets, bedekt met vliegenstrontjes, in een oud, geschroeid boek.

De hokjes op het speelbord voor me vullen zich met letters: ik leg mijn voorlaatste woord van de avond. *Zulks*, leg ik, een gunstig woord met maar één klinker en een dure z.

'Is dat een woord?' vraagt de Bevelvoerder.

'We kunnen het opzoeken,' zeg ik. 'Het is een ouderwets woord.'

'Ik schenk het je,' zegt hij. Hij glimlacht. De Bevelvoerder vindt het prettig wanneer ik mezelf onderscheid, me vroegwijs toon, als een attent huisdier met gespitste oren, popelend om het baasje ter wille te zijn. Zijn goedkeurig omringt me als een warm bad. Ik bespeur bij hem niets van de vijandigheid die ik vroeger bij de meeste mannen waarnam, zelfs soms bij Luke. Hij zegt niet in gedachten *gemeen kreng.* Hij is eigenlijk door en door vaderlijk. Hij ziet graag dat ik me amuseer; en ik amuseer me, zeker.

Behendig bepaalt hij de eindstand op zijn zakrekenmachientje. 'Jij gaat met de overwinning strijken,' zegt hij. Ik verdenk hem van bedrog, om me te vleien, om me in een goede stemming te brengen. Maar waarom? Welk belang heeft hij bij dit soort verwennerij? Er moet iets achter zitten.

Hij leunt achterover, vingertoppen tegen elkaar, een vertrouwd gebaar inmiddels. We hebben een heel repertoire opgebouwd van dat soort gebaren, dat soort onderlinge vertrouwelijkheden. Hij kijkt me aan, niet onwelwillend maar nieuwsgierig, alsof ik een puzzel ben die hij moet oplossen.

'Wat wil je vanavond lezen?' vraagt hij. Ook dat is gewoonte geworden. Tot nu toe heb ik een *Mademoiselle* doorgebladerd, en een oude *Esquire* uit de jaren tachtig, en een *Ms.*, een tijdschrift waarvan ik me vaag herinner dat het in de diverse flats van mijn moeder rondslingerde toen ik een opgroeiend meisje was, en een *Reader's Digest.* Hij heeft zelfs romans. Ik heb een boek van Raymond Chandler gelezen, en op dit moment ben ik halverwege in *Hard Times* van Charles Dickens. Bij deze gelegenheden lees ik snel, gulzig, vluchtig bijna: ik probeer zoveel mogelijk in mijn hoofd te stoppen voordat de volgende langdurige periode van onbevredigde leeshonger aanbreekt. Deze manier van lezen is te vergelijken met de gulzigheid van een uitgehongerde zwerver, of met een vluggertje, ergens in een steeg.

Terwijl ik lees, zit de Bevelvoerder naar me te kijken. Hij zegt niets, maar wendt zijn blik ook geen seconde af. Dit kijken heeft een eigenaardige seksuele lading, ik voel me naakt terwijl hij zo kijkt. Ik wou dat hij zich omdraaide, door de kamer ging lopen, zelf ging lezen. Dan zou ik me misschien beter kunnen ontspannen en op een wat rustiger tempo kunnen overgaan. Op deze manier lijkt dat clandestiene lezen van mij op een soort voorstelling.

'Ik denk dat ik liever wil praten,' zeg ik, tot mijn eigen verbazing.

Hij glimlacht nogmaals. Hij lijkt niet verbaasd te zijn. Misschien heeft hij iets dergelijks verwacht. 'O ja?' zegt hij. 'Waar wil je dan over praten?'

Ik begin te hakkelen. 'Maakt niet uit. Over u bijvoorbeeld.'

'Over mij?' Hij blijft glimlachen. 'Ach, over mij valt weinig te zeggen. Ik ben een heel gewone jongen.'

De onoprechtheid van die bewering, en zelfs van het taalgebruik – 'jongen'? – doet mijn adem even stokken. Gewone jongens worden geen Bevelvoerder. 'U bent vast wel ergens goed in,' zeg ik. Ik weet dat ik hem tot praten wil brengen, dat ik hem wil uithoren, en ik neem het mezelf ernstig kwalijk – het is eigenlijk weerzinwekkend. Maar we zijn in een schermutseling gewikkeld. Of hij begint te praten, of ik. Ik weet het, ik voel hoe de woorden zich binnen in mij ophopen, het is al zo lang geleden dat ik echt met iemand gepraat heb. Het korte, gefluisterde gesprek met Vanglen, vandaag tijdens onze wandeling, telt niet echt mee; maar het was een plaagstoot, een inleiding. Nu ik heel even de afwisseling heb ervaren van dat gesprek, hoe kort ook, wil ik meer.

En als ik met hem ga praten, zal ik iets verkeerds zeggen, iets verraden. Ik voel het al aankomen, dat zelfverraad. Ik wil niet dat hij te veel weet.

'Nou, ik ben begonnen als marktonderzoeker,' zegt hij bedeesd. 'Daarna heb ik mijn activiteiten uitgebreid.'

Ik vind het merkwaardig dat ik wel weet dat hij Bevelvoerder is, maar niet over wie of wat hij het bevel voert. Waar gaat hij over, wat is zijn discipline, zoals ze vroeger zeiden? De Bevelvoerders hebben geen specifieke functieaanduiding.

'O,' zeg ik, en ik probeer te klinken alsof ik het begrijp.

'Je zou kunnen zeggen dat ik een soort wetenschapsman ben,' zegt hij. 'Binnen bepaalde grenzen, natuurlijk.'

Daarna zwijgt hij een poosje, net als ik. We stellen elkaars geduld op de proef.

Ik ben degene die het stilzwijgen doorbreekt. 'Misschien kunt u me iets uitleggen, iets waar ik vaak over heb nagedacht.'

Hij toont belangstelling. 'En wat is dat dan?'

Ik begeef me op glad ijs, maar ik kan mezelf er niet van weerhouden. 'Het is een zin die ik me ergens van herinner.' Ik kan beter niet zeggen wáárvan. 'Ik denk dat het Latijn is, en ik dacht dat u misschien…' Ik weet dat hij een Latijns woordenboek heeft. Hij heeft allerlei woordenboeken, die op de bovenste plank van de boekenkast links naast de haard staan.

'Zeg het maar,' zegt hij. Afstandelijk, maar alerter, of verbeeld ik het me?

'Nolite te in capite sedendum,' zeg ik.

'Wat?' zegt hij.

Ik heb het niet goed uitgesproken. Ik weet niet hoe het wel moet. 'Ik kan het voor u spellen,' zeg ik. 'Of opschrijven.'

Hij aarzelt over dit verrassende voorstel. Misschien weet hij niet dat ik kan schrijven. Ik heb in deze kamer nooit een pen of een potlood vastgehouden, zelfs niet om de punten op te tellen. Vrouwen kunnen niet optellen, zei hij een keer gekscherend. Toen ik hem vroeg wat hij bedoelde, zei hij: Voor vrouwen is één plus één plus één plus één niet gelijk aan vier.

Hoeveel is het dan? vroeg ik. Ik verwachtte dat hij vijf of drie zou zeggen.

Gewoon één plus één plus één plus één, zei hij.

Maar nu zegt hij: 'Goed,' en hij schuift me met een bijna uitdagend gebaar zijn rollerpen toe, alsof hij een groot risico neemt. Ik zoek iets om op te schrijven, en hij overhandigt me de blocnote waarop hij de punten noteert, een schrijfblok met een klein smile-button-gezichtje boven aan elke bladzij. Ze maken die buttons nog steeds.

Ik schrijf de zin nauwkeurig over uit de binnenkant van mijn hoofd, uit de binnenkant van mijn kast. Nolite te in capite sedendum. Hier, in deze situatie, is het geen gebed of bevel maar een triest opschrift, in hout gekrast en daarna achtergelaten. De pen tussen mijn vingers is gevoelig, leeft bijna, ik voel zijn kracht, de kracht van de woorden die hij bevat. Pen Is Nijd, zei Tante Lydia vaak, een ander devies van het Centrum citerend om ons te waarschuwen tegen dat soort voorwerpen. En ze hadden gelijk, het is een vorm van nijd. Een pen vasthouden is nijd. Ik benijd de Bevelvoerder zijn pen. Het is een van de dingen die ik zou willen stelen.

De Bevelvoerder neemt het blaadje met de smile-button van me aan en kijkt ernaar. Dan begint hij te lachen, en bloost hij ook? 'Dat is geen echt Latijn,' zegt hij. 'Het is gewoon een grapje.'

'Je weet hoe schooljongens zijn,' zegt hij. Zijn lach is vol heimwee, zie ik nu, een lach die toegeeflijkheid tegenover zijn vroegere ik uitdrukt. Hij staat op, loopt naar de boekenkast, pakt een boek uit zijn kostbare verzameling, maar geen woordenboek. Het lijkt wel een oud schoolboek, met ezelsoren en inktvlekken. Voordat hij het me laat zien bladert hij het door, peinzend, herinneringen oproepend. Dan zegt hij: 'Hier,' en hij legt het boek opengeslagen voor me op het bureau.

Ik zie een afbeelding: een zwart-witfoto van de Venus van Milo, opgesierd met een snor en een zwarte bh en onbeholpen getekend okselhaar. Op de tegenoverliggende bladzij staat het Colosseum in Rome, met een Engels onderschrift, en daaronder een vervoeging: *sum es est, sumus estis sunt.* 'Daar,' zegt hij, terwijl hij wijst, en in de marge zie ik het staan, geschreven met dezelfde inkt waarmee de Venus is bewerkt: Nolite te in capite sedendum.

'Het leuke ervan is niet zo makkelijk te begrijpen voor iemand die geen Latijn kent,' zegt hij. 'We schreven veel van dat soort dingen in onze boeken. Ik weet niet waar we die grapjes van kenden, misschien van oudere jongens.' Terwijl hij mij en zichzelf bijna vergeet, slaat hij de bladzijden om. 'Kijk hier eens,' zegt hij. De afbeelding is getiteld *De Sabijnse maagden,* en in de marge staat gekrabbeld: *pim pis pit, pimus pistis pants.** 'Er was er nog een,' zegt hij. '*Cim cis cit...*'**

Hij zwijgt, keert terug naar het heden, gegeneerd. Hij glimlacht opnieuw; dit keer zou je het een grijns kunnen noemen. Ik stel me hem met een sproetenkop en een vetkuif voor. Op dit moment vind ik hem bijna aardig. 'Maar wat betekent het?' vraag ik.

'Wat?' zegt hij. 'O, dat. Het betekent: "Laat je niet op de kop zitten." Ik geloof dat we onszelf toen ontzettend slim vonden.'

Ik probeer te glimlachen, maar alles is me nu volkomen duidelijk. Ik begrijp nu waarom ze dat op de wand van de kast heeft geschreven, maar ik besef ook dat ze het hier, in deze kamer, heeft geleerd. Waar anders? Ze is nooit een schooljongen geweest. Ze heeft bij hem gezeten toen hij herinneringen aan zijn jeugd ophaalde, en ze hebben elkaar geheimpjes verteld. Ik ben dus niet de eerste die zijn stilte betreedt en kinderspelletjes met hem speelt.

'Wat is er met haar gebeurd?' vraag ik.

Er is bijna niets wat hem ontgaat. 'Kende je haar ergens van?'

* Oftewel *pissed his pants*, 'heeft in zijn broek gepist'. (Vert.)

** Deze 'vervoeging' draait uit op *kissed her cunt*, 'kuste haar kut'. (Vert.)

'Min of meer,' zeg ik.

'Ze heeft zich opgehangen,' zegt hij peinzend, niet bedroefd. 'Daarom moesten we de plafondlamp in je kamer weghalen.' Hij zwijgt even. 'Serena was erachter gekomen,' zegt hij, alsof dat alles verklaart. En het verklaart alles.

Als je hond doodgaat, neem je een andere hond.

'Waarmee?' vraag ik.

Hij wil me niet op een idee brengen. 'Doet dat ertoe?' zegt hij. Met een aan repen gescheurd laken, denk ik. Ik heb over de diverse mogelijkheden nagedacht.

'Ik vermoed dat Cora haar gevonden heeft,' zeg ik. Vandaar natuurlijk die gil.

'Ja,' zegt hij. 'Arm kind.' Hij bedoelt Cora.

'Misschien moet ik hier niet meer komen,' zeg ik.

'Ik dacht dat je het leuk vond,' zegt hij luchtig, al bekijkt hij me tegelijkertijd met felle, heldere ogen. Als ik niet beter wist zou ik denken dat het angst was. 'Ik zou graag willen dat je het leuk vond.'

'U wilt dat ik een draaglijk leven heb,' zeg ik. Het komt er niet uit als een vraag maar als een vlakke bewering; vlak en dimensieloos. Als mijn leven draaglijk is, dan is het misschien toch juist wat ze doen.

'Ja,' zegt hij, 'dat wil ik. Dat wil ik heel graag.'

'Goed,' zeg ik. Er is iets veranderd. Ik heb hem nu een beetje in mijn macht. Ik heb hem in mijn macht dankzij de mogelijkheid van mijn eigen dood. Ik heb hem een beetje in mijn macht door zijn schuldgevoel. Eindelijk.

'Wat zou je graag willen hebben?' vraagt hij, nog steeds heel luchtigjes, alsof het slechts een financiële transactie van weinig belang betreft: snoepgoed, sigaretten.

'Behalve de handlotion, bedoelt u,' zeg ik.

'Behalve de handlotion,' bevestigt hij.

'Ik wil graag…' zeg ik. 'Ik wil iets weten.' Het klinkt besluiteloos, dom zelfs, ik zeg het zonder erover na te denken.

'Wat wil je weten?' vraagt hij.

'Alles wat er te weten valt,' zeg ik, maar dat is niet serieus genoeg. 'Wat er aan de hand is.'

XI

NACHT

30

De avond valt. Of is gevallen. Waarom valt de avond, in plaats van op te komen, zoals de zon? En toch, als je bij zonsondergang in oostelijke richting kijkt, kun je de avond zien opkomen, niet vallen; de duisternis verheft zich boven de einder, als een zwarte zon achter een wolkendek. Als rook van een onzichtbaar vuur, een lijn van vuur vlak onder de horizon, kruipvuur of een brandende stad. Misschien valt de avond omdat hij zo zwaar is, een dik gordijn dat over de ogen wordt getrokken. Wollen deken. Ik wou dat ik beter kon zien in het donker.

De avond is dus gevallen. Ik voel hem op me drukken als een steen. Geen zuchtje wind. Ik zit voor het gedeeltelijk geopende raam, gordijnen opzijgeschoven omdat er buiten niemand is, geen reden tot overdreven zedigheid, in mijn nachtjapon, met lange mouwen, zelfs in de zomer, om ons te beschermen tegen de verlokkingen van ons eigen vlees, om te voorkomen dat we onszelf met naakte armen omhelzen. Niets beweegt in het schijnwerpermaanlicht. De geur van de tuin stijgt op als warmte van een lichaam, er moeten nachtbloemen tussen staan, zo sterk geurt het. Ik kan die geur bijna zien, een rode uitstraling die omhooggolft als de trillingen boven een asfaltweg rond het middaguur.

Beneden, op het gazon, duikt iemand op uit de duisternis onder de wilg, hij loopt door het licht, zijn lange, scherpe schaduw zit vast aan zijn hakken. Is dat Nick, of is het iemand anders, iemand die niet van belang is? Hij blijft staan, kijkt omhoog naar dit raam, en ik zie zijn witte, langwerpige gezicht. Nick. We kijken elkaar aan. Ik heb geen roos die ik hem kan toewerpen, en hij heeft geen luit. Maar het is hetzelfde soort verlangen.

Waaraan ik niet kan toegeven. Ik trek het linkergordijn dicht zodat het tussen ons in hangt, over mijn gezicht, en even later loopt hij door, de hoek om, en wordt onzichtbaar.

Wat de Bevelvoerder zei is waar. Eén plus één plus één plus één is niet gelijk aan vier. Elke één blijft uniek, je kunt ze onmogelijk samenvoegen. Ze zijn onverwisselbaar. Ze kunnen elkaars plaats niet innemen. Nick in plaats van Luke of Luke in plaats van Nick. Generalisaties zijn hier niet van toepassing.

Je gevoelens heb je niet in de hand, zei Moira een keer, maar je gedrag wel.

Context is alles; of is het rijpheid? Het een of het ander.

De avond voordat we het huis voorgoed verlieten, liep ik door de kamers. Er was niets ingepakt, omdat we niet veel meenamen en nog steeds onder geen beding de indruk mochten wekken dat we weggingen. Ik liep dus wat rond en keek om me heen, naar de inrichting van ons huis, van ons leven. Ik had het idee dat ik me later nog zou kunnen herinneren hoe het eruitzag.

Luke was in de huiskamer. Hij sloeg zijn armen om me heen. We voelden ons allebei ellendig. Hoe konden we weten dat we gelukkig waren, zelfs toen? Want dat hadden we tenminste: armen om ons heen.

De poes, zei hij.

Poes? zei ik, mijn hoofd tegen de wol van zijn trui.

We kunnen haar hier niet achterlaten.

Ik had niet aan de poes gedacht. Geen van ons beiden. Ons besluit was plotseling genomen, en daarna moesten we plannen maken. Ik moet hebben gedacht dat ze met ons mee zou gaan. Maar dat kon niet, je neemt een poes niet mee op een dagtocht over de grens.

Waarom zetten we haar niet buiten? zei ik. We kunnen haar gewoon achterlaten.

Ze zou rond het huis blijven lopen en voor de deur gaan miauwen. En dan zouden ze erachter komen dat we vertrokken waren.

We kunnen haar weggeven, zei ik. Aan een van de buren. Terwijl ik dit zei, besefte ik al hoe dwaas dat zou zijn.

Ik neem dat beest wel voor mijn rekening, zei Luke. En omdat hij *dat beest* zei in plaats van *haar*, wist ik dat hij bedoelde: *doodmaken*. Dat moet je doen voordat je haar doodmaakt, dacht ik. Je moet een anoniem *beest* creëren dat er voordien niet was. Je doet het eerst in gedachten, en daarna in het echt. Zo doen ze dat dus, dacht ik. Ik scheen dat tot dan toe nooit te hebben geweten.

Luke vond de poes, die zich onder het bed schuilhield. Ze voelen zoiets altijd aankomen. Hij ging met haar naar de garage. Ik weet niet wat hij daar deed en ik heb het hem nooit gevraagd. Ik zat in de huiskamer, handen gevouwen in mijn schoot. Ik had met hem mee moeten gaan, die kleine verantwoordelijkheid op me moeten nemen. Ik had hem in ieder geval na afloop moeten vragen hoe het gegaan was, zodat hij het niet alleen hoefde te dragen, want dat kleine offer, die moord uit liefde, werd ook in mijn belang gebracht.

Dat is een van de dingen die ze doen. Ze dwingen je tot moord, in je eigen hart.

Het was zinloos, achteraf beschouwd. Ik vraag me af wie ze heeft ingelicht. Het kan een buurman geweest zijn die onze auto 's morgens vroeg heeft zien vertrekken, onraad rook en ons heeft aangegeven om een wit voetje te halen bij de autoriteiten. Het kan zelfs de man geweest zijn die voor onze paspoorten heeft gezorgd; waarom zou je niet van twee kanten geld vangen? Het is echt iets voor hen om er zelf paspoortvervalsers op uit te sturen, een vangnet voor de onvoorzichtigen. 's Heren ogen gaan over de gehele aarde.

Want ze stonden ons op te wachten. Het moment van verraad is het ergste, het moment waarop je er volstrekt zeker van bent dat iemand je heeft verraden: dat een andere persoon je zoveel slechts heeft toegewenst.

Het was alsof ik in een lift stond waarvan de kabels waren doorgesneden. Je valt en valt en weet niet wanneer je neerkomt.

Ik probeer mijn eigen geesten op te roepen, waar ze zich ook mogen bevinden. Ik wil me zo graag herinneren hoe ze eruitzien. Ik probeer ze stil te zetten achter mijn ogen, hun gezichten, als foto's in een album. Maar ze willen niet stil blijven staan, ze bewegen, een glimlach verschijnt en verdwijnt weer, hun gelaatstrekken buigen en krullen om, alsof het papier brandt, het zwart verteert hen. Een vluchtig beeld, een bleek schijnsel tegen de lucht; een lichtende gloed, een elektronendans, en dan weer een gezicht, gezichten. Maar ze vervagen, al steek ik mijn armen naar ze uit, ze ontglippen me, geesten bij het aanbreken van de dag. Terug naar waar ze vandaan komen. Blijf bij me, wil ik zeggen. Maar ze willen niet.

Het is mijn schuld. Ik vergeet te veel.

Vanavond ga ik bidden.

Niet langer geknield aan het voeteneind van het bed, knieën op het harde hout van de vloer van de gymzaal, terwijl Tante Elizabeth bij de dubbele deur staat, armen over elkaar, vee-prikker aan haar gordel, terwijl Tante Lydia langs de rijen knielende vrouwen in nachtgewaad beent en ons lichtjes op onze ruggen of voeten of achterwerken of armen slaat, alleen even een tikje met haar aanwijsstok, wanneer onze houding niet deugt. Ze wilde dat we ons hoofd een beetje naar rechts bogen, dat we onze tenen tegen elkaar drukten, uitlopend in een punt, en dat we onze ellebogen in een bepaalde hoek hielden. Haar belangstelling voor onze houding was ten dele esthetisch van aard: ze vond het mooi om naar te kijken. Ze wilde dat we eruitzagen als Angelsaksische figuren, uitgehakt in een grafmonument, of als engelen op een kerstkaart, netjes op een rijtje, in onze gewaden van zuiverheid. Maar ze kende ook de geestelijke waarde van een stilgehouden lichaam en gespannen spieren: een beetje pijn reinigt de geest, zei ze vaak.

We baden om leegte, opdat wij het waard mochten zijn gevuld te worden: met genade, met liefde, met zelfverloochening, zaad en baby's.

O God, koning van het heelal, ik dank u omdat u me niet als man hebt geschapen.

O God, wis mij uit. Maak me vruchtbaar. Kastijd mijn vlees, opdat ik mij vermenigvuldige. Laat mij vervulling vinden…

Sommigen raakten helemaal buiten zichzelf door dit gebed. De extase van de vernedering. Sommigen kreunden en schreeuwden.

Je hoeft je niet zo aan te stellen, Janine, zei Tante Lydia.

Ik bid, zittend voor het raam, en kijk door het gordijn in de lege tuin. Ik sluit mijn ogen niet eens. Buiten mijn hoofd is het even donker als daarbinnen. Of even licht.

Mijn God. Die in het koninkrijk der hemelen zijt, dat wil zeggen: binnen in me.

Ik zou zo graag Uw Naam willen weten, de echte bedoel ik. Maar *U* is ook heel bruikbaar.

Ik wou dat ik wist wat U met dit alles voorhebt. Maar wat het ook is, help mij alstublieft om het te doorstaan. Maar misschien is dit helemaal niet Uw werk; ik geloof geen moment dat alles wat er nu gebeurt Uw bedoeling was.

Ik heb genoeg dagelijks brood, dus daar zal ik geen tijd aan verknoeien. Dat is niet het voornaamste probleem. Het probleem is hoe ik het naar binnen moet krijgen zonder erin te stikken.

Nu komen we bij de vergeving. Maakt U zich geen zorgen over mijn vergeving. Er zijn belangrijker dingen. Bijvoorbeeld: het garanderen van de veiligheid van de anderen, als ze tenminste in veiligheid zijn. Laat hen niet te veel lijden. Als ze moeten sterven, laat het dan snel gaan. Misschien kunt U ze zelfs een hemel bieden. Wij hebben U daarvoor nodig. Een hel kunnen we zelf wel maken.

Ik denk dat ik nu moet zeggen dat ik degenen die dit hebben aangericht vergeef. Ik zal het proberen, maar het is niet gemakkelijk.

Dan komt de verzoeking. In het Centrum was verzoeking alles wat een beetje verderging dan slapen en eten. Kennis was een verzoeking. Dat wat je niet weet zal je niet in verzoeking brengen, zei Tante Lydia vaak.

Misschien wil ik eigenlijk niet weten wat er aan de hand is. Misschien wil ik het liever niet weten. Misschien kan ik die wetenschap niet verdragen. De zondeval was een val van onwetendheid naar kennis.

Ik denk te veel aan de kroonluchter, hoewel hij nu weg is. Maar je zou een haak kunnen gebruiken, in de kast. Ik heb de mogelijkheden overdacht. Nadat je jezelf hebt vastgemaakt, hoef je je lichaam alleen maar voorover te laten vallen zonder weerstand te bieden.

Verlos ons van den boze.

En dan het Koninkrijk en de kracht en de heerlijkheid. Het valt me niet licht om daar nu in te geloven. Maar ik zal het toch proberen. *In hoopvolle verwachting*, zoals op de grafstenen staat.

U moet zich behoorlijk bedrogen voelen. Ik denk dat het niet de eerste keer is.

Als ik U was zou ik het spuugzat zijn. Ik zou er flink van balen. Ik denk dat dat het verschil is tussen ons.

Ik vind het heel onwezenlijk om op deze manier tegen U te praten. Ik heb het gevoel alsof ik tegen een muur praat. Ik wou dat U antwoord gaf. Ik voel me zo alleen.

Helemaal alleen bij de telefoon. Maar ik mag de telefoon niet gebruiken. En ook al mocht ik dat wel, wie zou ik kunnen bellen?

O God. Het is geen grap. O God o God. Hoe moet ik verder leven?

XII

IZEBEL

31

Elke avond voor het naar bed gaan denk ik: morgenochtend word ik wakker in mijn eigen huis en is alles weer zoals het vroeger was.

Het is vanochtend weer niet gebeurd.

Ik trek mijn kleren aan, zomerkleren, het is nog steeds zomer; het lijkt of het altijd zomer zal blijven. Juli, met zijn amechtige dagen en saunanachten, moeilijk om in slaap te komen. Ik vind het belangrijk om te weten welke dag het is. Ik zou eigenlijk streepjes in de muur moeten krassen, een voor elke dag van de week, en dan een schuine lijn erdoor wanneer ik er zeven heb. Maar waar zou dat goed voor zijn, ik zit hier niet in de gevangenis; er is hier geen straftijd die je langzaam kunt wegwerken. Trouwens, als ik wil weten wat voor dag het is, hoef ik het alleen maar te vragen. Gisteren was het 4 juli: vroeger was dat Onafhankelijkheidsdag, maar die is nu afgeschaft. De Dag van de Arbeid is op 1 september, die hebben ze nog steeds. Al had het vroeger niets met moeders te maken.

Maar ik weet hoe laat het is door naar de maan te kijken. De maan, niet de zon.

Ik buig me voorover om de veters van mijn rode schoenen te strikken, lichte zomerschoenen met onopvallende langwerpige openingen erin, maar lang niet zo gedurfd als sandalen. Het bukken kost me moeite; ondanks de oefeningen voel ik dat mijn lichaam steeds trager en onwilliger wordt. Mijn huidige toestand komt precies overeen met het beeld dat ik vroeger van stokoude mensen had. Ik geloof dat ik zelfs zo loop: voorovergebogen, mijn rug gekromd tot een vraagteken, mijn botten uitgeloogd en poreus als kalksteen. Wanneer ik me vroeger probeerde voor te stellen hoe het was om oud te zijn, dacht ik: misschien ga je alles meer waarderen wanneer je niet veel tijd meer hebt. Ik stond er nooit bij stil dat je tegen die tijd ook niet veel energie meer over hebt. Soms breng ik meer waardering op voor bepaalde dingen, voor eieren, bloemen, maar even later stel ik dan vast dat het gewoon een aanval van sentimentaliteit is, dat mijn bewustzijn heel even de vrolijke kleuren heeft aangenomen die ik me nog herinner van die ansichtkaarten met prachtige zonsondergangen die vroeger massaal werden geproduceerd in Californië. Harten in hoogglans.

Het grootste gevaar is de afstomping.

Ik wou dat Luke hier was, in deze slaapkamer, zodat ik tijdens het aankleden ruzie met hem kon maken. Het is dwaas, maar dat is wat ik graag zou willen. Ruziemaken over de vraag wie de vaat in de afwasmachine moet stoppen, wie aan de beurt is om de was te sorteren of de wc schoon te maken; iets alledaags en onbelangrijks in het grote wereldplan. We zouden dáár zelfs ruzie over kunnen maken, over *onbelangrijk of belangrijk*. Wat een weelde zou dat zijn. Niet dat we dat vaak deden, overigens. De laatste tijd verzin ik hele ruzies, compleet met de verzoening na afloop.

Ik zit in mijn stoel, de krans op het plafond zweeft boven mijn hoofd als een gestolde halo, een nul. Een gat in de ruimte op de plaats waar een ster geëxplodeerd is. Een kring in water waar een steen in gegooid is. Alle witte en ronde dingen. Ik wacht op het moment dat de dag zich ontvouwt, dat de aarde een halve slag is gedraaid, in overeenstemming met het ronde gezicht van de onverbiddelijke klok. De geometrische dagen die eindeloos ronddraaien, glad en geolied. Er parelt al zweet op mijn bovenlip, ik wacht op de komst van het onvermijdelijke ei, dat lauw zal zijn als de kamer en een dooier zal hebben met een groen vlies erop en een beetje naar zwavel zal smaken.

Later vandaag, met Vanglen, tijdens onze boodschappenronde:

We lopen naar de kerk, zoals gewoonlijk, en bekijken de graven. Dan naar de Muur. Er hangen vandaag maar twee mensen: één katholiek, maar geen priester, met een bord om zijn hals waarop een omgekeerd kruis, en iemand van een andere, voor mij niet herkenbare sekte. Het lichaam is slechts gemerkt met een rode J. Dat betekent niet dat hij een jood is, dan zou hij een gele ster dragen. Er hebben trouwens maar weinig joden gehangen. Omdat ze tot Zonen van Jakob, en dus tot bijzondere groep, werden verklaard, werden ze voor de keus gesteld: zich bekeren, of emigreren naar Israël. Er zijn er een heleboel geëmigreerd, als je het nieuws mag geloven. Ik heb op de tv een boot vol joden gezien, die over de reling leunden met hun zwarte hoeden en jassen en hun lange baarden, proberend er zo joods mogelijk uit te zien, in kleren die uit een ver verleden waren opgediept, de vrouwen met hoofddoeken om, lachend en zwaaiend, maar een beetje stijfjes, alsof ze poseerden; en nog een andere opname, van de rijkere joden, in lange rijen op een vliegveld. Vanglen zegt dat ook andere mensen op die manier zijn vertrokken, door zich voor joden uit te geven, maar dat was niet gemakkelijk omdat ze allerlei vragen stelden, en de controle is nog strenger geworden.

Maar je wordt niet opgehangen enkel en alleen omdat je een jood bent. Je wordt opgehangen omdat je een luidruchtige jood bent die niet wil kiezen. Of omdat je je niet werkelijk hebt bekeerd. Dat is ook op de tv geweest: nachtelijke razzia's, joodse voorwerpen die onder bedden vandaan werden gehaald, thora's, talliths, davidsterren. En de bezitters van dat alles, met norse gezichten, zonder berouw, door de Speurders tegen de muur van hun slaapkamer gedrukt, terwijl de verdrietige commentaarstem van de nieuwslezer ons inlicht over hun trouweloosheid en ondankbaarheid.

J staat dus niet voor jood. Waar staat het wel voor? Jehova's Getuige? Jezuïet? Wat het ook betekent, hij is er niet minder dood om.

Na deze rituele bezichtiging lopen we verder, zoals gewoonlijk naar een open ruimte, zodat we kunnen praten. Als je dat tenminste praten kunt noemen, dat afgebeten gefluister, recht voor ons uit, door de kokers van onze witte vleugels. Het heeft meer weg van een telegram, een verbale vorm van seinen. Geamputeerd taalgebruik.

We kunnen nooit lang op dezelfde plaats blijven staan. We willen niet worden opgepakt wegens rondlummelen.

Vandaag lopen we niet naar De Gebedsrol maar in tegenovergestelde richting, naar een soort open park met een groot oud gebouw, overdadig versierd, laatnegentiende-eeuws, met gebrandschilderde ramen. Vroeger heette het de Gedenkzaal, maar ik heb nooit geweten waar dit gebouw een gedenkteken voor was. Voor dode mensen, denk ik.

Moira vertelde me een keer dat het een studentenmensa was geweest in de beginjaren van de universiteit. Als een vrouw daar naar binnen ging, werd ze met broodjes bekogeld, zei ze.

Waarom? vroeg ik. Moira werd in de loop van de jaren steeds bedrevener in het vertellen van zulke anekdotes. Ik was niet erg dol op dat soort rancune tegen mensen uit het verleden.

Om haar de deur uit te krijgen, zei Moira.

Misschien was het meer zoiets als pinda's naar olifanten gooien, zei ik.

Moira lachte; ze kon lachen wanneer ze wilde. Exotische monsters, zei ze.

We staan te kijken naar dit gebouw, dat min of meer de vorm heeft van een kerk, een kathedraal. Vanglen zegt: 'Ik heb gehoord dat de Speurders daar grote vreetfestijnen houden.'

'Van wie heb je dat gehoord?' vraag ik. Er is niemand in de buurt, we kunnen wat vrijer praten, maar uit gewoonte blijven we fluisteren.

'Geruchten,' zegt ze. Ze zwijgt, kijkt me van opzij aan, ik neem een witte, bewegende vlek waar: haar vleugels. 'We hebben een wachtwoord,' zegt ze.

'Een wachtwoord?' vraag ik. 'Waarvoor?'

'Zodat ze weten wie erbij hoort en wie niet,' zegt ze.

Hoewel ik niet begrijp wat ik met die kennis moet, vraag ik: 'Wat is het wachtwoord dan?'

'Mayday,' zegt ze. 'Ik heb het een keer op jou uitgeprobeerd.'

'Mayday,' herhaal ik. Ik herinner me die dag nog. M'aidez.

'Gebruik het alleen in het uiterste geval,' zegt Vanglen. 'Het is niet goed als we te veel van de andere leden van het net weten. Als je gepakt wordt.'

Ik vind het moeilijk om in deze gefluisterde onthullingen te geloven, en toch geloof ik erin, op het moment dat ik ze voor het eerst hoor. Naderhand lijkt wat ze zegt onwaarschijnlijk, kinderlijk zelfs, als iets wat je voor de lol doet; als een meisjesclub, als geheimpjes op school. Of als de spionageromans die ik vroeger las, in het weekend, wanneer ik eigenlijk mijn huiswerk moest afmaken, of als een nachtfilm op de televisie. Wachtwoorden, dingen die niet mogen worden verteld, mensen met een geheime identiteit, duistere verbindingen: het maakt niet de indruk dat het de ware gedaante van de wereld behoort te zijn. Maar dat is mijn eigen illusie, – een overblijfsel van het wereldbeeld dat ik me vroeger eigen heb gemaakt.

Wachtwoorden en netten. *Het net uitbreiden*, een van mijn moeders oude uitdrukkingen, achterhaald jargon. Zelfs toen ze al over de zestig was ontplooide ze nog activiteiten die ze met die woorden aanduidde, al hield het voor zover ik kon nagaan alleen maar in dat ze ging lunchen met een andere vrouw.

Onze wegen scheiden zich op de hoek. 'Tot ziens,' zegt ze. Ze schrijdt weg over het trottoir, en ik neem het pad naar het huis. Daar is Nick, pet schuin; vandaag kijkt hij niet eens naar me. Toch moet hij op me hebben gewacht om zijn stille boodschap door te geven, want zodra hij weet dat ik hem gezien heb gaat hij nog één keer met zijn zeem over de Whirlwind en loopt dan met energieke pas naar de garagedeur.

Ik loop over het grint, tussen de knalgroene gazons door. Serena Joy zit onder de wilgenboom, in haar stoel, wandelstok tegen haar elleboog. Haar jurk is van koel koud katoen. Hij is aquarelblauw van kleur, niet rood zoals mijn jurk, die hitte opzuigt en tegelijkertijd uitstraalt. Ik zie haar profiel, ze is aan het breien. Hoe kan ze in deze hitte de wol nog aanraken? Maar misschien is haar huid gevoelloos geworden, misschien voelt ze helemaal niets, als iemand die vroeger kokend water over zich heen heeft gekregen.

Ik sla mijn ogen neer en sluip langs haar, hopend dat ze me niet ziet, wetend dat ik genegeerd zal worden. Maar het loopt anders.

'Vanfred,' zegt ze.

Ik blijf staan, weifelend.

'Ja, jij.'

Ik richt mijn door oogkleppen beperkte blik op haar.

'Kom eens hier. Ik heb je nodig.'

Ik loop over het gras en ga voor haar staan, met neergeslagen ogen.

'Je mag gaan zitten,' zegt ze. 'Hier, neem dit kussen maar. Ik heb je nodig om de wol voor me op te houden.' Ze rookt een sigaret, de asbak staat op het gras naast haar, en er staat ook een kopje thee of koffie. 'Het is binnen veel te benauwd. Je hebt frisse lucht nodig,' zegt ze. Ik ga zitten en zet mijn mand neer – weer aardbeien, weer kuiken, ik zou wel eens wat anders willen. Ze schuift de streng wol over mijn uitgestoken handen en begint de draad op een kluwen te winden. Het lijkt of ik aangelijnd ben, vastgekluisterd; bedekt met spinrag, dat komt er dichterbij. De wol is grijs en heeft vocht uit de lucht geabsorbeerd, het lijkt op een beplast babydekentje en ruikt in de verte naar natgeregende schapen. Maar mijn handen krijgen nu tenminste wat lanoline.

Serena windt de wol op, in haar mondhoek de smeulende sigaret, die verleidelijke rook afgeeft. Ze windt langzaam en met moeite, als gevolg van het geleidelijk kromtrekken van haar handen, maar met grote beslistheid. Misschien belichaamt het breien voor haar een soort wilskracht; misschien doet het zelfs pijn. Misschien is het doktersvoorschrift: tien toeren per dag recht en tien averecht. Maar zo te zien doet ze meer dan dat. Ik ga die altijd groene bomen en die geometrische jongens en meisjes in een ander licht zien: een teken van haar koppigheid, niet zonder meer verachtelijk.

Mijn moeder deed niet aan breien of handwerken. Maar wanneer ze haar kleren bij de stomerij ophaalde, haar mooie blouses, winterjassen, bewaarde ze de veiligheidsspelden en maakte er na verloop van tijd een ketting van, die ze ergens aan vastmaakte – aan haar bed, het kussen, de rugleuning van een stoel, de ovenhandschoen in de keuken – zodat ze hem niet zou kwijtraken. Daarna vergat ze hem. Ik vond hem dan ergens in het huis, de huizen; sporen van haar aanwezigheid, resten van een vergeten plan, als borden langs een weg die midden in de wildernis ophoudt. Kortstondige terugkeer naar de huiselijkheid.

'Goed,' zegt Serena. Ze staakt het opwinden van de wol en laat mij staan met een slinger van dierlijk haar om mijn handen. Ze haalt de peuk uit haar mond en drukt hem uit. 'Nog steeds niets?'

Ik weet waar ze het over heeft. Er zijn niet veel onderwerpen waar wij met elkaar over kunnen praten; onze gemeenschappelijke belangstelling beperkt zich tot dat ene, dat mysterieuze, dat onzekere.

'Nee,' zeg ik. 'Niets.'

'Jammer,' zegt ze. Ik kan me haar nauwelijks met een baby voorstellen. Maar de Martha's zouden het grootste deel van de verzorging op zich nemen. Toch zou ze me graag zwanger zien, dan was het tenminste gedaan met die vernederende, zweterige verstrengelingen, die driehoeken van vlees onder de met zilveren bloemen bezaaide kap van haar hemelbed. Eindelijk rust. Ik kan me niet voorstellen dat ze me ook om andere redenen succes toewenst.

'Je hebt niet veel tijd meer,' zegt ze. Geen vraag, maar de mededeling van een feit.

'Ja,' zeg ik neutraal.

Ze steekt nog een sigaret op, worstelend met de aansteker. Het is zonneklaar dat het steeds erger wordt met haar handen. Maar het zou onverstandig zijn haar te willen helpen – ze zou zich beledigd voelen. Het zou onverstandig zijn haar te laten merken dat je ziet hoe zwak ze is.

'Misschien kan hij het niet,' zegt ze.

Ik weet niet wie ze bedoelt. Bedoelt ze de Bevelvoerder of God? Als ze God bedoelde, zou ze hebben gezegd: misschien *wil* hij het niet. In beide gevallen is het ketterij. Het zijn alleen vrouwen die niet kunnen, die hun schoot koppig gesloten houden of onvolmaakt zijn, aangetast.

'Ja,' zeg ik. 'Misschien kan hij het niet.'

Ik kijk naar haar op. Zij kijkt omlaag. Het is voor het eerst sinds lange tijd dat we elkaar in de ogen kijken. Sinds we elkaar voor het eerst ontmoetten. Ons oogcontact is langdurig, doordringend, somber. Ze probeert te zien of ik tegen de werkelijkheid opgewassen ben.

'Misschien,' zegt ze, tussen haar vingers de sigaret, die ze nog niet heeft kunnen aansteken, 'misschien zou je het op een andere manier moeten proberen.'

Bedoelt ze op handen en voeten? 'Op wat voor andere manier?' vraag ik. Ik moet ernstig blijven.

'Met een andere man,' zegt ze.

'U weet dat dat niet mag,' zeg ik, mijn irritatie verbergend. 'Het is onwettig. U weet welke straf erop staat.'

'Ja,' zegt ze. Ze is er klaar voor, ze heeft er goed over nagedacht. 'Ik weet dat het officieel niet mag. Maar het gebeurt. Vrouwen doen het vaak. Voortdurend.'

'Met dokters, bedoelt u?' vraag ik, terwijl ik terugdenk aan de sympathieke bruine ogen en de hand zonder handschoen. De laatste keer was er een andere dokter. Misschien is de eerste dokter betrapt of door een van de vrouwen aangegeven. Het is overigens niet zo dat ze een vrouw zonder verder bewijs op haar woord geloven.

'Sommige vrouwen doen dat,' zegt ze, bijna welwillend nu, maar tegelijk afstandelijk, alsof we het over de keuze van een nagellak hebben. 'Zo heeft Vanwarren het gedaan. De echtgenote was natuurlijk op de hoogte.' Ze zwijgt om dit te laten bezinken. 'Ik zal je helpen. Ik zal zorgen dat er niets misgaat.'

Ik denk erover na. 'Niet met een dokter,' zeg ik.

'Nee,' zegt ze instemmend, en voor dit ogenblik zijn we dikke vriendinnen: dit zou een keukentafel kunnen zijn, waaraan we meisjesachtige plannen zaten te smeden om een of ander vriendje in te palmen. 'Soms chanteren ze je. Maar het hoeft geen dokter te zijn. Het kan iemand zijn die we vertrouwen.'

'Wie?' vraag ik.

'Ik dacht aan Nick,' zegt ze, en haar stem is bijna zacht. 'Hij is al heel lang bij ons. Hij is betrouwbaar. Ik zou het met hem kunnen regelen.'

Dus hij is degene die die zwartemarktboodschapjes voor haar doet. Is dit altijd zijn beloning?

'En de Bevelvoerder dan?' zeg ik.

'Nou,' zegt ze resoluut; nee, meer dan resoluut, met opeengeklemde kaken, als een dichtklappende beugeltas. 'We vertellen het hem gewoon niet.'

Deze gedachte hangt tussen ons in, bijna zichtbaar, bijna tastbaar: zwaar, vormloos, donker; een soort complot, een soort verraad. Ze moet en zal die baby hebben.

'Het is gevaarlijk,' zeg ik. 'Meer dan dat.' Ik zet er mijn leven mee op het spel; maar vroeg of laat komt mijn leven tóch in gevaar, of ik het nu doe of niet. Dat weten we allebei.

'Je kunt het net zo goed doen,' zegt ze, en zo denk ik er ook over.

'Goed,' zeg ik. 'Afgesproken.'

Ze buigt zich voorover. 'Misschien kan ik je ergens aan helpen,' zegt ze. Omdat ik gehoorzaam ben. 'Iets wat je graag wilt hebben,' voegt ze er bijna vleiend aan toe.

'Wat bijvoorbeeld?' vraag ik. Ik kan niets bedenken wat ik graag wil hebben en wat zij me zou kunnen en willen geven.

'Een foto,' zegt ze alsof ze me een kindertraktatie aanbiedt, een ijssorbet of een uitstapje naar de dierentuin. Ik kijk haar voor de tweede keer aan, verbaasd.

'Iets van haar,' zegt ze. 'Van je dochtertje. Maar ik kan niets beloven.'

Ze weet waar ze haar hebben ondergebracht, waar ze haar vasthouden. Ze heeft het al die tijd geweten. Ik voel een brok in mijn keel. Wat een kreng dat ze het me nooit verteld heeft, dat ze nooit één bericht heeft doorgegeven, niet één keer uit de school heeft geklapt. Ze is van hout, van ijzer, ze kan zich niet in een ander verplaatsen. Maar ik mag het niet zeggen, ik mag die mogelijkheid tot contact, hoe gering ook, niet vergooien. Ik mag de hoop niet verliezen. Ik mag niet spreken.

Ze glimlacht nu, op een kokette manier nog wel; er schemert iets in door van haar vroegere sterallures, een snelle flits op haar gezicht, als een kortstondige tv-storing. 'Het is veel te warm hiervoor, vind je ook niet?' zegt ze. Ze neemt de wol van mijn handen, die ik al die tijd in dezelfde stand heb gehouden. Dan pakt ze de sigaret waarmee ze heeft zitten hannesen, drukt hem me met een enigszins onbeholpen gebaar in de hand en sluit mijn vingers eromheen. 'Pak zelf maar een lucifer,' zegt ze. 'Ze liggen in de keuken, vraag er maar een aan Rita. Zeg maar tegen haar dat ik het gezegd heb. Maar niet meer dan één, hoor,' voegt ze er schalks aan toe. 'We willen je gezondheid niet ruïneren!'

32

Rita zit aan de keukentafel. Voor haar staat een glazen schaal waarin ijsblokjes drijven. Daartussen dobberen radijsjes die in bloemen zijn veranderd, rozen en tulpen. Op het hakbord dat voor haar ligt snijdt ze er nog meer in partjes, met een schilmesje, haar grote handen behendig, onverschillig. De rest van haar lichaam beweegt niet, evenmin als haar gezicht. Het is alsof ze deze messentruc in haar slaap uitvoert. Op het witte email ligt een berg radijsjes, gewassen maar niet gesneden. Kleine Azteekse hartjes.

Ze neemt nauwelijks de moeite op te kijken wanneer ik binnenkom. 'Je hebt alles, hè?' zegt ze terwijl ik haar de boodschappen toon.

'Heb je een lucifer voor me?' vraag ik. Het is verbazend hoe sterk ze me het gevoel geeft dat ik een klein, opdringerig, zeurend kind ben, enkel en alleen door haar norse blik, haar onverstoorbaarheid.

'Lucifers?' zegt ze. 'Waar heb jij lucifers voor nodig?'

'Ze zei dat ik er een mocht hebben,' zeg ik, zonder de sigaret te willen noemen.

'Wie zei dat?' Ze gaat verder met de radijsjes, haar ritme ongebroken. 'Jij hebt nergens lucifers voor nodig. Straks steek je het huis nog in brand.'

'Ga het haar dan zelf vragen,' zeg ik. 'Ze zit op het gazon.'

Rita rolt haar ogen omhoog naar het plafond, alsof ze zwijgend de een of andere godheid raadpleegt. Dan slaakt ze een zucht, staat moeizaam op en veegt haar handen demonstratief af aan haar schort, om me te laten merken hoe lastig ik ben. Ze loopt op haar dooie gemak naar het kastje boven de gootsteen, diept haar sleutelbos op en opent het kastje. 'In de zomer hier bewaren,' zegt ze, alsof ze in zichzelf praat. 'We zitten met dit weer niet om brand verlegen.' Ik herinner me uit april dat Cora degene is die bij kouder weer de haard aansteekt in zit- en eetkamer.

De lucifers zijn van hout en zitten in een kartonnen doosje, het soort dat ik vroeger geestdriftig verzamelde om er miniatuurladenkastjes van te maken. Ze schuift het doosje open en tuurt erin, alsof ze probeert te besluiten welke lucifer ze mij zal geven. 'Ze moet het zelf maar weten,' zegt ze. 'Je kunt haar toch niks aan het verstand brengen.' Ze laat haar grote hand zakken, pakt een lucifer en geeft hem aan mij. 'Niks in brand steken,' zegt ze. 'Ook niet die gordijnen in je kamer. Het is zo al heet genoeg.'

'Dat zal ik niet doen,' zeg ik. 'Daar zijn lucifers niet voor.'

Ze verwaardigt zich niet me te vragen waar ik de lucifer voor nodig heb. 'Voor mijn part eet je hem op,' zegt ze. 'Zij heeft gezegd dat je er een mocht hebben en daarom geef ik je er een, verder niks.'

Ze loopt weg en gaat weer aan tafel zitten. Ze pakt een ijsblokje uit de schaal en stopt het in haar mond. Dat is niets voor haar. Ik heb haar nog nooit onder het werk zien peuzelen. 'Jij mag er ook wel eentje pakken,' zegt ze. 'Het is een schande dat ze je dwingen om met dit weer zo'n kussensloop over je hoofd te dragen.'

Ik sta versteld: normaal biedt ze me nooit iets aan. Misschien heeft ze het idee dat ze zich een dergelijk gebaar kan veroorloven nu mijn status zodanig is verhoogd dat ik recht heb op een lucifer. Hoor ik plotseling bij degenen die ze te vriend moet houden?

'Dankjewel,' zeg ik. Ik stop de lucifer zorgvuldig in de ritssluitingszak in mijn mouw waar ook de sigaret in zit, zodat hij niet nat wordt, en pak een ijsklontje. 'Mooie radijs,' zeg ik, in ruil voor het geschenk dat ze me uit vrije wil heeft gegeven.

'Ik doe wat er gedaan moet worden, dat is alles,' zegt ze, nu weer mopperig. 'En verder niks.'

Ik loop door de gang, de trap op, haastig. Ik flits voorbij in de gebogen spiegel, een rode gedaante aan de rand van mijn eigen gezichtsveld, een rode sliert rook. Ik loop de hele tijd al aan rook te denken, ik voel de rook in mijn mond, voel hoe hij mijn longen vult in een lange fijne smerige geelbruine zucht, en dan het heerlijke gevoel wanneer de nicotine het bloed bereikt.

Na zo'n lange tijd zou ik er wel eens ziek van kunnen worden. Het zou me niets verbazen. Maar zelfs die gedachte is aangenaam.

Ik loop door de gang, waar moet ik het doen? In de badkamer, en dan de kraan laten lopen om de lucht te zuiveren, in de slaapkamer, kleine wolkjes uit het open raam? Wie zou me kunnen betrappen? Wie weet ervan?

Zelfs wanneer ik me op deze manier op de onmiddellijke toekomst verheug en het vooruitzicht van rook door mijn mondholte laat wolken, denk ik aan iets anders.

Ik hoef die sigaret niet op te roken.

Ik zou hem in stukjes kunnen scheuren en door de wc spoelen. Of ik zou hem kunnen opeten om op die manier het effect te ondergaan, zo kan het ook, telkens een klein beetje, en de rest bewaren.

Als ik dat doe, hoef ik de lucifer niet te gebruiken. Ik kan een gaatje in de matras maken en hem daar voorzichtig in schuiven. Zo'n dun voorwerp zou nooit worden opgemerkt. Daar zou hij liggen, 's nachts, onder mij, terwijl ik in bed lig. Erop slaap.

Ik zou het huis in brand kunnen steken. Een heerlijke gedachte, die me doet huiveren.

Een snelle uitweg.

Ik lig op mijn bed en doe alsof ik slaap.

De Bevelvoerder, gisteravond, vingers tegen elkaar, naar me kijkend terwijl ik mijn handen met olieachtige lotion zat in te wrijven. Vreemd, ik dacht erover hem om een sigaret te vragen, maar besloot het niet te doen. Ik weet genoeg om niet te veel ineens te vragen. Ik wil hem niet het idee geven dat ik hem gebruik. En ik wil hem niet hinderen.

Gisteravond dronk hij een glas whisky met water. Hij heeft er een gewoonte van gemaakt in mijn bijzijn te drinken, om de spanningen van de dag kwijt te raken, zegt hij. Ik moet de indruk krijgen dat hij onder druk staat. Maar hij biedt me nooit een drankje aan, en ik vraag er niet om: we weten allebei waar mijn lichaam voor is. Wanneer ik hem een nachtzoen geef, alsof ik het meen, ruikt zijn adem naar alcohol, en ik adem het in als rook. Ik geef toe dat ik geniet van dit vleugje lichtzinnigheid.

Soms wordt hij na een paar glazen een beetje kinderachtig en begint vals te spelen bij het scrabbelen. Hij moedigt me aan om het ook te doen, en we pakken extra letters en leggen woorden die niet bestaan, woorden als *snuip* en *kleut*, waar we vreselijk om moeten giechelen. Soms zet hij zijn kortegolfradio aan en laat me een paar minuten naar Radio Free America luisteren, om me te tonen dat hij dat kan. Dan zet hij hem weer af. Die verdomde Cubanen, zegt hij. Al die vuiligheid over kinderopvang voor iedereen.

Soms gaat hij na het scrabbelen naast mijn stoel op de grond zitten en pakt mijn hand. Zijn hoofd bevindt zich dan even beneden het mijne, zodat het de stand van een kinderhoofd aanneemt wanneer hij naar me opkijkt. Hij vindt het leuk, die geveinsde onderdanigheid.

Hij staat hoog boven ons, zegt Vanglen. Hij staat aan de top.

Op zulke momenten kan ik me dat moeilijk voorstellen.

Soms probeer ik me in zijn situatie te verplaatsen, bij wijze van tactiek, om erachter te komen hoe ik hem ertoe moet bewegen zich tegenover mij behoorlijk te gedragen. Ik kan maar moeilijk geloven dat ik een zekere invloed op hem heb, en toch is het zo; maar het is wel een twijfelachtig soort invloed. Af en toe geloof ik dat ik mezelf kan zien, zij het vaag, zoals hij me ziet. Er zijn dingen die hij me wil bewijzen, cadeaus die hij wil schenken, diensten die hij wil verlenen, gevoelens van tederheid die hij wil opwekken.

Hij wil, zeker. Vooral na een paar glazen whisky.

Soms wordt hij babbelziek, op andere avonden filosofisch, of hij wil dingen uitleggen, zich verdedigen. Zoals gisteravond.

Het was niet alleen een probleem voor de vrouwen, zegt hij. Het was vooral een probleem voor de mannen. Ze hadden helemaal niets meer.

Niets? zeg ik. Maar ze hadden...

Ze konden niets doen, zegt hij.

Ze konden geld maken, zeg ik, een beetje venijnig. Ik ben op dit moment niet bang voor hem. Het valt niet mee om bang te zijn voor een man die zit te kijken hoe je lotion op je handen smeert. Deze afwezigheid van angst is gevaarlijk.

Het is niet genoeg, zegt hij. Het is te abstract. Ik bedoel dat ze niets met vrouwen konden doen.

Wat bedoelt u? vraag ik. Er waren toch overal seksshops en bordelen, er reden zelfs speciale seksbussen.

Ik heb het niet over seks, zegt hij. Dat was juist een deel van het probleem, seks was te makkelijk verkrijgbaar. Iedereen kon het gewoon kopen. Er was niets meer om voor te werken, om voor te knokken. We hebben statistische gegevens over die tijd. Weet je waar ze het meest over klaagden? Over het onvermogen om iets te voelen. De mannen begonnen zelfs hun belangstelling voor seks te verliezen. Ze knapten af op het huwelijk.

Kunnen ze nu wel iets voelen? vraag ik.

Ja, zegt hij, terwijl hij me aankijkt. Dat kunnen ze. Hij staat op en loopt om het bureau heen naar de stoel waarin ik zit. Hij legt zijn handen op mijn schouders, van achteren. Ik kan hem niet zien.

Ik wil graag weten wat je denkt, zegt zijn stem achter me.

Ik denk niet veel, zeg ik luchtig. Hij wil intimiteit, maar die kan ik hem niet geven.

Waar is het goed voor dat ik denk? zeg ik. Wat ik denk doet er niet toe.

En dat is de enige reden waarom hij me dingen vertelt.

Toe nou, zegt hij, terwijl hij zachtjes drukt met zijn handen. Ik ben geïnteresseerd in je mening. Je bent intelligent genoeg, je moet een mening hebben.

Waarover? vraag ik.

Over wat wij gedaan hebben, zegt hij. Hoe alles is gelopen.

Ik blijf roerloos zitten. Ik probeer mijn geest te legen. Ik denk aan de nachtelijke hemel, wanneer er geen maan staat. Ik heb geen mening, zeg ik.

Hij zucht, ontspant zijn handen, maar laat ze op mijn schouders liggen. Hij weet wat ik denk.

Je kunt geen omelet maken zonder eieren te breken, zegt hij. We dachten dat wij het beter konden.

Beter? zeg ik met zachte stem. Hoe kan hij denken dat dit beter is?

Beter betekent nooit beter voor iedereen. Het betekent altijd slechter voor sommigen.

Ik lig plat, de vochtige lucht boven me als een deksel. Als aarde. Ik wou dat het ging regenen. Of nog liever onweren, met zwarte wolken, bliksem, oorverdovend lawaai. De stroom zou kunnen uitvallen. Dan zou ik naar beneden kunnen gaan, naar de keuken, en zeggen dat ik bang was, en met Rita en Cora rond de keukentafel kunnen gaan zitten, ze zouden mijn angst accepteren omdat ze zelf ook bang zouden zijn, ze zouden me binnenlaten. Er zouden kaarsen worden aangestoken, we zouden elkaars gezichten zien verschijnen en weer verdwijnen in het licht van de witte, gekartelde bliksemschichten. O God, zou Cora zeggen. O God bewaar ons.

De lucht zou daarna helder zijn, en lichter.

Ik kijk naar het plafond, naar de bloemencirkel van pleisterkalk. Teken een cirkel, stap erin, en hij zal je beschermen. In het middelpunt hing de kroonluchter, en aan de kroonluchter hing een tot een koord gedraaide reep stof, van een laken gescheurd. Daar had zij gehangen, lichtjes slingerend, als de slinger van een uurwerk; zoals je als kind heen en weer kon slingeren aan een boomtak. Ze was veilig, volkomen beschermd, toen Cora de deur opendeed. Soms denk ik dat ze daar nog steeds is, bij mij.

Ik voel me begraven.

33

Laat in de middag, de lucht nevelig, het zonlicht diffuus maar doordringend en overal aanwezig, als stofgoud. Ik schrijd met Vanglen over het trottoir, wij als paar, en voor ons loopt nog een paar, en aan de overkant van de straat nog een. We moeten er bevallig uitzien van een afstand: schilderachtig, als Nederlandse melkmeisjes op een stuk sierbehang, als een plank vol porseleinen zout- en pepervaatjes, beschilderd als vrouwen in klederdracht, als een vlucht zwanen, als alles wat zich met een zekere elegantie en zonder variatie herhaalt. Oogstrelend, een lust voor het oog van de Speurders, want voor hen is deze vertoning bestemd. We zijn op weg naar de Grote Gebedsshow, om te laten zien hoe gehoorzaam en vroom we zijn.

Er is hier geen paardenbloem te zien, de gazons zijn gefatsoeneerd. Ik zou graag een paardenbloem willen zien, eentje maar, haveloos en schandelijk toevallig en moeilijk te verdelgen en eeuwig geel, als de zon. Goedgemutst en plebejisch, stralend voor arm en rijk. We maakten er vroeger kransjes van, en kroontjes en halssnoeren, vlekken van de bittere melk op onze vingers. Of ik hield er een onder haar kin: *Hou je van boter?* Als ze er dan aan rook, kreeg ze stuifmeel op haar neus. (Of was dat van de boterbloemen?) Of wanneer ze uitgebloeid waren: ik zie haar over het grasveld hollen, dat grasveld hier vlak voor me, ze is twee of drie en zwaait een uitgebloeide bloem heen en weer als een sterretje, een staafje wit vuur, en de lucht vult zich met piepkleine parachuutjes. *Als je ze er in één keer af blaast, word je honderd jaar.* De tijd waait weg op de zomerwind.

We gaan twee aan twee in de rij staan voor de controlepost, als een meisjesschool die uit wandelen is gegaan en te lang is weggebleven, jaren te lang, zodat alles overwoekerd is, benen, lichamen en kleren. Als-of we betoverd zijn. Een sprookje waar ik graag in zou geloven. Maar we worden gecontroleerd en lopen door, twee aan twee.

Na een poosje slaan we rechts af en lopen langs Leliën in de richting van de rivier. Ik wou dat ik zo ver mocht doorlopen, tot aan de brede oevers, waar we vroeger in de zon lagen, waar de bruggen het water overspannen. Als je maar lang genoeg langs de rivier blijft lopen, met de stroom mee, langs alle kronkelbochten, kom je bij de zee uit; maar wat kun je daar doen? Schelpen zoeken, luieren op de met olie besmeurde stenen.

Maar we gaan niet naar de rivier, we zullen geen blik kunnen werpen op de koepeltjes die de gebouwen langs die route tooien, wit met blauwe en gouden versieringen, kuise kleurigheid. We gaan een moderner gebouw binnen; boven de deur hangt een groot spandoek: VANDAAG GROTE GEBEDSSHOW VOOR VROUWEN. Het spandoek bedekt de voormalige naam van het gebouw, ontleend aan een doodgeschoten president. Onder de rode letters staat een tekst in kleinere, zwarte letters, met aan weerskanten de omtrekken van een gevleugeld oog: GOD IS ONZE REDDING. Aan weerskanten van de ingang staan de onvermijdelijke Wachters, twee paar, vier in totaal, armen langs het lichaam, blik vooruit. Het lijken wel etalagepoppen, met hun keurig gekapte haar en hun geperste uniformen en pleisterharde jonge gezichten. Vandaag geen puistenkoppen. Ze dragen alle vier een lichte mitrailleur, schietklaar, tegen alle gevaarlijke of subversieve acties die we naar hun idee binnen zouden kunnen uitvoeren.

De Grote Gebedsshow zal worden gehouden op de overdekte binnenplaats, een langwerpige ruimte onder een glazen dak. Het is geen gebedsbijeenkomst voor de hele stad, die zou op het sportterrein worden gehouden; deze show is alleen voor onze wijk. Langs de rechterkant zijn rijen houten klapstoelen neergezet, voor de Echtgenotes en de hoge ambtenaren of officieren, daar is niet zo veel verschil tussen. De galerij boven, met de betonnen balustrade, is voor de laaggeplaatste vrouwen, de Martha's en de Econovrouwen in hun veelkleurige, gestreepte jurken. Voor hen is het bijwonen van de Grote Gebedsshows niet verplicht, zeker niet wanneer ze dienst hebben of voor kleine kinderen moeten zorgen, maar de galerij lijkt desondanks vol te lopen. Ik denk dat het een soort vermaak is, net zoiets als een variétévoorstelling of een circus.

Sommige Echtgenotes zitten al, in hun beste geborduurde blauw. We voelen dat ze naar ons kijken terwijl we in onze rode jurken naar de andere kant van de binnenplaats lopen, twee aan twee. Ze bekijken ons, beoordelen ons, fluisteren over ons; we voelen het, als mieren die over onze blote huid lopen.

Hier staan geen stoelen. Ons gedeelte is afgezet met een zijdeachtig ineengedraaid rood touw, zoals ze vroeger in bioscopen gebruikten om de bezoekers tegen te houden. Dit touw scheidt ons van de anderen, bakent ons af, beschermt de anderen tegen besmetting, maakt ons terrein tot een hok, een kooi. We gaan naar binnen en stellen ons in rijen op, wat we heel goed kunnen, en knielen dan neer op de cementen vloer.

'Loop naar achteren,' mompelt Vanglen naast me. 'Daar kunnen we beter praten.' En wanneer we op onze knieën liggen, het hoofd lichtjes gebogen, hoor ik overal om me heen gemurmel, als het ritselen van insecten in lang, droog gras: een wolk van fluisterklanken. Dit is een van de plaatsen waar we min of meer onbelemmerd nieuws kunnen uitwisselen en van buurvrouw tot buurvrouw kunnen doorgeven. Het is moeilijk om vast te stellen wie er precies iets zegt en te horen wat er wordt gezegd. En bovendien willen ze de plechtigheid niet onderbreken terwijl de televisiecamera's lopen.

Vanglen port me met haar elleboog in de zij om mijn aandacht te trekken en ik kijk op, langzaam, steels. Vanaf ons plaatsje hebben we een mooi uitzicht op de ingang van de binnenplaats, waardoor steeds meer mensen binnenkomen. Ze moet me hebben aangestoten om me attent te maken op Janine, want daar is ze, gekoppeld aan een andere vrouw, niet de vorige; iemand die ik niet herken. Janine is kennelijk overgeplaatst naar een nieuwe huishouding, een nieuwe post. Het is een snelle overplaatsing; is er iets misgegaan met haar borstvoeding? Dat is de enig mogelijke reden om haar zo snel weg te sturen, of er is ruzie geweest over de baby, wat vaker gebeurt dan je zou denken. Toen ze het kind eenmaal had, wou ze het misschien niet meer loslaten. Ik kan me dat goed voorstellen. Haar lichaam onder de rode jurk maakt een broodmagere indruk, bijna vel over been, en die zwangere blos op haar gezicht is verdwenen. Ze is nu doodsbleek, alsof alle energie uit haar lichaam wordt gezogen.

'Het was niet in orde,' zegt Vanglen vlak bij mijn hoofd. 'Een afvallertje, achteraf beschouwd.'

Ze doelt op Janines baby, de baby waarvoor Janine als tussenstation heeft gefungeerd. De baby Angela. Het was verkeerd om haar zo snel een naam te geven. Ik krijg een ziek gevoel in mijn maag. Nee, geen ziek gevoel, een leeg gevoel. Ik wil niet weten wat er mis mee was. 'Lieve God,' zeg ik. Om dat allemaal voor niets te moeten doormaken. Het is erger dan niets.

'Het is haar tweede,' zegt Vanglen. 'Als je haar eigen kind niet meetelt. Ze heeft ook een keer na acht maanden een miskraam gehad, wist je dat?'

We kijken naar Janine terwijl ze de afgezette ruimte betreedt, in haar sluier van onaanraakbaarheid, van tegenspoed. Ze ziet me, ze moet me zien, maar ze kijkt recht door me heen. Geen triomfantelijke glimlach dit keer. Ze draait zich om en knielt, en ik zie alleen nog haar rug en de tengere, gebogen schouders.

'Ze denkt dat het haar schuld is,' fluistert Vanglen. 'Twee achter elkaar. Als straf voor haar zondige gedrag. Ze zeggen dat ze gebruik heeft gemaakt van een dokter, het kind was helemaal niet van haar Bevelvoerder.'

Als ik zeg dat ik dat al weet, gaat Vanglen zich afvragen hoe ik erachter ben gekomen. Voor zover zij weet is ze mijn enige bron van dit soort informatie, waarover ze in verrassend ruime mate beschikt. Hoe zou ze het nieuws over Janine hebben gehoord? Van de Martha's? Van Janines boodschappenpartner? Door aan gesloten deuren de Echtgenotes af te luisteren terwijl ze bij een kop thee of een glas wijn plannetjes zaten te smeden? Zal Serena Joy zo over mij praten als ik doe wat zij wil? *Ze vond het meteen goed, het maakte haar niets uit, zolang het maar twee benen en een lekkere jeweetwel had. Ze zijn niet zo kieskeurig, ze hebben niet dezelfde gevoelens als wij.* En de anderen buigen zich voorover in hun stoelen, *Lieve hemel*, een en al ontucht en verschrikking. Hoe kon ze dat doen? Waar? Wanneer?

Zo hebben ze ongetwijfeld over Janine gepraat. 'Wat vreselijk,' zeg ik. Maar het is echt iets voor Janine om alle schuld op zich te nemen, om te denken dat de gebreken van de baby alleen aan haar te wijten zijn. Maar een mens zal nooit toegeven dat zijn leven geen betekenis heeft. Dat wil zeggen: geen zin. Geen inhoud.

Op een ochtend, onder het aankleden, zag ik dat Janine haar wit katoenen nachtjapon aanhield. Ze zat roerloos op de rand van haar bed.

Ik keek naar de dubbele deur van de gymzaal, waar de Tante meestal stond, om te zien of die het gemerkt had, maar de Tante was er niet. In die periode vertrouwden ze ons wat meer; soms lieten ze ons minutenlang zonder toezicht achter in het klaslokaal of zelfs in de kantine. Misschien was ze er even tussenuit geknepen om een sigaret te roken of een kop koffie te drinken.

Kijk, zei ik tegen Alma, die het bed naast het mijne had.

Alma keek naar Janine. Toen liepen we allebei naar haar toe. Trek je kleren aan, Janine, zei Alma tegen Janines witte rug. We willen geen extra gebeden door jouw toedoen. Maar Janine verroerde zich niet.

Inmiddels was Moira ook bij ons komen staan. Het was voordat ze voor de tweede keer vluchtte. Ze liep nog mank als gevolg van wat ze met haar voeten hadden gedaan. Ze liep om het bed heen om Janines gezicht te kunnen zien.

Kom hier, zei ze tegen Alma en mij. De anderen kwamen ook naderbij, er vormde zich een kleine oploop. Ga terug, zei Moira tegen hen. Maak er alsjeblieft geen toestand van, straks komt *zij* binnen, en dan...

Ik keek naar Janine. Ze had haar ogen open, maar ze zag me totaal niet. Het waren ronde, wijde ogen, en haar tanden waren ontbloot in een starre glimlach. Door de glimlach heen, door de tanden heen fluisterde ze tegen zichzelf. Ik moest me naar haar overbuigen om het te kunnen verstaan.

Hallo, zei ze, maar niet tegen mij. Ik heet Janine. Ik ben vanochtend uw serveerpersoon. Zal ik u om te beginnen wat koffie brengen?

Jezus christus, zei Moira naast mij.

Niet vloeken, zei Alma.

Moira pakte Janine bij de schouders en schudde haar door elkaar. Hou daarmee op, Janine, zei ze ruw. En gebruik dat *woord* niet meer.

Janine glimlachte. Prettige dag verder, zei ze.

Moira gaf haar twee klappen in het gezicht, een met de palm en een met de rug van de hand. Kom terug, zei ze. Kom onmiddellijk terug! Je kunt *daar* niet blijven, je bent *daar* niet meer. Dat is allemaal voorbij.

Janines glimlachende gezicht betrok. Ze bracht haar hand naar haar wang. Waarom hebt u me geslagen? zei ze. Was de koffie niet goed? Ik kan u wel een ander kopje brengen. U had me niet hoeven slaan.

Weet je dan niet wat ze met je zullen doen? zei Moira. Haar stem was zacht maar fel, gespannen. Kijk me aan. Ik heet Moira en dit is het Rode Centrum. Kijk me aan.

Janines ogen begonnen zich scherp te stellen. Moira? zei ze. Ik ken geen Moira.

Ze zullen je niet naar het ziekenhuis brengen, dat kun je rustig vergeten, zei Moira. Ze zullen zich niet inspannen om je te genezen. Ze zullen zelfs niet de moeite nemen om je naar de Koloniën te sturen. Als jij zo gek blijft doen, brengen ze je naar het Chemisch Lab en schieten je dood. Daarna verbranden ze je met het huisvuil, als een Onvrouw. Hou dus maar op met die flauwekul.

Ik wil naar huis, zei Janine. Ze begon te huilen.

Jezus nog aan toe, zei Moira. Zo is het genoeg. Ze is over een minuut hier, dat verzeker ik je. Trek dus maar gauw je kleren aan en hou je bek.

Janine jammerde door, maar ze stond op en begon zich aan te kleden.

Als ze dat nog een keer flikt en ik ben er niet, zei Moira tegen me, dan moet je haar gewoon een klap in het gezicht geven. We kunnen niet toestaan dat ze verder afglijdt. Zoiets werkt aanstekelijk.

Ze moet toen dus al met ontsnappingsplannen hebben rondgelopen.

34

De zitruimte op de binnenplaats is nu vol; we wachten ritselend. Eindelijk komt de Bevelvoerder die deze dienst zal leiden binnen. Het is een kalende, forsgebouwde man die aan een ouder wordende voetbalcoach doet denken. Hij is gekleed in zijn uniform, eenvoudig zwart, met rijen onderscheidingstekens en decoraties. Het is moeilijk om niet onder de indruk te raken, maar ik doe een poging: ik probeer me hem in bed voor te stellen met zijn Echtgenote en zijn Dienstmaagd, die hij als een bezetene aan het bevruchten is, als een kuitschietende zalm, terwijl hij doet alsof hij er totaal niet van geniet. Toen God zei: Weest vruchtbaar en wordt talrijk, bedoelde hij toen deze man?

Deze Bevelvoerder beklimt het trapje naar het podium, dat bedekt is met een rood kleed waarop een groot, witgevleugeld oog is geborduurd. Hij laat zijn blik door het vertrek gaan, en onze zachte stemmen sterven weg. Hij hoeft zijn handen niet eens op te heffen. Dan verdwijnt zijn stem in de microfoon en komt weer naar buiten door de luidsprekers, ontdaan van de lage tonen zodat het een scherpe, metaalachtige stem wordt, die niet door zijn mond, door zijn lichaam lijkt te worden geproduceerd, maar door de luidsprekers zelf. Zijn stem is metaalkleurig en heeft de vorm van een hoorn.

'Het is vandaag een dag van dankzegging,' begint hij, 'een dag waarop wij de Heer prijzen.'

Ik volg geen woord van zijn toespraak over opoffering en overwinning. Dan komt er een lang gebed over de onwaardigen, en dan een gezang: 'Er is een boom in Gilead.'

'Er is een bom in Gilead,' zei Moira altijd.

Nu komt het voornaamste onderdeel. De twintig Engelen komen binnen, pas terug van het front, pas onderscheiden; begeleid door hun erewacht marcheren ze naar de open ruimte in het midden, één twee, één twee. Geeft acht, op de plaats rust. En dan komen de twintig gesluierde, in het wit geklede dochters schuchter naar voren; hun moeders houden hun ellebogen vast. Het zijn moeders, geen vaders, die tegenwoordig dochters wegschenken en helpen met het organiseren van de huwelijken. De huwelijkspartners worden uiteraard door de autoriteiten gekoppeld. Deze meisjes hebben jarenlang niet alleen mogen zijn met een man, al die jaren dat we hiermee bezig zijn.

Zijn ze oud genoeg om zich nog iets van de vroegere tijd te herinneren, toen ze honkbalden in spijkerbroek en op gymschoenen, en op fietsen reden? Toen ze boeken lazen, helemaal alleen? Hoewel sommigen niet ouder dan veertien zijn – *Bevrucht ze zodra het kan* is de richtlijn, *we hebben geen tijd te verliezen* –, zullen ze het zich nog wel herinneren. En ook degenen die na hen komen, de volgende drie, vier, vijf jaar, zullen het zich herinneren, maar de meisjes die daarna komen zullen er niets meer van weten. Ze zullen hun hele leven in het wit gekleed zijn geweest en tussen andere meisjes zijn opgegroeid; ze zullen altijd hebben gezwegen.

We kunnen ze meer geven dan we ze hebben afgenomen, zei de Bevelvoerder. Denk eens aan de problemen die ze vroeger hadden. Herinner je je de vrijgezellenbars niet meer, en de vernedering van blind dates op de middelbare school? De vleesmarkt. Herinner je je niet de vreselijke kloof tussen degenen die makkelijk een man konden krijgen en de rest? Sommigen van hen waren wanhopig, ze hongerden tot ze broodmager waren of spoten hun borsten vol siliconen of lieten een stuk van hun neus afsnijden. Denk nog eens aan al dat menselijk leed.

Hij wees naar zijn stapels oude tijdschriften. Ze klaagden altijd. Problemen zus, problemen zo. Denk nog eens aan die huwelijksadvertenties: *Aantrekkelijke vrouw, 35, intelligent...* Zoals het nu gaat krijgen ze allemaal een man, niemand uitgezonderd. En als ze wel trouwden, dan gebeurde het vaak dat ze in de steek werden gelaten en met een of twee kinderen bleven zitten; manlief had er genoeg van en vertrok met de noorderzon, en de vrouw moest naar de sociale dienst. Of hij begon haar te slaan. Als ze een baan had werden de kinderen toevertrouwd aan een crèche of aan de een of andere harteloze, domme vrouw, en daar moesten ze zelf een deel van hun armetierige loontje voor betalen. Geld was voor iedereen de enige maatstaf voor de waarde van de dingen, ze genoot geen respect als moeder. Geen wonder dat de vrouwen ten slotte alle hoop maar opgaven. Zoals het nu is, zijn ze beschermd en kunnen ze hun biologische taak in alle rust vervullen, gesteund en aangemoedigd door de overheid. Zeg nu eens eerlijk. Je bent een intelligente vrouw, ik wil graag weten wat je ervan vindt. Wat hebben we over het hoofd gezien?

De liefde, zei ik.

De liefde? zei de Bevelvoerder. Wat voor soort liefde?

Liefde, verliefdheid, zei ik.

De Bevelvoerder keek me aan met zijn openhartige jongensogen. O ja, zei hij. Ik heb het in de tijdschriften gelezen, daar waren ze vroeger zo voor, hè? Maar kijk nu eens naar de statistieken. Was het het werkelijk waard, die *verliefdheid*? Gearrangeerde huwelijken blijken net zo goed te zijn, misschien wel beter.

Liefde, zei Tante Lydia vol afschuw. Laat ik jullie er niet op betrappen. Geen rozengeur en maneschijn hier, meisjes. En ze zwaaide vermanend met haar vinger. Het gaat niet om *liefde*.

Historisch gezien was die tijd een ontsporing, zei de Bevelvoerder. Een gril. Wij hebben de norm van de natuur in ere hersteld, dat is alles.

De Grote Gebedsshows voor vrouwen worden meestal gehouden bij groepshuwelijken zoals dit. Die voor de mannen vinden plaats ter gelegenheid van militaire overwinningen. Dat zijn de twee dingen waarover we ons het meest dienen te verheugen. Maar soms wordt er een vrouwenbijeenkomst gehouden voor een non die haar dwalingen openlijk erkent. Vroeger gebeurde dat vaker, toen ze nog overal werden opgepakt, maar af en toe vinden ze er nog wel eens een paar die ondergronds zijn gegaan, als mollen. Ze zien er ook uit als mollen: zwakke ogen, overweldigd door te veel licht. De oudere nonnen sturen ze meteen naar de Koloniën, maar de jongeren, de vruchtbaren, proberen ze te bekeren, en wanneer ze daarin slagen komen we hier allemaal samen om te zien hoe ze tijdens de ceremonie hun celibataire staat opofferen ten behoeve van het algemeen belang. Ze knielen neer en de Bevelvoerder spreekt een gebed uit en dan nemen ze de rode sluier aan, zoals wij ook hebben gedaan. Maar ze mogen geen Echtgenote worden; ze worden nog te gevaarlijk geacht voor een zo machtige positie. Ze hebben de reputatie heksen te zijn, men vindt ze mysterieus en zonderling, en die faam houdt stand, ondanks hun afzwering van het oude geloof en de striemen op hun voeten en de tijd die ze in eenzame opsluiting hebben doorgebracht. Ze hebben altijd van die striemen, ze hebben altijd opgesloten gezeten, en daardoor gaat het gerucht dat ze hun vroegere leven niet gemakkelijk afzweren. Velen van hen kiezen voor de Kolonien. Niemand van ons krijgt graag een van hen als boodschappenpartner toegewezen. Ze zijn meer getemd dan wij, je voelt je bij hen niet erg op je gemak.

De moeders hebben de witgesluierde meisjes op hun plaatsen gezet en zijn naar hun stoelen teruggekeerd. Sommigen huilen een beetje, ze kloppen elkaar op de rug, houden elkaars hand vast of zijn ostentatief met zakdoekjes in de weer. De Bevelvoerder gaat door met de dienst.

'Ik wil dat vrouwen zich in zedige kledij hullen,' zegt hij, 'sober en terughoudend; dat ze zich niet tooien met haarvlechten, of goud, of paarlen, of kostbare opsmuk; maar – zoals het godvruchtige vrouwen betaamt – met goede werken. Laat de vrouwen in stilzwijgen leren, en in *volledige* onderwerping.' Dan kijkt hij ons aan. 'Volledige,' zegt hij nogmaals.

'maar ik zal niet dulden dat een vrouw een man onderwijst of macht over hem verwerft; zij zal zwijgen.

Want Adam werd het eerst geschapen, en toen Eva.

En Adam werd niet verleid, maar de vrouw die werd verleid beging een zonde.

Nochtans zal zij worden gered door kinderen te baren, als zij volhardt in geloof en barmhartigheid en heiligheid met matigheid.' Gered door kinderen te baren, denk ik. Waarvan verwachtten we vroeger onze redding?

'Dat moet hij de Echtgenotes maar eens vertellen,' mompelt Vanglen, 'wanneer ze aan de sherry zitten.' Ze doelt op de uitspraak over matigheid. We kunnen weer veilig praten, de Bevelvoerder is klaar met het hoofdritueel en nu worden de sluiers opgetild en de ringen gewisseld. Boe, denk ik bij mezelf. Kijk maar eens goed, want het is nu te laat. De Engelen zullen later in aanmerking komen voor een Dienstmaagd, vooral wanneer hun Echtgenote onvruchtbaar blijkt. Maar jullie, meisjes, jullie kunnen geen kant op. Je hebt maar genoegen te nemen met wat ze je in de maag splitsen, met pukkels en al. Maar je hoeft niet van hem te houden. Daar kom je gauw genoeg achter. Gewoon in stilte je plicht doen. Wanneer je, op je rug liggend, door twijfel wordt bevangen, kun je naar het plafond kijken. Wie weet wat je daar zult zien! Grafkransen en engelen, constellaties van stof, kosmisch of anderszins, raadsels door spinnen achtergelaten. Er is altijd wel iets om een leergierige geest bezig te houden.

Is er iets, schat? – zo begint de oude mop.

Nee, hoezo?

Je bewoog.

Gewoon niet bewegen.

Wij streven naar een sfeer van kameraadschap onder vrouwen, zei Tante Lydia. We moeten samenwerken.

Kameraadschap, m'n reet, zegt Moira door het gat in het wc-hokje. Ze kan me de pot op. Wedden dat ze Janine tussen haar knieën laat neerknielen? Wat denk je anders dat er in dat kamertje van haar gebeurt? Ik durf te wedden dat ze Janine dwingt om die uitgedroogde harige oude verlepte...

Moira! zeg ik.

Wat Moira? fluistert ze. Dat denk je toch zelf ook?

Het is nergens goed voor om zo te praten, zeg ik, hoewel ik me moet beheersen om niet te gaan giechelen. Maar ik maakte mezelf toen nog wijs dat we moesten proberen een zekere waardigheid te behouden.

Jij was vroeger ook al zo'n benauwde, zegt Moira, maar met een stem waar genegenheid uit spreekt. Het doet je zo goed om je eens flink te laten gaan. Echt waar.

Ze heeft gelijk, dat weet ik nu ik op deze onbetwistbaar harde vloer neerkniel en luister naar de voortzeurende plechtigheid. Het fluisteren van obsceniteiten over de machthebbers geeft je een idee van macht. Het heeft iets verrukkelijks, iets ondeugends, iets geheimzinnigs, iets verbodens, iets opwindends. Het is een soort betovering. Het zet ze op hun plaats, brengt ze terug op de gemeenschappelijke noemer waarop ze kunnen worden aangepakt. In de verf van het wc-hokje had een onbekende gekrast: *Tante Lydia pijpt.* Het was als een opstandelingenvlag op een heuveltop. Alleen al het idee dat Tante Lydia zoiets deed was op zichzelf moedgevend.

Daarom stel ik me nu voor hoe het tussen deze Engelen en hun doodsbleke bruiden zal toegaan, het geweldige gekreun en gezweet, de klamme, harige omhelzingen, of liever: de smadelijke mislukkingen, piemels als worteltjes van drie weken, een wanhopig betasten van vlees, koud en ongevoelig als ongekookte vis.

Wanneer het ten slotte afgelopen is en we naar buiten lopen, zegt Vanglen op haar lichte, doordringende fluistertoon: 'We weten dat je hem alleen ontmoet.'

'Wie?' zeg ik, terwijl ik de drang om haar aan te kijken weersta. Ik weet wie ze bedoelt.

'Je Bevelvoerder,' zegt ze. 'We weten dat je bij hem bent geweest.'

Ik vraag haar hoe ze het weten.

'We weten het gewoon,' zegt ze. 'Wat wil hij precies? Perverse seks?'

Het is moeilijk uit te leggen wat hij precies wil, omdat ik er nog steeds geen woord voor heb. Hoe moet ik beschrijven wat er zich tussen ons afspeelt? Ze zou om te beginnen in de lach schieten. Ik maak het mezelf gemakkelijk en antwoord: 'In zekere zin.' Dat klinkt naar dwang, en is dus minder vernederend.

Ze denkt na over mijn antwoord. 'Je staat er versteld van,' zegt ze, 'hoeveel Bevelvoerders het doen.'

'Ik kan het ook niet helpen,' zeg ik. 'Ik kan niet tegen hem zeggen dat ik niet naar zijn kamer kom.' Dat zou ze zelf ook moeten weten.

We lopen nu op het trottoir en kunnen niet meer ongemerkt praten, we zijn te dicht bij de anderen, en het beschermende gefluister van de menigte is verstomd. We lopen zwijgend verder en laten een gat vallen tussen ons en de anderen, tot ze het eindelijk veilig acht om het woord weer tot me te richten: 'Natuurlijk kun je dat niet zeggen. Maar zoek uit hoe het zit en geef het aan ons door.'

'Hoe wat zit?' vraag ik.

Ik zie, nee, ik voel hoe ze haar hoofd een eindje naar me toe draait. 'Alles,' zegt ze, 'alles waar je achter kunt komen.'

35

Nu moet er een ruimte gevuld worden, in de te warme lucht van mijn kamer, en ook een tijd; een ruimte-tijdcontinuüm, tussen hier en nu en daar en dan, onderbroken door de maaltijd. De komst van het dienblad, de trap op gedragen als voor een zieke. Geen geldig paspoort. Geen uitreis.

Zo ging het, de dag dat we over de grens probeerden te komen, met onze gloednieuwe paspoorten waarop stond dat we niet waren wie we waren: dat Luke bijvoorbeeld nooit was gescheiden en dat we daarom wettig getrouwd waren, ook volgens de nieuwe wet.

De man ging naar binnen met onze paspoorten nadat we hem over onze picknickplannen hadden verteld en hij in de auto had gekeken en onze slapende dochter had zien liggen, in haar dierentuin vol versleten speelgoedbeesten. Luke klopte me op de arm, stapte uit alsof hij de benen even wilde strekken, en keek naar de beambte door het raam van het douanegebouw. Ik bleef in de auto zitten. Ik stak een sigaret op, om mezelf te kalmeren, en inhaleerde de rook, een lange zucht van geveinsde ontspanning. Ik keek naar de twee soldaten in het ongewone uniform dat toen langzamerhand gewoon begon te worden; ze stonden werkeloos naast de geel-zwartgestreepte slagboom. Ze deden niet veel. Een van hen sloeg een zwerm vogels gade, meeuwen, die opstegen en rondjes vlogen en neerstreken op de brugleuning, een eindje verderop. Terwijl ik naar hem keek, keek ik ook naar de meeuwen. Alles had zijn gewone kleur, alleen helderder.

Alles komt goed, zei ik, bad ik in gedachten. Laat alles alstublieft goed komen. Laat ons de grens over, naar de andere kant. Laat ons deze ene keer gaan en ik doe voortaan alles. Wat meende ik voor nuttigs te kunnen doen voor degene die misschien naar me luisterde? Het zal altijd een raadsel blijven.

Toen stapte Luke weer in de auto, te snel, draaide het sleuteltje om en schakelde. De man nam net de telefoon op, zei hij. En toen begon hij heel snel te rijden, en daarna kwam de zandweg en het bos en we sprongen uit de auto en begonnen te rennen. Een huisje om ons in te verstoppen, een boot, ik weet niet wat we dachten. Hij zei dat de paspoorten volkomen veilig waren, en we hadden zo weinig tijd gehad om de ontsnapping te plannen. Misschien had hij een of ander plan in zijn hoofd. Wat mijzelf betreft, ik rende alleen maar: weg, weg.

Ik wil dit verhaal niet vertellen.

Ik hoef het ook niet te vertellen. Ik hoef niets te vertellen, niet tegen mezelf en niet tegen anderen. Ik zou hier gewoon rustig kunnen zitten. Ik zou me kunnen terugtrekken. Het is mogelijk om zo ver naar binnen te gaan, zo ver omlaag en terug, dat ze je er nooit meer uit kunnen halen.

Nolite te in capite sedendum. Daar is ze dus niks mee opgeschoten.

Waarom zou je je verzetten?

Het helpt toch niet.

Liefde? zei de Bevelvoerder.

Dat is beter. Dat is iets waar ik wat van weet. Daar kunnen we over praten.

Verliefd worden, zei ik. Verliefd worden op iemand, dat deden we toen allemaal op de een of andere manier. Hoe kon hij daar zo minachtend over doen? Hij dreef er zelfs de spot mee. Alsof het voor ons iets onbelangrijks was, een bijkomstigheid, een bevlieging. Maar het was juist van het grootste gewicht. Het was het punt waar alles om draaide; het was de manier waarop je jezelf begreep; als het je nooit overkwam, niet één keer, dan zou je een soort mutant zijn, een wezen van een andere planeet. Iedereen wist dat.

Ik viel op hem, zeiden we, of *ik viel voor hem*. We waren vallende vrouwen. We geloofden in die neerwaartse beweging: zo heerlijk, net als vliegen, en tegelijk zo ijzingwekkend, zo extreem, zo onwaarschijnlijk. *God is liefde*, zeiden ze vroeger, maar wij draaiden het om, en vanaf dat moment was de liefde, net als de hemel, altijd vlakbij. Hoe moeilijker het was de man aan onze zijde lief te hebben, des te sterker geloofden we in de Liefde, abstract en allesomvattend. We wachtten voortdurend op de vleeswording van dat woord.

En soms gebeurde het, voor een poosje. Dat soort liefde komt en gaat, en je hebt later moeite om het je te herinneren, net als pijn. Op een dag keek je naar die man en dacht: *ik hield van je,* verleden tijd, en je raakte vervuld van verbazing, omdat het zo'n verbijsterende, hachelijke, domme onderneming was geweest, en je begreep nu ook waarom je vriendinnen het onderwerp zorgvuldig hadden gemeden.

Op dit moment put ik veel troost uit deze herinneringen.

Zelfs wanneer je nog wel liefhad, nog steeds in vrije val, werd je soms midden in de nacht wakker, wanneer het maanlicht door het raam op zijn slapende gezicht viel en de schaduwen in zijn oogkassen donkerder en holler maakte dan overdag, en je dacht: Wie weet wat ze doen, in hun eentje of met andere mannen? Wie weet wat ze zeggen of waar ze heen gaan? Wie weet hoe ze eigenlijk zijn, onder hun alledaagse masker?

In die tijd dacht je waarschijnlijk vaak: Als hij nu eens niet van me houdt?

Of je dacht aan krantenartikelen die je had gelezen, over vrouwen die waren gevonden – vaak vrouwen maar soms ook mannen of kinderen, dat was het ergste – in greppels of bossen of koelkasten in verlaten huurkamers, met of zonder kleren, al dan niet seksueel misbruikt; maar in elk geval vermoord. Er waren plaatsen waar je niet wilde lopen, je nam voorzorgsmaatregelen, zette sloten op ramen en deuren, je deed de gordijnen dicht en liet het licht branden. Al die maatregelen leken op gebeden: je hoopte dat ze je leven zouden redden. En meestal deden ze dat ook. Er was althans iets wat je beschermde – dat bleek uit het feit dat je nog leefde.

Maar dat alles was alleen 's nachts aan de orde, en had niets te maken met de man van wie je hield, tenminste overdag. Je wilde dat het klikte, dat het iets werd tussen hem en jou. Je deed oefeningen om je lichaam in conditie te houden, voor die man. Als je genoeg oefende, zou het tussen jou en die man misschien ook goed gaan. Misschien konden jullie er samen iets van maken, alsof jullie twee stukken van een legpuzzel waren die precies in elkaar pasten; zo niet, dan zou een van jullie beiden, waarschijnlijk de man, zijn eigen baan kiezen, hij zou zijn verslavende lichaam meenemen en jou achterlaten met ontwenningsverschijnselen, die je kon tegengaan door oefening. Als het niet lukte om er samen iets van te maken, dan kwam dat doordat een van beiden een verkeerde houding had. Je meende dat alles wat er in je leven gebeurde werd veroorzaakt door de een of andere positieve of negatieve kracht vanuit je eigen geest.

Als je het zo niet prettig vindt, moet je het veranderen, zeiden we tegen elkaar en tegen onszelf En dus veranderden we van man. We waren ervan overtuigd dat elke verandering een verbetering was. We waren revisionisten; we herzagen onszelf.

Het is vreemd om terug te denken aan de manier waarop we toen dachten, alsof we alles konden krijgen wat we wilden hebben, alsof er geen onzekerheden en beperkingen bestonden; alsof we vrij waren de zich aldoor verwijdende omtrekken van ons leven voortdurend te vormen en te hervormen. Ik was ook zo, ik deed dat ook. Luke was voor mij niet de eerste man, en hij zou misschien ook niet de laatste zijn geweest. Als hij niet op die manier was stilgezet in de tijd, in volle vlucht, tussen de bomen, vallend.

Vroeger stuurden ze je een pakketje met de bezittingen: wat hij bij zich had toen hij stierf. Dat deden ze in de oorlog, zei mijn moeder. Hoelang moest je toen in de rouw, en wat zeiden ze tegen je? Maak van je leven een eerbetoon aan de geliefde. En dat was hij: de geliefde.

Is, zeg ik. *Is, is*, maar twee letters, stomme trut, kun je zelfs zo'n kort woordje niet onthouden?

Ik veeg mijn gezicht af aan mijn mouw. Vroeger zou ik dat nooit hebben gedaan, uit angst mijn kleren vuil te maken, maar nu geeft mijn gezicht niet af. De – voor mij onzichtbare – uitdrukking die erop ligt is echt.

Je zult het me moeten vergeven. Ik ben een vluchteling uit het verleden, en net als andere vluchtelingen denk ik voortdurend terug aan de gewoonten die ik heb opgegeven, heb moeten opgeven; vanuit mijn situatie gezien lijkt het allemaal even wonderschoon, het verleden is voor mij een obsessie geworden. Als een theedrinkende Witrus in Parijs, moederziel alleen in de twintigste eeuw, dwaal ik af naar het verleden en probeer de verre, verloren paden terug te vinden; ik word te sentimenteel, ik laat mezelf gaan. Ik huil niet, ik ween. Ik zit in deze stoel te druipen als een spons.

Wachten dus maar, blijven wachten. Wachten, zoals een zwangere vrouw op haar kind of een reiziger op de trein wacht. Wachten in mijn kamer, mijn wachtkamer, een leeg intermezzo, te midden van andere mensen.

Er wordt geklopt. Cora, met het dienblad.

Maar het is Cora niet. 'Ik heb hem bij me,' zegt Serena Joy.

Dan kijk ik op en om me heen, en ik sta op en loop naar haar toe. Ze houdt hem in haar hand, een polaroidfoto, vierkant en glanzend. Ze maken dat soort camera's dus nog steeds. En ze hebben natuurlijk familiealbums, met alle kinderen erin, maar geen Dienstmaagden. Als alles blijft zoals het nu is, zullen we in de toekomst onzichtbaar worden. Maar de kinderen zullen er wel in staan, zodat de Echtgenotes ernaar kunnen kijken, beneden, peuzelend en nippend, wachtend op de bevalling.

'Je mag hem maar heel even bekijken,' zegt Serena Joy op zachte, samenzweerderige toon. 'Ik moet hem terugbrengen voor ze hem missen.'

Een Martha moet hem voor haar hebben ontvreemd. Er bestaat dus een organisatie van Martha's, die met dit soort opdrachten bepaalde gunsten kunnen verdienen. Dat is leuk om te weten.

Ik pak de foto aan en draai hem om, de goede kant naar boven. Is ze dat, ziet ze er zo uit? Mijn schatje.

Zo groot geworden, zo sterk veranderd. Licht glimlachend, zonder aarzeling, en gekleed in haar witte jurk, als voor een ouderwetse eerste communie.

De tijd heeft niet stilgestaan. Hij heeft me overspoeld, weggespoeld, alsof ik niets meer ben dan een vrouw van zand, door een onoplettend kind te dicht bij het water achtergelaten. Ik ben voor haar uitgewist. Ik ben nog slechts een schim, verscholen achter het gladde, glanzende oppervlak van deze foto. Een schim van een schim, zoals dat met overleden moeders gaat. Je kunt het in haar ogen lezen: ik ben er niet.

Maar ze bestaat, in haar witte jurk. Ze groeit en leeft. Is dat niet geweldig? Een zegen?

Toch kan ik het niet verdragen om op deze manier te zijn uitgewist. Ze had me beter niets kunnen brengen.

Ik zit aan de kleine tafel maïs met room te eten, met een vork. Ik heb een vork en een lepel, maar nooit een mes. Wanneer er vlees is, snijden ze het van tevoren, alsof ik mijn handen niet kan gebruiken of geen tanden meer heb. Maar ik ben handig genoeg: daarom krijg ik geen mes.

36

Ik klop op zijn deur, hoor zijn stem, pas mijn gelaatsuitdrukking aan en ga naar binnen. Hij staat bij de open haard met een bijna leeg glas in zijn hand. Hij wacht meestal met de sterkedrank tot ik er ben; maar ik weet dat hij wel altijd wijn bij het eten drinkt. Zijn gezicht is een beetje rood. Ik probeer te schatten hoeveel glazen hij op heeft.

'Hallo,' zegt hij. 'Hoe gaat het vanavond met m'n kleine meid?'

Een paar, zoals valt op te maken uit de doordachtheid van de glimlach die hij speciaal voor mij op zijn gezicht tovert. Hij is in de hoffelijke fase.

'Goed,' zeg ik.

'In de stemming voor iets opwindends, een klein beetje sensatie?'

'Pardon?' zeg ik. Achter deze uitspraak van hem bespeur ik gêne, onzekerheid over hoe ver hij met me kan gaan, en in welke richting.

'Ik heb vanavond een kleine verrassing voor je,' zegt hij. Hij lacht – grinnikt, liever gezegd. Ik merk dat alles vanavond *klein* is. Hij wil alles kleiner maken, mij incluis. 'Je vindt het vast erg leuk.'

'Wat is het dan?' vraag ik. 'Ganzenborden?' Ik kan me dit soort vrijheden veroorloven; hij lijkt ervan te genieten, vooral na een paar glazen whisky. Hij ziet me het liefst in een onserieuze bui.

'Iets beters,' zegt hij. Hij probeert het zo aanlokkelijk mogelijk te laten klinken.

'Ik brand van nieuwsgierigheid.'

'Goed,' zegt hij. Hij loopt naar zijn bureau en rommelt wat in een la. Dan loopt hij naar me toe, één hand achter zijn rug. 'Raden,' zegt hij.

'Is het dierlijk, plantaardig of mineraal?' vraag ik.

'Dierlijk,' zegt hij quasi-ernstig. 'Zonder meer dierlijk, zou ik zeggen.' Hij haalt zijn hand achter zijn rug vandaan. Wat ik zie lijkt op een handvol veren, lichtpaars en roze. Nu schudt hij het uit. Het is zo te zien een kledingstuk, iets voor een vrouw: daar zijn de cups voor de borsten, bedekt met paarse sterretjes. De veren bevinden zich rond de openingen voor de dijen en langs de bovenrand. Ik zat er dus niet zo ver naast met mijn jarretelgordeltje.

Ik vraag me af waar hij dit heeft opgeduikeld. Dit soort kleren worden geacht vernietigd te zijn. Ik herinner me dat van de televisie, filmopnamen uit een hele reeks steden. In New York noemden ze het de grote Manhattan-schoonmaak. Er werden vuren gestookt op Times Square, een zingende menigte stond eromheen, vrouwen gooiden hun armen dankbaar in de lucht wanneer ze de camera's op zich gericht wisten, kortgeknipte jongemannen met ernstige gezichten gooiden dingen in de vlammen, armen vol zijde en nylon en namaakbont, geelgroen, rood, violet; zwart satijn, goudlamé, blinkend zilver; bikinislipjes, doorkijk-bh's met roze satijnen hartjes erop genaaid om de tepels te bedekken. En de fabrikanten en importeurs en verkopers lagen op hun knieën en deden in het openbaar boete; ze droegen kegelvormige papieren mutsen waarop in rode blokletters SCHANDE was geschreven.

Maar sommige kledingstukken moeten gespaard zijn gebleven, ze kunnen onmogelijk alles te pakken hebben gekregen. Hij is er vermoedelijk op dezelfde illegale manier aan gekomen als aan de tijdschriften: het riekt naar de zwarte markt. En het is niet nieuw, het is eerder gedragen, de stof onder de armen is gekreukt en licht bevlekt met het zweet van een andere vrouw.

'Ik moest de maat raden,' zegt hij. 'Ik hoop dat het je past.'

'Verwacht u dat ik dat aantrek?' zeg ik. Ik weet dat mijn stem preuts en afkeurend klinkt. Toch heeft het idee iets aantrekkelijks. Ik heb nooit iets gedragen wat hier ook maar in de verste verte op lijkt, zo glinsterend en theaterachtig, en dat is het natuurlijk, een oud theaterkostuum, of iets uit een verdwenen nachtclub-act; wat er nog het dichtste bij komt zijn mijn vroegere badpakken en een negligeetje van geelroze kant dat Luke een keer voor me heeft gekocht. Toch gaat er een bekoring van uit, het heeft iets van de kinderlijke betovering van verkleedpartijen. En het zou zo'n openlijke belediging zijn, zo'n bespotting van de Tantes, zo zondig, zo vrij. Vrijheid is, net als al het andere, relatief.

'Tja,' zeg ik; ik wil niet te enthousiast lijken. Ik wil dat hij het gevoel krijgt dat ik hem een gunst bewijs. Nu komen we misschien bij zijn innigste verlangen. Heeft hij een ponyzweep, verborgen achter de deur? Komt hij op de proppen met een paar laarzen, legt hij zichzelf of mij over het bureau?

'Het is een vermomming,' zegt hij. 'Je zult ook je gezicht moeten verven, ik heb er spul voor. Zonder dat kom je er nooit in.'

'Waarin?' vraag ik.

'Vanavond neem ik je mee uit.'

'Uit?' Het is een uitdrukking uit vroeger tijd. Er is vast en zeker nergens meer een gelegenheid waar een man een vrouw mee naartoe kan nemen.

'Een eindje hier vandaan,' zegt hij.

Zonder dat iemand het mij heeft verteld, weet ik dat het riskant is wat hij me voorstelt, voor hem maar vooral voor mij; maar ik wil hoe dan ook gaan. Ik wil alles wat de eentonigheid doorbreekt en de respectabele orde der dingen zoals ik die om me heen waarneem ondermijnt.

Ik zeg tegen hem dat hij niet mag kijken terwijl ik het kostuum aantrek; ik voel nog steeds een zekere gêne bij het idee dat hij mijn lichaam zou zien. Hij zegt dat hij zich zal omdraaien en doet dat ook, en ik trek mijn schoenen en kousen en katoenen onderbroek uit en schuif de veren om mijn dijen, onder de tent van mijn jurk. Dan trek ik de jurk zelf uit en schuif de dunne, met sterretjes versierde bandjes over mijn schouders. Er horen ook schoenen bij, lichtpaarse met absurd hoge hakken. Niets past helemaal; de schoenen zijn me een beetje te groot, het kostuum zit te strak rond de taille, maar het gaat.

'Klaar,' zeg ik, en hij draait zich om. Ik voel me dwaas; ik wil mezelf in een spiegel zien.

'Beeldig,' zegt hij. 'En nu je gezicht.'

Hij heeft alleen lipstick, oud en zacht en ruikend naar kunstdruiven, en wat eyeliner en mascara. Geen oogschaduw, geen rouge. Heel even denk ik dat ik misschien niet meer weet hoe ik met cosmetica moet omgaan, en de eerste poging met de eyeliner resulteert in een vlekkerig zwart ooglid, alsof ik gevochten heb, maar ik veeg het af met de plantenolie alias handlotion en probeer het nogmaals. Ik smeer een beetje lipstick op mijn jukbeenderen en wrijf het uit. Terwijl ik dit alles doe, houdt hij me een grote handspiegel met een zilverkleurige achterkant voor. Het is de spiegel van Serena Joy, zie ik. Hij moet hem uit haar kamer hebben gehaald.

Ik kan niets aan mijn haar doen.

'Fantastisch,' zegt hij. Hij is nu heel opgewonden; het is alsof we ons kleden voor een feest.

Hij loopt naar de kast en haalt er een mantel uit, met een kap. Hij is lichtblauw, de kleur voor de Echtgenotes. Ook deze mantel moet van Serena zijn.

'Trek de kap over je gezicht,' zegt hij. 'En smeer je make-up niet uit. Het is om langs de controleposten te komen.'

'Maar mijn pasje dan?' vraag ik.

'Maak je daar maar geen zorgen over,' zegt hij. 'Ik heb er een voor je.'

En zo gaan we op weg.

We sluipen samen door de donker wordende straten. De Bevelvoerder houdt mijn rechterhand vast, alsof we tieners in de bioscoop zijn. Ik trek de hemelsblauwe cape strak om me heen, zoals het een goede Echtgenote betaamt. Door de tunnelvormige kap zie ik Nicks achterhoofd. Zijn pet staat recht, hij zit recht, zijn hals is recht, alles aan hem is recht. Uit die houding spreekt afkeuring jegens mij, of verbeeld ik me dat? Weet hij wat ik onder deze mantel aanheb, heeft hij het op de kop getikt? En als dat zo is, maakt het hem dan boos of begerig of afgunstig, of doet het hem helemaal niets? We hebben één ding gemeen: we dienen allebei onzichtbaar te zijn, we zijn allebei radertjes in het systeem. Ik vraag me af of hij dat weet. Toen hij het portier van de auto opendeed voor de Bevelvoerder, en dus ook voor mij, probeerde ik zijn aandacht te trekken en hem te dwingen me aan te kijken, maar hij deed alsof hij me niet zag. Wel logisch eigenlijk: hij heeft een makkelijk baantje – lichte boodschappen doen, kleine gunsten verlenen – dat hij onder geen beding op het spel wil zetten.

De controleposten vormen geen probleem, het gaat allemaal heel soepel, zoals de Bevelvoerder heeft voorspeld, ondanks het hevige bonzen en de hoge bloeddruk in mijn hoofd. Schijterd, zou Moira zeggen.

Na de tweede controlepost zegt Nick: 'Is het hier, meneer?' en de Bevelvoerder zegt: 'Ja.'

De auto stopt en de Bevelvoerder zegt: 'Nu moet ik je vragen om op de vloer van de auto te gaan liggen.'

'Op de vloer?' zeg ik.

'We moeten door de poort,' zegt hij, alsof dat voor mij iets betekent. Ik heb hem al gevraagd waar we heen gingen, maar hij zei dat dat een verrassing was. 'Echtgenotes worden niet toegelaten.'

Dus ga ik op de vloer liggen, en de auto begint weer te rijden. De volgende minuten zie ik niets. Het is stikheet onder de mantel. Het is een wintermantel, geen katoenen cape voor de zomer, en hij ruikt naar mottenballen. De Bevelvoerder moet hem uit de opslag hebben gehaald, wetend dat ze het niet zou merken. Hij heeft zijn voeten een heel stuk verplaatst om mij ruimte te geven. Toch raakt mijn voorhoofd zijn schoenen. Ik ben nog nooit zo dicht bij zijn schoenen geweest. Ze voelen hard en weerbarstig aan, als het schild van een kever: zwart, glanzend, ondoordringbaar. Ze lijken niets met voeten te maken te hebben.

We passeren nog een controlepost. Ik hoor de stemmen, onpersoonlijk, eerbiedig, en het raampje dat elektrisch naar beneden schuift wanneer de pasjes getoond moeten worden. Dit keer zal hij mijn pasje, zogenaamd mijn pasje, niet laten zien omdat ik tot nader order officieel niet meer besta.

Dan rijdt de auto weg en dan stopt hij weer, en de Bevelvoerder helpt me overeind.

'We moeten snel zijn,' zegt hij. 'Dit is een achteringang. Geef de mantel maar zo lang aan Nick. Op het hele uur, zoals gewoonlijk,' zegt hij tegen Nick. Dit heeft hij dus ook al eerder gedaan.

Hij helpt me uit de mantel; het portier wordt geopend. Ik voel de buitenlucht op mijn bijna naakte huid, en ik realiseer me dat ik heb gezweet. Terwijl ik me omdraai om het portier achter me te sluiten, zie ik hoe Nick door het raampje naar me kijkt. Hij ziet me nu. Lees ik minachting op zijn gezicht, of onverschilligheid, had hij niets anders van me verwacht?

We staan in een straatje achter een tamelijk modern gebouw van rode baksteen. Er staat een rij vuilnisemmers naast de deur, en het ruikt naar gebraden kip die aan het bederven is. De Bevelvoerder heeft een sleutel van de deur – een effen grijze deur, gelijk met de muur en vermoedelijk van staal. Hij geeft toegang tot een betonnen gang met fluorescerende verlichting, een soort functionalistische tunnel.

'Hier,' zegt de Bevelvoerder. Hij schuift een elastieken band met een paars kaartje eraan om mijn pols, net zoiets als het kaartje dat je op het vliegveld aan je koffers moet bevestigen. 'Als iemand je iets vraagt, zeg dan maar dat je gehuurd bent voor één avond,' zegt hij. Hij pakt mijn blote bovenarm en loodst me vooruit. Ik wil een spiegel, om te zien of mijn lipstick zich goed houdt, of de veren niet te belachelijk, te slonzig staan. In dit licht moet ik eruitzien als een spook. Maar het is nu te laat.

Idioot, zegt Moira.

37

We lopen door de gang en passeren nog een effen grijze deur; daarna komt er weer een gang, met gedempt licht en tapijten ditmaal, in een paddenstoelachtige kleur, bruinachtig roze. Er komen genummerde deuren op uit: eenentwintig, tweeëntwintig, de manier waarop je telt wanneer het onweert, om vast te stellen hoe ver je van de blikseminslag verwijderd bent. Het is dus een hotel. Achter een van de deuren klinkt gelach, van een man maar ook van een vrouw. Het is lang geleden dat ik dat voor het laatst gehoord heb.

We betreden een overdekte centrale binnenplaats, uitgestrekt en verscheidene verdiepingen hoog, met een dakraam. Er is een fontein in het midden, een ronde fontein die water sproeit in de vorm van een uitgebloeide paardenbloem. Hier en daar staan potplanten en bomen, en wijnranken hangen aan de balkons. Glazen liften met ovale wanden zweven op en neer langs de muren als reusachtige weekdieren.

Ik weet waar ik ben. Ik ben hier eerder geweest: met Luke, 's middags, lang geleden. Het was toen een hotel. Nu wemelt het er van de vrouwen.

Ik blijf staan en kijk naar ze. Ik kan hier om me heen kijken, er zijn geen witte vleugels die me dat beletten. Nu mijn hoofd ervan verlost is, voelt het merkwaardig licht, alsof er een gewicht afgenomen is, alsof er iets uit is gehaald.

De vrouwen zitten, slenteren rond, leunen tegen elkaar aan. Er staan ook mannen tussen, een heleboel mannen, maar in hun donkere uniformen en pakken, zo sterk op elkaar lijkend, vormen ze slechts een soort achtergrond. De vrouwen daarentegen lopen er tropisch bij, ze dragen allerhande kleurige, feestelijke kleren. Sommigen van hen dragen kostuums zoals het mijne, veren en geschitter, hoog uitgesneden boven de dijen, laag boven de borsten. Sommigen dragen ouderwetse lingerie, korte nachthemdjes, babydolls, doorkijknegligeetjes. Sommigen zijn in bikini of badpak; één vrouw, zie ik, draagt een gehaakt gevalletje, met grote kamschelpen over de tieten. Sommigen dragen een sportbroekje en een topje, anderen een gymnastiekpakje zoals je vroeger op de televisie zag, nauwsluitend, met gebreide beenwarmers in pastelkleuren. Er zijn er zelfs een paar in de uitmonstering van een cheerleader: korte plooirokjes, enorme letters over de borst. Ik denk dat ze zich tevreden hebben moeten stellen met een allegaartje, alles wat ze bij elkaar konden scharrelen of hebben kunnen redden. Ze zijn allemaal opgemaakt, en ik besef nu hoezeer ik dat beeld ben ontwend, want hun ogen lijken me te groot, te donker en te glanzend, hun monden te rood, te nat, in bloed gedoopt en glinsterend, en ook te clownesk.

Op het eerste gezicht is het een vrolijk tafereel. Het lijkt op een gemaskerd bal; de vrouwen lijken groot uitgevallen kinderen, gekleed in oude plunje die ze uit koffers op zolder hebben opgediept. Hebben ze het naar hun zin? Misschien wel, maar hebben ze hier zelf voor gekozen? Het is niet vast te stellen.

Er zijn heel veel billen in deze ruimte. Ik ben er niet meer aan gewend.

'Het is alsof je het verleden binnenwandelt,' zegt de Bevelvoerder. Zijn stem klinkt tevreden, opgetogen zelfs. 'Vind je ook niet?'

Ik probeer me te herinneren of het verleden precies zo was als dit. Ik betwijfel het. Ik weet dat deze dingen bestonden, maar ze stonden in een andere verhouding tot het overige. Een film over het verleden is niet hetzelfde als het verleden.

'Ja,' zeg ik. Ik heb hier geen uitgesproken mening over. Ik ben beslist niet geschokt door deze vrouwen. Ik zie ze als vrouwen die de regels overtreden. De officiële leer ontkent hun bestaan, en toch zijn ze hier. Dat is tenminste iets.

'Je moet ze niet zo aangapen,' zegt de Bevelvoerder. 'Zo verraad je jezelf. Probeer zo gewoon mogelijk te doen.' Hij loodst me opnieuw vooruit. Een andere man heeft hem in het oog gekregen, heeft hem gegroet en loopt nu naar ons toe. De Bevelvoerder verstevigt zijn greep op mijn bovenarm. 'Rustig,' fluistert hij. 'Niet zenuwachtig worden.'

Je hoeft alleen maar te zwijgen en dom uit je ogen te kijken, houd ik mezelf voor. Dat moet niet zo moeilijk zijn.

De Bevelvoerder doet voor mij het woord, tegen deze man en daarna ook tegen anderen. Hij zegt niet veel over me, het hoeft niet. Hij zegt dat ik nieuw ben, en ze bekijken me en praten daarna verder over andere zaken. Mijn vermomming doet haar werk.

Hij blijft mijn arm vasthouden, en terwijl hij praat recht zijn rug zich ongemerkt, zijn borst zet uit, en zijn stem wordt steeds levendiger en speelser, alsof hij twintig jaar jonger is. Ik krijg de indruk dat hij met me pronkt, en zij begrijpen dat, ze zijn heel beschaafd, ze houden hun handen thuis, maar ze keuren mijn borsten en mijn benen, alsof er geen reden is waarom ze dat niet zouden doen. Maar hij pronkt ook met zichzelf, tegenover mij. Hij toont me zijn macht. Hij overtreedt de regels, vlak voor hun ogen, en maakt in gedachten een lange neus naar ze, straffeloos. Misschien heeft hij die toestand van bedwelming bereikt die naar men zegt door macht wordt opgewekt, een toestand waarin je denkt dat je onmisbaar bent en daarom alles kunt doen, echt alles waar je zin in hebt, alles, wat dan ook. Tweemaal geeft hij me een knipoog, op momenten dat hij denkt dat er niemand kijkt.

Het is een vorm van jeugdig vertoon, een beetje zielig, maar ik kan het heel goed begrijpen.

Wanneer hij het genoeg vindt, leidt hij me weer weg, naar een opbollende, gebloemde sofa van het soort dat vroeger in hotellobby's stond; het bloemdessin van deze sofa kan ik me zelfs van vroeger herinneren: roze art-nouveaubloemen op een donkerblauwe achtergrond. 'Ik dacht dat je misschien vermoeide voeten begon te krijgen,' zegt hij, 'in die schoenen.' Hij heeft dat goed gezien, en ik ben hem er dankbaar voor. Hij zet me op de bank en gaat naast me zitten. Hij slaat een arm om mijn schouder. De stof van zijn mouw schuurt langs mijn huid, die de laatste tijd geen aanraking meer gewend is.

'Nou?' zegt hij. 'Wat vind je van onze kleine club?'

Ik kijk opnieuw om me heen. De mannen zijn niet zo gelijksoortig als ik eerst dacht. Bij de fontein staat een groepje Japanners in lichtgrijze pakken, en in de verste hoek zie ik een grote witte vlek: Arabieren, in van die lange badmantels en met gestreepte zweetbanden om het hoofd.

'Is dit een club?' vraag ik.

'Nou ja, zo noemen we het onder elkaar. De club.'

'Ik dacht dat zulke gelegenheden streng verboden waren,' zeg ik.

'Officieel wel,' zegt hij. 'Maar we zijn tenslotte allemaal mensen.'

Ik wacht op een toelichting, maar die blijft uit, en daarom vraag ik: 'Wat wilt u daarmee zeggen?'

'Dat je niet om de natuur heen kunt,' zegt hij. 'De natuur eist variatie voor de man. Dat is vanzelfsprekend, het maakt deel uit van de voortplantingsstrategie. Het is het plan van de natuur.' Ik zwijg, en dus gaat hij verder. 'Vrouwen weten dat instinctief. Waarom kocht een vrouw vroeger zo veel verschillende kleren? Om bij haar man de indruk te wekken dat hij verschillende vrouwen had. Elke dag een nieuwe.'

Hij zegt dit alsof hij het gelooft, maar hij zegt zo veel dingen op die manier. Misschien gelooft hij het, misschien niet, of misschien beide tegelijk. Het valt niet uit te maken wat hij gelooft.

'En nu we geen verschillende kleren meer hebben,' zeg ik, 'nemen jullie dus maar verschillende vrouwen.' De ironie ontgaat hem.

'Het lost een boel problemen op,' zegt hij zonder een spier te vertrekken.

Ik zeg niets terug. Ik begin genoeg van hem te krijgen. Ik heb zin om de rest van de avond als een klit aan hem te blijven hangen en chagrijnig te zwijgen. Maar ik weet dat ik me dat niet kan veroorloven. Wat dit verder ook is, het blijft een avondje uit.

Ik zou eigenlijk graag met de andere vrouwen willen praten, maar ik denk niet dat het me lukt.

'Wie zijn die mensen?' vraag ik.

'Het is alleen voor officieren,' zegt hij. 'Van alle onderdelen. En voor hoge ambtenaren. En voor handelsdelegaties, natuurlijk. Het stimuleert de handel. Het is een geschikte plaats om mensen te ontmoeten. Je kunt nauwelijks zakendoen zonder iets als dit. We proberen ze hier hetzelfde te bieden als ze elders kunnen krijgen. En je vangt nog eens wat op; informatie. Een man vertelt een vrouw wel eens dingen die hij een andere man nooit zou vertellen.'

'Nee,' zeg ik, 'ik bedoel de vrouwen.'

'O,' zegt hij. 'Nou, sommigen komen echt uit het vak. Werkende meisjes' – hij lacht – 'uit de oude tijd. Ze konden niet in de nieuwe situatie worden ingepast; de meesten hebben het hier trouwens best naar hun zin.'

'En de anderen?'

'De anderen?' zegt hij. 'Nou, we hebben een hele verzameling. Die daar, in dat groene pakje, is sociologe. Of was. Die daar was advocate, en die had een leidinggevende functie in een bedrijf, een soort snackbar- of hotelketen. Ik heb gehoord dat je een heel goed gesprek met haar kunt voeren als je alleen zin in praten hebt. Zij vinden dit ook prettiger.'

'Prettiger dan wat?' vraag ik.

'Dan de alternatieven,' zegt hij. 'Misschien dat jij het ook prefereert boven het leven dat je nu hebt.' Hij zegt het op bedeesde toon, hij vist naar complimentjes, en ik begrijp dat het serieuze deel van de conversatie ten einde is.

'Ik weet het niet,' zeg ik, alsof ik erover nadenk. 'Het is misschien erg zwaar.'

'Je moet in ieder geval op je gewicht letten,' zegt hij. 'Daar zijn ze erg streng in. Als je tien pond aankomt, stoppen ze je in een isoleercel.' Maakt hij een grapje? Waarschijnlijk wel, maar ik wil het niet weten. 'Goed,' zegt hij, 'om je een beetje in een passende stemming te brengen – wat zou je zeggen van een drankje?'

'Ik mag niet drinken,' zeg ik. 'Dat weet u ook wel.'

'Eén keer kan geen kwaad,' zegt hij. 'Trouwens, het zou een rare indruk maken als je niets gebruikte. Geen nicotine- en alcoholtaboe hier! Zo zie je maar dat het echt wel voordelen heeft om hier te werken.'

'Goed dan,' zeg ik. In mijn hart vind ik het een aangenaam idee, ik heb al jarenlang geen drank meer gehad.

'Wat zal het zijn?' vraagt hij. 'Ze hebben hier alles. Import.'

'Een gin-tonic,' zeg ik. 'Maar niet te sterk. Ik wil niet dat u hier een slechte naam krijgt.'

'Daar hoef je niet bang voor te zijn,' zegt hij grinnikend. Hij staat op en pakt dan, tot mijn verrassing, mijn hand en kust mijn handpalm. Dan loopt hij naar de bar. Hij had ook een serveerster kunnen roepen, daarvan lopen er hier ook een paar rond, in uniforme zwarte minirokjes en met pompons op hun borsten, maar ze lijken druk bezig en moeilijk aan te roepen.

Dan zie ik haar. Moira. Ze staat met twee andere vrouwen bij de fontein. Ik moet nog een keer goed kijken om te zien of ze het wel is, met snelle, korte blikken, zodat niemand het merkt.

Ze is bespottelijk gekleed, in een zwart satijnen kostuum dat vroeger glanzend geweest moet zijn maar er nu versleten uitziet. Het is strapless, met strakke draden aan de binnenkant die de borsten omhoogduwen, maar het past Moira niet helemaal, het is haar te groot, zodat de ene borst vooruitsteekt en de andere niet. Ze trekt het topje zonder erbij na te denken een eindje omhoog. Wanneer ze zich half omdraait, zie ik dat er een pluk katoen aan de achterkant is bevestigd; het lijkt op maandverband dat uit elkaar is geploft als een stukje popcorn. Ik begrijp dat het een staart moet voorstellen. Aan haar hoofd zijn twee oren vastgemaakt, van een konijn of een hert, dat is niet goed te zien; een van de oren heeft zijn spankracht verloren en bungelt slap naast haar hoofd. Ze heeft een zwart vlinderdasje om haar hals en draagt zwarte netkousen en zwarte schoenen met hoge hakken. Ze heeft altijd een hekel gehad aan hoge hakken.

Het hele kostuum, ouderwets en bizar, doet me denken aan iets uit het verleden, maar ik weet niet meer wat. Een toneelstuk, een musical? Meisjes in konijnenpakjes, omdat het Pasen was. Wat betekent een konijn hier, waarom wordt dat beest geacht seksueel aantrekkelijk te zijn voor mannen? Hoe kan dit sjofele kostuum tot de verbeelding spreken?

Moira rookt een sigaret. Ze doet een haal en geeft de sigaret dan aan de vrouw links van haar, die een kostuum draagt met rode sterretjes en een lange, puntige staart, en op haar hoofd twee zilverkleurige horentjes: een duivelsuitmonstering. Nu staat ze met haar armen over elkaar, onder haar ingesnoerde borsten. Ze gaat op één been staan, dan op het andere, haar voeten doen zeker pijn; haar rug is enigszins gebogen. Ze kijkt ongeïnteresseerd en gedachteloos om zich heen. Dit moet voor haar een vertrouwde omgeving zijn.

Ik wil dat ze naar me kijkt, me ziet, maar haar ogen glijden langs me heen alsof ik ook een palm of een stoel ben. Ze moet zich omdraaien, ik hunker ernaar, ze moet me aankijken, voordat een van de mannen naar haar toe loopt, voor ze verdwijnt. Een van de andere vrouwen die bij haar stonden, de blonde in het korte roze bedjasje, afgezet met haveloos bont, is al in bezit genomen, in de glazen lift gestapt, opgestegen en uit het gezicht verdwenen. Moira kijkt weer om zich heen, misschien om te zien of ze op korte termijn een kans maakt. Het moet moeilijk zijn om daar te staan zonder gevraagd te worden, als een muurbloempje op een schoolfeest. Dit keer blijven haar ogen op mij rusten. Ze ziet me. Ze weet genoeg om niet te reageren.

We kijken elkaar aan met onbewogen, apathische gezichten. Dan maakt ze een kleine beweging met haar hoofd, een knikje naar rechts. Ze neemt de sigaret weer over van de vrouw in het rood, drukt hem tegen haar mond, en houdt haar hand een ogenblik stil in de lucht, de vingers gespreid. Dan keert ze me de rug toe.

Ons oude teken. Ik heb vijf minuten om naar het damestoilet te komen, dat zich ergens rechts van haar moet bevinden. Ik kijk om me heen: nergens een spoor van een wc. Ik kan ook niet het risico nemen om op te staan en zomaar ergens heen te lopen, zonder de Bevelvoerder. Ik weet niet genoeg, ik ken hier de regels niet, ik zou kunnen worden aangehouden.

Eén minuut, twee. Moira slentert weg zonder om zich heen te kijken. Ze kan alleen maar hopen dat ik haar heb begrepen en achter haar aan kom.

De Bevelvoerder komt terug met twee glazen. Hij glimlacht naar me, zet de glazen op de lange zwarte salontafel voor de sofa en gaat zitten. 'Vermaak je je een beetje?' vraagt hij. Hij wil dat ik me vermaak. Dit is tenslotte een uitje.

Ik glimlach naar hem. 'Is hier ook een wc?' vraag ik.

'Natuurlijk,' zegt hij. Hij nipt aan zijn glas. Hij vertelt niet uit zichzelf waar de wc is.

'Ik moet heel nodig.' Ik tel nu in gedachten, seconden, geen minuten.

'Daar.' Hij knikt.

'En als iemand me tegenhoudt?'

'Gewoon je kaartje laten zien,' zegt hij. 'Dan is het in orde. Dan weten ze dat je op bezoek bent.'

Ik sta op en loop waggelend door het vertrek. Bij de fontein begin ik te slingeren, ik val bijna. Het komt door de hoge hakken. Nu ik me niet kan vasthouden aan de arm van de Bevelvoerder, verlies ik mijn evenwicht. Enkele mannen kijken naar me, eerder verbaasd, denk ik, dan begerig. Ik voel me een dwaas. Ik houd mijn linkerarm duidelijk zichtbaar uitgestoken, met gekromde elleboog, het kaartje naar buiten gedraaid. Niemand zegt iets.

38

Ik vind de ingang van het damestoilet. Er staat nog steeds *Dames* op, in gouden krulletters. Er is een gangetje dat naar de wc-deur leidt, en daarnaast zit een vrouw aan een tafeltje toezicht te houden. Het is een oudere vrouw, gekleed in een paarse kaftanjapon en opgemaakt met goudkleurige oogschaduw; toch kan ik aan haar zien dat het een Tante is. De vee-prikker ligt op het tafeltje, ze heeft het riempje om haar pols gewonden. Geen flauwekul hier.

'Een kwartier,' zegt ze tegen me. Ze neemt een paarse, rechthoekige kartonnen kaart van de stapel op het tafeltje en geeft hem aan mij. Het lijkt wel een paskamer in een warenhuis, vroeger. Tegen de vrouw achter mij hoor ik haar zeggen: 'Jij was hier net ook al.'

'Ik moet alweer,' zegt de vrouw.

'Eén rustpauze per uur,' zegt de Tante. 'Je kent de regels.'

De vrouw begint op een klagerige, wanhopige toon te protesteren. Ik duw de deur open.

Ik herinner me dit. Een rustvertrek, zachtroze verlicht, met een aantal makkelijke stoelen en een sofa met een geelgroen bamboemotief, en daarboven, aan de muur, een klok in een fijn bewerkte, gouden kast. Hier hebben ze de spiegel niet weggehaald: er hangt er een tegenover de sofa, een langwerpige. Je moet hier weten hoe je eruitziet. In een gang achter dit vertrek bevinden zich de wc-hokjes, ook roze, en de wasbakken, en meer spiegels.

Enkele vrouwen zitten in de stoelen en op de sofa te roken, schoenen uit. Ze kijken me aan als ik binnenkom. Er hangt parfum in de lucht en muffe rook, en de geur van werkend vlees.

'Ben je hier nieuw?' vraagt een van hen.

'Ja,' zeg ik, terwijl ik om me heen kijk, op zoek naar Moira, die nergens te bekennen is.

De vrouwen glimlachen niet. Ze roken weer verder alsof het een ernstige zaak is. In het vertrek erachter is een vrouw in een kattenpak met een staart van oranje namaakbont bezig haar make-up weer in een presentabele staat te brengen. Het lijkt wel de kleedkamer van een theater: schmink, rook, de materialen van de illusie.

Ik sta te weifelen, weet niet wat ik doen moet. Ik wil niet naar Moira vragen, ik weet niet of dat wel veilig is. Dan hoor ik het doortrekken van een wc en Moira komt uit een roze hokje. Ze loopt wankelend naar me toe; ik wacht op een teken.

'Het is in orde,' zegt ze, tegen mij en tegen de andere vrouwen. 'Ik ken haar.' De anderen glimlachen nu, en Moira omhelst me. Ik sla mijn armen om haar heen, de draden die haar borsten omhoog drukken dringen in mijn bovenlichaam. We kussen elkaar, op één wang, dan op de andere. Dan doen we allebei een stapje achteruit.

'Het is godsgruwelijk,' zegt ze. Ze grijnst naar me. 'Je lijkt de hoer van Babylon wel.'

'Het is toch ook de bedoeling dat ik er zo uitzie?' zeg ik. 'Je lijkt zelf nog het meest op een verzopen kat.'

'Ja,' zegt ze, terwijl ze haar decolleté omhoogtrekt, 'dit is niet mijn stijl en bovendien staat het op het punt uit elkaar te vallen. Ik wou dat ze iemand konden vinden die nog weet hoe je zoiets maakt. Dan zou ik tenminste iets min of meer fatsoenlijks kunnen krijgen.'

'Heb je dat zelf uitgezocht?' vraag ik. Misschien heeft ze dit kostuum gekozen omdat het wat minder opzichtig is, alleen zwart en wit.

'Welnee,' zegt ze. 'Het is me toegewezen. Ze vonden zeker dat het goed bij me paste.'

Ik kan nog steeds niet geloven dat Moira voor me staat. Ik raak haar arm nog een keer aan. Dan begin ik te huilen.

'Hou op,' zegt ze. 'Straks loopt je make-up nog uit. Je hebt geen tijd om te huilen. Schuif eens een stukje op.' Dit laatste zegt ze tegen de twee vrouwen op de sofa, op haar gebruikelijke gebiedende, ruwe, nonchalante manier, en zoals gewoonlijk bereikt ze haar doel.

'Mijn pauze is toch om,' zegt één vrouw, die een lichtblauwe, met kant afgezette babydoll en witte kousen draagt. Ze staat op en geeft me een hand. 'Welkom,' zegt ze.

De andere vrouw gaat gedienstig een stukje opzij, en Moira en ik gaan zitten. We trekken allereerst onze schoenen uit.

'Wat doe jij hier in godsnaam?' vraagt Moira. 'Niet dat het niet fantastisch is om je terug te zien. Maar voor jou is het minder fantastisch. Wat heb je misdaan? Gelachen om z'n pik?'

Ik kijk naar het plafond. 'Worden we afgeluisterd?' vraag ik. Ik ga met mijn vingertoppen rond mijn ogen, uiterst voorzichtig. Er komt zwarte kleurstof af.

'Waarschijnlijk wel,' zegt Moira. 'Wil je een sigaret?'

'Dolgraag,' zeg ik.

'Hé,' zegt ze tegen de vrouw naast haar. 'Leen me even een sigaret.'

De vrouw voldoet zonder morren aan haar verzoek. Moira is nog steeds een handige leenster. Ik glimlach erom.

'Misschien ook niet,' zegt Moira. 'Ik kan me niet voorstellen dat ze zich druk maken over wat wij zeggen. Ze hebben het meeste toch al gehoord, en niemand komt er hier trouwens uit, behalve dan in een zwart busje. Maar dat weet je natuurlijk al nu je hier bent.'

Ik trek haar hoofd naar me toe zodat ik in haar oor kan fluisteren. 'Ik ben hier tijdelijk,' zeg ik. 'Alleen vanavond. Officieel ben ik hier helemaal niet. Hij heeft me binnen gesmokkeld.'

'Wie?' fluistert ze terug. 'Die zak met wie je hier bent? Die heb ik wel eens gehad, hij is vreselijk.'

'Hij is mijn Bevelvoerder,' zeg ik.

Ze knikt. 'Sommige Bevelvoerders doen dat, het geeft ze een kick. Het is net zoiets als seks op het altaar of iets dergelijks: jullie worden geacht heel erg kuis te zijn. Ze zien jullie graag met een boel make-up. Kunnen ze lekker van hun macht genieten.'

Zo had ik het nog niet bekeken. Ik overweeg of haar interpretatie ook voor de Bevelvoerder geldt, maar het lijkt te simpel voor hem, te grof. Zijn motieven zijn ongetwijfeld subtieler. Maar misschien denk ik dat alleen uit ijdelheid.

'We hebben niet veel tijd meer,' zeg ik. 'Vertel me alles.'

Moira haalt haar schouders op. 'Wat heeft het voor zin?' zegt ze. Maar ze weet dat het zin heeft, en daarom begint ze te vertellen.

Dit is ongeveer wat ze zegt, fluistert. Ik kan het me niet precies meer herinneren, want ik had toen geen gelegenheid om het op te schrijven.

Ik heb haar woorden zoveel mogelijk aangevuld: we hadden niet veel tijd, en daarom gaf ze alleen de hoofdlijnen. Ze vertelde haar verhaal in twee delen, het lukte ons nog een tweede gezamenlijke pauze te versieren. Ik heb geprobeerd het zoveel mogelijk op haar manier te vertellen. Zo houd ik haar levend.

'Ik liet Tante Elizabeth, die oude heks, vastgebonden als een kerstkalkoen achter de verwarmingsketel liggen. Ik wilde haar vermoorden, ik was het echt van plan, maar nu ben ik blij dat ik het niet gedaan heb, anders had alles er nog een stuk slechter voor me uitgezien. Ik was stomverbaasd dat je zo makkelijk uit het Centrum kon ontsnappen. Ik wandelde gewoon naar buiten in die bruine kleren. Ik liep maar door, alsof ik wist waar ik heen ging, tot ik uit het gezicht verdwenen was. Ik had niet echt een plan; het was niet van tevoren georganiseerd, zoals zij dachten, al heb ik een heleboel verzonnen toen ze me later ondervroegen. Dat doe je vanzelf als ze elektroden en al die andere dingen gaan gebruiken. Dan interesseert het je niet meer wat je zegt.

Ik bleef rechtop lopen en probeerde te bedenken wat ik nu moest doen. Toen ze de kranten verboden, hadden ze al een heleboel vrouwen die ik kende opgepakt, en ik vermoedde dat de rest inmiddels ook was gearresteerd. Ik was er zeker van dat ze een lijst met namen hadden. Het was dwaas om te denken dat we gewoon door konden gaan, zelfs al werkten we nu ondergronds, zelfs al hadden we alles uit het kantoor gehaald en overgebracht naar kelders en achterkamertjes bij de vrouwen thuis. Ik was dus niet zo dom om naar een van die huizen te gaan.

Ik had een vaag idee waar ik me ten opzichte van de stad bevond, al liep ik in een straat die ik me niet van vroeger kon herinneren. Maar ik bepaalde met behulp van de zon waar het noorden lag. Had ik toch nog wat aan mijn padvindstersverleden. Ik besloot in die richting verder te lopen, zien of ik de Yard of de Square of iets in die buurt kon vinden. Dan zou ik precies weten waar ik was. Ook meende ik dat het beter zou zijn om richting binnenstad te lopen dan naar de buitenwijken. Het zou een geloofwaardiger indruk maken.

Ze hadden het aantal controleposten uitgebreid toen wij in het Centrum zaten, ze waren overal. Bij de eerste controlepost was ik doodsbang. Ik zag hem plotseling, toen ik een hoek omsloeg. Ik wist dat het een vreemde indruk zou maken als ik vlak voor hun neus rechtsomkeert zou maken, en dus liep ik doodleuk verder, zoals ik ook bij de ingang van het Centrum had gedaan; ik zette een nors gezicht, hield mijn lichaam stram, perste mijn lippen op elkaar en keek recht door ze heen, alsof het ettergezwellen waren. Je weet wel, zoals de Tantes kijken wanneer ze het woord *man* uitspreken. Het werkte perfect, ook bij de andere controleposten.

Maar mijn hersens werkten in een razend tempo. Binnen niet al te lange tijd zouden ze dat ouwe kreng achter de verwarmingsketel vinden en groot alarm geven. En dan zouden ze me gaan zoeken: een nep-Tante, te voet. Ik probeerde iemand te verzinnen bij wie ik zou kunnen aankloppen, ik ging alle mensen af die ik kende. Ten slotte probeerde ik me zoveel mogelijk te herinneren van onze verzendlijst. We hadden hem natuurlijk al in een vroeg stadium vernietigd; of we hadden hem niet meteen vernietigd, maar onder ons verdeeld, om elk een stuk ervan uit het hoofd te leren en het daarna te vernietigen. We verzonden nog steeds drukwerk, maar zetten niet langer ons vignet op de enveloppen. Het werd veel te gevaarlijk.

Ik probeerde me dus mijn deel van de lijst te herinneren. Ik vertel je niet welke naam ik heb uitgekozen, want ik wil niet dat die mensen in de problemen komen, als dat al niet gebeurd is. Misschien heb ik alles wat ik nu zeg ook tijdens de verhoren verteld, het is moeilijk om je later nog te herinneren wat je gezegd hebt toen ze met je bezig waren. Je zegt van alles.

Ik heb ze uitgekozen omdat het een getrouwd stel is, en dat was veiliger dan alleenstaanden, om over flikkers en potten maar te zwijgen. Ik herinnerde me ook de aanduiding achter hun naam: Q, dat wil zeggen quaker. We hadden de eventuele godsdienstige gezindte achter de namen gezet, in verband met demonstraties. Je moest de K's bijvoorbeeld niet oproepen als het om abortus ging; niet dat we de laatste tijd veel abortusdemonstraties hadden georganiseerd, overigens. Ik herinnerde me hun adres ook. We hadden elkaar streng overhoord bij het leren van die adressen, het was belangrijk om ze precies te onthouden, postcode incluis.

Ik was inmiddels bij Massachusetts Avenue gekomen en wist nu waar ik was. En ik wist ook waar zij woonden. Ik maakte me nu zorgen over iets anders: wanneer deze mensen een Tante naar hun huis zagen lopen, zouden ze dan niet de deur afsluiten en doen of ze niet thuis waren? Maar ik moest het in ieder geval proberen, het was mijn enige kans. Ik was niet bang dat ze me zouden neerschieten. Het was inmiddels ongeveer vijf uur geworden. Ik was moe van het lopen, van die militaire pas die zo kenmerkend is voor de Tantes, en ik had na het ontbijt niets meer gegeten.

Wat ik natuurlijk niet wist was dat de Tantes en zelfs het Centrum in die eerste maanden nauwelijks bekendheid genoten. Het was allemaal geheim in het begin, achter prikkeldraad. Er hadden protesten kunnen komen tegen wat ze aan het doen waren, zelfs toen. De mensen hadden wel eens een paar Tantes zien lopen, maar ze wisten niet wat hun functie was. Ze moeten gedacht hebben dat het een soort van militaire verpleegsters waren. Ze waren al opgehouden met vragen stellen, tenzij het niet anders kon.

Die mensen lieten me meteen binnen. De vrouw deed de deur open. Ik zei dat ik voor een enquête kwam. Ik zei dat om te voorkomen dat ze een verbaasd gezicht zou zetten, voor het geval er iemand toekeek. Maar zodra ik binnen was ontblootte ik mijn hoofd en vertelde ik wie ik was. Ze hadden de politie kunnen bellen, ik wist dat ik een risico nam, maar zoals ik al zei, ik had geen keus. Ze deden het trouwens niet. Ze gaven me wat kleren, een jurk van haar, en verbrandden de kleren van de Tante en het pasje in de kachel. Ze wisten dat dat onmiddellijk moest gebeuren. Ze vonden het niet prettig dat ik er was, dat was wel duidelijk, ze werden er heel nerveus van. Ze hadden twee kleine kinderen, allebei onder de zeven. Ik kon me hun houding heel goed voorstellen.

Ik ging naar de plee – een hele opluchting. Een badkuip vol met plastic visjes en zo. Daarna heb ik boven in de kamer van de kinderen gezeten en met hen en hun plastic blokken gespeeld, terwijl hun ouders beneden bleven en over mijn lot beslisten. Ik was toen niet bang, ik voelde me eigenlijk heel prettig. Fatalistisch, zou je kunnen zeggen. Toen gaf de vrouw me een boterham en een kop koffie en de man zei dat hij me naar een ander huis zou brengen. Ze hadden niet durven opbellen.

In het andere huis woonden ook quakers, en ik trof het geweldig, want zij waren een tussenstation op de Ondergrondse Vrouwenweg. Toen het eerste echtpaar vertrokken was, zeiden ze dat ze me het land uit zouden proberen te krijgen. Ik vertel je niet hoe, want sommige stations zijn misschien nog steeds actief. Elk station stond in contact met maar één ander station, altijd het volgende op de route. Dat had bepaalde voordelen – als je werd gepakt, bijvoorbeeld – maar ook nadelen, want als één station werd opgerold, raakte de hele keten verstopt tot ze contact konden leggen met een van hun koeriers, die een alternatieve route kon opzetten. Maar ze waren beter georganiseerd dan je zou verwachten. Ze waren geïnfiltreerd op een aantal nuttige plaatsen, onder andere het postkantoor. Ze hadden daar een chauffeur zitten met zo'n handig bestelwagentje. Ik werd in een postzak over de brug gebracht, naar de eigenlijke stad. Ik kan je dat nu wel vertellen omdat ze hem kort daarna hebben gegrepen. Hij is ten slotte opgehangen aan de Muur. Je hoort hier verbazend veel over dat soort dingen. De Bevelvoerders vertellen ons er zelf over, waarom ook niet, zullen ze wel denken, die vrouwen kunnen het aan niemand verder vertellen, alleen aan elkaar, en dat kan geen kwaad.

Zoals ik het nu vertel, lijkt het allemaal heel makkelijk, maar dat was het niet. Ik zat voortdurend in de piepzak. Ik had het er vooral moeilijk mee dat die mensen hun leven voor mij op het spel zetten terwijl ze dat niet hoefden te doen. Maar ze zeiden dat ze het om godsdienstige redenen deden en dat ik het niet als een persoonlijke zaak moest zien. Dat hielp wel een beetje. Ze deden elke avond een stil gebed. In het begin kon ik daar moeilijk aan wennen, omdat het me te veel deed denken aan die flauwekul in het Centrum. Om je de waarheid te zeggen, ik werd er kotsmisselijk van. Ik moest mezelf dwingen tot het besef dat dit heel wat anders was. Ik had er in het begin een gruwelijke hekel aan. Maar ik denk dat zij er juist de kracht uit putten om door te gaan. Ze wisten wel ongeveer wat er zou gebeuren als ze gepakt werden. De bijzonderheden kenden ze niet, maar van de grote lijnen waren ze op de hoogte. Er waren toen al tv-uitzendingen over de processen en zo.

De jacht op sektariërs was nog niet echt begonnen. Zolang je maar zei dat je een soort christen was en dat je getrouwd was, voor de eerste keer wel te verstaan, lieten ze je met rust. Ze concentreerden zich eerst op de anderen. Toen ze die min of meer onder controle hadden, begonnen ze zich met de rest te bemoeien.

Ik moet zo'n acht of negen maanden ondergedoken hebben gezeten. Ik werd van het ene veilige huis naar het andere gebracht, er waren er toen nog verscheidene. Het waren niet allemaal quakers, sommigen waren niet eens godsdienstig. Het waren gewoon mensen die ontevreden waren over de gang van zaken.

Ik ben bijna het land uit gekomen. Ze hebben me helemaal naar Salem gebracht en daarna in een vrachtwagen vol kuikens gestopt, met bestemming Maine. Ik moest bijna overgeven van de stank; je weet niet wat het is om door een hele vracht kuikens, allemaal wagenziek, te worden ondergescheten. Ze wilden me daar de grens over brengen; niet in een auto of een vrachtwagen, dat was al te moeilijk geworden, maar per boot, langs de kust. Ik hoorde dat pas op de avond zelf, ze vertelden je nooit wat er ging gebeuren tot het zover was. Ze namen geen risico.

Ik weet dus niet precies wat er gebeurd is. Misschien heeft iemand ons in zijn zenuwen verraden, misschien heeft er iemand argwaan gekregen. Of het kwam door de boot, misschien vonden ze dat de schipper te vaak 's nachts op zee was. In die periode moet het bij de grenzen al gewemeld hebben van de Speurders. Hoe het ook zij, ze pakten ons toen we uit de vrachtwagen stapten om naar de aanlegsteiger te lopen. Mij en die man, en zijn vrouw ook. Het was een al wat ouder echtpaar, in de vijftig waren ze. Hij had op zeekreeft gevist, voordat de kustvisserij door die milieuramp werd geruïneerd. Ik weet niet wat er daarna met ze gebeurd is, want ze voerden me af in een apart busje.

Ik dacht dat het voor mij wel eens afgelopen kon zijn. Of terug naar het Centrum, naar Tante Lydia met haar staalkabel. Ze vond dat heerlijk, weet je. Ze deed alsof ze de zondaar liefhad en alleen de zonde haatte, maar ondertussen genoot ze van het straffen. Ik dacht er ernstig over om mezelf van kant te maken, en misschien had ik het ook wel gedaan als het mogelijk was geweest. Maar er zaten twee kerels bij me achter in het busje, die me als haviken in de gaten hielden. Ze zeiden niet veel, ze zaten me maar aan te staren. Ik had dus geen schijn van kans.

Maar we reden niet naar het Centrum, we gingen ergens anders heen. Ik vertel je niet wat er daarna gebeurde. Ik praat er liever niet over. Het enige wat ik kan zeggen is dat ze geen sporen hebben achtergelaten.

Toen dat achter de rug was lieten ze me een film zien. Weet je waar die over ging? Over het leven in de Koloniën. In de Koloniën houden ze zich bezig met schoonmaken. Ze zijn tegenwoordig o zo proper. Soms moeten ze lijken opruimen, na een gevecht. Het schoonmaken van de stadsgetto's is het ergste, daar blijven de lijken langer liggen rotten. De machthebbers houden er niet van als er overal lijken liggen, ze zijn bang voor een epidemie. En dus laten ze de vrouwen in de stedelijke Koloniën de lijken verbranden. In de andere Koloniën is het nog erger: gifbelten en radioactieve straling. Ze gaan ervan uit dat je daar hooguit drie jaar in leven kunt blijven; daarna valt je neus eraf en begint je huid los te laten als een rubberhandschoen. Ze nemen niet de moeite je behoorlijk te eten te geven of je van beschermende kledij te voorzien, dat zou maar extra geld kosten. Voor het grootste deel zijn het trouwens toch mensen die ze kwijt willen. Ze zeggen dat er ook Koloniën zijn waar het niet zo slecht is, waar ze aan landbouw doen: katoen en tomaten en zo. Maar daar ging de film niet over.

Het zijn oude vrouwen – je hebt je vast wel eens afgevraagd waarom je de laatste tijd zo weinig oude vrouwen op straat ziet – en Dienstmaagden die hun drie kansen hebben verknald, en onverbeterlijke types als ik. Allemaal uitschot. Gesteriliseerd, natuurlijk. Als ze dat al niet waren. Wanneer ze niet helemaal zeker zijn, voeren ze een kleine ingreep uit, zodat er geen vergissingen gemaakt kunnen worden. Ik denk dat de Koloniën ook nog voor een kwart door mannen worden bevolkt. Niet alle Sekseverraders eindigen aan de Muur.

Ze dragen allemaal een lange jurk, zoals in het Centrum, maar dan grijs. De mannen ook, naar de groepsfoto's te oordelen. Ik denk dat ze dat doen om de mannen te demoraliseren. Jezus, het zou mij al behoorlijk demoraliseren. Hoe hou je het uit in zo'n jurk? Al met al draag ik dan toch nog liever dit.

Daarna zeiden ze dus tegen me dat ik te gevaarlijk was om in aanmerking te komen voor terugkeer naar het Rode Centrum. Ze zeiden dat er een verpestende invloed van me zou uitgaan. Ik kon kiezen, zeiden ze, dit of de Koloniën. Jezusmina, alleen een non zou voor de

Koloniën kiezen. Ik bedoel, ik ben geen martelares. En ik heb me jaren geleden al laten steriliseren, dus die operatie was niet eens nodig. Er loopt hier trouwens geen enkele vruchtbare vrouw rond, je begrijpt wel hoeveel problemen dat zou geven.

En hier ben ik dus. Je krijgt zelfs gezichtscrème. Jij moet hier ook proberen te komen. Je zou nog drie of vier goede jaren kunnen hebben voordat je kut versleten is en ze je aan de stoeprand zetten. Het eten is niet slecht en er is drank en drugs, als je daarvan houdt, en we werken alleen 's avonds.'

'Moira,' zeg ik, 'dat meen je niet.' Ze maakt me bang, want wat ik in haar stem hoor is onverschilligheid, willoosheid. Hebben ze werkelijk iets bij haar weggehaald – wat? –, iets wat vroeger heel belangrijk voor haar is geweest? Maar hoe kan ik, met mijn idee van haar moed, verwachten dat ze doorgaat, het doorstaat, terwijl ik dat zelf niet doe?

Ik wil niet dat ze zo is als ik. Toegeven, meewerken, haar huid redden. Daar komt het op neer. Ik verlang dapperheid van haar, waaghalzerij, heroïek, eenzame strijd. Iets wat ik zelf mis.

'Maak je over mij maar geen zorgen,' zegt ze. Ze moet wel zo ongeveer weten wat ik denk. 'Ik ben er nog steeds, zoals je ziet. Je moet het ook eens zó bekijken: het is hier niet zo slecht, er zijn hier veel vrouwen. Een pottenparadijs, zou je het kunnen noemen.'

Ze plaagt me, toont wat energie, en dat doet me goed.

'Geven ze je de kans?' vraag ik. 'De kans? Jezusmina, ze moedigen het aan. Weet je hoe ze deze tent onder elkaar noemen? Izebel. De Tantes gaan ervan uit dat we toch al verdoemd zijn, ze hebben ons opgegeven, dus het maakt niet uit wat voor kwaad we bedrijven, en de Bevelvoerders interesseert het geen reet wat we in onze vrije tijd uitvoeren. Ze vinden het trouwens best opwindend, vrouwen die het met vrouwen doen.'

'Hoe zit het met de andere vrouwen?' vraag ik.

'Laat ik het zo zeggen,' antwoordt ze, 'ze zijn niet zo erg op mannen gesteld.' Ze haalt nogmaals haar schouders op. Het zou berusting kunnen zijn.

Ik zou graag het volgende willen vertellen. Ik zou een verhaal willen vertellen over hoe Moira ontsnapte, voorgoed dit keer. En als ik dat niet kan, dan wil ik graag zeggen dat ze Izebel in de lucht liet vliegen, compleet met vijftig Bevelvoerders. Ik zou haar graag willen laten eindigen met iets gedurfds, iets spectaculairs, een groot schandaal, iets wat goed bij haar past. Maar voor zover ik weet is er niets van dien aard gebeurd. Ik weet niet hoe ze aan haar eind is gekomen, ik weet niet eens óf ze aan haar eind is gekomen, want ik heb haar nooit meer teruggezien.

39

De Bevelvoerder heeft een kamersleutel. Hij heeft hem gehaald bij de receptie, terwijl ik op de gebloemde sofa zat te wachten. Hij laat hem aan me zien, tersluiks. Ik moet er begrip voor hebben.

We gaan omhoog in het glazen halve ei van de lift, langs de met wijnranken bedekte balkons. Ik moet er ook begrip voor hebben dat ik word tentoongesteld.

Hij maakt de kamerdeur open. Alles is nog precies zoals het was, vroeger. De gordijnen zijn hetzelfde, de zware gebloemde die bij de sprei passen, oranje papavers op koningsblauw, en de dunne witte om de zon te weren; het bureau en de nachtkastjes, hoekig, onpersoonlijk; de lampen; de schilderijtjes aan de muur: een schaal met fruit, gestileerde appels, een vaas met bloemen, boterbloemen en oranje havikskruid, passend bij de gordijnen. Alles is hetzelfde.

Ik vraag de Bevelvoerder heel even te wachten en ga de badkamer binnen. Mijn oren tuiten van de rook, de gin heeft me afgemat. Ik bevochtig een washandje en druk het tegen mijn voorhoofd. Na een poosje kijk ik of er ook verpakte stukjes zeep liggen. En die liggen er. De zeep met de zigeunerin erop, uit Spanje.

Staande in de witte badkamer adem ik de zeeplucht in, de desinfecterende geur, en luister naar het verre geluid van stromend water, wc's die worden doorgetrokken. Ik voel me op een vreemde manier bemoedigd, thuis. De wc's hebben iets geruststellends. De lichaamsfuncties blijven tenminste voor iedereen gelijk. Poepen moeten we allemaal, zou Moira zeggen.

Ik ga op de rand van de badkuip zitten en staar naar de effen witte handdoeken. Vroeger zouden ze me in een staat van opwinding hebben gebracht. Ze zouden een symbool zijn geweest van het naspel van de liefde.

Ik heb je moeder gezien, zei Moira.

Waar? vroeg ik. Het bracht me in verwarring. Ik werd me ervan bewust dat ik me haar als dood had voorgesteld.

Niet in levenden lijve, ze kwam voor in die film die ze ons lieten zien, over de Koloniën. Ze werd van dichtbij gefilmd, ze was het beslist. Ze was van top tot teen in zo'n grijs gewaad gehuld, maar ik weet zeker dat ze het was.

Goddank, zei ik.

Hoezo, goddank? zei Moira.

Ik dacht dat ze dood was.

Misschien is ze dat ook wel, zei Moira. Het zou het beste voor haar zijn.

Ik kan me de laatste keer dat ik haar zag niet herinneren. Het vloeit samen met alle andere keren; het was een alledaagse ontmoeting. Waarschijnlijk kwam ze even aanwippen. Dat deed ze vaak: ze kwam bij me binnenwaaien en vertrok weer alsof ik de moeder was en zij het kind. Ze had toen nog steeds dat kwieke. Soms, tussen twee flats in, wanneer ze net weer ergens in of uit was getrokken, gebruikte ze mijn wasautomaat. Misschien kwam ze die laatste keer iets van me lenen: een pan, een haardroger. Ook dat was een gewoonte van haar.

Ik wist niet dat het de laatste keer zou zijn, anders had ik het beter onthouden. Ik kan me niet eens herinneren wat we zeiden.

Na een week, twee weken, drie weken, toen de toestand plotseling verergerd was, probeerde ik haar te bellen. Maar er werd niet opgenomen, ook niet toen ik het later nog eens probeerde.

Ze had me niet verteld dat ze ergens heen ging, maar misschien was ze dat ook niet van plan geweest; ze vertelde me niet altijd waar ze naartoe ging. Ze had een auto en was nog niet te oud om te rijden.

Ten slotte kreeg ik de conciërge aan de lijn. Hij zei dat hij haar de laatste tijd niet meer had gezien.

Ik maakte me zorgen. Misschien had ze een hartaanval of een beroerte gehad, dat was niet uitgesloten, hoewel ze bij mijn weten niet ziek was geweest. Ze was altijd kerngezond. Ze werkte nog steeds en ging eens in de twee weken zwemmen. Tegen mijn vriendinnen zei ik altijd dat ze gezonder was dan ik, en misschien was dat wel zo.

Luke en ik reden naar haar adres en Luke dwong de conciërge de deur van haar flat open te maken. Ze kan wel dood in haar huis liggen, zei Luke. Hoe langer je een dode laat liggen, hoe erger het wordt. Hebt u zich wel eens gerealiseerd hoe erg het gaat stinken? De conciërge zei nog iets over toestemming van de autoriteiten, maar Luke was een meester in het ompraten van mensen. Hij maakte duidelijk dat we niet bleven wachten en ook niet weggingen. Ik begon te huilen. Misschien gaf dat de doorslag.

Toen de conciërge de deur had geopend, troffen we een chaos aan. Meubels waren omvergegooid, het matras was opengesneden, bureauladen lagen omgekeerd op de grond, de inhoud lag her en der verspreid. Maar mijn moeder was er niet.

Ik bel de politie, zei ik. Ik was opgehouden met huilen. Ik klappertandde en had het koud over mijn hele lichaam.

Niet doen, zei Luke.

Waarom niet? zei ik, boos nu. Hij stond me te midden van de puinhopen aan te kijken en deed niets. Hij stak zijn handen in zijn zakken, het doelloze gebaar van iemand die niet weet wat hij anders moet doen.

Gewoon niet doen, zei hij.

Je hebt een te gekke moeder, zei Moira toen we op de middelbare school zaten. Later: ze heeft flair. Nog later: een geinig wijf.

Ze is geen geinig wijf, zei ik dan. Ze is mijn moeder.

Jezusmina, zei Moira, je zou mijn moeder eens moeten zien.

Ik denk aan mijn moeder terwijl ze dodelijk gif opveegt; zoals ze vroeger in Rusland de oude vrouwen als straatveegsters gebruikten. Maar dit vuil wordt haar dood. Ik kan het nog niet echt geloven. Ik ben ervan overtuigd dat haar kordaatheid, haar optimisme en dadendrang en flair haar zullen redden. Ze verzint wel iets.

Maar ik weet dat dat niet waar is. Ik schuif alleen maar de verantwoordelijkheid van me af, zoals een kind dat bij zijn moeder doet.

Ik heb al om haar dood getreurd. Maar ik zal het opnieuw doen, steeds opnieuw.

Ik breng mezelf terug, naar het hier, naar het hotel. Hier moet ik zijn. Nu, in deze grote spiegel onder het witte licht, bekijk ik mezelf.

Ik kijk scherp, langzaam en gelijkmatig. Ik ben een wrak. De mascara is weer gaan vlekken, ondanks Moira's herstelwerkzaamheden, de paarsige lipstick is uitgelopen, het haar hangt in wilde slierten. De uit elkaar vallende roze veren zijn goedkoop en opzichtig als kermispoppen, en een deel van de stervormige lovertjes is van het kostuum gevallen. Vermoedelijk was dat de hele avond al zo, maar heb ik het niet gemerkt. Ik ben een karikatuur, slecht opgemaakt en gehuld in de kleren van iemand anders, eens modieus, nu haveloos en afgedragen.

Ik wou dat ik een tandenborstel had.

Ik kan wel blijven staan mijmeren, maar ondertussen verstrijkt de tijd.

Ik moet voor middernacht weer thuis zijn, anders verander ik in een pompoen, of was het de koets? Morgen is de Ceremonie, volgens de kalender, en dus wil Serena dat ik vanavond gedekt word, en als ik er niet ben zal ze erachter komen waar ik ben geweest, en wat dan?

En de Bevelvoerder wacht nu ook eens een keer, voor de verandering; ik hoor hem in de kamer heen en weer lopen. Nu blijft hij voor de deur van de badkamer staan en schraapt zijn keel, een theatraal *ahum.* Ik draai de warmwaterkraan open, om te laten horen dat ik bijna klaar ben. Ik moet hier doorheen. Ik was mijn handen. Ik moet oppassen dat ik niet totaal willoos word.

Wanneer ik uit de badkamer kom ligt hij op het grote bed. Hij heeft zijn schoenen uitgetrokken, zie ik. Ik ga naast hem liggen, dat hoeft hij me niet te zeggen. Ik zou het liever niet doen, maar het is prettig om te gaan liggen, ik ben zo moe.

Eindelijk alleen, denk ik. Maar ik wil helemaal niet alleen met hem zijn, niet op een bed. Ik had liever Serena erbij. Ik zou liever een potje scrabble spelen.

Maar mijn zwijgen ontmoedigt hem niet. 'Morgen, hè?' zegt hij zacht. 'Ik denk dat we daar alvast wel een voorschotje op kunnen nemen.' Hij draait zich naar me toe.

'Waarom hebt u me hier mee naartoe genomen?' vraag ik koel.

Hij streelt mijn lichaam nu, van top tot teen zoals dat heet, een kattenaai langs mijn linkerzij, omlaag langs mijn linkerbeen. Hij stopt bij de voet, zijn vingers omsluiten heel even, als een armband, de enkel, ter hoogte van de tatoeage, een brailleschrift dat hij kan lezen, een brandmerk. Het betekent: eigendom.

Ik houd mezelf voor dat hij geen onsympathieke man is, dat ik hem, onder andere omstandigheden, zelfs wel aardig vind.

Zijn hand ligt stil. 'Ik dacht dat je het misschien wel leuk zou vinden, voor de verandering.' Hij weet dat dat niet genoeg is. 'Ik denk dat ik het bij wijze van experiment heb gedaan.' Ook dat is niet voldoende. 'Je zei dat je wilde weten wat voor verrassing ik voor je had.'

Hij gaat rechtop zitten en begint zich uit te kleden. Zal het erger zijn wanneer hij zo dadelijk ontbloot is van de macht van zijn kleren? Hij is nu bezig met zijn overhemd; daaronder, helaas, een buikje. Plukjes haar.

Hij doet een van mijn schouderbandjes naar beneden en steekt zijn andere hand tussen de veren, maar het helpt niet, ik lig erbij als een dode vogel. Hij is geen monster, denk ik. Ik kan me geen trots of afkeer veroorloven, er zijn onder deze omstandigheden allerlei dingen die moeten worden opgeofferd.

'Misschien kan ik beter het licht uitdoen,' zegt de Bevelvoerder, geschrokken en zonder twijfel teleurgesteld. Ik zie hem even voordat hij het knopje omdraait. Zonder uniform lijkt hij kleiner, ouder, als iets wat gedroogd wordt. Het probleem is dat ik me nu niet anders tegenover hem kan gedragen dan ik normaal doe. Normaal gedraag ik me mat. Er moet hier toch voor ons iets te beleven zijn, iets anders dan deze zinloze anticlimax.

Doe alsof het je opwindt, schreeuw ik in gedachten tegen mezelf. Je weet vast nog wel hoe dat moet. Zorg ervoor dat het zo snel mogelijk gebeurt, anders lig je hier de hele avond. Kom in actie. Beweeg je lichaam, adem hoorbaar. Dat is het minste wat je kunt doen.

XIII

NACHT

40

De hitte 's nachts is erger dan de hitte overdag. Zelfs met de ventilator aan beweegt er niets, en de muren absorberen de warmte en stralen haar weer uit als een pas gebruikte oven. Het gaat vast gauw regenen. Waarom wil ik dat eigenlijk? Het zal er alleen nog maar vochtiger door worden. In de verte is bliksem, maar geen donder. Als ik uit het raam kijk kan ik het zien, een schittering, als de fosforescentie die je krijgt in onrustig zeewater, achter de lucht, die bewolkt is en te laag en van een matgrijs infrarood. De schijnwerpers zijn uit, wat ongewoon is. Een stroomstoring. Of anders heeft Serena Joy ervoor gezorgd.

Ik zit in het donker. Het heeft geen zin het licht aan te doen om te laten merken dat ik nog wakker ben. Ik ben weer helemaal gekleed, in mijn rode habijt, ik heb alle sterretjes afgeschud en de lipstick met toiletpapier van mijn lippen geschraapt. Ik hoop dat er niets te zien is, ik hoop dat ik nergens naar ruik, ook niet naar hem.

Ze komt om twaalf uur 's nachts, zoals ze had aangekondigd. Ik hoor haar, een zacht getrippel, een zacht geschuifel over de geluiddempende loper in de gang, en dan haar lichte klop op de deur. Ik zeg niets, maar volg haar, de gang door, de trap af. Ze kan sneller lopen en is sterker dan ik dacht. Haar linkerhand omklemt de trapleuning; misschien doet het pijn, maar ze houdt vast, om haar evenwicht te bewaren. Ik denk: ze bijt op haar lip, ze lijdt. Ze wil die baby. Ik zie ons beiden, een blauwe gestalte, een rode gestalte, heel vluchtig in het glazen oog van de spiegel, terwijl we de trap afdalen. Mezelf, mijn voorkant.

We gaan naar de keuken. Er is niemand, er brandt een zwak nachtlampje; hier heerst de rust van een lege, nachtelijke keuken. De schalen op de keukentafel, de blikken bussen en stenen potten doemen rond en zwaar op in het schimmige licht. De messen zijn opgeborgen in hun houten rek.

'Ik ga niet samen met je naar buiten,' fluistert ze. Vreemd, om haar te horen fluisteren, alsof ze een van ons is. Meestal spreken Echtgenotes niet met gedempte stem. 'Ga naar buiten door die deur en loop dan naar rechts. Daar is een andere deur, hij is open. Ga de trap op en klop aan, hij verwacht je. Niemand zal je zien. Ik blijf hier.' Ze blijft dus op me wachten, voor het geval er problemen ontstaan, voor het geval Cora en Rita wakker worden, zomaar opeens, en uit hun kamer achter de keuken komen. Wat zal ze tegen hen zeggen? Dat ze niet kon slapen. Dat ze wat warme melk gaat drinken. Ze is slim genoeg om goed te kunnen liegen, dat zie je zo.

'De Bevelvoerder is boven, in zijn slaapkamer,' zegt ze. 'Hij komt om deze tijd niet meer naar beneden, dat doet hij nooit.' Dat had ze gedacht.

Ik doe de keukendeur open, loop naar buiten, wacht tot ik weer wat kan zien. Het is zo lang geleden dat ik alleen 's nachts buiten ben geweest. Nu rommelt het wel, het onweer komt dichterbij. Wat heeft ze met de Wachters geregeld? Ze zouden me voor een insluiper kunnen aanzien en me neerschieten. Ik hoop dat ze ze op de een of andere manier heeft omgekocht, met sigaretten of whisky, of misschien weten ze er alles van, van haar fokbedrijf, misschien probeert ze het met hen als dit niet lukt.

De garagedeur is maar enkele stappen ver. Ik steek geruisloos het gras over, open snel de deur en glip naar binnen. De trap is zo donker dat ik niets kan zien. Ik loop tastend naar boven, tree voor tree: er ligt een loper, die ik me paddenstoelkleurig voorstel. Dit moet vroeger een appartement geweest zijn, voor een student of een jonge vrijgezel met een baan. Een heleboel grote huizen in deze buurt hadden zoiets. Ze werden studio's of eenkamerappartementen genoemd. Het doet me genoegen dat ik me dat nog kan herinneren. *Vrije opgang,* stond er in de advertenties, en dat betekende dat je er ongemerkt met iemand naar bed kon gaan.

Ik kom aan het eind van de trap en klop op de deur. Hij doet zelf open – wie had ik anders verwacht? Er brandt maar één lamp, maar die geeft zo veel licht dat ik met mijn ogen knipper. Ik kijk langs hem heen, mijd zijn blik. Het is één enkele kamer, met een opgemaakt opklapbed en een keukentje, en met nog een deur, vermoedelijk van de badkamer. Deze kamer is kaal, militair, minimaal. Geen schilderijen aan de muur, geen planten. Hij kampeert hier. De deken op het bed is grijs, en er staat US op.

Hij doet een stap achteruit en opzij om me door te laten. Hij is in hemdsmouwen en houdt een brandende sigaret in zijn hand. Ik ruik de rook aan zijn kleren, in de warme lucht van de kamer, overal. Ik zou mijn kleren willen uittrekken en me baden in die rook, hem over mijn huid uitwrijven.

Geen voorbereidende stappen; hij weet waarom ik hier ben. Hij zegt zelfs geen woord, het heeft geen zin om eromheen te draaien, het is een opdracht. Hij loopt van me vandaan, doet de lamp uit. Buiten flitst de bliksem, een soort interpunctie, bijna onmiddellijk gevolgd door een donderslag. Hij trekt mijn jurk uit, een man gemaakt van duisternis, ik kan zijn gezicht niet zien, en ik kan nauwelijks ademhalen, nauwelijks staan, en ik sta ook niet. Zijn mond raakt me aan, zijn handen, ik kan niet wachten en hij beweegt, nu al, liefde, het is zo lang geleden, ik kom weer tot leven in mijn huid, armen om hem heen, vallen en water zachtjes overal, eindeloos. Ik wist dat het misschien maar één keer zou gebeuren.

Dit heb ik verzonnen. Zo is het niet gegaan. In werkelijkheid ging het zo.

Ik kom aan het eind van de trap en klop op de deur. Hij doet zelf open. Er brandt een lamp; ik knipper met de ogen. Ik mijd zijn blik. Het is één enkele kamer, het bed is opgemaakt, kaal, militair. Geen schilderijen, maar op de deken staat US. Hij is in hemdsmouwen, houdt een sigaret in zijn hand.

'Hier,' zegt hij, 'neem een trekje.' Geen voorbereidende stappen, hij weet waarom ik hier ben. Om met jong geschopt te worden, zoals ze vroeger zeiden. Ik neem de sigaret van hem over, inhaleer diep, geef hem terug. Onze vingers raken elkaar nauwelijks. Zelfs zo'n klein beetje rook maakt me al duizelig.

Hij zwijgt, kijkt me aan, glimlacht niet. Het zou beter, vriendelijker zijn als hij me aanraakte. Ik voel me stom en lelijk, hoewel ik weet dat ik geen van beide ben. En toch, wat denkt hij, waarom zegt hij niets? Misschien denkt hij dat ik me in Izebel als een slet heb gedragen, met de Bevelvoerder of met anderen. Het ergert me dat ik me zelfs druk maak over de vraag wat hij denkt. Ik moet praktisch zijn.

'Ik heb niet veel tijd,' zeg ik. Het is onhandig en lomp gezegd, niet wat ik bedoel.

'Ik kan het ook in een flesje spuiten, dan kun je het zelf naar binnen gieten,' zegt hij. Hij glimlacht niet.

'Je hoeft niet zo grof te doen,' zeg ik. Misschien heeft hij het gevoel dat hij wordt gebruikt. Misschien wil hij iets van me, emotie, erkenning van het feit dat hij ook een mens is, meer is dan een zak met zaad. 'Ik weet dat het moeilijk voor je is,' probeer ik.

Hij haalt zijn schouders op. 'Ik word ervoor betaald,' zegt hij, puberachtig nors. Maar hij maakt nog steeds geen aanstalten.

Ik krijg poen om het met jou te doen, rijm ik in gedachten. Zo gaan we het dus aanpakken. Hij vond de make-up en de sterretjes maar niks. Weg met al die poespas.

'Kom je hier wel vaker?'

'Wat heeft een aardig meisje zoals jij hier te zoeken?' antwoord ik. We glimlachen allebei: dit is al beter. Dit is een erkenning van het feit dat we acteren, want wat kunnen we anders in een situatie als deze?

'Onthouding maakt de liefde sterker.' We citeren uit films van vlak voor de nieuwe tijd. Die films waren ook toen al verouderd: deze manier van praten is van voor onze tijd. Mijn moeder praatte niet eens zo, niet toen ik haar kende. Misschien heeft niemand in werkelijkheid ooit zo gepraat en is het altijd verzonnen geweest. Toch is het verbazingwekkend hoe snel het in je herinnering terugkomt, die oubollige, quasiopgewekte seksuele grappenmakerij. Ik begrijp nu waar het goed voor was, waar het altijd goed voor is geweest: om je eigen wezen buiten schot te houden, jezelf in te graven, te beschermen.

Ik voel me nu verdrietig, onze manier van praten is eindeloos triest: wegstervende muziek, verbleekte papieren bloemen, afgedragen satijn, een echo van een echo. Allemaal verdwenen, niet langer mogelijk. Zonder waarschuwing vooraf begin ik te huilen.

Eindelijk komt hij naar me toe, slaat zijn armen om me heen, streelt mijn rug en houdt me zo vast, om me te troosten.

'Toe nou,' zegt hij, 'we hebben niet veel tijd.' Met zijn armen om mijn schouders leidt hij me naar het opklapbed en vlijt me neer. Hij slaat zelfs eerst de deken open. Hij begint me uit te kleden, dan te strelen, kust me naast mijn oor. 'Geen romantiek,' zegt hij, 'afgesproken?'

Vroeger betekende dat iets anders. Vroeger betekende het: *geen beperkingen.* Nu betekent het: *geen overdreven gedoe.* Het betekent: zet je eigen veiligheid niet voor mij op het spel.

En daar gaat-ie dan.

Ik wist dat het misschien maar één keer zou gebeuren. Vaarwel, dacht ik, zelfs op het moment zelf, vaarwel.

Maar er was geen donder, dat heb ik erbij verzonnen. Om de geluiden te overstemmen waarvoor ik me schaam.

Zo is het ook niet gegaan. Ik weet niet meer precies hoe het ging. Je komt toch nooit verder dan een reconstructie: hoe liefde voelt is hooguit te benaderen.

Halverwege dacht ik aan Serena Joy, die beneden in de keuken zat te denken: wat vulgair. Ze spreiden hun benen voor jan en alleman. Je hoeft ze alleen maar een sigaret te geven.

En naderhand dacht ik: dit is een daad van verraad. Niet de handeling zelf, maar mijn reactie erop. Als ik zeker had geweten dat hij dood was, zou dat dan hebben uitgemaakt?

Ik zou vrij van schaamte willen zijn. Ik zou schaamteloos willen zijn. Ik zou onwetend willen zijn. Dan zou ik niet weten hoe onwetend ik was.

XIV

REDDING

41

Ik wou dat dit verhaal anders was. Ik wou dat het beschaafder was. Ik wou dat ik er gunstiger, of zelfs gelukkiger in werd voorgesteld. Of in ieder geval actiever, minder aarzelend, minder afgeleid door onbelangrijke dingen. Ik wou dat het verhaal meer structuur had. Ik wou dat het over liefde ging, of over een plotselinge bewustwording die een belangrijke rol in iemands leven speelt, of desnoods over zonsondergangen, vogels, stortregens of sneeuw.

Misschien gaat het in zekere zin over die dingen; maar onderwijl komen er zo veel andere dingen tussen, zo veel gefluister, zo veel speculaties over anderen, zo veel geruchten die niet kunnen worden nagetrokken, zo veel onbesproken woorden, zo veel behoedzaamheid en geheimzinnigdoenerij. En er moet zo veel tijd worden doorstaan, tijd zwaar als gebakken spijzen of dichte mist; en dan opeens die bloedige gebeurtenissen, als explosies, in straten die voor het overige beschaafd en bezadigd en somnambuul zijn.

Het spijt me dat er zo veel pijn in dit verhaal is. Het spijt me dat het in stukken en brokken wordt gepresenteerd, als was het een lichaam dat aan kruisvuur is blootgesteld of met kracht uit elkaar is getrokken. Maar ik kan niets doen om het te veranderen.

Ik heb geprobeerd om ook wat goede dingen te vermelden. Bloemen bijvoorbeeld, want wat zouden we zonder bloemen moeten beginnen?

Toch doet het me pijn om het nogmaals te vertellen. Eenmaal was genoeg: was eenmaal ook niet genoeg toen het allemaal gebeurde? Toch ga ik verder met dit trieste en hongerige en smerige, dit hinkende en verminkte verhaal, want ik wil tenslotte dat je het hoort, zoals ik ook jouw verhaal zal horen als ik ooit de kans krijg, als ik je ontmoet of als je ontsnapt, in de toekomst of in de hemel of in de gevangenis of ondergronds of nog ergens anders. Wat die plaatsen gemeen hebben is dat ze niet hier zijn. Door je iets te vertellen geloof ik in ieder geval in je, geloof ik dat je er bent, zodat je bestaat dankzij mijn geloof. Omdat ik je dit verhaal vertel, wil ik dat je bestaat. Ik vertel, dus jij bestaat.

Ik ga dus maar verder. Ik wil dat ik verderga. Ik kom nu bij een gedeelte dat je niet leuk zult vinden, omdat ik me daarin niet erg fraai heb gedragen, maar ik zal desondanks proberen niets te verzwijgen. Na alles wat je hebt doorgemaakt heb je recht op alles wat ik achterlaat, en dat is niet veel, maar de waarheid maakt er deel van uit.

Goed, hier komt het verhaal.

Ik ging terug naar Nick. Keer op keer, alleen, zonder dat Serena het wist. Het was niet noodzakelijk, er was geen excuus voor. Ik deed het niet voor hem maar helemaal voor mezelf. Ik vond niet eens dat ik me aan hem gaf, want wat had ik te bieden? Ik voelde me niet vrijgevig maar dankbaar, elke keer dat hij me wilde binnenlaten. Hij hoefde dat niet te doen.

Om bij hem te kunnen komen werd ik onvoorzichtig, nam ik domme risico's. Nadat ik bij de Bevelvoerder was geweest ging ik normaal de trap op, maar vervolgens liep ik de gang door en daalde de trap van de Martha's af, aan de achterkant, en dan door de keuken. Elke keer hoorde ik de keukendeur achter me in het slot vallen en wilde ik bijna teruggaan, het klonk zo metaalachtig, als een muizenval of een revolver, maar ik ging niet terug. Ik holde over het verlichte gazonnetje, de schijnwerpers brandden weer, en ik verwachtte ieder moment de kogels door mijn lichaam te voelen, nog voor hun geluid mijn oren bereikte. Ik beklom de donkere trap op de tast en bleef stilstaan voor de deur, het bonzen van bloed in mijn oren. Angst is een krachtige stimulans. Dan klopte ik zachtjes aan, de klop van een bedelaar. Elke keer opnieuw verwachtte ik dat hij weg zou zijn; of, erger, dat hij zou zeggen dat ik niet binnen mocht komen. Hij had kunnen zeggen dat hij niet van plan was nog langer de voorschriften te overtreden en zijn hoofd in een strop te steken ter wille van mij. Of, nog erger, dat hij zijn belangstelling voor mij had verloren. Het feit dat hij niets van dit alles deed onderging ik als een hoogst onwaarschijnlijke vorm van welwillendheid en geluk.

Ik had je gezegd dat het niet erg fraai was.

Het gaat zo.

Hij doet de deur open. Hij is in hemdsmouwen, zijn overhemd hangt uit zijn broek; hij heeft een tandenborstel in zijn hand, of een sigaret, of een glas met iets erin. Hij heeft hier zijn eigen geheime voorraadje, spul van de zwarte markt denk ik. Hij houdt altijd iets in zijn hand, alsof hij gewoon met zijn dagelijkse dingen bezig is, alsof hij me niet verwacht, niet op me zit te wachten. Misschien verwacht hij me inderdaad niet. Misschien heeft hij geen begrip van de toekomst, of wil of durft hij daar niet aan te denken.

'Is het te laat?' vraag ik.

Hij schudt zijn hoofd. We zijn stilzwijgend overeengekomen dat het nooit te laat is, maar ik blijf het vragen, bij wijze van beleefdheidsformule. Het geeft me het gevoel dat ik de zaak meer in de hand heb, alsof er iets te kiezen is, alsof ik zelf kan beslissen. Hij stapt opzij en ik loop langs hem heen en hij sluit de deur. Daarna doet hij het licht uit. We praten niet veel meer, niet in dit stadium. Ik ben al half uit de kleren. We bewaren het praten voor later.

Bij de Bevelvoerder sluit ik mijn ogen, zelfs wanneer ik hem alleen maar een nachtzoen geef. Ik wil hem niet van dichtbij zien. Maar nu, hier, houd ik mijn ogen altijd open. Ik wou dat er ergens een lamp brandde, of een kaars in een fles, een herinnering aan mijn schooltijd, maar zoiets zou te riskant zijn; ik moet me dus maar tevredenstellen met het licht van de schijnwerper, dat naar binnen filtert door zijn witte gordijnen, dezelfde die ik heb. Ik wil alles zien wat er van hem te zien is, ik wil hem in mijn geheugen prenten en bewaren, zodat ik later kan overleven met behulp van zijn beeld: de lijnen van zijn lichaam, de textuur van zijn vlees, het glinsteren van zweet op zijn vel, zijn lange, spottende, verhullende gezicht. Dat had ik ook met Luke moeten doen, ik had meer aandacht aan de details moeten besteden, aan de moedervlekjes en de littekens en de eigenaardige rimpeltjes; ik heb het niet gedaan, en nu vervaagt hij steeds verder. Van dag tot dag, van nacht tot nacht neemt de scherpte van zijn beeld af en mijn ontrouw toe.

Voor deze man zou ik van alles willen dragen als hij dat zou wensen, roze veren, paarse sterretjes, zelfs een konijnenstaart. Maar hij verlangt dat soort franje niet. We vrijen elke keer weer alsof we absoluut zeker weten dat er hierna niets meer komt, voor geen van beiden, met niemand, nooit meer. En wanneer er dan toch een volgende keer blijkt te zijn, is dat altijd weer een verrassing, een buitenkansje, een geschenk.

Hier zijn met hem betekent veiligheid; het is een grot waarin we schuilen terwijl buiten het noodweer woedt. Dit is uiteraard een misvatting. Deze kamer is een van de gevaarlijkste plaatsen waar ik me kan ophouden. Als ik hier gepakt word is er geen genade, maar dat kan me nu niet meer schelen. Hoe ben ik er eigenlijk toe gekomen hem zo volledig te vertrouwen, wat op zichzelf beschouwd van grote roekeloosheid getuigt? Hoe kan ik er zeker van zijn dat ik hem ken, dat ik ook maar iets weet van hem en van wat hij allemaal doet?

Ik wuif deze onbehaaglijke gedachten weg. Ik praat te veel. Ik vertel hem dingen die ik voor me zou moeten houden. Ik vertel hem over Moira, over Vanglen; maar niet over Luke. Ik wil hem vertellen over de vrouw in mijn kamer, de vrouw die er voor mij was, maar ik doe het niet. Ik ben jaloers op haar. Als ze ook in dit bed heeft gelegen, wil ik daar niets van weten.

Ik vertel hem hoe ik werkelijk heet, en krijg het gevoel dat ik me daardoor bekendmaak. Ik gedraag me als een dwaas. Ik zou beter moeten weten. Ik maak van hem een idool, een reclamepop.

Hij daarentegen zegt weinig: geen gedraai en grappenmakerij meer. Hij stelt nauwelijks vragen. Het grootste deel van wat ik te zeggen heb schijnt hem koud te laten, hij is alleen gevoelig voor de mogelijkheden van mijn lichaam, al kijkt hij wel naar me als ik aan het woord ben. Hij kijkt naar mijn gezicht.

Ik kan me niet voorstellen dat iemand die ik zo dankbaar ben me zou kunnen verraden.

Geen van ons gebruikt het woord *liefde*, niet eenmaal. Want dat is de goden verzoeken; dat is romantiek, dat is vragen om moeilijkheden.

Vandaag zijn er verschillende bloemen, droger, scherper omlijnd, de bloemen van hartje zomer: madeliefjes en rudbeckia's, die ons aan het begin brengen van de lange weg omlaag naar de herfst. Ik zie ze in de tuinen wanneer ik met Vanglen boodschappen doe. Ik luister bijna nooit naar haar, ik hecht niet langer geloof aan wat ze zegt. De dingen die ze fluistert komen me te onwerkelijk voor. Wat moet ik er nu nog mee?

Je kunt 's nachts zijn kamer binnengaan, zegt ze. Zijn bureau doorzoeken. Er moeten papieren liggen, aantekeningen.

De deur is op slot, mompel ik.

We kunnen je aan een sleutel helpen, zegt ze. Wil je niet weten wie hij is, wat hij doet?

Maar de Bevelvoerder is voor mij niet meer van direct belang. Het kost me moeite om mijn onverschilligheid tegenover hem te verbergen.

Blijf alles precies zo doen als je het tot nu toe deed, zegt Nick. Verander niets in je gedrag. Anders merken ze het. Hij kust me, terwijl hij me blijft aankijken. Beloof je me dat? Maak geen fouten.

Ik leg zijn hand op mijn buik. Het is zover, zeg ik. Ik voel dat het zover is. Over een paar weken weet ik het zeker.

Ik weet dat dit een wensdroom is.

Hij zal je aanbidden, zegt hij. En zij ook.

Maar het kind is van jou, zeg ik. Het is in feite van jou. Ik wil dat het van jou is.

Maar we gaan niet op dit onderwerp door.

Ik kan het niet, zeg ik tegen Vanglen. Ik ben te bang. Ik zou het er trouwens ook niet goed afbrengen, ze zouden me pakken.

Ik neem nauwelijks de moeite om spijt in mijn stem te leggen, zo lui ben ik geworden.

We kunnen je bevrijden, zegt ze. We kunnen mensen bevrijden als het werkelijk nodig is, als ze in gevaar verkeren. In direct gevaar.

De werkelijkheid is dat ik geen zin meer heb om weg te gaan, te ontsnappen, de grens tussen dwang en vrijheid over te steken. Ik wil hier zijn, waar ik toegang heb tot Nick.

Nu ik dit vertel, schaam ik me. Maar dat is niet alles. Zelfs nu nog bespeur ik in deze bekentenis een vorm van opschepperij. Er spreekt trots uit, omdat het aantoont hoe extreem, en dus gerechtvaardigd, het voor mij was. En hoezeer de moeite waard. Het lijkt op verhalen over ongeneeslijk geachte ziekten waarvan je toch nog herstelde, op oorlogsverhalen. Er spreekt een diepe ernst uit.

Zo'n ernst, om een man, had ik niet voor mogelijk gehouden.

Soms was ik rationeler. Dan beschouwde ik het niet als een kwestie van liefde. Dan zei ik tegen mezelf: ik heb hier een soort leven opgebouwd. Dat moeten de vrouwen van de kolonisten ook gedacht hebben, en vrouwen die een oorlog hadden overleefd, als ze nog een man hadden. De mensen passen zich zo makkelijk aan, zei mijn moeder vaak. Het is werkelijk verbazingwekkend waar mensen allemaal aan kunnen wennen, zolang er een maar een paar dingen tegenover staan.

Het duurt niet lang meer, zegt Cora, terwijl ze me mijn maandelijkse hoeveelheid maandverband geeft. Niet lang meer – ze zegt het met een verlegen, maar veelbetekenende glimlach. Weet ze het? Weten zij en Rita dat ik 's nachts over hun trappen sluip, weten ze wat ik op mijn kerfstok heb? Verraad ik mezelf al dagdromend, glimlachend om niets, mijn gezicht zachtjes aanrakend wanneer ik denk dat ze niet kijken?

Vanglen rekent niet meer op me. Ze fluistert minder, praat vaker over het weer. Ik heb geen spijt. Het doet me geen verdriet. Het is een opluchting.

42

De klok luidt, we horen het van ver. Het is ochtend, en we hebben vandaag geen ontbijt gehad. Bij de hoofdpoort gekomen lopen we twee aan twee naar buiten. Er staat een groot contingent bewakers, een speciaal detachement Engelen in rellenuitrusting – de helmen met de bolle kleppen van donker plexiglas waarmee ze er als kevers uitzien, de lange knuppels, de gaspistolen – in een cordon om de buitenkant van de Muur. Voor het geval er hysterie uitbreekt. De haken aan de Muur zijn leeg.

Dit is een Reddingsbijeenkomst voor een deel van de stad, alleen voor vrouwen. Reddingsbijeenkomsten zijn altijd gescheiden. De aankondiging kwam gisteren. Ze vertellen het je pas de dag tevoren, dan heb je onvoldoende tijd om eraan te wennen.

Onder het gebeier van de klok lopen we over de voetpaden die vroeger door studenten werden gebruikt, langs gebouwen die vroeger als collegezalen en studentenhuizen dienstdeden. Het is heel vreemd om hier weer te zijn. Van buiten kun je niet zien dat er iets is veranderd, behalve dat de rolluiken voor de meeste ramen zijn neergelaten. Deze gebouwen behoren nu toe aan de Speurders.

We betreden in een lange rij het uitgestrekte gazon voor de voormalige bibliotheek. De witte trap omhoog is nog hetzelfde, de hoofdingang is niet veranderd. Op het gazon is een houten podium gebouwd, te vergelijken met wat ze vroeger elk voorjaar op de promotiedag gebruikten. Ik denk aan de hoeden in pastelkleuren die sommige moeders droegen, en aan de zwarte toga's die de studenten aantrokken, en de rode. Maar dit podium is toch niet helemaal hetzelfde, want er staan drie houten palen op, waaraan lussen van touw zijn bevestigd.

Op het voorste deel van het podium staat een microfoon; de televisiecamera bevindt zich discreet aan de zijkant.

Ik ben nog maar één keer eerder bij zo'n bijeenkomst geweest, twee jaar geleden. Reddingsbijeenkomsten voor vrouwen worden niet vaak gehouden. Ze zijn maar zelden nodig. We gedragen ons tegenwoordig voorbeeldig.

Ik wil dit verhaal niet vertellen.

We gaan op onze plaatsen zitten in de gebruikelijke schikking: Echtgenotes en dochters op de houten klapstoelen achteraan, Econovrouwen en Martha's aan de zijkanten en op de trap van de bibliotheek, en Dienstmaagden vooraan, waar iedereen ons in de gaten kan houden. We zitten niet op stoelen maar geknield, en ditmaal hebben we kussens, kleine roodfluwelen kussens waar geen woord op staat, zelfs niet GELOOF.

Gelukkig is het goed weer: niet te warm, licht bewolkt. Het zou vreselijk zijn om hier in de regen te moeten knielen. Misschien vertellen ze het ons daarom pas zo laat: dan weten ze wat voor weer het wordt. Dat is een heel goede reden.

Ik kniel op mijn roodfluwelen kussentje. Ik probeer aan vanavond te denken, aan vrijen in het donker, in het licht dat weerkaatst van de witte muren. Ik herinner me de omhelzingen.

Er is een lang stuk touw dat als een slang heen en weer kronkelt, voor de eerst rij kussens langs, dan langs de tweede rij, en vervolgens tussen de rijen stoelen door, slingerend als een zeer oude, zeer trage rivier, vanuit de lucht gezien. Het voorste eind van het touw ligt op het podium. Het lijkt op een lont, of op het touwtje van een ballon.

Op het podium, aan de linkerkant, staan degenen die gered moeten worden: twee Dienstmaagden, één Echtgenote. Een Echtgenote is een uitzondering, en ik betrap mezelf erop dat ik haar met belangstelling gadesla. Ik wil weten wat ze gedaan heeft.

Ze zijn hier al neergezet voor de poorten opengingen. Ze zitten alle drie op houten klapstoelen, als pas afgestudeerden die een prijs zullen ontvangen. Hun handen rusten in hun schoot, ogenschijnlijk in alle rust samengevouwen. Ze wiebelen een beetje, waarschijnlijk heeft men ze een injectie of pillen toegediend, om te voorkomen dat ze opschudding veroorzaken. Het is het beste als alles gladjes verloopt. Zijn ze aan hun stoelen vastgebonden? Het is moeilijk te zeggen, met die lange kleren.

Nu nadert de officiële stoet het podium en beklimt de trap aan de rechterkant: drie vrouwen, één Tante voorop, twee Redsters, met hun zwarte kappen en mantels, een stap achter haar. Het gefluister in onze rijen verstomt. De drie stellen zich op, met hun gezicht naar ons toe: de Tante wordt geflankeerd door de twee Redsters in hun zwarte gewaad.

Het is Tante Lydia. Hoeveel jaar is het geleden dat ik haar voor het laatst heb gezien? Ik dacht de laatste tijd dat ze alleen in mijn verbeelding bestond, maar daar is ze, een beetje ouder geworden. Ik heb een goed uitzicht, ik zie de dieper geworden groeven aan weerskanten van haar neus, de scherp gegraveerde frons. Haar ogen knipperen, ze glimlacht nerveus terwijl ze naar links en rechts tuurt om te zien of iedereen haar plaats al heeft ingenomen en brengt een hand omhoog om aan haar hoofddoek te friemelen. Er komt een vreemd, verstikkend geluid uit de installatie: ze schraapt haar keel.

Ik begin te beven. Haat vult mijn mond als speeksel.

De zon vertoont zich, en het podium en de vrouwen erop worden verlicht als een kerststalletje. Ik zie de rimpels onder Tante Lydia's ogen, de bleke gelaatskleur van de drie vrouwen die zitten, de haren op het touw voor me in het gras, de grassprietjes. Vlak voor me staat een paardenbloem met de kleur van een eierdooier. Ik voel me hongerig. De klok houdt op met luiden.

Tante Lydia staat op, strijkt haar rok met beide handen glad en loopt naar de microfoon. 'Goedemiddag, dames,' zegt ze, en onmiddellijk begint de geluidsinstallatie oorverdovend rond te zingen. Het is niet te geloven, maar uit onze rijen klinkt gelach op. Het is moeilijk om niet te gaan lachen, het komt door de spanning, en door de geërgerde blik op Tante Lydia's gezicht terwijl ze het geluid bijregelt. Dit hoort een waardig gebeuren te zijn.

'Goedemiddag, dames,' zegt ze nogmaals, nu met een metaalachtige, vlakke stem. Ze zegt *dames* in plaats van *meisjes* omdat er Echtgenotes bij zijn. 'We zijn ongetwijfeld allemaal op de hoogte van de betreurenswaardige omstandigheden die ons hier hebben samengebracht op deze mooie ochtend, die we natuurlijk liever op een andere wijze hadden besteed, dat geldt tenminste voor mij, maar de plicht is een harde meester, of misschien mag ik bij deze gelegenheid zeggen: meesteres, en het is uit hoofde van onze plicht dat wij hier vandaag bijeen zijn.'

Zo gaat ze nog een paar minuten door, maar ik luister niet. Ik heb deze toespraak, of een die erop leek, al vaak genoeg gehoord: dezelfde platitudes, dezelfde leuzen, dezelfde frasen: de fakkel van de toekomst, de wieg van de natie, de taak die voor ons ligt. Het staat nu al vast dat er na afloop een beleefd applaus zal opklinken, en dat er thee met koekjes zal worden geserveerd op het gazon.

Dat was de inleiding, denk ik. Nu komt ze ter zake.

Tante Lydia rommelt in haar zak en haalt een verkreukeld papiertje tevoorschijn. Vervolgens doet ze er buitengewoon lang over om het open te vouwen en te lezen. Ze drukt ons met de neus op de werkelijkheid, laat ons goed merken wie ze is, dwingt ons naar haar te kijken terwijl ze zwijgend leest, pronkend met haar bevoorrechte positie. Weerzinwekkend, denk ik. Ik hoop dat het niet te lang duurt.

'Tot dusver,' zegt Tante Lydia, 'was het de gewoonte om de eigenlijke Redding te doen voorafgaan door een uitgebreid verslag van de misdaden waarvoor de gevangenen veroordeeld zijn. Maar we hebben ervaren dat zo'n openbaar verslag, vooral wanneer het ook op de televisie wordt uitgezonden, altijd wordt gevolgd door een explosie, als ik dat zo mag noemen, een uitbarsting kan ik beter zeggen, van exact hetzelfde type misdaad. Daarom hebben we besloten, in het belang van allen, om met deze gewoonte te breken. De Reddingen zullen nu zonder verdere omslag plaatsvinden.'

Een collectief gemompel stijgt uit ons midden op. De misdaden van anderen worden door ons gebruikt als een geheimtaal, door middel waarvan we onszelf tonen waartoe we uiteindelijk misschien in staat zijn. Haar bekendmaking wordt koel ontvangen, al zou je dat niet zeggen wanneer je Tante Lydia ziet: ze glimlacht en knippert met de ogen alsof ze door applaus wordt overspoeld. Nu zijn we helemaal op onszelf aangewezen, op onze eigen speculaties. De eerste, de vrouw die ze nu van haar stoel tillen, zwart gehandschoende handen om haar bovenarmen: lezen? Nee, dan wordt er alleen een hand afgehakt, na de derde veroordeling. Onkuisheid, of een aanslag op het leven van haar Bevelvoerder? Of, wat waarschijnlijker is, op dat van de Echtgenote van de

Bevelvoerder. Dat denken wij. Wat de Echtgenote betreft, die kan eigenlijk maar één ding hebben misdaan. Echtgenotes mogen bijna alles met ons doen, maar ze mogen ons niet vermoorden, dat is bij de wet verboden. Niet met een breinaald of een tuinschaar, of met een mes dat ze stiekem uit de keuken hebben weggenomen, en vooral niet wanneer we zwanger zijn. Ze kan natuurlijk ook overspel hebben bedreven. Dat kan het altijd zijn.

Of ze heeft een vluchtpoging gedaan.

'Vancharles,' kondigt Tante Lydia aan. Die ken ik niet. De vrouw wordt naar voren gebracht; ze loopt alsof ze zich op haar tred concentreert, de ene voet, de andere voet, ze hebben haar duidelijk een kalmerend middel toegediend. Er ligt een vreemde, versufte glimlach om haar mond. Eén kant van haar gezicht trekt samen, een ongecoördineerde knipoog, bedoeld voor de camera. Ze zullen dat natuurlijk nooit laten zien, het is geen live-uitzending. De twee Redsters binden haar handen op haar rug.

Achter me klinkt gekokhals.

Daarom krijgen we geen ontbijt.

'Janine, hoogstwaarschijnlijk,' fluistert Vanglen.

Ik heb dit al eerder gezien: hoe de witte zak over het hoofd wordt gedaan, hoe de vrouw op de hoge kruk wordt geholpen alsof men haar een bus in helpt, hoe haar lichaam wordt gesteund en de strop heel voorzichtig om haar hals wordt gelegd, als een ambtskleed, en hoe de kruk onder haar vandaan wordt getrapt. Ik heb om me heen de lange zucht horen opstijgen, als het geluid van een leeglopend luchtbed, ik heb gezien hoe Tante Lydia haar hand op de microfoon legde om de andere geluiden, achter haar rug, onhoorbaar te maken, ik heb me voorovergebogen om het touw aan te raken, tegelijk met de anderen, beide handen op het harige touw, kleverig van de teer in de hete zon, en heb daarna mijn hand op mijn hart gelegd om uiting te geven aan mijn solidariteit met de Redsters en aan mijn instemming, mijn medeplichtigheid aan de dood van deze vrouw. Ik heb de schoppende voeten gezien en de twee in het zwart geklede vrouwen, die de voeten nu vastgrijpen en er met hun volle gewicht aan gaan hangen. Ik wil het niet meer zien. Ik kijk naar het gras. Ik beschrijf het touw.

43

Daar hangen de drie lijken, zelfs met de witte zakken over hun hoofden zien ze er merkwaardig uitgerekt uit, als kuikens die aan hun hals zijn opgehangen in de etalage van een poelier; als gekortwiekte vogels, als loopvogels, als gevallen engelen. Het is moeilijk om je blik ervan los te maken. Onder de zoom van de jurken bungelen de voeten, twee paar rode schoenen, één paar blauwe. Als de touwen en de zakken er niet waren, zou het een soort dans kunnen zijn, een ballet, vastgelegd door een flitscamera: tussen hemel en aarde. Ze lijken zorgvuldig op hun plaats gehangen. Het lijkt wel een show. Het moet Tante Lydia geweest zijn die heeft bepaald dat de blauwe vrouw in het midden moest hangen.

'Deze Reddingsbijeenkomst is nu ten einde,' zegt Tante Lydia in de microfoon. 'Maar...'

We draaien ons naar haar toe, luisteren naar haar, kijken naar haar. Ze is altijd heel goed geweest in het doseren van haar pauzes. Er ontstaat wat deining onder ons. Misschien gaat er iets anders gebeuren.

'Maar jullie mogen nu opstaan en een kring vormen.' Ze kijkt glimlachend op ons neer, genereus, royaal. Ze gaat ons iets geven. *Schenken.* 'Ordelijk, meisjes.'

Ze heeft het tegen ons, de Dienstmaagden. Sommige Echtgenotes vertrekken nu, en sommige dochters. De meesten blijven, maar ze houden zich op de achtergrond, ze kijken alleen. Ze maken geen deel uit van de kring.

Twee Wachters zijn naar voren gekomen en rollen het dikke touw op, zodat het niet meer in de weg ligt. Anderen verplaatsen de kussens. We lopen nu door elkaar op het gras voor het podium; sommigen dringen zich naar voren om zo dicht mogelijk bij het middelpunt van de kring te komen, velen duwen net hard genoeg om in het midden te komen, aan alle kanten beschut. Het is niet verstandig om je in een groep als deze te duidelijk op de achtergrond te houden; zoiets stempelt je tot iemand die niet genoeg hart voor de zaak heeft. Er komt een energie naar boven, een gemompel, een siddering van bereidheid en woede. De lichamen gespannen, de ogen staan helderder, alsof ze zich ergens op concentreren.

Ik wil niet vooraan staan, en ook niet achteraan. Ik weet niet precies wat er komt, al voel ik dat het iets is wat ik niet van dichtbij wil zien. Maar Vanglen heeft me bij de arm gepakt, ze trekt me met zich mee, en nu staan we in de tweede rij, met nog maar één dunne haag van lichamen voor ons. Ik wil het niet zien, maar ik loop ook niet terug. Ik heb geruchten gehoord, die ik maar half geloof. Ondanks alles wat ik al weet zeg ik tegen mezelf: zo ver zullen ze niet gaan.

'Jullie kennen de regels voor een Particicutie,' zegt Tante Lydia. 'Jullie wachten tot ik op het fluitje blaas. Daarna mogen jullie zelf uitmaken wat je doet, tot ik weer op het fluitje blaas. Begrepen?'

Er stijgt een geluid uit ons midden op, een vormeloos teken van instemming.

'Goed,' zegt Tante Lydia. Ze knikt. Twee Wachters, niet dezelfden die het touw hebben weggehaald, komen nu naar voren van achter het podium. Tussen hen in bevindt zich een derde man, die ze half dragen, half voortslepen. Ook hij draagt het uniform van een Wachter, maar hij heeft geen pet op en zijn uniform is vuil en gescheurd. Zijn gezicht is bedekt met snijwonden en roodbruine builen; het vlees is opgezwollen en knobbelig, en hij heeft een stoppelbaard. Dit lijkt niet op een gezicht, maar op een onbekend gewas, een mismaakte bol of knol, iets wat verkeerd gegroeid is. Zelfs vanaf mijn plaats kan ik hem ruiken: hij stinkt naar stront en braaksel. Zijn haar is blond en valt over zijn gezicht, piekerig, maar waardoor? Opgedroogd zweet?

Ik kijk met afschuw naar hem. Hij lijkt dronken. Hij lijkt op een dronkenman die gevochten heeft. Waarom hebben ze hier een dronkenman naartoe gebracht?

'Deze man,' zegt Tante Lydia, 'is veroordeeld wegens verkrachting.' Haar stem beeft van woede en een soort triomfantelijkheid. 'Hij is vroeger Wachter geweest. Hij heeft zijn uniform onteerd. Hij heeft zijn vertrouwenspositie misbruikt. Zijn broeder in het kwaad is al gefusilleerd. Op verkrachting staat de doodstraf, zoals jullie weten. Deuteronomium 22:23-29. Ik kan hier nog aan toevoegen dat twee van jullie bij dit misdrijf betrokken waren en dat het is gepleegd onder bedreiging met een vuurwapen. Het is bovendien met wreedheden gepaard gegaan. Ik wil jullie gevoelens niet kwetsen met details, behalve dat één vrouw zwanger was en dat haar kind is overleden.'

Er stijgt een zucht uit ons op; ik merk dat ik mijn vuisten bal, ondanks mijn twijfels. Deze gruwelijke misdaad is me te veel. De baby ook nog, na alles wat wij moeten doormaken. Ik geef toe dat dit mijn bloeddorst wekt; ik wil aftuigen, openrijten, verscheuren.

We dringen ons naar voren, onze hoofden draaien naar links en naar rechts, onze neusgaten verwijden zich, ze ruiken de dood, we kijken elkaar aan, zien de haat. Doodschieten was nog te goed. Het hoofd van de man draait versuft rond: heeft hij haar ook gehoord?

Tante Lydia wacht een ogenblik; dan glimlacht ze vluchtig en brengt de fluit naar haar mond. We horen het geluid, schel en zilverachtig, een echo van een volleybalwedstrijd, lang geleden.

De twee Wachters laten de armen van de derde man los en lopen achteruit. Hij wankelt – hebben ze hem een injectie gegeven? – en valt op de knieën. Zijn ogen zijn tot spleetjes samengeknepen in het opgezette vlees van zijn gezicht, alsof het licht te fel voor hem is. Ze hebben hem in een donkere ruimte gevangengehouden. Hij brengt een hand naar zijn wang, als om te voelen of hij er nog is. Dit gebeurt allemaal heel snel, maar het lijkt of het langzaam gaat.

Niemand loopt naar voren. De vrouwen bekijken hem met afschuw, alsof hij een halfdode rat is die zich voortsleept over de keukenvloer. Hij tuurt om zich heen, naar ons, de kring van rode vrouwen. Eén mondhoek gaat omhoog, niet te geloven – een glimlach?

Ik probeer in zijn binnenste te kijken, achter het gehavende gezicht, om te zien hoe hij er werkelijk uitziet. Ik denk dat hij ongeveer dertig is. Het is Luke niet.

Maar hij had het kunnen zijn, dat weet ik. Het kan Nick zijn. Ik weet dat ik hem niet kan aanraken, wat hij ook heeft gedaan.

Hij zegt iets. Het is moeilijk te verstaan; het lijkt alsof zijn keel vol bloed zit, alsof zijn tong geweldig is opgezwollen, maar toch hoor ik het. Hij zegt: 'Ik heb het niet...'

Er ontstaat een run naar voren, zoals vroeger bij een popconcert wanneer de hekken opengingen, een drang die ons als een vloedgolf doorstroomt. De lucht straalt van de adrenaline, we mogen alles doen en dit is vrijheid, ook in mijn lichaam, ik duizel, overal rode gewaden, maar voordat de vloed van textiel en lichamen hem bereikt, dringt Vanglen zich naar voren, zich afzettend met haar ellebogen, links, rechts, en rent naar hem toe. Ze drukt hem omlaag, op zijn zij, en geeft hem dan een venijnige trap tegen zijn hoofd, en nog een, en nog een, felle, pijnlijke uithalen met de voet, welgemikt. Nu weerklinken er geluiden, gehap naar adem, een laag gegrom, gekrijs, en de rode lichamen tuimelen naar voren en ik kan het niet langer zien, hij wordt aan het gezicht onttrokken door armen, vuisten, voeten. Er klinkt een hoge gil, als van een doodsbang paard.

Ik houd me afzijdig, probeer me staande te houden. Er wordt van achteren iets tegen me aan gegooid. Ik wankel. Als ik mijn evenwicht hervonden heb en om me heen kijk, zie ik dat de Echtgenotes en dochters op de punt van hun stoel zitten en dat de Tantes op het podium belangstellend toekijken. Ze hebben daar boven een beter uitzicht.

Hij is een *het* geworden.

Vanglen staat weer naast me. Haar gezicht staat strak, uitdrukkingsloos.

'Ik heb gezien wat je deed,' zeg ik tegen haar. Ik begin weer te voelen: schrik, afschuw, walging. Barbaarsheid. 'Waarom deed je dat? Jij! Ik dacht dat je...'

'Kijk me niet zo aan,' zegt ze. 'Ze zien het.'

'Kan me niet schelen,' zeg ik. Mijn stem wordt luider, ik kan het niet helpen.

'Hou je gemak,' zegt ze. Terwijl ze doet alsof ze mijn arm en schouder schoonveegt, brengt ze haar mond vlak bij mijn oor. 'Doe niet zo stom. Hij was geen verkrachter, maar een politieke gevangene. Hij was een van ons. Ik heb hem bewusteloos getrapt, hem uit zijn lijden verlost. Weet je dan niet wat ze met hem doen?'

Een van ons, denk ik. Een Wachter. Het lijkt onmogelijk.

Tante Lydia blaast weer op haar fluitje, maar ze houden niet meteen op. De twee Wachters lopen naar voren en trekken hen weg van wat er nog van hem over is. Enkelen liggen op het gras, per ongeluk geslagen of geschopt. Sommigen zijn flauwgevallen. Ze worden weggesleept, met twee of drie tegelijk, of strompelen zelf weg. Ze maken een totaal versufte indruk.

'Zoek allemaal je partner op en ga naar je oude plaats terug,' zegt Tante Lydia in de microfoon. Er zijn er maar weinig die naar haar luisteren. Er komt een vrouw naar ons toe die loopt alsof ze tastend met haar voeten haar weg zoekt in het donker: Janine. Ze heeft een bloedvlek op haar wang, en er zit ook bloed op haar hoofddoek. Ze glimlacht, een stralend lachje. Haar ogen hebben zich ontspannen.

'Hallo,' zegt ze. 'Hoe gaat het met jullie?' Ze houdt iets stevig vast in haar rechterhand. Het is een pluk blond haar. Ze giechelt even.

'Janine,' zeg ik. Maar ze heeft nu definitief losgelaten, zweeft in vrije val omlaag, trekt zich terug.

'Prettige dag verder,' zegt ze, en ze loopt weg, naar de uitgang.

Ik kijk haar na. De weg van de minste weerstand, denk ik. Ik heb niet eens met haar te doen, al zou dat wel op zijn plaats zijn. Ik ben boos. Ik ben er niet trots op, en ook niet op de rest. Dat is het 'm nu juist.

Mijn handen ruiken naar warme teer. Ik wil terug naar het huis, en dan naar boven, naar de badkamer, om mezelf schoon te schrobben met de scherpe zeep en de puimsteen, om elk spoor van deze geur van mijn huid te verwijderen. Deze geur maakt me misselijk.

Maar ik heb ook honger. Het is schandelijk maar waar. De dood maakt me hongerig. Misschien komt het doordat ik innerlijk zo leeg ben geworden. Of misschien is het de manier waarop het lichaam ervoor zorgt dat ik in leven blijf, dat ik het essentiële gebed van het lichaam blijf herhalen: *ik besta, ik besta.* Ik besta, nog steeds.

Ik wil naar bed, vrijen, nu meteen.

Ik denk aan het woord *genieten.*

Ik zou een heel paard kunnen opeten.

44

Alles is weer normaal.

Hoe kan ik dit *normaal* noemen? Maar vergeleken met vanmorgen is het normaal.

Onze lunch bestond uit een bruine sandwich met kaas, een glas melk, selderij en peren op sap. De lunch van een schoolkind. Ik heb alles opgegeten, niet snel, maar genietend, de verschillende smaken uitgebreid proevend op mijn tong. Nu ga ik boodschappen doen, zoals gewoonlijk. Ik verheug me er zelfs op. Er valt een zekere troost te putten uit het alledaagse.

Ik ga naar buiten door de achterdeur en loop het pad af. Nick is bezig de auto te wassen, zijn pet staat scheef. Hij kijkt niet naar me. We mijden elkaars blik tegenwoordig. We zouden ongetwijfeld iets verraden, zelfs hier, buiten, waar niemand ons ziet.

Ik wacht op de hoek op Vanglen. Ze is laat. Ten slotte zie ik haar komen, een rood-witte gedaante van textiel, als een vlieger, lopend in de regelmatige pas die we allemaal hebben aangeleerd. Ik zie haar en merk aanvankelijk niets. Dan, wanneer ze dichterbij komt, krijg ik de indruk dat er iets niet in orde is. Ze ziet er niet goed uit. Ze is op een ondefinieerbare manier veranderd; ze is niet gewond, ze loopt niet mank. Het lijkt alsof ze gekrompen is.

Wanneer ze vlakbij is, zie ik het. Het is Vanglen niet. Ze is even lang, maar magerder, en haar gezicht is beige, niet roze. Ze loopt naar me toe, blijft staan.

'Gezegend zij de vrucht,' zegt ze. Gezicht en gewaad in de plooi.

'Moge de Here openen,' antwoord ik. Ik probeer mijn verbazing te onderdrukken.

'Jij moet Vanfred zijn,' zegt ze. Ik zeg ja, en we beginnen aan onze wandeling.

Wat nu, denk ik. Het duizelt me, dit is geen goed nieuws, wat is er met haar gebeurd, hoe kom ik erachter zonder te veel bezorgdheid aan de dag te leggen? We worden geacht geen vriendschappelijke banden met andere Dienstmaagden aan te knopen. Ik probeer me te herinneren hoelang Vanglen nog op haar huidige post moet blijven.

'Er wordt ons vandaag mooi weer geschonken,' zeg ik.

'En ik ontvang het met vreugde.' Haar stem kalm, vlak, nietszeggend.

We passeren de eerste controlepost zonder verder nog iets te zeggen. Zij is zwijgzaam, maar ik ook. Wacht ze tot ik mijn kaarten op tafel leg, of is ze een gelovige, verdiept in meditatie?

'Is Vanglen nu al overgeplaatst?' vraag ik, maar ik weet dat dat niet zo is. Ik heb haar vanmorgen nog gezien. Ze zou het me hebben verteld.

'Ik ben Vanglen,' zegt de vrouw. Zeer rolvast. En natuurlijk is ze het ook, de nieuwe, en Vanglen, waar ze ook is, is niet langer Vanglen. Haar echte naam kende ik niet. Zo kun je verdwijnen, in een zee van namen. Het zal niet makkelijk zijn om haar nu nog te vinden.

We gaan naar Melk en Honing en naar Alle Vlees, waar ik kuiken koop, en de nieuwe Vanglen haalt drie pond hamburgers. Zoals gewoonlijk staat er een lange rij. Ik zie verschillende vrouwen die ik herken en wissel met hen de minuscule knikjes waarmee we elkaar duidelijk maken dat er tenminste iemand is die ons kent, dat we nog bestaan. Op de stoep van Alle Vlees zeg ik tegen de nieuwe Vanglen: 'Nu moeten we eigenlijk naar de Muur.' Ik weet niet wat ik hiervan verwacht; misschien is het een manier om haar reacties te testen. Ik moet weten of ze een van ons is of niet. Als ze een van ons is, als ik dat kan vaststellen, misschien kan ze me dan vertellen wat er werkelijk met Vanglen gebeurd is.

'Zoals je wilt,' zegt ze. Is het onverschilligheid of voorzichtigheid?

Aan de Muur hangen de drie vrouwen van vanochtend, nog steeds in hun jurken, nog steeds met hun schoenen aan, nog steeds met de witte zakken over hun hoofd. Hun armen zijn losgemaakt en hangen stijf en netjes naast hun lichaam. De blauwe hangt in het midden, de twee rode vrouwen aan weerskanten, al zijn de kleuren niet meer zo duidelijk; ze lijken vaal en verschoten, als dode vlinders of tropische vissen die liggen te drogen op het land. De glans is eraf. We staan er zwijgend naar te kijken.

'Laat dat een waarschuwing voor ons zijn,' zegt de nieuwe Vanglen ten slotte.

Ik zeg niet meteen iets terug, omdat ik erachter probeer te komen wat ze bedoelt. Ze kan bedoelen dat het ons waarschuwt voor de onrechtvaardigheid en wreedheid van het regime. In dat geval moet ik ja zeggen. Maar ze kan ook het omgekeerde bedoelen: dat we moeten doen wat ons gezegd wordt en dat we geen rare dingen moeten doen, omdat we dan terecht gestraft zullen worden. Als ze dat bedoelt, moet ik zeggen: *God zij geloofd.* Haar stem is toonloos, er is niets uit af te leiden.

Ik waag het erop. 'Ja,' zeg ik.

Ze reageert niet, maar ik zie een witte flits aan de rand van mijn gezichtsveld, alsof ze snel even naar me keek.

Even later beginnen we aan de lange wandeling terug. We lopen op de aanbevolen wijze in de pas, zodat we een harmonieus paar lijken.

Ik overweeg dat ik misschien een poosje moet wachten alvorens een nieuwe poging te doen. Het is nog te vroeg om haar te peilen. Ik moet nog een week of twee wachten, misschien nog langer, en haar zorgvuldig gadeslaan, goed naar haar stem luisteren, naar woorden die haar ontglippen, zoals Vanglen naar mij luisterde. Nu Vanglen weg is, ben ik weer op mijn hoede, mijn traagheid is verdwenen, mijn lichaam is niet meer alleen een tempel van genot, het voelt dat het in gevaar is. Ik moet de zaak niet overhaasten, geen onnodige risico's nemen. Maar ik moet het weten. Ik houd me in tot we de laatste controlepost gepasseerd zijn, maar dan kan ik me niet meer bedwingen.

'Ik kende Vanglen niet zo goed,' zeg ik. 'Ik bedoel de vorige.'

'O?' zegt ze. Het feit dat ze iets gezegd heeft, hoe voorzichtig ook, geeft me moed.

'Ik kende haar pas sinds mei,' zeg ik. Ik voel dat mijn huid begint te gloeien en dat mijn hart sneller gaat kloppen. Dit is riskant. Om te beginnen is het gelogen. En hoe kom ik nu bij het volgende essentiële woord? 'Zo rond de eerste mei was het, geloof ik. Wat ze vroeger May Day noemden.'

'O ja, noemden ze het zo?' zegt ze, luchtig, onverschillig, dreigend. 'Ik kan me dat woord niet herinneren. Het verbaast me dat jij het wel kent. Je moet je uiterste best doen...' Ze wacht even. '...om je geest van zulke...' Ze wacht opnieuw. '...overblijfsels te zuiveren.'

Ik voel hoe een intense kou zich als water over mijn huid verspreidt. Ze waarschuwt me.

Ze is niet een van ons. Maar ze is wel op de hoogte.

Het laatste stuk ben ik doodsbang. Ik ben weer eens dom geweest. Meer dan dom. Het is niet eerder bij me opgekomen, maar nu besef ik het: als Vanglen is gepakt, praat ze misschien, onder anderen over mij. Ze zal ongetwijfeld praten, of ze wil of niet.

Maar ik heb niets gedaan, houd ik mezelf voor, niet echt. Ik was alleen op de hoogte. Ik heb alleen verzuimd haar te verraden.

Ze weten waar mijn kind is. Als ze haar hier brengen en haar dan in mijn bijzijn bedreigen, wat dan? Of als ze hun dreigement uitvoeren? Ik durf me niet voor te stellen wat ze zouden kunnen doen. Of Luke, als ze Luke hebben gepakt. Of mijn moeder of Moira of bijna iedereen. Lieve God, zorg ervoor dat ik niet hoef te kiezen. Ik weet dat ik niet zal kunnen zwijgen, daar had Moira gelijk in. Ik zeg alles wat ze willen horen, ik beschuldig iedereen. Het is waar: één gil, één kreun misschien maar, en ik ben als was in hun handen, ik beken elke misdaad, en ik eindig aan een haak aan de Muur. Hou je gedeisd, zei ik vaak tegen mezelf, en probeer erdoor te komen. Iets anders heeft geen zin.

Zo praat ik tegen mezelf, op weg naar huis.

Op de hoek kijken we elkaar op de gebruikelijke manier aan.

'Onder Zijn Oog,' zegt de nieuwe, gevaarlijke Vanglen.

'Onder Zijn Oog,' zeg ik, en ik probeer het gloedvol te laten klinken. Alsof dat soort komedie me nog kan helpen na wat er gebeurd is.

Dan doet ze iets vreemds. Ze buigt zich naar voren, zodat de stijve, witte, aan onze hoofden bevestigde oogkleppen elkaar bijna raken, zodat ik haar lichtbeige ogen en het fijne web van lijntjes op haar wangen van dichtbij kan zien, en fluistert heel snel, haar stem flets als droge bladeren: 'Ze heeft zich opgehangen. Na de Reddingsbijeenkomst. Ze zag dat het busje haar kwam halen. Het is beter zo.'

Dan loopt ze weg, de straat uit.

45

Ik blijf een ogenblik staan, buiten adem, alsof ik een trap heb gekregen.

Ze is dus dood, en ik ben veilig. Ze heeft het gedaan voordat ze kwamen. Ik voel me enorm opgelucht. Ik ben haar dankbaar. Ze is gestorven opdat ik zou blijven leven. Ik zal later om haar treuren.

Tenzij deze vrouw liegt. Die mogelijkheid is er altijd.

Ik adem diep in, adem uit, geef mezelf zuurstof. De ruimte voor me wordt zwart, en klaart dan weer op. Ik zie de weg die ik gelopen heb.

Ik draai me om, laat mijn hand een ogenblik op het hek rusten om mijn evenwicht te bewaren, open het hek en loop de tuin in. Nick is nog steeds de auto aan het wassen. Hij fluit een deuntje. Hij lijkt heel ver weg.

Lieve God, denk ik, ik doe alles wat u wilt. Nu u me hebt laten ontsnappen zal ik mezelf uitwissen, als u dat werkelijk wilt; ik zal me waarlijk van alles ontdoen en een lege kelk worden. Ik laat Nick schieten, ik vergeet de anderen, ik houd op met klagen. Ik zal mijn lot aanvaarden. Ik zal offeren. Ik zal boetedoen. Ik zal afstand doen. Ik zal alles opgeven.

Ik weet dat het niet goed kan zijn, maar dat is wat ik denk. Alles wat ze me in het Rode Centrum hebben geleerd, alles waar ik me tegen heb verzet, overspoelt me nu. Ik wil geen pijn lijden. Ik wil geen danseres zijn, mijn voeten in de lucht, mijn hoofd een gezichtloze rechthoek van witte stof. Ik wil geen pop zijn die aan de Muur wordt opgehangen, ik wil geen engel zonder vleugels zijn. Ik wil blijven leven, hoe dan ook. Ik sta mijn lichaam aan anderen af, zodat ze met me kunnen doen wat ze willen. Ik ben verachtelijk.

Voor het eerst ervaar ik hun werkelijke macht.

Ik loop langs de bloemperkjes en de wilgenboom, op weg naar de achterdeur. Ik zal naar binnen gaan, ik zal veilig zijn. Ik zal op mijn knieën vallen, in mijn kamer, en mijn longen dankbaar volzuigen met de muffe, naar boenwas ruikende lucht.

Serena Joy is zojuist door de voordeur naar buiten gegaan; ze staat op het stoepje. Ze roept naar me. Wat wil ze? Wil ze dat ik naar de zitkamer ga om haar te helpen met het op een kluwen winden van grijze wol? Ik kan mijn handen niet stilhouden, ze zal iets merken. Maar ik loop toch naar haar toe, want ik heb geen keus.

Nu ze daar op de bovenste tree van het stoepje staat, torent ze boven me uit. Haar ogen vlammen, gloeiend blauw tegen het verschrompelde wit van haar huid. Ik kijk weg van haar gezicht, omlaag, naar de grond, naar haar voeten, de punt van haar wandelstok.

'Ik vertrouwde je,' zegt ze. 'Ik probeerde je te helpen.'

Ik kijk haar nog steeds niet aan. Ik word overmand door een gevoel van schuld, ze hebben me betrapt, maar waarop? Van welke van mijn vele misdaden word ik verdacht? De enige manier om erachter te komen is zwijgen. Het zou dom zijn om me nu al te verontschuldigen voor het een of ander. Ik zou iets kunnen verraden waar ze totaal geen weet van heeft.

Het kan een kleinigheid zijn. Het kan om de lucifer gaan die ik in mijn bed heb verborgen. Ik laat mijn hoofd hangen.

'Nou?' zegt ze. 'Wat heb je tot je verdediging aan te voeren?'

Ik kijk naar haar op. 'Waarover?' weet ik nog stamelend uit te brengen. Zodra ik het gezegd heb, klinkt het brutaal.

'Luister,' zegt ze. Ze brengt haar vrije hand tevoorschijn van achter haar rug. Ze houdt haar mantel vast, haar wintermantel. 'Er zat lipstick op,' zegt ze. 'Hoe kon je je zo ordinair gedragen? Ik heb hem nog zó gezegd…' Ze laat de mantel vallen, ze houdt ook iets anders vast, haar hand is vel over been. Ook dat gooit ze nu op de grond. De paarse sterretjes vallen, glijden omlaag over het stoepje als een slangenhuid, glinsterend in het zonlicht. 'Achter mijn rug,' zegt ze. 'Je had toch wel iets voor me over kunnen laten.' Houdt ze toch van hem? Ze heft haar wandelstok op. Ik denk dat ze me gaat slaan, maar dat doet ze niet. 'Pak dat walgelijke vod en verdwijn naar je kamer. Je bent net zo erg als die andere. Een slet ben je. Het zal je net zo vergaan.'

Ik buk me en pak het kledingstuk. Achter mijn rug is Nick opgehouden met fluiten.

Ik wil me omdraaien, naar hem toe rennen, mijn armen om hem heen slaan. Dat zou dwaas zijn. Hij kan me op geen enkele manier helpen. Ik zou hem meesleuren in de diepte.

Ik loop naar de achterdeur, de keuken in, zet mijn mandje neer, ga naar boven. Ik ben volkomen rustig.

XV

NACHT

46

Ik zit in mijn kamer, bij het raam, te wachten. In mijn schoot ligt een handvol verfrommelde sterretjes.

Dit zou wel eens de laatste keer kunnen zijn dat ik moet wachten. Maar ik weet niet waarop ik wacht. Waar wacht je op? zeiden ze vroeger. Dat betekende: schiet eens op. Er werd geen antwoord verwacht. Waarop wacht je? is een andere vraag, en daar weet ik ook geen antwoord op.

Toch is dit niet precies wat je noemt wachten. Het is eerder een vorm van uitstel, overigens zonder enige spanning. Tenslotte is er geen tijd meer.

Ik ben in ongenade gevallen – het tegenovergestelde van genade. Ik zou me ellendig moeten voelen.

Maar ik voel me rustig, op mijn gemak, een en al onverschilligheid. Laat je niet op de kop zitten. Ik herhaal dit voor mezelf, maar het deelt niets mee. Je zou net zo goed kunnen zeggen: Laat er geen lucht zijn, of: Besta niet.

Ik denk dat je dat zou kunnen zeggen.

Er is niemand in de tuin.

Ik ben benieuwd of het gaat regenen.

Buiten schemert het. De lucht is al rood. Het zal gauw donker zijn. Het is nu alweer een beetje donkerder. Dat is snel gegaan.

Ik kan een aantal dingen doen. Ik kan bijvoorbeeld het huis in brand steken. Ik kan mijn kleren en de lakens op een hoop gooien en mijn ene, verborgen lucifer aansteken. Als hij niet ontbrandt, is de kans verkeken. Maar als hij wel ontbrandt, dan is dat een markante gebeurtenis, een soort signaal om mijn afscheid luister bij te zetten. Een paar vlammen, gemakkelijk te doven. Ondertussen kan ik dikke rookwolken veroorzaken en omkomen door verstikking.

Ik kan mijn laken in repen scheuren en er een soort touw van vlechten en het ene eind aan een poot van het bed vastmaken en dan proberen het raam kapot te slaan – het raam van veiligheidsglas.

Ik kan naar de Bevelvoerder gaan en op de grond vallen, haar in de war, en mijn armen om zijn knieën slaan, bekennen, huilen, smeken. Nolite te in capite sedendum, kan ik zeggen. Geen gebed. Ik stel me zijn schoenen voor, zwart, goed gepoetst, ondoorgrondelijk, zich niet blootgevend.

Ik kan ook het laken om mijn nek knopen en mezelf vasthaken in de kast, mijn volle gewicht naar voren werpen en mezelf zo wurgen.

Ik kan me achter de deur verstoppen en wachten tot zij door de gang komt aanstrompelen, met wat voor vonnis, straf of penitentie dan ook, en haar dan bespringen, haar neerslaan, haar hard en precies tegen het hoofd trappen. Om haar uit haar lijden te verlossen, en mezelf ook. Om haar uit ons lijden te verlossen.

Het zou tijd besparen.

Ik kan in een regelmatige pas de trap afdalen en door de voordeur naar buiten lopen, de straat op, met een gezicht alsof ik weet waar ik heen ga, en dan maar zien hoe ver ik kom. Rood is zo opvallend.

Ik kan naar Nicks kamer gaan, boven de garage, zoals we al eerder hebben gedaan. Ik kan me afvragen of hij me binnen zal laten, me zal willen verbergen. Nu de nood werkelijk hoog is.

Dit zijn zinloze overwegingen. Ze lijken allemaal van hetzelfde gehalte. Geen ervan lijkt verkieslijk. Vermoeidheid, in mijn lichaam, in mijn benen en ogen. De vermoeidheid grijpt je ten slotte. Geloof is niets meer dan een geborduurd woord.

Ik kijk naar buiten, naar de schemering, en stel me voor dat het de winter is. Sneeuw die kalm en moeiteloos valt en alles met zacht kristal bedekt, nevelig maanlicht voor een regenbui, dat de contouren doet vervagen en de kleuren uitwist. Doodvriezen doet geen pijn meer, zeggen ze, na de eerste kou. Je gaat in de sneeuw liggen als een door kinderen gemaakte engel en valt in slaap.

Achter me voel ik haar aanwezigheid, mijn voorgangster, mijn dubbelgangster, zwevend onder de kroonluchter, in haar kostuum van sterretjes en veren, een vogel, stilgezet in volle vlucht, een vrouw die in een engel is veranderd, wachtend om gevonden te worden. Door mij ditmaal. Hoe kon ik geloven dat ik hier alleen was? We waren altijd met z'n tweeën. Maak er een eind aan, zegt ze. Ik heb genoeg van dit melodrama, ik ben het zwijgen beu. Er is niemand die je kunt beschermen, je leven heeft voor niemand waarde. Ik wil dat er een eind aan komt.

Terwijl ik opsta, hoor ik het zwarte busje. Ik hoor het voor ik het zie; versmolten met de schemering doemt het op uit zijn eigen geluid als een stolling, een samenklontering van de nacht. Het draait de oprijlaan in en stopt. Ik kan nog net het witte oog met de twee vleugels onderscheiden. De verf moet fosforescerend zijn. Twee mannen maken zich los van de lichtende vlek, lopen het stoepje op en bellen aan. Ik hoor de bel, dingdong, als de geest van een cosmeticavrouw, beneden in de hal.

Nu komt het ergste.

Ik heb mijn tijd verknoeid. Ik had zelf tot actie moeten overgaan toen dat nog kon. Ik had een mes uit de keuken moeten wegnemen of de naaischaar in handen moeten zien te krijgen. Of de tuinschaar, of de breinaalden; de wereld is vol wapens als je ernaar zoekt. Ik had mijn ogen de kost moeten geven.

Maar het is nu te laat, hun voeten zijn al hoorbaar op de grijsrode traploper; een zware, gedempte tred, bonzend in mijn voorhoofd. Ik sta met mijn rug naar het raam.

Ik verwacht een onbekende, maar het is Nick die de deur openduwt en het licht aanknipt. Ik begrijp het niet, tenzij hij een van hen is. Die mogelijkheid is er altijd geweest. Nick, de Speurder. Smerig werk wordt gedaan door smeerlappen.

Vuile schoft, denk ik. Ik doe mijn mond open om het te zeggen, maar hij loopt naar me toe, komt heel dichtbij, fluistert. 'Het is veilig. Mayday. Ga maar met ze mee.' Hij spreekt me aan met mijn eigen naam. Waarom zou dat iets betekenen?

‘Ze?’ zeg ik. Ik zie de twee mannen die achter hem staan; het licht uit de gang reduceert hun hoofden tot schedels. ‘Je bent gek.’ Mijn argwaan hangt boven hem in de lucht, een donkere engel die me waarschuwt om niet mee te gaan. Ik kan hem bijna zien. Het is logisch dat Nick van Mayday op de hoogte is. Alle Speurders weten ervan: ze hebben het langzamerhand uit genoeg lichamen gewrongen, uit genoeg monden geperst.

‘Je moet me vertrouwen,’ zegt hij, maar vertrouwen alleen is nooit een talisman geweest, het biedt geen enkele garantie.

Toch grijp ik het met beide handen aan, dit aanbod. Het is al wat me nog rest.

Ze leiden me de trap af, een voor me en een achter me. We lopen in een rustig tempo, de lampen branden. Wat is het gewoon, ondanks de angst. Vanaf hier kan ik de klok zien. Het is niet een bepaalde tijd.

Nick is niet langer bij ons. Hij is misschien via de achtertrap naar beneden gegaan, om niet gezien te worden.

Serena Joy staat in de hal, onder de spiegel, en kijkt ongelovig naar boven. De Bevelvoerder staat achter haar, de deur van de zitkamer is open. Zijn haar is erg grijs. Hij maakt een bezorgde en hulpeloze indruk, maar hij is al begonnen zich van mij los te maken, afstand te nemen. Wat ik verder ook voor hem beteken, ik ben op dit moment een ramp voor hem. Ze hebben natuurlijk ruzie over mij zitten maken, ze heeft hem natuurlijk op zijn donder gegeven. Ik ben nog steeds in staat medelijden met hem te hebben. Moira heeft gelijk, ik ben een zwakkeling.

‘Wat heeft ze gedaan?’ vraagt Serena Joy. Zij heeft de Speurders dus niet geroepen. Welke straf ze ook in gedachten had, ze wilde de zaak in ieder geval stil houden.

‘Dat mogen we niet zeggen, mevrouw,’ zegt de man die voor me loopt. ‘Het spijt me.’

‘Ik wil jullie machtiging zien,’ zegt de Bevelvoerder. ‘Hebben jullie een arrestatiebevel?’

Ik zou kunnen gaan gillen, me aan de trapleuning vastklampen, alle waardigheid laten varen. Ik zou ze kunnen tegenhouden, een ogenblik tenminste. Als ze echt zijn blijven ze hier, en anders rennen ze weg. En laten mij hier achter.

'Dat hebben we niet nodig, meneer, maar alles is in orde,' zegt de eerste man. 'Schending van staatsgeheimen.'

De Bevelvoerder brengt zijn hand naar zijn hoofd. Wat heb ik gezegd, en tegen wie, en wie van onze vijanden is erachter gekomen? Misschien vormt hij nu een veiligheidsrisico. Ik sta boven hem, kijk op hem neer; hij wordt kleiner. Er hebben al zuiveringen plaatsgevonden in hun kringen, en er zullen er nog meer komen. Serena Joy wordt bleek.

'Kreng,' zegt ze. 'Na alles wat hij voor jou heeft gedaan.'

Cora en Rita komen haastig de keuken uit. Cora huilt. Ik was haar laatste hoop, ik heb haar teleurgesteld. Nu zal ze altijd kinderloos blijven.

Het busje wacht op de oprijlaan, de dubbele deur staat open. De twee mannen, één aan weerskanten nu, pakken me bij de ellebogen om me naar binnen te helpen. Ik weet absoluut niet of dit mijn einde is of een nieuw begin: ik heb mezelf overgeleverd aan onbekenden, omdat het niet anders kon.

En zo stap ik de duisternis binnen, of het licht.

HISTORISCHE AANTEKENINGEN

Historische aantekeningen bij *Het verhaal van de Dienstmaagd*

Gedeeltelijke kopie van de notulen van het Twaalfde Symposium over Gilead, gehouden als onderdeel van het Congres van het Internationaal Historisch Genootschap, dat op 25 juni 2195 plaatsvond in de Universiteit van Denay, Nunavit.

Voorzitter: *professor Maryann Crescent Moon, vakgroep Antropologie van het blanke ras van de Universiteit van Denay, Nunavit.*

Inleidende spreker: *professor James Darcy Pieixoto, hoofd van het Archief van de twintigste en eenentwintigste eeuw, Universiteit van Cambridge, Engeland.*

CRESCENT MOON:
Het doet me veel genoegen u allen hier vanmorgen welkom te kunnen heten, en ik ben blij dat zovelen van u hiernaartoe zijn gekomen om naar professor Pieixoto's ongetwijfeld boeiende en nuttige lezing te komen luisteren. Wij van het Gilead-Genootschap geloven dat deze periode de moeite van verder onderzoek ten volle waard is, verantwoordelijk als zij in laatste instantie was voor de enorme veranderingen op de politieke wereldkaart, vooral in dit halfrond.

Maar voor we verdergaan, eerst enkele mededelingen. De visexpeditie zal morgen volgens plan doorgang vinden, en voor diegenen onder u die geen geschikte regenkleding en insectenwerende middelen hebben meegenomen, deze zijn voor een gering bedrag te verkrijgen aan de balie. De natuurwandeling en de openluchtsamenzang in klederdracht zijn naar overmorgen verschoven, omdat onze onfeilbare professor Johnny Running Dog ons heeft verzekerd dat er op die dag een tijdelijke weersverbetering zal zijn.

Ik wil u ook nog even herinneren aan de andere door het Gilead-Genootschap gesponsorde bijeenkomsten die voor u tijdens dit congres toegankelijk zijn, als onderdeel van ons Twaalfde Symposium. Morgenmiddag spreekt professor Gopal Chatterjee, van de vakgroep Westerse filosofie van de Universiteit van Baroda, India, over 'Krishna- en Kali-elementen in de staatsgodsdienst van de vroege Gileadperiode', en er is een ochtendlezing op donderdag door professor Sieglinda Van Buren van de vakgroep Militaire geschiedenis van de Universiteit van San Antonio, Republiek Texas. Professor Van Buren zal een ongetwijfeld zeer boeiende lezing met lichtbeelden verzorgen over het onderwerp 'De Warschautactiek: de omsingeling van stedelijke kernen tijdens de Gileadse burgeroorlogen'. Ik ben ervan overtuigd dat wij deze lezingen allemaal willen bijwonen.

Ik moet onze inleidende spreker er ook nog op wijzen – al ben ik er zeker van dat dat niet nodig is – dat hij zich aan de hem toegemeten spreektijd dient te houden, omdat we graag wat tijd willen overhouden voor het stellen van vragen, en ik denk dat niemand van ons graag de lunch misloopt, zoals gisteren is gebeurd. *(Hilariteit.)*

Professor Pieixoto behoeft nauwelijks introductie, omdat wij hem allemaal zeer goed kennen, zo niet persoonlijk, dan toch door zijn veelomvattende publicaties, waaronder 'Zedelijkheidswetgeving door de eeuwen heen: een analyse van processtukken', en de bekende studie 'Iran en Gilead: twee laattwintigste-eeuwse monotheocratieën, zoals beschreven in dagboeken'. Zoals u allen weet, heeft hij samen met professor Knotly Wade, ook uit Cambridge, de uitgave verzorgd van het manuscript waarmee wij ons vandaag zullen bezighouden; hij heeft geholpen bij de transcriptie, de annotatie en de publicatie van deze bron. Zijn lezing is getiteld: 'Problemen bij het vaststellen van de authenticiteit van *Het verhaal van de Dienstmaagd*'.

Professor Pieixoto.

Applaus.

PIEIXOTO:
Dank u. Ik weet zeker dat we gisteren tijdens het diner allemaal hebben genoten van de verrukkelijke poolthee, en op dit moment genieten we van onze al even polaire en verrukkelijke voorzitter – alles in het nette, natuurlijk. *(Hilariteit.)*

Maar in alle ernst: ik wil hier, zoals de titel van mijn praatje al aangeeft, enkele problemen onder de loep nemen die verband houden met het zogenaamde manuscript dat u inmiddels allemaal kent en dat is getiteld: *Het verhaal van de Dienstmaagd.* Ik gebruik het woord zogenaamde, omdat datgene wat we nu voor ons hebben niet de tekst in zijn oorspronkelijke vorm is. Strikt genomen was het helemaal geen manuscript toen we het ontdekten, en het droeg ook geen titel. Het opschrift 'Het verhaal van de Dienstmaagd' is eraan toegevoegd door professor Wade, ten dele als een eerbetoon aan de grote Geoffrey Chaucer; maar degenen onder u die, zoals ik, professor Wade van nabij kennen, zullen begrijpen wat ik bedoel wanneer ik zeg dat ik ervan overtuigd ben dat alle woordspelingen in deze titel opzettelijk zijn, zeker die ene die te maken heeft met de verouderde, vulgaire betekenis van het woord *tail**; dat is, tot op zekere hoogte, het been, als het ware, waar alle honden om vochten in die fase van de Gileadse samenleving waarover ons relaas handelt. *(Hilariteit, applaus.)*

Dit voorwerp – ik aarzel het woord document te gebruiken – werd opgegraven op de plaats waar vroeger de stad Bangor lag, in het gebied dat voor de machtsovername door het Gileadse regime bekendstond als de staat Maine. We weten dat deze stad een belangrijk tussenstation was op wat onze vertelster noemt 'De Ondergrondse Vrouwenweg', die sindsdien door enkelen van onze historische grappenmakers wordt aangeduid als 'Ondergrondse Vrouwen Weg' *(Hilariteit, afkeurend gegrom.)* Daarom is ons Genootschap er buitengewoon in geïnteresseerd.

Het voorwerp bestond in zijn oorspronkelijke staat uit een plat koffertje voor het opbergen van persoonlijke bezittingen, eigendom van het Amerikaanse leger en daterend van omstreeks 1955. Dit feit op zichzelf hoeft niets te betekenen, omdat algemeen bekend is dat zulke kof-

* De Engelse titel luidt *The Handmaid's Tale*; tail (staart) heeft dezelfde uitspraak als tale (verhaal); de vulgaire betekenis waarop wordt gedoeld is 'penis'. (Vert.)

fertjes vaak werden verkocht als 'legeroverschot' en daarom overal in gebruik moeten zijn geweest. In dit koffertje, dat was verzegeld met het soort plakband dat vroeger voor het dichtmaken van postpakketten werd gebruikt, bevonden zich ongeveer dertig cassettebandjes, van het type dat ergens in de jaren tachtig of negentig in onbruik raakte door de komst van de compact disc.

Ik herinner u eraan dat dit niet de eerste vondst van deze aard is. U hebt ongetwijfeld gehoord van het manuscript dat bekendstaat als 'De A.B.-memoires', aangetroffen in een garage in een buitenwijk van Seattle, en van 'Het dagboek van P.', bij toeval opgegraven tijdens de bouw van een nieuwe kerk in de buurt van wat vroeger Syracuse, New York was.

Professor Wade en ik waren zeer enthousiast over deze nieuwe vondst. Gelukkig hadden we een aantal jaren tevoren, met hulp van onze excellente historisch-technische man, een apparaat gereconstrueerd waarmee dat soort bandjes kunnen worden afgespeeld, en we begonnen onmiddellijk aan het zo nauwkeurig mogelijk op schrift stellen van de tekst.

Er bevonden zich in totaal ongeveer dertig bandjes in de verzameling, met een wisselende verhouding muziek/gesproken woord. Elk bandje begint met twee of drie liedjes, ongetwijfeld ter camouflage: dan houdt de muziek op en neemt de spreekstem het over. De stem is die van een vrouw; volgens onze fonetische experts is het steeds dezelfde vrouw. De etiketten op de cassettes zijn authentiek en dateren uiteraard van enige tijd voor de aanvang van het Vroege Gilead-tijdperk, omdat dat soort wereldlijke muziek door het regime werd verboden. Er waren bijvoorbeeld vier bandjes getiteld 'Elvis Presley's Golden Years', drie met 'Volksmuziek uit Litauen', drie met 'Boy George Takes It Off', en twee met 'Mantovani's Mellow Strings', en ook een aantal titels die maar op één bandje stonden: 'Twisted Sister at Carnegie Hall' is een exemplaar waar ik bijzonder dol op ben.

Hoewel de etiketten authentiek waren, waren ze niet altijd bevestigd op de cassette met de bijbehorende liedjes. Bovendien waren de bandjes niet volgens een bepaald patroon gerangschikt; ze lagen los op de bodem van de koffer, en ze waren ook niet genummerd. Professor Wade en ik stonden dus voor de taak de fragmenten gesproken woord in de juiste volgorde te plaatsen; maar, zoals ik elders al heb opgemerkt, dat soort ordening is gebaseerd op enig giswerk en dient, hangende het verdere onderzoek, als een benadering te worden beschouwd.

Toen we eenmaal over de uitgeschreven versie beschikten – en we moesten de bandjes diverse keren beluisteren, als gevolg van moeilijkheden veroorzaakt door accent, duistere verwijzingen en archaïsmen –, dienden we tot een uitspraak te komen over de aard van het materiaal dat we zo ijverig hadden verzameld. Er waren diverse mogelijkheden. Om te beginnen kon het een vervalsing zijn. Zoals u weet, zijn er verschillende voorbeelden van dit soort vervalsingen, waarvoor uitgevers grote sommen gelds hebben betaald, ongetwijfeld met de bedoeling een slaatje te slaan uit het sensationele karakter van dat soort verhalen. Kennelijk vormen bepaalde perioden uit de geschiedenis zowel voor andere samenlevingen als voor volgende generaties een aanleiding tot een niet bepaald verheffende legendevorming en tot de nodige hypocriete zelfgenoegzaamheid. Als u mij als uitgever van deze tekst een terzijde toestaat, dan zou ik willen zeggen dat we naar mijn mening voorzichtig moeten zijn bij het vellen van een moreel oordeel over Gilead. We hebben langzamerhand geleerd dat zulke oordelen noodzakelijkerwijs cultuurgebonden zijn. De Gileadse maatschappij stond bovendien onder zware druk, demografisch en anderszins, en was onderworpen aan factoren waaronder wij gelukkig veel minder gebukt gaan. Het is niet onze taak om kritiek uit te oefenen, maar om te begrijpen. *(Applaus.)*

Om op mijn eigenlijke onderwerp terug te komen: het is bijzonder moeilijk om dit soort geluidsbandjes overtuigend na te maken, en de deskundigen die ze hebben onderzocht verzekerden ons dat het materiaal authentiek is. De opname zelf, dat wil zeggen de toevoeging van een stem aan de muziekband, kan onmogelijk tijdens de laatste honderdvijftig jaar hebben plaatsgevonden.

Als we er dus van uitgaan dat de bandjes authentiek zijn, wat valt er dan te zeggen over het verhaal zelf? Het kan uiteraard niet zijn opgenomen in de periode waarover verteld wordt, omdat de vertelster, als zij de waarheid spreekt, toen niet kon beschikken over een opnameapparaat en bandjes, die ze ook nergens kon verbergen. Bovendien kenmerkt het verhaal zich door een zekere beschouwelijkheid, die naar mijn mening elke synchroniciteit uitsluit. Bepaalde passages doen vermoeden dat de vertelster zich haar emoties herinnert, misschien niet in alle gemoedsrust, maar in ieder geval *post facto.*

Als we de identiteit van de vertelster konden vaststellen, dachten we, dan zou het raadsel van het ontstaan van dit document – laat ik het kortheidshalve maar zo noemen – goeddeels zijn opgelost. Om dit doel te bereiken zochten we in twee richtingen.

In de eerste plaats probeerden we, met behulp van oude plattegronden van Bangor en ander bewaard gebleven materiaal, de identiteit vast te stellen van de bewoners van het huis dat rond die tijd op de plaats van de vondst moet hebben gestaan. Misschien, zo redeneerden we, is dit huis in onze periode een 'veilig huis' aan de Ondergrondse Vrouwenweg geweest, en onze vertelster heeft zich wellicht een aantal weken of maanden schuilgehouden in de kelder of op zolder; in die tijd zou ze dan de gelegenheid hebben gehad om de bandopnamen te maken. Natuurlijk viel de mogelijkheid niet uit te sluiten dat de bandjes naar de plaats in kwestie waren overgebracht nadat ze waren gemaakt. We hoopten de nakomelingen van de hypothetische bewoners te kunnen opsporen, die ons mogelijkerwijs aan ander materiaal zouden kunnen helpen: dagboeken, of zelfs familie-anekdotes die van de ene generatie op de andere waren overgeleverd.

Dit spoor leidde helaas tot niets. Misschien waren deze mensen, als ze inderdaad een schakel in de ondergrondse keten vormden, ontdekt en gearresteerd, in welk geval alle documentatie over hen zou zijn vernietigd. Daarom probeerden we een andere aanpak. We doorzochten archieven uit die periode en probeerden bekende historische personages in verband te brengen met de individuen die in het verslag van onze vertelster voorkomen. De archieven uit die tijd vertonen hiaten, omdat het Gileadse bewind de gewoonte had om na zuiveringen en interne beroeringen zijn eigen computerbestanden uit te wissen en de uitdraaien te vernietigen, maar een aantal uitdraaien is bewaard gebleven. Sommige werden naar Engeland gesmokkeld om als propagandamateriaal gebruikt te worden door de verschillende Red-de-Vrouwen-organisaties, waarvan er in die tijd zeer veel waren op de Britse eilanden.

We achtten het uitgesloten dat we de vertelster zelf direct zouden kunnen achterhalen. Uit haar eigen verslag blijkt dat ze moet hebben behoord tot de eerste groep vrouwen die werden gerekruteerd voor voortplantingsdoeleinden en toegewezen aan diegenen die behoefte hadden aan dat soort diensten en er bovendien recht op konden doen gelden krachtens hun hoge positie. Het regime creëerde een 'voorraad' van zulke vrouwen door middel van een eenvoudige tactiek: het verklaarde alle tweede huwelijken en buitenechtelijke relaties tot vormen van overspel, arresteerde de vrouwelijke partners, en nam hun de kinderen die ze al hadden af omdat ze moreel ongeschikt zouden zijn om ervoor te zorgen. Die kinderen werden vervolgens geadopteerd door kinderloze echtparen uit de hogere kringen die erop gebrand waren om zich hoe dan ook een nageslacht te verwerven. (In de middelste periode werd dit beleid ook van toepassing op alle huwelijken die niet binnen de staatskerk waren gesloten.) Hooggeplaatste mannen in het regime konden op die manier dus kiezen uit vrouwen die hun vruchtbaarheid hadden bewezen door één of meer gezonde kinderen ter wereld te brengen, een begerenswaardige eigenschap in een tijd van scherp dalende geboortecijfers bij het blanke ras, een verschijnsel dat niet alleen was waar te nemen in Gilead maar in de meeste noordelijke, blanke samenlevingen van die periode.

De oorzaken van deze daling zijn ons niet helemaal duidelijk. Het onvermogen tot voortplanting is zonder twijfel ten dele terug te voeren op de ruime beschikbaarheid van middelen tot geboortebeperking, waaronder abortus, in de periode die onmiddellijk voorafging aan het Gilead-tijdperk. In een deel van de gevallen was de onvruchtbaarheid dus bewust veroorzaakt, hetgeen een verklaring kan vormen voor het uiteenlopen van de geboortecijfers van blanken en niet-blanken, maar in de meeste gevallen was er van gewenste onvruchtbaarheid geen sprake. Ik hoef u er niet aan te herinneren dat dit het tijdperk was van de R-syfilis en ook van de beruchte aidsepidemie, die zich onder brede lagen van de bevolking deden gelden en veel jonge, seksueel actieve mensen uit het voortplantingspotentieel hebben verwijderd. Doodgeboren kinderen, miskramen en erfelijke afwijkingen kwamen op ruime schaal voor en bleven in aantal toenemen; deze ontwikkeling is in verband gebracht met de talrijke ongelukken in kerncentrales, bedrijfssluitingen en sabotagedaden die deze periode kenmerkten, en ook met de ontsnapping van giftige stoffen uit opslagplaatsen van chemische en bacteriologische wapens en de vervuiling door gifbelten, waarvan er toen duizenden waren, legale en illegale – in sommige gevallen werden deze stoffen gewoon in het rioleringssysteem geloosd –, en ten slotte met het ongebreidelde gebruik van chemische insecten- en onkruidverdelgingsmiddelen en andere sprays.

Maar wat de oorzaken ook waren, de gevolgen waren opmerkelijk, en het Gileadse bewind was niet het enige wat erop reageerde. Roemenië, bijvoorbeeld, was Gilead voorgegaan door in de jaren tachtig alle vormen van geboortebeperking te verbieden, verplichte zwangerschapstests in te voeren en gebleken vruchtbaarheid te belonen met promotie en salarisverhoging.

De behoefte aan wat ik zou willen noemen 'natale diensten' werd al onderkend in de voor-Gileadse tijd; er werd adequaat in voorzien door 'kunstmatige inseminatie', 'vruchtbaarheidsklinieken' en het gebruik van 'vervangende moeders', die speciaal voor dit doel werden aangetrokken. Gilead verbood de eerste twee als antigodsdienstig, maar wettigde en bevorderde de derde methode, die werd geacht terug te gaan op een Bijbelse traditie; zo vervingen ze de seriële polygamie die in de voor-Gileadse tijd algemeen verbreid was door de oudere vorm van simultane polygamie die werd gepraktiseerd in de vroeg-oudtestamentische tijd en, in de negentiende eeuw, in de voormalige staat Utah. Zoals de geschiedenis ons leert, kan een nieuw systeem het vorige niet vervangen zonder een groot aantal elementen van dat oude systeem over te nemen, getuige de heidense elementen in het middeleeuwse christendom en de evolutie van de Russische KGB uit zijn voorganger, de tsaristische geheime dienst; en Gilead vormde geen uitzondering op deze regel. Het racistische beleid van Gilead, bijvoorbeeld, had stevige wortels in de voor-Gileadse tijd, en de racistische angst leverde een deel van de emotionele brandstof die het mogelijk maakte dat de machtsovername zo succesvol was.

Onze vertelster was dus een van de velen en moet daarom gezien worden in het brede verband van het tijdsgebeuren waarvan zij deel uitmaakte. Maar wat weten we eigenlijk van haar, afgezien van haar leeftijd, enkele lichamelijke kenmerken die volstrekt niet uitzonderlijk waren en de plaats waar ze woonde? Niet erg veel. Ze schijnt een ontwikkelde vrouw te zijn geweest, voor zover we een afgestudeerde van een Noord-Amerikaanse universiteit uit die periode als ontwikkeld mogen beschouwen. *(Hilariteit, enig gemor.)* Maar het krioelde van de vrouwen met een opleiding, om het zomaar eens te zeggen, dus daar schieten we weinig mee op. Ze vindt het niet nodig ons haar oorspronkelijke naam mee te delen, en iedere officiële vermelding ervan is vermoedelijk vernietigd bij haar intrede in het Heropvoedingscentrum Rachel en Lea. 'Vanfred' helpt ons niet verder, omdat het, net als 'Vanglen' en 'Vanwarren', een patronymicum is, samengesteld uit het bezittelijk voorzetsel en de voornaam van de heer in kwestie. De vrouwen namen dit soort namen aan wanneer ze toetraden tot de huishouding van een bepaalde Bevelvoerder, en deden er weer afstand van wanneer ze weggingen.

De andere namen in het document zijn even onbruikbaar voor het vaststellen van de authenticiteit ervan en van de identiteit van de personen. 'Luke' en 'Nick' waren niet te traceren, evenmin als 'Moira' en 'Janine'. Het zijn hoogstwaarschijnlijk pseudoniemen, gebruikt om de personen in kwestie te beschermen voor het geval de bandjes zouden worden ontdekt. Als dit juist is, dan vormt het een bevestiging van onze opvatting dat de bandjes waarschijnlijk *binnen* de grenzen van Gilead zijn gemaakt en later teruggesmokkeld zijn om gebruikt te worden door de ondergrondse Mayday-organisatie.

Na het afvallen van de bovengenoemde mogelijkheden bleef er één mogelijkheid over. Als we de identiteit konden vaststellen van die ongrijpbare 'Bevelvoerder', dan zou er tenminste wat vooruitgang zijn geboekt, dachten we. We gingen ervan uit dat een zo hooggeplaatste persoon waarschijnlijk deel heeft uitgemaakt van de eerste van de uiterst geheime denktanks genaamd De Zonen van Jakob, waarin de filosofie en de sociale structuur van Gilead werden uitgedacht. Deze denktanks werden opgericht kort nadat duidelijk was geworden dat de wapenwedloop van de supermachten tot een patstelling had geleid en er een geheim Invloedssferen-Akkoord was gesloten, dat de supermachten de gelegenheid bood om ongestoord af te rekenen met het toenemende aantal opstanden in hun eigen rijken. De officiële verslagen van de vergaderingen van de Zonen van Jakob werden vernietigd na de Grote Zuivering in de middelste periode, tijdens welke sommige van de oorspronkelijke architecten van Gilead in opspraak kwamen en werden geliquideerd; maar we beschikken toch over enige informatie, door het dagboek, in geheimschrift, van Wilfred Limpkin, een van de sociobiologen die bij deze vergaderingen aanwezig waren. (Het is bekend dat de sociobiologische theorie van de natuurlijke polygamie werd gebruikt als wetenschappelijke rechtvaardiging voor bepaalde zonderlinge praktijken van het regime, zoals het darwinisme door eerdere ideologieën werd gebruikt.)

Uit dit dagboek weten we dat er twee kandidaten zijn, dat wil zeggen: twee mannen wier namen het element 'Fred' bevatten: Frederick R. Waterford en B. Frederick Judd. Van geen van beiden zijn foto's bewaard gebleven, maar Limpkin beschrijft de laatstgenoemde als een blaaskaak, en, ik citeer, als 'iemand voor wie het voorspel iets is wat je op een golfbaan doet'. *(Hilariteit.)* Limpkin zelf heeft de uitroeping van Gilead niet overleefd; dat zijn dagboek bewaard is gebleven is te danken aan het feit dat hij zijn eigen ondergang voorzag en het aan zijn schoonzuster in Calgary in bewaring gaf.

Waterford en Judd hebben allebei bepaalde kenmerken die hen voor ons interessant maken. Waterford, begonnen als marktonderzoeker, was volgens Limpkin verantwoordelijk voor het ontwerp van de vrouwenkleding en voor de suggestie dat de Dienstmaagden in het rood gekleed zouden moeten gaan, een idee dat hij schijnt te hebben ontleend aan de uniformen van Duitse krijgsgevangenen in Canadese kampen tijdens Tweede Wereldoorlog. Hij schijnt ook de term 'Particicutie' te hebben geïntroduceerd, die hij overnam uit een trainingsprogramma dat opgang maakte tijdens de laatste decennia van de eeuw; het idee voor de collectieve touw-ceremonie ontleende hij aan een Engels plattelandsgebruik uit de zeventiende eeuw. Ook de 'Reddingsbijeenkomsten' zijn misschien zijn idee geweest, hoewel dit verschijnsel, ontstaan op de Filippijnen, zich ten tijde van de stichting van Gilead over de hele wereld had verspreid en een algemene benaming was geworden voor het elimineren van politieke tegenstanders. Zoals ik elders al heb opgemerkt, kende Gilead weinig gebruiken die in het land zelf waren ontwikkeld: het kenmerkte zich door synthese.

Judd daarentegen schijnt minder in de verpakking en meer in de tactiek geïnteresseerd te zijn geweest. Hij was degene die voorstelde om een obscure CIA-publicatie over het destabiliseren van buitenlandse regeringen als strategisch handboek te laten gebruiken door de Zonen van Jakob, en hij was het ook die de eerste lijsten opstelde van prominente 'Amerikanen' die moesten worden vermoord. Hij wordt er ook van verdacht het brein te zijn geweest achter het bloedbad op de Dag van de President, waarvoor een verregaande infiltratie van het beveiligingsapparaat rondom het Congres nodig moet zijn geweest; zonder die gebeurtenis had de grondwet nooit kunnen worden opgeschort. De Nationale Thuislanden en het Joodse Bootmensen-plan zijn beide door hem bedacht, evenals het idee om het joodse repatriëringsprogramma te privatiseren, met als resultaat dat meer dan één bootlading Joden eenvoudig in de Atlantische Oceaan werd gedumpt, om de winsten zo hoog mogelijk op te voeren. Uit wat we van Judd weten valt het vermoeden af te leiden dat dit hem niet erg deerde. Hij was een man van de harde lijn, en volgens Limpkin heeft hij eens gezegd: 'Onze fout was dat we ze hebben leren lezen. Dat zal niet weer gebeuren.'

Is Waterford verantwoordelijk voor de *term* 'Particicutie', Judd schijnt de *vorm* van deze ceremonie te hebben bedacht; hij betoogde dat het niet alleen een uitermate afschrikwekkende en doeltreffende manier was om je van subversieve elementen te ontdoen, maar dat het ook zou dienen als een uitlaatklep voor de vrouwelijke elementen in Gilead. Het is bekend dat zondebokken altijd bijzonder nuttig zijn geweest, en het moet de Dienstmaagden, die doorgaans zo streng aan de teugel werden gehouden, grote bevrediging hebben geschonken om af en toe een man met hun blote handen aan stukken te kunnen scheuren. Dit gebruik werd zo populair en effectief dat het in de middelste periode werd geregulariseerd: vanaf die tijd vond het viermaal per jaar plaats, bij zonnewenden en equinoxen. Een en ander doet denken aan de vruchtbaarheidsriten van de vroege culten ter ere van de aardgodin. Zoals we gistermiddag tijdens de paneldiscussie hebben gehoord, was Gilead, hoewel ongetwijfeld patriarchaal naar de vorm, hier en daar matriarchaal naar de inhoud, net als bepaalde sectoren van het maatschappelijke systeem waaruit het is ontstaan. Om een effectief systeem, al dan niet totalitair, te kunnen invoeren – zo wisten de scheppers van Gilead – moet je aan een kleine, bevoorrechte groep een aantal voordelen en vrijheden aanbieden in ruil voor de rechten die je haar ontneemt.

Misschien is dit het goede moment om enige kanttekeningen te plaatsen bij het vrouwelijke elitekorps dat bekendstond onder de naam 'de Tantes'. Judd was – volgens Limpkins dagboek – vanaf het begin van mening dat het toezicht op vrouwen voor voortplantings- en andere doeleinden het best door vrouwen zelf kon worden uitgeoefend. Er waren in dit verband tal van historische precedenten; in feite is er nooit een regime geweest zonder dit kenmerk: toezicht op de autochtonen door leden van hun eigen groep. In het geval van Gilead waren er veel vrouwen bereid om Tante te worden, ofwel uit een oprecht geloof in wat ze noemden 'traditionele waarden', of vanwege de voordelen die de functie met zich meebracht. Wanneer macht een schaars goed is, is een klein beetje ervan een aanlokkelijk bezit. Er was ook een negatieve stimulans: kinderloze of onvruchtbare of oudere vrouwen die niet getrouwd waren konden, door bij de Tantes te gaan, ontkomen aan het stigma van overtolligheid en daarmee aan deportatie naar de beruchte Koloniën, die werden bewoond door snel verplaatsbare groepen mensen, die meestal werden tewerkgesteld als gemakkelijk vervangbare reinigingsploegen in ernstig vervuilde gebieden, al kon je ook het geluk hebben een minder gevaarlijke taak toegewezen te krijgen, zoals het plukken van katoen of fruit.

Het idee was dus van Judd, maar de uitvoering ervan draagt het stempel van Waterford. Wie anders van de Zonen van Jakob had met het idee kunnen komen dat de Tantes namen zouden moeten kiezen die waren ontleend aan commerciële producten uit de voor-Gileadse tijd, vertrouwde namen die dus een geruststellende uitwerking op hen zouden hebben – namen van cosmeticamerken, bakpoeders, diepvriestoetjes en zelfs van medicijnen? Het was een briljante vondst, die ons sterkt in onze mening dat Waterford in de bloei van zijn leven een uiterst vindingrijk man is geweest. Op zijn manier was Judd dat ook.

Deze beide heren waren kinderloos en kwamen dus in aanmerking voor een reeks van Dienstmaagden. Professor Wade en ik hebben in ons artikel 'Het begrip "zaad" in het vroege Gilead' de mogelijkheid besproken dat beiden – zoals zoveel Bevelvoerders – in aanraking waren gekomen met een onvruchtbaarheid veroorzakend virus dat was ontwikkeld door middel van geheime, voor-Gileadse experimenten met de bof, waarbij genen werden gesplitst, een virus waarmee men de kaviaar wilde besmetten die door topfunctionarissen in Moskou werd genuttigd. (Het experiment werd afgebroken na de sluiting van het Invloedssferen-Akkoord, omdat het virus door velen als te onbeheersbaar en daarom te gevaarlijk werd beschouwd, hoewel sommigen het over heel India wilden verspreiden.)

Echter, noch Judd noch Waterford was getrouwd met een vrouw die 'Pam' of 'Serena Joy' heette of had geheten. Deze laatste naam lijkt een ietwat venijnig bedenksel van onze vertelster. Judds vrouw heette Bambi Mae, die van Waterford Thelma. Maar laatstgenoemde was in een eerdere periode een televisiepersoonlijkheid van het beschreven type geweest. We weten dit van Limpkin, die er een aantal sarcastische opmerkingen over maakt. Het regime deed zijn best om dit soort vroegere dwalingen van echtgenotes van hoge functionarissen in de doofpot te stoppen.

Het merendeel van onze gegevens wijst in de richting van Waterford. We weten bijvoorbeeld dat hij de dood vond tijdens een van de eerste zuiveringen, waarschijnlijk kort na de gebeurtenissen die onze vertelster noemt; hij werd beschuldigd van het huldigen van vrijzinnige opvattingen, van het in bezit hebben van een uitgebreide, niet-goedgekeurde verzameling ketterse afbeeldingen en geschriften, en van het onderdak verlenen aan een subversief element. Dit gebeurde toen de processen nog niet geheim waren en nog op de televisie werden uitgezonden, zodat de opnamen via de satelliet in Engeland werden ontvangen en zich op videobanden in ons archief bevinden. De beelden van Waterford zijn niet goed, maar nog duidelijk genoeg om te kunnen vaststellen dat hij inderdaad grijs haar had.

Wat het subversieve element betreft aan wie Waterford onderdak zou hebben geboden: dit kan 'Vanfred' zelf geweest zijn, omdat haar vlucht haar mogelijk in deze categorie heeft doen belanden. Maar het is waarschijnlijker dat het hier om 'Nick' gaat, die, alleen al getuige het *bestaan* van de bandjes, 'Vanfred' moet hebben helpen ontsnappen. De manier waarop hij dat kon doen stempelt hem tot een lid van de vage ondergrondse Mayday-organisatie, die niet hetzelfde was als de Ondergrondse Vrouwenweg, maar er wel banden mee onderhield. Laatstgenoemde organisatie was louter op het redden van de vrouwen gericht, terwijl Mayday een quasimilitair karakter droeg. Van een aantal Mayday-leden is bekend dat ze op de hoogste niveaus in de Gileadse machtsstructuur zijn geïnfiltreerd, en de aanstelling van een van hun leden tot chauffeur van Waterford moet als een groot succes worden beschouwd; een dubbel succes, omdat 'Nick' tegelijkertijd lid van de Speurders moet zijn geweest, zoals zo vaak het geval was bij chauffeurs en huispersoneel. Waterford wist dit natuurlijk, maar omdat alle top-Bevelvoerders automatisch in de leiding van het Speurders-korps zaten, besteedde hij er vermoedelijk weinig aandacht aan en liet hij zich er niet van weerhouden inbreuk te plegen op wat hij beschouwde als voorschriften van ondergeschikt belang. Zoals de meeste Bevelvoerders in het vroege Gilead die later werden weggezuiverd, achtte hij zijn positie onaantastbaar. In de middelste periode was men voorzichtiger.

Dit zijn onze gissingen. Als ze juist zijn – als Waterford dus inderdaad de 'Bevelvoerder' was –, dan blijven er nog veel vragen open, waarvan een aantal door onze anonieme vertelster beantwoord had kunnen worden als haar belangstelling anders gericht was geweest. Ze had ons veel kunnen vertellen over de organisatie van het Gileadse rijk, als ze het instinct van een verslaggever of een spion had gehad. Wat zouden we blij zijn geweest met een paar uitdraaien uit Waterfords privécomputer! Toch moeten we dankbaar zijn voor elk kruimeltje dat de godin van de geschiedenis ons heeft willen schenken.

Wat het uiteindelijke lot van onze vertelster betreft, dat blijft onduidelijk. Werd ze de grens van Gilead over gesmokkeld, naar wat toen Canada was, en ging ze vandaar naar Engeland? Dat zou heel verstandig geweest zijn, omdat het Canada van die tijd zijn machtige buurman niet tegen de haren in wilde strijken; vluchtelingen als 'Vanfred' werden gearresteerd en uitgeleverd. Als ze naar Engeland is gegaan, waarom heeft ze dan haar op de band opgenomen verhaal niet meegenomen? Misschien ging ze plotseling op reis; misschien was ze bang voor onderschepping. Maar het is ook mogelijk dat ze opnieuw gepakt is. Als ze Engeland heeft bereikt, waarom heeft ze haar verhaal dan niet openbaar gemaakt, zoals zovelen deden na het bereiken van de buitenwereld? Ze was misschien bang voor represailles tegen 'Luke', wanneer ze ervan uitging dat hij nog leefde (wat niet waarschijnlijk is), of zelfs tegen haar dochter; want het Gileadse regime voelde zich niet te goed voor zulke maatregelen, die tot doel hadden negatieve publiciteit in het buitenland tegen te houden. Er zijn diverse gevallen bekend van onvoorzichtige vluchtelingen die een hand, oor of voet kregen toegestuurd, vacuümverpakt en verborgen in, bijvoorbeeld, een blik koffie.

Of misschien behoorde ze tot die ontsnapte Dienstmaagden die zich moeilijk aan de buitenwereld konden aanpassen na het beschermde bestaan dat ze hadden geleid. Ze kan een kluizenaarster zijn geworden. We weten het niet.

Wat 'Nicks' motieven zijn geweest om haar ontsnapping te organiseren, kunnen we ook slechts uit andere gegevens proberen af te leiden. We mogen aannemen dat zijn eigen positie in gevaar kwam nadat de betrokkenheid van haar metgezellin 'Vanglen' bij Mayday was ontdekt, want als lid van de Speurders wist hij heel goed dat ook 'Vanfred' zelf zeker verhoord zou worden. Op ongeoorloofde seksuele contacten met een Dienstmaagd stonden zware straffen, en zijn status van Speurder zou hem niet automatisch beschermen. De Gileadse maatschappij was machiavellistisch tot in het extreme, en elke overtreding die iemand beging kon door zijn stille vijanden binnen het regime tegen hem worden gebruikt. 'Nick' had haar natuurlijk zelf kunnen vermoorden, wat misschien wel het verstandigst zou zijn geweest, maar het menselijk hart blijft altijd een factor, en beiden dachten, zoals we weten, dat ze misschien zwanger van hem was. Welke man uit het Gilead-tijdperk kon weerstand bieden aan de mogelijkheid van het zo hooggeschatte en op een verheven status duidende vaderschap? In plaats daarvan riep hij de hulp in van een uit Speurders bestaande reddingsploeg; of het echte Speurders waren is niet bekend, maar ze stonden in ieder geval onder zijn leiding. Het is heel goed mogelijk dat hij door deze actie zijn eigen ondergang heeft bewerkt. Ook dit zullen we nooit weten.

Heeft onze vertelster de buitenwereld ongedeerd bereikt en is ze een nieuw leven begonnen? Of is ze in haar schuilplaats op zolder ontdekt, gearresteerd, en naar de Koloniën of Izebel gestuurd, of zelfs terechtgesteld? Ons document, hoe welsprekend ook, zwijgt over dit onderwerp. We kunnen Eurydice uit het dodenrijk terughalen, maar we kunnen haar niet laten antwoorden op onze vragen; en wanneer we ons omdraaien om naar haar te kijken, zien we haar slechts een kort ogenblik, en dan ontglipt ze ons en vlucht. Zoals alle historici weten, is het verleden één grote duisternis, gevuld met echo's. Uit dat gebied kunnen ons stemmen bereiken, maar wat ze tegen ons zeggen is even duister als het gebied zelf; en wat we ook proberen, we kunnen het niet altijd volledig ontraadselen in het helderder licht van onze eigen tijd.

Applaus.

Zijn er nog vragen?

Inhoud

I Nacht 15
II Boodschappen doen 19
III Nacht 53
IV Wachtkamer 59
V Dutje 87
VI Huishouding 97
VII Nacht 121
VIII Bevalling 127
IX Nacht 163
X Gebedsrollen 171
XI Nacht 217
XII Izebel 225
XIII Nacht 291
XIV Redding 299
XV Nacht 325

Historische aantekeningen 333